叩问天门

kouwen tianmen

★

中国空军试飞员实录

zhongguo kongjun shifeiyuan shilu

★

张子影

—— 著 ——

青海人民出版社

图书在版编目（CIP）数据

叩问天门 : 中国空军试飞员实录 / 张子影著 . --
西宁 : 青海人民出版社 , 2024.5
ISBN 978-7-225-06643-1

Ⅰ . ①叩… Ⅱ . ①张… Ⅲ . ①纪实文学－中国－当代
Ⅳ . ① I253.2

中国国家版本馆 CIP 数据核字 (2024) 第 060179 号

叩问天门
——中国空军试飞员实录

张子影　著

出 版 人	樊原成	
出版发行	青海人民出版社有限责任公司	

西宁市五四西路 71 号　邮政编码 : 810023　电话 :（0971）6143426（总编室）

发行热线　（0971）6143516 / 6137730
网　　　址　http://www.qhrmcbs.com
印　　　刷　深圳华新彩印制版有限公司
经　　　销　新华书店
开　　　本　890 mm × 1240 mm　1/32
印　　　张　16.625
字　　　数　420 千
版　　　次　2024 年 5 月第 1 版　2024 年 5 月第 1 次印刷
书　　　号　ISBN 978-7-225-06643-1
定　　　价　79.00 元

他　　序

　　读了空军作家张子影的长篇报告文学《叩问天门：中国空军试飞员实录》，有一种感动与震撼从心底涌起，深感这是值得每个国人花时间一读的作品。试飞是一个不常出现在人们视野，因而为人所知不多，却又充满着奋不顾身的奉献牺牲，构筑中国蓝天伟大梦想的领域。作者以其饱满的激情与精湛的文笔，对这个人数虽然不多，却在数十年中叱咤风云、气贯长虹的群体的立体式书写，引领我们进入这个神秘莫测、穿云破雾的世界，去认识这群"直面生死的大勇者"，从而令我们对这些有着铁血担当、豪情盖天的中国空军的试飞英雄们肃然起敬。

　　始终执着于军事题材文学创作的张子影，不仅以其巾帼之躯延续着军人刚柔兼济的血脉，体现出强烈的军人意识和浓郁的英雄情结；而且将这一切倾心地付诸文墨，于各种体裁的作品中显示出其独具的才情与诗情。在经过累月经年、辛苦备尝、锲而不舍的探索之后，近些年更可谓是佳作迭出、硕果累累，其所反映出的长足进步和强劲实力，以及堪当大任、扛大活的创作势头，越来越被读者所看重和推崇。作为一名空军的作家，可供其选择的空军的历史与现实生活题材是很多的，能够用来发掘和表现的领域也自然是十分的广阔。她选择和呈现给我们的这部中国空军试飞英雄的故事，当是空军生活中最为尖端的题材，具有黄金般的开采价值。尽管可以将其视为张子影应尽的分内之责，但英雄主义精神的接通与贯注、燃烧与显现，则反映出她固有的心性与激情。因而她在这个题材上的投入十分可观，竟以长达十六年的时间来追踪，用三年的时间深入采访，拿三年的时间进行写作。真可谓付出了巨量的劳动与心血，从而得以将这部具有很高题材价值和文学质量的厚重之作推了出来，我们有理由对《叩问天门：中国空军试飞员实录》的问世，对作者张子影给予隆重嘉许。

　　试飞是一个较少披露，因而为人们知之不多的世界，想必也是使人们对之颇为好奇和关切的，出版这部书必然引起广大读者的阅读兴趣。从作者的揭秘我们得知，历代空军的试飞英雄们，担负起了中国飞行器 90% 的试飞任务。这是一项铸造国之重器的非比寻常的任务，任何一型飞机都要经过成百上千次的试飞和不厌其烦地改进后才能定型，试飞无疑是随时与死亡相伴的危险征程，因此人们将试飞形象地比喻为"刀尖上的舞蹈"。中国航空事业从落后的境地艰难地起飞，到今天几与世界最强的国家比肩，凭借的就是顽强拼搏的精神和视死如归的英雄主义气概。明知试飞的过程埋伏着极大的风险，这些"和平时期离死亡最近"的试飞英雄们仍然义无反顾，昂首险象环生的蓝天，在各种突如其来的危急时刻，用生命的冒险和巨大的责任感，挽救和获取各种高价值数据，从而飞出了早已为我们所熟悉和骄傲的各种战机的机型，使之呼啸、驰骋、保卫祖国的蓝天。他们以无与伦比的英勇与无畏，铺就的是一条中国空军日渐强大的路。

作者以周详精细、简练生动而富于温度的笔触，拉网式地记录和描绘了试飞英雄们工作生活的方方面面。这样一部洋洋四十余万字的大书，犹如对其生活所进行的全息摄影。在相当长的时间里，试飞英雄们都是在常人所未知的世界里，默默无闻地书写和创造着惊天的伟业。作品为我们揭示的既是关于试飞的种种内情，无数次地以扣人心弦的描写，带领我们跟随这些试飞英雄们，在万米高空进行着极限飞行，在美丽而孤独的蓝天之上，几乎是屏气凝神地经历那些惊心动魄的过程和瞬间，领略和感受试飞英雄们精神的伟大与崇高，技艺的非凡与卓越，内心的沉着与镇定，一起饱尝成功的巨大欣喜，禁不住地对这个英雄群体产生由衷的敬佩。也同样了解与重温那些英雄们在试飞过程所遭遇的艰险与牺牲，几十年间竟有这么多名试飞英雄为了这项最危险、最壮丽的事业而血洒长空，我们也一次次地跟随其想象和体会那些悲怆的时刻，一起分担失败的无尽忧伤，为这些英雄们礼赞与哀悼，仿佛有无边的肃穆情感充斥于天地之间。

同时作品更写出了试飞英雄们日常性的生活，写他们既单纯又丰富，既平常又传奇的经历，写他们的志向远大和成长进步，写他们对试飞事业的孜孜以求，写他们婚恋、家庭等情感生活。他们都是一个个感情充沛、有血有肉的人，都有着自己的七情六欲和喜怒哀乐，有着与妻子各种富于情趣和意味的沟通与交流，有着对于家人的无尽的爱与关切，显示出这些试飞英雄们所具有的或坚韧果决、或热烈坦诚、或质朴醇厚的秉性和心地。但他们又都是在一个相对隔绝、要求极严的状态下，以其对试飞的钟情与挚爱，长时间地忍受与家人分离的寂寞，甚至承受着巨大的情感挫折和离异的无奈，有的还要承受一个人带着孩子的困窘境遇，但他们就是这样毅然决然地走过来了。这一切仿佛是不可变更的，因为他们有一颗不可变更的飞翔的心。与此同时，作者还以相当的篇幅，深情地描写了那一个个为试飞英雄牵肠挂肚的妻子们，写出了她们所具有的鲜明个性与炽热情怀，写出她们对丈夫所从事的试飞事业的支持与理解，写出这群女性所特有的坚强、美丽与柔情，让人们看到试飞英雄们背后站着的是一些怎样了不起的、同样值得赞美的平凡又伟大的女性。

作品在叙事过程中注意融入对世界和中国试飞历史的介绍，这不仅使作品饱含了丰富的信息量，更让读者明了试飞这个职业有着怎样的前世与今生，进一步认清这是一种怎样与风险、牺牲如影随形的职业。同时作者还在叙事过程中，写到中国试飞员同国外高手之间切磋、交流乃至过招，这也是这类题材不可缺少且富于深意的内容。让我们对《叩问天门：中国空军试飞员实录》一书产生强烈阅读兴趣的同时，进而对我国的试飞英雄们怀有更强烈的敬畏之心和赞佩之忱。作者将其从容而真实地写来，使人看清的是曾经遭受的刺痛和知耻后勇的奋起。随着作者娓娓道来的叙述，我们真切地记住了我们在任何时候都应当记住的一个个试飞英雄的名字，他们是王昂、李中华、邹延龄、雷强、滑俊、黄炳新、李国恩、徐一林、王文江、卢军、余锦旺、杨晓彬、唐纯文、刘刚，等等。其品格、气质、风貌，都在作者的笔下逐渐显影，并且站立成一长串丰满立体的造型。他们不仅有英雄的壮举，而且有坚强的意志，甚至有完美的内心世界，是真正杰出优秀的一群和大写的人。他们是共和国的英雄，民族的英雄，其英名应该镌刻在共和国永垂青史的史册上。

张子影在《叩问天门：中国空军试飞员实录》一书中所进行的纪实性写作，是建立在长期的跟踪采访、熔铸提炼基础之上的，因此有着扎实的生活根据、灼人的情感温度和很强的思想穿透力。是她以敏锐与犀利、真诚与温情，打动了每一个受访者，被他们视为难得的知己和知音，从而获得了他们的充分认可，向她敞开平常不易开启的心扉和生活的门扉，使作者能够真正深入他们的生活，深入他们的内心，与试飞英雄及相关的人们进行着零距离的接触与交流，战友般的畅谈与沟通。这反映出一个优秀作家的过人素质，即她不仅仅以作为一个作者的身份，更是以一名军人的名义，从家国和民族、历史和未来的高度，以扒肝扒肺的倾情，去了解和反映、审视和思考这些试飞英雄们的非凡经历、业绩与壮举。作者的这种岩浆一般的炽热襟抱与情怀，透视镜一般的澄明与清澈，有助于对试飞英雄非凡行为和精神境界的解读与传递，从而深深地打动和激励着我们。同样值得注意的是，《叩问天门：中国空军试飞员实录》作为报告文学的写作，是一种真正文学化的写作，是将素材与事实、思考与哲理深挚地融入这个宏阔的架构之中，显示出驾驭的匠心与巧思。而且其中有众多描写、营造与再现的情景与细节，都令我们时时感佩于中，且为之潸然泪下。如此长的行文竟然也给人篇篇都是精心推敲、字斟句酌之感，这同某些作品恨不得把采访所得一股脑儿悉数塞进作品的做法是不同的。因而张子影奉献给读者的，是一部全方位展现中国空军试飞英雄题材的，大气厚重、灼烫人心、经看耐读的力作。

汪守德

目 录

MULU

序章

中国空军试飞员是一个特殊的群体、英雄的群体，他们承担着中国最新式、最尖端的军用航空器的试飞。蓝天试剑，勇者无畏。一代代试飞员以超乎寻常的勇气创造了一个个堪称经典的蓝天传奇，为一代代中国新型战鹰赋予了灵魂和生命。他们忠诚使命、勇于担当，把梦想和激情大写在祖国的蓝天上……

一、浓　烟

> 一切都来不及反应，冒着烟的飞机带着异样的声响
> 擦顶而过。怀里还抱着一袋面粉的宋树清大吃一惊，他脚
> 一软倒在地上，面粉撒了一地……

还有几天就是元旦了。

43岁的陕西渭南人宋树清在大王村村头开了一家面馆，经营面条、炒菜等。那天他正在备货，因为新年将近，他便多进了些面粉和醋。陕西渭南这里的风俗，人们会在年关这几天呼朋唤友地吃油泼面和锅盔，这些都是当地人喜爱的美食。

大王村在渭南之东，渭河的一条支流从村外绕过。这里号称渭南的"白菜心"，有着一马平川的好地景，土地肥沃，风调雨顺，四季分明。宋树清在村外有几亩地，但这地耗费不了他什么工夫。一年里他大部分时间都在经营他的面馆。宋树清备货用的交通工具是他那辆修理过无数次的两轮轻摩托。这天下午他满载而归，在店门口把车子支好，正在卸货，就听见头顶上传来巨大的声响，只见一架飞机冒着黑烟赫然从云中冲将下来——

距大王村百余公里的地方，就是著名的"航空城"。尽管宋树

清从来没有去过，但他和村里其他人都知道，那是个神秘且了不起的地方，全中国最新式的飞机在那里研发和试验，他们几乎每天都听得到头顶上空各种飞行器的响声。但如此近距离地看见，在他还是第一次。

看上去这架飞机出了问题。

一切都来不及反应，冒着烟的飞机带着异样的声响擦顶而过。怀里还抱着一袋面粉的宋树清大吃一惊，他脚一软倒在地上，面粉撒了一地。他在一片雪白中坐着，抬起头，绝望且无助地看着那架冒烟的飞机倾斜着，一侧的机翼几乎扫过屋檐旁的树梢尖，飞机在地面上投下的阴影像一只巨大的黑鸟。眼看着就要俯冲坠地的飞机好似被人用力拉了一把，机头努力地一抬，随后冲出了村子，斜着一头扎了下去。

总共只有两三秒吧，只听轰的一声，脚下的地皮都震动了。

屋外所有人都看到东南方向腾起的大火，轰然而起的红黑烟雾瞬间遮蔽了半边天。

"坏了，摔飞机了！"

宋树清站起来的时候，看到从村子的各个角落眨眼间冒出上百号人，他们和宋树清一起，呼唤着，叫喊着，奔向出事地点。

刺耳的警报声响起。

二、半夜电话

一整夜我都守在手机和电脑前。后半夜时，手机微信跳了一下，又跳了一下，一些晃动的小花朵和小蜡烛出现了。

电话到来已是半夜时分。

当时我正在收拾行装，准备把备好的各种录音录像设备和采访本装进旅行箱。所有设备都已经充好电，备用电池也按航空旅行要求用专门的小塑料袋封闭装好，几个小时后也就是明天一早，我将乘早班飞机赶往试飞基地。

这实在是一次来之不易的采访，在我二十余年的写作生涯里，这是最困难、最纠结的一次。试飞员是一个特殊的群体。作为航空和国防科研的空中实践者，他们常年在各地执行任务，他们的任务场地、任务内容、执行日程与完成时间等一切均严格保密，不对外公开。同时，处于试验鉴定期的各项任务在时间和内容方面有很多变数，所以客观上也有许多不确定性。也正因如此，我每次采访的申请在报批时都需要等待相当漫长的时间，而最近的这一次，更是等待五个多月之久。五个多月间，尽管我一次又一次地申请、申报，还辅助了一系列复杂的个人关系的协调，采访的时间、地点和人员名单一再修改，仍然一直未得到确认。虽然一再的延宕令我一次次失望，但我依然不屈不挠地坚持着。几天前，有关部门通知我，采访终于可以成行了。得到这个消息的时候，我真想隔着电话给这位福音传播者敬个礼。

出于专业和保密的需要，试飞部队指定小王干事负责与我联系协调具体事宜。小王告诉我，三天后他们有一次非常重要的年度会议，与会的人包括一些高等级的试飞员及各部队的部队长，是一次难得的大聚会，所以我决定提前一天到达，等候聚之不易的各路英雄。

已是12月下旬，越往西北去会越冷的，我翻出了军用棉大衣，正在纠结如何携带这件大家伙，电话铃声响起了。夜阑人静之时，乍然而起的铃声特别突兀。响铃的不是手机，而是桌上的军线办公电话。我一把抓起听筒，第一秒钟就听出是负责与我联络的小王。

"抱歉这么晚了打扰——"听筒里小王嗫嚅着，声音有些哑，还有一些嘈杂的声音。显然他的周围有其他人。

我静听着。

"我们领导让我通知您，因为突然发生了特殊的事情，您明天的采访取消了……请您先别过来了……"

我看了下表，22时45分。离出发时间只有不到7个小时，为什么突然改变计划呢？这么晚，又是军线内部电话，显然是有需要保密的内容。我握着听筒："能不能解释下'特殊'是什么意思？"

听着听筒里细碎的声音，一霎间我突然感觉到一种特别的气氛——我从小在机场长大，与飞机和飞行员们打交道几十年，直觉告诉我，出事故了……

"几等？"我问。

电话里，一片沉默。

这沉默就是答案。飞行部队有严格规定，在事故鉴定出来之前，任何人都无权透露什么。

桌上的电脑还开着，搜索了几秒，我就看到了：

22日下午3时30分许，在W城区大王村附近，一架军用飞机在上空盘旋数分钟后，着火坠毁在麦田中。附近村民听到巨响后，纷纷赶到现场。

下午4时许，四辆消防车赶到现场灭火。记者在现场看到，机体残骸处浓烟滚滚，飞机发动机掉落在机体残骸西侧约500米处，飞行员当场牺牲。警方已开始维持秩序。

　　浓烟加上人工处理，网上的失事现场图片不甚清晰，但飞机残骸上的标记尚清，我认出这是歼轰 -7 系列之一。

　　歼轰 -7 又名"飞豹"，对外名称 FBC-1(JH-7)，是我国 20 世纪七八十年代自行设计研制的中型战斗轰炸机，主要用以进行战役纵深攻击以及海上和地面目标攻击，可进行超音速飞行。该战机于1973 年开始研发，1988 年首次试飞，在 1998 年珠海航展上首次公开亮相。事故中的飞机应该是此系列的一款改进型，我知道执行此型飞机试飞任务的，正是我要去采访的试飞部队。

　　仿佛一记重锤突然狠狠击打在胸口，我握着听筒的手指开始抽搐，声音也颤抖了：

　　"事故现场确认了吗？他们还有没有可能……"我知道这句话多余，此型飞机前后舱各有一个驾驶员，从图片上飞机严重毁损的情况看，如果之前驾驶员未曾实施紧急逃生，那么，他们生还的希望渺茫。但我还是希望小王能报告我说：重伤，抢救中——或者跳伞逃生、失踪。

　　我采访过的试飞员中就有失踪数小时后又生还的例子。

　　电话里，小王踌躇着，用沙哑的声音艰难地回答："已经……基本确认了。"

　　其余的话都不用再说，也不能再说了。

　　电话挂了。

　　这是个寒冷的 12 月的夜晚，一整夜我都守在手机和电脑前。后半夜时，手机微信跳了一下，又跳了一下，一些晃动的小花朵和小蜡烛出现了。我打开试飞员采访名册，在第二页的第二排和倒数第三排中各找到一个名字，泪眼迷离中，我在这两个名字上画上了黑黑的方框。

　　天亮后，我打电话给一位领导，告诉他，对试飞员的采访不能取消，我要求继续。我需要做一些事，为了他们，作为一名军人写作者，我有责任向更多的人介绍这样一个英雄的试飞员群体。因为很少有人知道，在今天的和平时期，仍然有这样一群人，他们所从事的事业，每天都面临着巨大的危险，甚至牺牲。

　　首长秘书说，首长正在参加紧急召开的事故调查会议。

　　我发了条短信：等事故调查完毕我就去。

　　等了一分钟，我又发了一条：唯有牺牲多壮志。

　　半小时后，首长秘书回复了：去。

　　(特别说明：因为试飞员身份与职业的特殊性，书中部分人物为化名。)

第一部 在云端唱响

——他们是和平时期离死亡最近的人

试飞事业考验试飞员们的意志、品德和操守，更考量信念、智慧和忠诚。他们为捍卫国家主权和保卫祖国的安宁，作出了突出贡献。在发展我国航空事业的征程中，他们以坚定的信念、科学的态度、无畏的勇气和献身的精神，经过几代人的艰苦努力，开创了我国航空史上的许多第一，填补了一个个空白。

骏马似凤飙，鸣鞭出渭桥。

弯弓辞汉月，插羽破天骄。

———［唐］李白《塞下曲六首》（其三）

我将两张照片放进文件夹中。

厚厚一摞采访材料中，这个文件夹的颜色是绿色的，文件夹上的名签我写的是"英雄"。

在昨天之前，这个文件夹里有二十七张照片。现在，是二十九张。

照片大小不等，有黑白的，也有彩照。其中的一张，只是姓名的手签文字影印照——因为年代久远，当年的试飞工作严格保密，烈士还没有留下个人影像就牺牲了。

他们一律面朝我，微笑或者严肃，静默无言。这是新中国成立后，中国空军试飞员队伍成立六十多年来，为试飞而光荣牺牲的二十九位试飞员。

二十九位烈士。

他们大多尸骨无存，航空城郊外那背山而立的试飞烈士陵园的墓穴中，大多数埋进去的只是一些散碎的遗骨和遗物。

此刻，当我在电脑上敲下"试飞英雄"这几个字时，我知道，我已经晚了，我的那些从事试飞的战友兄弟师长中，又有两名离开了，他们再不能看见，也再不能读到我的文字。

但我还是要写。我必须告诉世人关于他们这些人的故事。

他们是一群空军试飞员。

第一章　国之重器　以命铸之

像鸟儿一样拥有一双翅膀，自由地翱翔于天空，这是人类长久以来的梦想。

这个梦想，在 20 世纪初的一天实现了。

美国北卡罗来纳州基蒂霍克小镇，这个位于大西洋沿岸的偏僻小镇被人们称为"小鹰镇"。1903 年 12 月 17 日这一天，上帝在空中向小鹰镇人伸出一只手。20 世纪一个重大事件在这个小镇上发生：来自代顿市的一对兄弟——哥哥威尔伯·莱特和弟弟奥维尔·莱特将一架飞行器送上了天空，飞行器飞行了 12 秒，航程约 36.5 米（约 120 英尺），时速 10.9 千米（约 6.8 英里）。在场的约翰·T. 丹尼尔斯用奥维尔事先准备好的相机记录下了这珍贵的历史性一幕。在这张后来惊动了全世界的照片上，这架名为"飞行者一号"的机器像一只伸展着翅膀停在空中的巨鸟。

这是人类历史上第一次动力操纵机械飞行成功。莱特兄弟与他们的飞行器就此名垂青史，二人于 1909 年获得美国国会荣誉奖。

就在莱特兄弟广受褒奖的这一年，一个黑发黑睛的中国人，又一次将人类飞天梦想变成了现实。1909 年 9 月 21 日，在美国旧金山奥克兰机场，祖籍广东恩平的中国人冯如驾驶自制的飞机飞上了蓝天，这是继莱特兄弟首次机械飞行后的又一次飞天壮举。

这一天，与莱特兄弟的首飞隔了六年。它向世人宣告：对飞天梦的探索，中华民族的脚步也毫不迟缓，中华民族的智慧和才能绝不在其他民族之下。

通往梦想的征途从来不是平坦的，莱特兄弟首飞后损失的只是飞机，冯如献出的却是生命。1912 年 8 月 25 日，冯如在参加飞行表演时因飞机坠毁伤重不治，不幸逝世，年仅 29 岁。史料记载，临终前，病床上浑身是血的冯如留下遗言，声音断续却字字清晰：

"勿因吾毙而阻其进取心，须知此为必有之阶段。"

中弹倒地的英雄依然是英雄。

冯如虽然英年早逝，但他在为人类飞天而探索的行动中所作出的重大贡献为世人所铭记，他那追梦蓝天的精神绵延长存。不仅中国人一直把冯如誉为"中国航空之父"，美国人亦将冯如称为"天才的航空发明家"。2009 年 9 月 19 日，在美国奥克兰的兰尼大学举行了冯如铜像的揭幕仪式。这是高傲的美国人在美国国土上为他们所景仰的中国人自发竖立的第三座铜像，前两位分别是中国古代杰出的教育家孔子和清代的禁烟英雄林则徐。

冯如一直活着。他不仅活在美国的草地上，更活在所有仰望天空心怀梦想的人心中。

20 世纪末，法国达索飞机制造公司成功研制出第四代超音速战斗机。它采用双引擎、三角翼、优化的航电系统，最大平飞速度达到 2 马赫，低空突防有效半径为 1093 千米，远程空中截击半径高达 1852 千米，最大载弹量 9 吨。这款飞机因为具备超乎寻常的灵巧性和机动性能，成为法国海军及空军现役主力战斗机，被形象地称作"阵风"，单机售价超过 9000 万欧元。

曾有人问飞机制造公司的老板，"阵风"的诞生，谁是最大的功臣。投资方？设计师？制造商？还是购买者法国军方国防部？老板的回答是：最大的功臣是"阵风"的试飞员。

因为没有他们，就没有真正的"阵风"。

"飞机在正式使用前进行试验性飞行，用来检查飞机的设备和验证飞机的性能等。"这是《现代汉语词典》对"试飞"的定义。

飞机的诞生，是人类文化和文明发展史上最重大的发明创举之一，由飞行器而引发的航空革命以及由此衍生的航空航天业，如此重大且迅猛地改变了人类社会的生存和发展空间，这可能是发明者远没有料到的。飞机诞生一百多年来，体量从微型飞行器到巨型飞机，飞行速度从亚音速到高超音速，飞行高度从贴地飞行到翱翔外层空间，空中作战半径从近距缠斗到超视距空战，飞机驾驶方式从有人驾驶到无人驾驶……人类对天空的向往和追求就这样一次次突破思维的界限，并将痕迹烙印在无垠的天空。航空的功能，不仅仅是实现了人类飞翔的梦想，更使人类这个之前总是紧临地面垂首行走的种群抬起头来，将思想的目光连同对欲望的追逐放射到了无边无际的天空，由此无限拓展了人类文化文明与科技文明的外延，在带来技术的变革与参照、经济的交流与融合的同时，也蕴含着政治的抗衡与角力和国防军事的相持与较量。一种先进飞机的现身，代表的不再仅仅是一种不可或缺的交通运输工具的进步，更代表一个国家国力的提高和其在世界上地位的上升。

在今天，一个国家航空工业的水平标志着这个国家的国力和军事水平，直接决定国防安全和经济发展的程度和进程。对于风云频仍的地球人来说，和平从来就不是一句轻飘飘的口号，它需要无数阵列的大国利器作为丰富内涵和强大背景。

没有制空权的国家遑论国土安全。

没有强大的军事航空工业，遑论人民安全。

要想把飞机这样一个系统庞大复杂的航空器最终锻造成一把出鞘的利剑，完全依靠飞行者勇于实践的精神加上积极作为的行动——试飞。正是通过一次次的试飞实践，那些天才的灵感、奇妙的设想、宏伟的蓝图和各种千变万化的零部件，才能真正化为飞翔的翅膀。

没有试飞员，再好的设计也无法真正变为合格的装备。

美国人莱特兄弟驾驶自制飞机迈出了有人驾驶动力飞行的第一步，开创了航空科技发展的新纪元，同时也开启了动力飞机试飞之先河。驾驶自制飞行器的莱特兄弟与冯如是第一批飞行者，也是第一批试飞人。

中国空军试飞员承担了我国 90% 以上的航空武器装备的试飞任务。几乎所有的军用、民用飞机都要经过空军试飞员试飞后才能进入装备列装。从某种程度上说，试飞员的高度，决定着一个国家国防工业乃至航空工业的高度，最终决定这个国家在世界上的地位。

中国空军试飞员的高度，是中国军人的高度，更是中国居于世界的高度。

蓝天探险的试飞是世界公认的极富冒险性的职业，每型现代战机列装前，要完成数百个科目、1500~4000 架次飞行试验，伴随出现的各类故障数以千万计。即使是世界航空强国，每一种新飞机试飞成功前，也要摔上十架八架。一种新型战机的飞天之路，就是条试飞"血路"。

让我们走近这群直面生死的大勇者。

走近这群叩问天门的试飞英雄。

一、貌不惊人的 001 号

一架貌不惊人的飞机安静地停在跑道一头，鸭式外形，朴素的绿黄色机壳，流线型机身上只有寥寥几个醒目的鲜红色的字：001 号。这一天，全世界都睁大了眼睛。

1998 年 3 月 23 日。四川成都。温江机场。

天还没明，机场上的跑道灯提前亮了。

两位戴着胸牌的军官站立路侧，挥手引领着数辆军用吉普驶入机场重地。荷枪的哨兵验过口令后，打开钢栅栏，放车队进去。5 分钟后，一队士兵的身影出现在机场内，几束交叉的探照灯光无声地巡回扫过，压低的声音和控制了速度的车轮，以及许多双着军用胶鞋的脚，箆子一样箆过偌大机场内的每一寸土地。数小时后，这些士兵重新回到车上，在太阳跳出地平线时，所有人员和车子都在跑道的尽头消失了。

天亮了，这个号称"天府之国"的宜居城市，在阳光和春风的沐浴下醒来。

早饭后，一些贴着特殊标记的车子穿过春意盎然的街头，一路向西驶过。与当年基蒂霍克小镇的居民没能及时目睹莱特兄弟试飞"飞行者一号"的遗憾不一样，这一天，一些早起出门的人预感到：今天，这个城市的某处，将有重大的事件发生。

车队行驶的方向是城西，那个被大片鲜花、绿树与围墙环绕的地方，是军事重地，老城区人管它叫"黄田坝"。"天府之国"的人们还不知道，从这一天的晚些时候起，全世界都将知道中国的这个地方。

上午 10 点，随着锣鼓的喧哗一起进入机场的人们看到，越过草长莺飞的草坪，在彩旗、警戒线和哨兵组成的多层安全带之内，一架飞机静静地停放在停机坪上。

今天，这里将举行一架国产新型战机的首飞。

首飞是严格保密的，见证首飞的除了总设计师及其带领的技术团队人员、首飞试飞小组成员、历年参与课题重要领域的设计生产制造的专业人士，还有这一领域军方和官方的领导及负责人。只有极少数经过严格审查的媒体被允许进入核心区，之前，他们每个人都接到了关于这次事件报道范围的明确要求。

同样是出于严格保密的要求，新机的机身没有做外观处理，甚至没有编码标识。许多年之后，一些军迷还会频频提起，无不惋惜首飞当日的这一款原型机在初出闺门时是如何未加修饰素面朝天，与十年之后在珠海航展上亮相时艳压群芳的定型机完全不可同日而语，后者那威风凛凛、令人叹为观止的惊世容颜，是怎样在中国乃至全世界引起轩然大波。当日西方媒体在评介这一款新机时曾说：全世界都睁大了眼睛。

这一天的天气并不理想，阴且有雾，但并没有下雨。气象报告说午前的能见度不足 500 米，远达不到首飞的飞行要求。9 点不到就赶到的人们看到，机场跑道上往日停放的所有飞机在一夜之间消失得干干净净，只有那架貌不惊人的飞机安静地停在跑道一头，鸭式外形，朴素的绿黄色机壳，流线型机身上只有寥寥几个醒目的鲜红色的字：001 号。

二、就是摔也要摔在跑道上

现场那么多人，听到的声音只有两种：秒表声和心跳声。这是一条太熟悉的路，从塔台到战机，210 米的距离，他走了十三年。

午后，天气开始转晴。

两辆车子从特别通道一直开到塔台楼下。现场指挥大力挥动了黄色的小旗，偌大的机场上，数万人突然静下来，静得只听得到风吹动旗帜的声音。

当他出现的时候，人群有一刻的喧哗。所有人的目光，全都集中在他的身上。

首席试飞员雷强从车上下来。他左手拎着头盔，一身特制的橘红色抗荷服使他在人群中格外出众。他今天将要执飞的这架飞机，是新中国成立以来，完全由中国人自主设计和制造的全新一代战斗机。

世界上，空军战机配置先进合理的国家，均采用"高低搭配"的方式，如美国的 F-15、F-16、F-22 和 F-35，苏联的苏-27 和米格-29，法国的"阵风"和"幻影"等。鉴于此，进入 20 世纪 80 年代后，中国人民空军也开始构建具有我军特色的"高低搭配"。彼时，中国空中防御最大的威胁是超音速轰炸机。随着航空技术的进步，现代超音速轰炸机拥有较远的航程和较大的作战半径，并且凭借其完善的航空电子设备，在夜晚及恶劣气象条件下，在低空以复杂地形为掩护，进行高速突防，在深入上千千米纵深后，可用空地武器攻击我方重要目标。因此，防御此类目标最好的办法就是御敌于国门之外，在其边境或者近我方纵深地区就将其拦截。这就要求中国空军歼击机要具备良好的超音速机动性能，以便能够快速起飞，迅速抵达战区拦截目标。

20世纪80年代初，我国研制了歼-×型歼击机。该机主要用来拦截高空高速入侵目标，其最大时速可达2马赫，并首次配备了采用数据链的半自动化截击引导系统，大大提高了截击高速入侵目标的能力。时隔不久，苏联第三代歼击机苏-27问世并迅速装备部队。苏-27航程远，机动性能好，火力强，机载设备较为先进，可以执行较长距离的为轰炸机护航的任务。也就是说，苏-27可以在预警机的支援下，在轰炸机前形成一道拦击线，阻挡歼击机对轰炸机的拦截。而以歼-×的各项性能来看，要想突破其拦击线非常困难。因此，中国空军需要这样一种歼击机：既具备良好的远程拦截性能，又要有良好的空中机动性能，以便有效对抗外军的F-16、苏-27等级别的战机。这意味着新型歼击机必须有代差的提升，包括气动布局、航空电子、机载武器都必须有质的提高。因此，新型歼击机不但对于中国空军，而且对于中国航空工业以至整个国防工业都有着重要的意义。

新机在设计研制过程中，需要解决多个第三代战机主要技术特征方面的难题，比如静不安定控制、翼身融合、大推力涡扇发动机、四余度电传等，这些代表着最前沿技术的成果在当时还鲜为人知，因此研制工作极为艰巨。从80年代中期立项，到科研样机诞生，历经十余载，攻关设计数千次，调整修改上万次。尽管如此，无论理论上的设计与构想多么周密，都仍然只是图纸上的假设、地面上的模拟。如果不经过试飞检验，一切都是纸上谈兵。

今天，作为首席试飞小组的首飞试飞员，雷强要将我国自主研制的第一架新型的、定位为三代机的战斗机飞上蓝天。那么，它能不能飞起来？飞起来后，还能不能飞回来？

世界航空研制史试飞成功的案例统计显示，新型飞机的新品率（指飞机新改进改动部分占原整机部分的比率）设计一般控制在20%左右，最高不超过30%。但这架新机，气动外形布局、数字式电传飞控系统、综合化航电系统、计算机辅助设计等各部分完全是"脱胎换骨"的全新设计，新品率高达60%！通俗的解释是：新型飞机的新型设计部分达到整机的60%。这在世界航空研制史上是极其罕见的。

新型机还有一个特点是：飞机的气动布局采用了静不安定鸭式布局方式。这是国内飞机首次采用这种电传方式。鸭式布局因飞机飞行时的状态类似于鸭子而得名，它使得飞机在高速飞行时具有更好的作战机动性能。这是一种新型技术，材料显示，仅仅几年前，某大国著名资深设计研究中心的同类四架原型机在试飞中全部坠毁。而在此前后，在全世界范围内，所有采用这种方式的飞机，在试飞中也均发生过坠毁事故。

当天在现场的一位记者——他已经是年过五旬的资深军旅记者了——后来对我说，起飞前，机场上出奇的安静，人们自觉地分站在安全区的两侧。现场那么多人，听到的声音只有两种：

秒表声和心跳声。

听到心跳声的还有雷强。

在看到停机坪上静静停立的熟悉的样机的那一刻，雷强的眼睛突然湿了，心跳得像打鼓。身旁的部队长看到了他通红的脸以及脖子上跳动的青筋，职业性地把手搭上他的脉搏，测了10秒：

心率达到了152。

血压肯定也会高。这是少有的。飞行二十多年，雷强还从来没有过如此剧烈的生理反应。

航医立刻站在了他的身边。

雷强摇了摇头，他想说："我这时候全身沸腾，腔子里的热血都能从天灵盖冲出去，血压能不高吗？"但他只轻轻地说："终于等到了这一天。"

平静了片刻，他向飞机走去。

这是一条太熟悉的路，从塔台到战机，210米的距离，他走了十三年。

十三年，全国300多家科研院所及生产厂家为它集智攻关，通力协作。几万名科研人员拼尽一生的心血和努力，无数人十数年夜以继日地呕心沥血，多少人黑发熬成白发，多少人甘当幕后英雄，更有以身许国的拳拳赤子，壮志未酬却英年早逝……

天空还有些淡淡的雾，气象数据报来了，能见度依然不够理想。担任首飞指挥员的汤连刚从指挥室的窗边侧过脸来问雷强："怎么样？飞不飞？"

汤连刚在试飞队伍中被称为老汤、汤头。老汤是试飞部队的老部队长了，叫他汤头不仅因为他姓汤，还有一个深厚的内涵：他是一锅长久地融汇了丰富内容并且翻滚着无穷智慧和经验的"老汤"。如果能打开他的脑子看，你会发现，他的每一个脑细胞都充满蓝天风云。

老汤的话音很轻，语气很淡。雷强每个字却都听懂了。他再次看天，他想说："汤头，这天气，比我们平时训练时的还要好呢。"但他没多说，汤头什么不知道呢？所以他只是一点头："飞。"

汤连刚亦点头，说："行。"

无须多言，共事十数年，他们彼此太了解了。

汤连刚拎过话筒，像一个大导演："各部门就位。"

一瞬间指挥室内一片忙碌，人人挺直腰板，神情聚焦。片刻间，各种仪器声、呼叫声、传递报告声此起彼伏。

在场外一角，一群白大褂和灰大褂与一排排设备坐在一起，一些低低的声音在一问一答。这是各系统技术负责人在做起飞前最后的检测。一个接一个的人举起了标着"OK"的纸片，或者给出手势。所有的测试都是正常。当然，所有的测试都只是地面的理论。

总设计师宋文骢走过来，此刻，一向稳重的他步子似乎有些晃，但声音还是沉静的：

"飞机准备好了，就看你的了。"

雷强湿润的目光望向了宋总的头顶，顶着一头华发的总设计师在人群中格外醒目。这十三年里他看着宋总一头的乌黑渐染霜雪。雷强一边戴头盔一边说："宋总您放心，只要飞机的发动机还在，哪怕断胳膊断腿，我也会把飞机给您飞回来。"

雷强紧了下扣带，突然笑了一下："就是摔，我也要摔在跑道上！我要让您知道，我们这十几年的心血、努力，究竟是哪儿出了问题。"

热泪唰地涌上，宋文骢紧紧地握住他的手。

雷强深吸一口气，走向战机。

机场上观众鸦雀无声，人们伫立不动，无数期待的目光无声地聚焦在那一点移动的橘红上。

部队长屈见忠走出塔台，一言不发地走到雷强面前，面色凝重地拉着雷强的手，二人并肩直行，彼此一路无语。一直走到飞机的舷梯下，屈见忠目送雷强登上舷梯，进入座舱。进舱回身的那一刻，雷强一抬头，看到了屈见忠脸上滚落的泪水——共事许多年，飞过无数次，他还是第一次看见自己的部队长掉眼泪。

14 时 28 分，两发绿色的信号弹冲向天空。

耳机里传来指挥员汤连刚的声音："准备好了，开车！"

这是历史性的一刻。

全场的人屏住呼吸，看着飞机点火、发动、滑行、加速。随着一阵巨大的轰鸣，机头在快速滑跑中昂起，前轮优美地抬起，瞬间，巨大的机身离地而起，呼啸着冲向蓝天。

啊，飞起来了，飞起来了！全场一片欢呼。

飞机开始爬升。之后，加速。减速。调整油门响应。模拟减速下滑。下滑。高度降至 500 米，一切正常。通场，减油门。

一圈，两圈，三圈。三圈过后，预定的试飞动作完成。

这期间，雷强有意轻轻压了压杆，又试了试方向舵，检测坡度和滚转响应。真好！飞机的反应灵敏准确。这时候他已经明白了，这家伙就是这么一架机敏的飞机，每秒可达 200 多度的极限瞬时滚转角速度可真是够刺激的！

按照预定计划，该返场了，雷强看看油量还十分充足，于是请求加试一圈。得到指挥小组的同意后，他再次按规定动作通场一周。

17 分钟后，飞机穿云而下，一个灵巧的下滑，宛若翩然起舞的芭蕾舞演员，戛然收起舞姿，轻盈地落在了跑道正中央。

一次划时代的首飞圆满地画上了句号。

机场上再一次沸腾，人们欢呼着，鼓掌、挥手、跳跃，男人和女人们一起呐喊，泪流满面地彼此拥抱。所有人都把手中早已准备好的鲜花、彩旗、帽子抛向天空，向伟大的飞机和试飞员致敬。

这就是中国自行研制的最新一代采用国际先进技术且具有国际先进水平的高性能、多用途、全天候军用战机——歼-10的首飞。

这是雷强有生以来最刻骨铭心的一次飞行，也是中国航空工业发展史上具有里程碑意义的一次试飞。

这一天，标志着中国拥有完全自主知识产权的第三代国产战机问世，自此，中国成为世界上少数能够自主研制第三代战机的国家之一。

因为新机尚在保密期，当天新闻媒体只做了有节制的报道：

"400多名国家部委、航空工业部门以及军队各级领导，数以万计的研制科研人员，将整个机场指挥中心和塔台挤得满满的，机场四周的围墙边、草垛旁、屋顶上，人头攒动，人声鼎沸。"

一向不苟言笑的设计所所长被他的几个过分激动的年轻下属搂抱得喘不过气来。他终于能够沉稳地站住后，正看到被簇拥着过来的雷强和总设计师宋文骢。于是，他张开双臂，把和着赞美和哽咽的热泪洒在他们二人的肩膀上。

十年后，珠海航展中，新型战机才正式公开亮相，直到这一天全世界人才知道了它的名字：歼-10。

2009年10月1日，新中国成立六十周年庆典在北京举行，这一天全世界的目光再次聚焦于天安门广场。上午11时11分——选在这个时间是为了纪念人民空军于1949年11月11日成立——由151架各型飞机组成的空中梯队准时飞抵天安门广场上空。由10

架歼 –10 组成的战斗机编队惊艳亮相，成为万众瞩目的焦点。

　　歼 –10 被党中央、国务院、中央军委列为国家重大专项国防重点装备，空空作战能力 (包括进攻和防御) 被视为该型战斗机发展的主要需求。它也是中国空军在未来战争中夺取空中优势、实施战役突击的战略性武器。歼 –10 的横空出世，标志着中国成为全球第五个能够独立研制第三代战斗机的国家。至此，我们可以自豪地宣称，在世界歼击机研制领域，中国完成了跻身世界先进行列的历史性跨越。

第二章 万米高空的突发事件

一、振动是突然产生的

如此强烈的振动会使飞机的发动机和其他部件顷刻间功能丧失、设备损毁，严重时甚至整机会在瞬间解体。

振动是突然产生的。

视线突然摇晃，继而模糊，紧接着整个机舱开始振动。

烟尘骤起，浓烟密布。持续强烈的振动中，座舱内各种仪盘仪表以及操纵手柄仿佛立刻就要挣脱束缚，从它们各自固定的位置上跳将出来——

巨大的噪声压迫着耳膜和头顶，双耳剧痛，头颅像要炸开，心脏仿佛碎裂。被安全带扣在座椅上的身体，仿佛也在瞬间被分裂成无数小块，每一块肌肉每一根骨头似乎都要撕裂般地挣脱抗荷服的压迫——

这是在 2 万米以上的高空，以接近音速飞行的飞机的座舱内。

10 月的中原大地，骄阳普照，晴空澄碧。这是搞飞行的人们最喜爱的天气。

试飞员滑俊跨进了机舱。他今天执行的试飞任务，要求飞机在保持某一个高度和速度的情况下，获得平飞极限加力 1 分钟的数据资料。

按程序进行开机前检查。一切就绪后，滑俊向地面给出了手势。

15 时整，随着一声轰响，战鹰出击，新型歼击机冲破云层，如一支利箭射上万米高空。

按照计划，打开加力跃升到规定高度后就改为平飞。

振动就是在这个时候突然产生的。

原本平飞中的飞机突然开始剧烈振动，剧烈的振动下整个座舱都在抖动。

作为试飞部队资深的试飞员之一，滑俊历经无数风险，这却是他从来没有遇到过的异常现象。滑俊很清楚，如此强烈的振动会使飞机的发动机和其他部件顷刻间功能丧失、设备损毁，严重时甚至整机会在瞬间解体。通常，解除振动最快速有效的方法就是关加力。

关加力就是关闭飞机油门动力。但此时飞机在高速飞行状态下，高速运转的发动机突然关加力极有可能造成空中停车！

空中停车，就是飞机在高空中失去动力。

一旦失去动力，飞机就如同一只失去控制的铁陀螺，失速，旋转，急速下坠。

一架飞机有数十个子系统、数百个机载成品设备、数万个零部件、数十万个元器件，机载系统软件规模高达几十万行甚至百万行。每一部分在地面常态下单独成立与在高空特殊环境和飞行状态下综合联动时的变化情况更是数不胜数。每型战机列装前，都要完成1500~4000架次的飞行试验。试飞之艰难之危险，常人难以想象。尤其是试飞初期，高故障率更是不可避免。

此前从来没有遇到过的巨大险情，这一次，滑俊遇到了。千钧一发之际，滑俊首先想到的是：保住飞机！因为一旦丢弃飞机，丢掉的将不仅是一架飞机，还有全部的测试数据。

在向地面指挥员报告情况的同时，滑俊迅速关加力、收油门，果然，最不愿见到的事还是发生了：

加力一关，两台发动机同时停车！

双发停车！地面指挥员接到的滑俊的这句报告，不亚于晴天霹雳。容不得他们发出惊叹，空中，这架没有了动力的飞机，开始迅速坠落。

面对险情，滑俊沉着稳定，他一边尽力保持高度滑行，一边按程序开车。

空中开车，启动右发，没有成功；再启动左发，仍然没有成功！

一连4次开车启动，都失败了！无线电里，塔台的呼叫清晰传来，指挥员和监控提醒他："注意高度和速度。"

他盯着高度表，失去动力的飞机急速下坠，转眼间，飞机高度掉到了8000米。仪表显示应该接近机场了，但此时，舱外天空突变，阴云密布，能见度转差，靠目力完全无法看见机场。滑俊在顷刻间面临数重危机：他既要集中目力寻找机场，又要密切注意飞机状态，同时继续操作开车。

随着高度降低，飞机在自身重力的作用下，下落的速度会越来越快。飞行员的大脑运转速度都是可与精密计算机相比的，哪怕是一个初级飞行员也知道，在这样的高度和速度下，再过一二十秒，飞机就会坠落到地面。

形势万分紧急。

后来在面对众多媒体的采访时，滑俊都会被问到一句话："那时候你紧张吗？"

滑俊老老实实地说："还是紧张的。"

媒体追问："在那么紧张和生死攸关的危险时刻，你想的是什么？"

滑俊说："我只想着一定要把飞机完好无损地开回去！"

二、飞机像只巨大的陀螺不断下坠

在死神强大的魔力面前，机会稍纵即逝，每一毫秒都是直达终极的考验，考量一个人的意志、品德、操守，更考量信念、智慧和忠诚。

飞机像只巨大的陀螺在不断下坠，现在，高度掉到了 7500 米。

7300 米。

7000 米。

高度降到 6500 米了！

塔台又在呼叫："注意高度和速度！"

这是 1978 年。当时飞机上逃生系统的设计远达不到今天三代、四代机的零高度零速度设计指标，启动逃生系统必要要有一定的高度指标。现在，滑俊的高度已经接近逃生临界值。

《空军飞行人员飞行大纲》规定，飞行员在特殊情况下，允许跳伞逃生，弃机保人。这些条款，当年刚刚当上飞行员第一次登机时他就十分清楚，按照《大纲》要求，此时他完全可以采取弹跳自救。

逃生座椅的按钮就在座位下方，此时高度也够，他只要伸手轻轻一按，半秒钟后，他就能从这架危机四伏的飞机上离开，洁白的伞花在碧空中张开，清风托举，白云安抚，大约 10 分钟后，他会平安地降落在地面上。他依然能获得九死一生归来后的所有荣誉，毕竟，他尽力了。

但是，这架飞机，这架凝结了多少人数年心血的飞机连同宝贵的数据都将毁于一旦。由于数据丢失，故障原因无法查清，此型飞机的所有研发都将可能无限期中止。可是，如果他继续留在飞机上，几秒钟之后，他将不再可能有逃生的机会了。

滑俊没有选择跳伞，他继续稳稳地坐在座椅上，按程序开动启动按钮：

第五次启动。无果。

第六次启动。仍然没有成功。

高度低于 6000 米后，由于地球引力的作用增加，飞机的下坠更快了，地面指挥员甚至已经没有时间再提示，因为每一次语言的对接都会耗去最宝贵的时间——这可能是以秒计算的最后的倒计时。

指挥室里突然静下来，空气压抑得让人喘不过气来，只有听筒设备中发出的电流声吱吱作响。

无线电里，滑俊的声音传来，依然沉稳，他报出的高度是：4000 米。

频谱仪晃动的曲线显示：从空中发生故障到现在，时间已经过去了整整 6 分钟。也就是说，在完全的自由落体、无动力状态下，滑俊在高空坚持飞行了 6 分钟。

在死神强大的魔力面前，机会稍纵即逝，每一毫秒都是直达终极的考验，考量一个人的意志、品德、操守，更考量信念、智慧和忠诚。是与非、取与舍，只是一瞬间的抉择。

一个人能够坦然面对死神的时间是多久？滑俊用行动给予了回答。

滑俊，1930 年 9 月出生，1949 年 3 月入伍，同年 7 月入党，历任飞行学员、飞行员、副大队长、团领航主任、试飞部队大队长、飞行团副团长。此时的他，已在飞行团副团长的位置上干了四年，是中国试飞员队伍中举足轻重的柱石级人物。如果说一个普通飞行员是金子堆出来的，那么，已经飞了近三十年的滑俊，岂止白金级的！

时间刻不容缓。按照空中开车程序，滑俊第七次启动按钮。这一次，飞机所在高度层的空气条件有所改变，滑俊终于听到了熟悉的发动机的轰鸣声——

塔台，极度寂静的指挥室里，人们也听到了这轰然而起的声音——这欢快无比的发动机运转声啊！

开车成功了！

重新调整好高度和速度后，滑俊让飞机处在良好的状态，地面塔台指挥也迅速做好调度，净场，让出空域。救火车和救护车到位。几个性急的战友已经按捺不住，跳出指挥室站到天井阳台上，这里视野开阔，可以在第一时间看清更广阔的空域。

数分钟后，随着一阵熟悉的轰鸣，飞机穿云而出。塔台上下，翘首仰望多时的人们看到，银灰色的飞机在近场划了一道优美的弧线后，徐徐降落。滑俊带着他的飞机回来了。在空中出现重大险情，飞机在空中无动力飞行长达近 7 分钟的危急情况下，滑俊和飞机安全回来了。他最终取得了加力后飞机平飞时间最大数值的宝贵科研数据。

飞机在跑道一头平稳停住。

打开座舱盖走下舷梯的滑俊抬头看去，失职许久的太阳正从云层中露出一小片光灿灿的脸。远处，一群人正奋力奔跑着，那是他的首长和战友们，有拎梯子的，有背药箱的，居然还有人扛着担架。他们所有人都高高地挥着手，一边大声呼喊着他的名字，一边快速向他拥来。

第三章　极限飞行：无逃生备选

一、我准备好了

如果说，试飞员在执行预定任务时，在空中遇到突发险情能够成功处理脱险叫作"绝境求生"的话，那么，明知危险却又要以身犯险的边界测试试飞，就是"向死而生"。

夕阳如一只巨大的红轮，自天边缓缓落下，苍黄的大漠被笼罩上一层惊心的红。一个身材颀伟的军人笔直地站着，目光深邃，注视远方。一个声音在他身后响起："中华，就等你了。"

他倏地转过身来，整齐的小平头，古铜色、线条坚毅的脸，目光如剑。尽管漠北黄沙满天，他一身军装还是挺括干净，衣领雪白，皮鞋锃亮。

他叫李中华，人称"李大胆儿"，是第一批获得国际试飞员证书的中国空军试飞员之一。

沙葱、羊肉、烤土豆，外加一堆各式军用罐头，低矮的白条木桌——戈壁滩上的一个农家小院里炊烟袅袅，一次特别的聚餐正在进行。明天，李中华将要进行歼－10飞机低空大表速科目的试飞。

搞飞行的都知道，这一行有十分严苛的规定：第二天如有重要的试飞任务，前一天绝对禁酒，也严禁暴饮暴食。但是，这个傍晚，这个"壮行晚餐"却是组织上以任务小组的名义，为李中华明天的试飞特别准备的。在基地的中国飞行试验研究院领导和专门赶至基地的空军相关部门领导都来参加了。

没有酒，只能以清茶入杯。这是领导专门带来的自用的好茶，只见片片绿叶在杯中盘旋激荡，仿佛此刻众人翻腾难抑的情绪。

李中华立在桌边，一张被紫外线过分关照的脸波澜不惊。"我准备好了。"他说。

每个人都举起自己面前高矮不等的茶杯：

"为中华——"

"为战机——"

"为空军——"

"为成功——"

"干！"全体仰脖，一饮而尽。

年届六十的试飞总工程师先红了眼睛，他握着李中华的手，却什么也没说。

李中华读到了他眼睛里的担忧。

试飞有一个十分重要且特殊的使命：突破安全边界。业内人士常用的术语叫作"飞包线"。

　　试飞是一种极其特殊的职业，试飞的内容极其复杂。如果说，试飞员在执行预定任务时，在空中遇到突发险情能够成功处理脱险叫作"绝境求生"的话，那么，明知危险却又要以身犯险的边界测试试飞，就是"向死而生"。

　　一架飞机定型试飞必须考核各种极限边界状态，因为所谓安全与危险之间，都有一个从量变到质变的过程，在什么样的数据范围内飞机是安全的，突破这个范围后飞机就会是非正常状况，这个数据范围，行业内叫作"包线边界"。包线有普通包线和极限包线。不难理解，极限包线是对飞机在能够保证安全的情况下极限性能的界定。

　　包线边界试飞是危险等级最高的一类风险科目。

　　在李中华所担负的歼-10试飞任务中，光是一类风险科目，如包线边界试飞、极限数据采集，包括速度、高度、迎角、过载等等项目就有数十个。

　　试飞包线边界、采集极限数据，就是要找出这个由量变到质变的临界点。突破这个临界点，就意味着安全没有保证。到了接近极限的时候，每向前一步，后果都是未知的。曾任中国试飞研究院院长的沙长安打过一个形象的比喻，他把这个试验的过程叫作"摸电门"。沙长安说："谁都知道电流大到一定程度会电死人，所以一般人就算是知道电流量并不足够大也不会去碰它。当电流量大到足以置人死地时，所有人无一例外地会退避三舍。但试飞不同，试飞员要做的是明知有电，却偏偏要用手去摸。为了测试极限电流数据，会将电流量一点点增加，然后试飞员就这样一次次去摸——一直摸到既不至于被电死，又绝对不能再大了为止。"

　　对这个临界点的把握是难之又难的。如何界定每次的递增量是一个十分要命的选择：增量大了，说被电死就被电死了！但是，如果增量不够大，测试次数就会增加，抛开投入成本和周期这些不说，不管是微增量还是大增量，对于执行者来说，每一次的风险都是相同的。对飞机也一样，过度的包线测试会对飞机各部分系统产生复杂多变的影响。此外，每一次飞行，因气象、高度、飞机机体状态、发动机情况、飞行员驾驶习惯等不同，飞机在空中的动态情况是变化的、不可预知的，这些不可预知的因素中任何一条哪怕只有极小的一点变化发生，都会影响增量的变化，从而导致极端后果。

李中华和他的试飞员战友们的包线试飞，就是这样一次次去"摸电门"。

二、低空大表速

在全世界范围内，低空大表速都是一级一类风险科目。大速度极易引发颤振。资料记载，事发时，飞机从出现颤振到空中解体，一共只有短短的 2 秒钟。

低空大表速，指的是战机在高度低于 1000 米时所能达到的最大速度。这是一项检验飞机结构强度和颤振特性的试飞——简单地说，飞机的速度越大，对机身机体的结构和强度要求越高。因此，这项指标是对飞机结构强度、振动特性和可靠性的最有力检验，是一型飞机能否最终定型的绝对必要参数。

同样是大表速试飞，高空与低空是完全不同的两种状况。当飞机达到某个特定速度，在天空中如疾风闪电般穿梭的时候，飞行员面临着种种不可知的巨大风险。

第一，高空中空气稀薄，飞机与空气的摩擦作用较弱。而低于1000米的低空大气层大气稠密，飞行速度越快，飞机与空气的摩擦作用越强，机体所承受的压力就越大。飞机的机身由若干块金属片铆接而成，在如此大的速度下，环行于机身周围的高速气流会将飞机机身的蒙皮分块撬起，甚至压扁双翼。

第二，高速飞行时飞机与空气振动，极易产生共振。一旦共振发生，在如此高的速度和如此大的空气压力下，飞行员甚至来不及作出反应，整架飞机转眼就会在没有任何先兆的情况下解体成无数碎片。

第三，空中遇险，飞行员最后唯一的自救方式就是跳伞。但是大表速状态下飞行员甚至没有逃生的可能。假设飞机此时的速度是1000千米／小时，就算飞行员能够瞬间捕捉到共振产生，忽略个体反应和安全座舱弹出所花费的时间，即便飞行员能够及时弹出舱，但由于飞行员出舱时的飞行速度远小于飞机飞行速度，因此，在被弹离座舱的瞬间，他就会被迅疾扑过来的垂直尾翼撞得粉身碎骨。

而低空大表速时的飞机速度，远远超过1000千米／小时……

在全世界范围内，低空大表速都是一级一类风险科目。大速度极易引发颤振。资料记载，事发时，飞机从出现颤振到空中解体，一共只有短短的2秒钟。

据可能搜寻到的统计资料，全世界在试飞这一科目时，有记录的机毁人亡的惨剧有50余起，其中数起是飞机空中解体。飞机一旦解体，所有的故障原因、数据就再也无从查考，损失掉的不仅仅是一架战机和一个优秀试飞员，更会导致一代型号研制的前功尽弃——原因很简单：故障原因不清就无法找到相应的解决方法，没有应对的方法就无法再进行试飞，而未能通过包线试飞的飞机是不能定型的。

在世界试飞史上，由于机毁人亡原因不明而导致新型战机"下马"的例子屡见不鲜。也许有人要问，既然这么危险，为什么要给飞机设计这么大的速度呢？

速度是战斗机最重要的战术技术指标之一，特别是对于远程攻击型战斗机。简要地说，速度决定战斗机的机动性和攻击性能。

第一，飞机的速度越大，远程奔袭接近目标的时间就越短，相应地，对手的空中拦截时间就越短。

第二，大速度使飞机在同样长的时间内能够更近距离地接近目标，导弹距离越近能量越大，攻击范围和强度也增大。

第三，在通常情况下，速度与机动性成正比。大速度的飞机动力强劲，在同等载弹量的情况下攻击能力更强，空空作战时，进攻、对抗与脱离的机动性好，能适应多种战术要求。

歼-10是远程攻击型中型作战飞机。出于国防和空军战备的需要，歼-10在设计时，主要的技术指标之一就是速度，设计提供的低空大表速速度值，远超当时号称先进的西方某"狮"型及美国F-16公布的设计速度，不仅在国内所有型号飞机中前所未有，在世界三代战机中也名列前茅，是体现歼-10优异性能的决定性重要参数。低空大表速试飞科目小组成立了，以李中华为主，一共6人。

这是试飞的一类风险科目中放在最后的最难啃的硬骨头。为了完成这个科目，李中华和他的试飞部队殚精竭虑。所有人都十分清楚，这真是到了拼命的时刻，要完成这样一个科目，生死只在一瞬间。

试飞严格按照循序渐进的原则进行，前期几个试飞员集体攻关。进入后期，考虑到种种因素——经验、感觉的连续性、试飞员心理素质与技术磨炼的熟练性等——就由李中华独自担当了。每一次试飞，速度都在一点一点地增加，速度越增加，危险性越大，飞机飞行中出现的问题也越多——

随着飞行次数增多，速度值增大，每次的增量亦渐渐减小：增加 50 千米，增加 30 千米，增加 10 千米……每前进一步，中国航空工业的纪录就被刷新一次。

速度达到离最大设计值还有将近 200 千米时，前起落架护板变形；速度达到离最大设计值还有 100 多千米时，因载荷太大，机翼的部分铆钉被吸出；速度达到离最大设计值只剩 50 千米了，飞机的油箱开始往外渗油……

再增加速度试飞会产生什么后果，谁的心里都没底。从设计立项，到今天的定型试飞，这型举全国航空之力铸就的国产飞机，已经走过了十八个年头。十八年，何止一代人的心血、期盼！上至自试飞总指挥、中国试飞研究院院长沙长安，歼 -10 试飞总师周自全，下至普通机务人员，每个人都寝不安席，食不甘味，如临深渊，如履薄冰。

隔日，云净天高。

这是在大漠深处的西线机场。茫茫戈壁，旷无人烟。

李中华像往常执行普通任务时一样，坚定、从容地向飞机走去。

其他人的表情和目光，却与往常大不一样，担心中蓄满深情，期盼中饱含祈祷。有的与他紧紧握手，有的拍拍他的肩膀，有的眼中泪光闪闪。虽然没有人说话，但所有人目光中的内容李中华都读得懂。

试飞小组和总师给了他这次试飞许多特殊的权限，其中最重要的一条是：

任何时候，任何情况下，他可以忽略地面监控，随时关掉加力。只要他认为需要。

也就是说，只要凭李中华个人认定的飞机状态需要，他不用申报，随时可以立即减速终止试飞。因为处于临界边界的飞机瞬间的状态变化，只有试飞员才能即时、实时感觉到，他需要分秒必争地处理，可能完全没有时间再用语言向地面指挥系统报告。

预定的时间到了。李中华缓步平静地登机，头也不回地跨进了座舱。

啪！绿色信号弹升起，歼–10战机腾空而起。

飞机瞬间就爬升到万米高空，调整好状态后，李中华把油门杆推到最大挡位置，全力加速向下俯冲。

飞机飞驰而下，如同一道闪电，从澄蓝的苍穹笔直地劈向大地！

巨大的速度值下空气产生了巨大压力，将他的身体死死压向座椅后背，原本壮硕的身体几乎成了扁扁的一片。他的五官及面部肌肉被使劲地向耳后撕扯，他的脸庞剧烈而可怕地扭曲着。他拼力咬紧牙关，闭拢嘴唇，瞪大眼睛紧盯着高度和速度显示表——它们已经在强烈的振动下剧烈地抖动着、哆嗦着。

飞机抖动得越来越剧烈，强大的过载压力使他的耳膜剧痛，轰鸣作响。但这对久经考验的耳朵还是在巨大的轰鸣声中准确地捕捉到了密布在整个机舱的尖锐刺耳的噪音——那是气流与机身摩擦产生的。他努力保持眼明耳聪，他必须完全凭借五官的感觉判定飞机的状态变化——哪怕仅仅是极其细微的异常声音。

突然，噪音减弱。又过了片刻，万籁俱寂，声息全无——这是跨越音障的一刻，标志着飞机已经进入超音速飞行。

之后，噪音重新响起，飞机继续加速俯冲。

油箱里的燃油井喷一样向发动机狂泄。此时飞行速度每增加一个单位，噪音和视觉反差都会增加十个单位。机舱内任何一点细微的变化都使人高度紧张。越来越稠密的大气与机身高速摩擦产生的噪音，完全盖过了发动机的轰鸣声。这真是令人毛骨悚然的时刻。试飞员没有胆小鬼，李中华的大胆更是战友们公认的，但在那一刻，他确确实实感觉到了恐惧。

高度越来越低，已经能够看到翼下大片红褐色扑面而来，那是戈壁大地。

飞机如同一颗闪亮的流星，掠过茫茫戈壁。显示屏上的速度数字在不停地向上跳跃。转眼，中国飞机最快低空飞行速度已被李中华甩在了身后。

试验已经成功，但李中华没有停止，头脑敏捷的他发现飞机仍有潜力。这个巨大的喜悦让他对自己和飞机陡然增强了信心，他决定继续挑战极限。加速！

他继续驾驶战机加速急遽俯冲。

现在，视野里扑面而来的戈壁和沙丘已经模糊不清了。

地面上一个年轻的监控员忍不住叫起来，他下意识地捂住了嘴——因为，超过试飞计划速度的飞机距地面已经不到千米，这样的速度下，一旦控制不好，或者飞机有问题，数秒钟之内，这只庞然大物就会直插地面……

但李中华驾驶的这架飞机仿佛被赋予了超级灵性，它在1秒钟后突然减速，然后迅速拉平，爬升——而在这1秒钟之前，"李大胆儿"用倾尽生命的代价，飞出了此型飞机飞行速度新的中国纪录。

历史记下了这辉煌的一刻：飞机时速达到并超出了设计数值，

中国战机飞行速度的最高纪录被刷新!

可以想象李中华走下飞机时机场上沸腾的景象,人们不仅欢呼英雄的归来,更是表达对这一型号国产新机优秀性能和品质的骄傲和赞许。

直到欢乐的声浪平息后,人们才发现,因为低空高度实在太低,飞机大速度俯冲时所产生的强大振荡波,把方圆十数里范围内所有建筑的玻璃全部击碎了。

不就是百十件玻璃吗?我们保证一周之内全部修复。场站管理办的答复显得底气十足。是啊,与强大的国防技术指标相比,这个小小的代价简直太不足挂齿、太值得了。

这里还有一个小小的插曲。

李中华的飞机落地之后,人们欢呼着向他拥来,其中就有中国航空工业集团产品部部长晏翔老大姐。已经年届七旬的晏翔直接跑到了机翼下,李中华刚走下舷梯,她就一把抱住了他。

晏翔是在延安保育院长大的八路军后代,童年在马背摇篮上饱受日军轰炸之苦,所以她从少年起就立志学航空,将自己的名字取了独独的一个"翔"字,把自己的一辈子献给了航空事业。

晏翔抱着李中华喜极而泣:"中华,谢谢你!你就是为歼-10的低空大表速而生的!"

至此,歼-10战机全部试飞科目胜利完成。

在歼-10战机的定型试飞中,李中华独创该机最大飞行表速、最大动升限、最大过载值、最大迎角、最大瞬时盘旋角速度、最小飞行速度等6项"中华"纪录。

2006年12月,中国第三代战机歼-10的外形图片曝光。

2008年,歼-10战机在珠海航展正式公开亮相,官方公布了它的各种性能数据：

　　歼 -10 战机的最大航程 2500 千米，作战半径 1100 千米。在悬挂两个副油箱的情况下载油量不超过 5 吨，战机最大载弹量为 7 吨。飞机正常起飞重量 11070 千克，最大起飞重量 19277 千克。飞机推重比 1.13 左右。在上述这一系列指标中，有一串外行人眼中不起眼的数据：

　　高空最大速度：2.2 马赫；低空最大表速：1250 千米 / 小时。

　　这貌似平常的数据，寥寥一二十字，内中万千风云，只有试飞人才能懂得。

第四章 翼下秦川八百里

一、钥匙留在锁眼里

飞机具有复杂的系统，许多在高空动态状态下才能发生的情况，在地面试验室中没有办法完全模拟完成……此型飞机在飞至某一速度时发生颤振继而瞬间解体到底是什么原因？这个问题无人能回答，但又必须回答。

写完最后一个句号，再仔细看一遍，他把信纸小心折了两折，装进一只信封，平平整整地放进抽屉正中间，然后，关上抽屉，将钥匙留在锁眼里。离开办公室前，他没忘记关上灯。

屋外是晴好的秋夜，月色皎洁。他深深地吸了一口气：明天是个好天。

没有人知道这个仲秋之夜，老试飞员黄炳新想了些什么。

一夜平静地度过。

第二天果然是个好天，关中平原微风轻拂，碧蓝的苍穹，云淡天高。对于试飞员来说，这是极好的飞行天气。特级飞行员黄炳新和一级飞行员杨步进阔步登机，他们将驾驶正在研制中的某重型"飞豹"战斗机，执行查明飞机异常颤振振源的试飞任务。

颤振是飞机在飞行中经常会遇到的现象。飞机在空中飞行时，受附近气流涡流的影响，机翼可能发生横向和纵向两种方向的颤振。当颤振剧烈到一定程度时，飞机会在强烈颤振下瞬间解体，导致灾难性后果。因此，飞机在设计时都要考虑特殊颤振是否会发生以及发生后如何处理，而这就需要通过试飞来检验。

此型飞机在之前的两次试飞中，都出现了剧烈振动现象，机翼和垂尾异常颤振，垂尾的蒙皮及顶部因此一再出现损伤，方向舵根部连接部位也松动、变形。设计师及各设计研制厂所的技术人员一起排查，却总是找不出原因。没找出原因，就必须继续试飞。就在数月前的最后一次试飞中，试飞员只来得及报告一声"飞机颤振"，之后，飞机瞬间在高空解体，飞行员殒命长天。那是一位技术优异、经验丰富的老试飞员。除了最后这一句话，他没有来得及将事发时的任何信息留下来。解体后的飞机，也未能保留下试飞数据。

异常颤振的惨烈后果已经发生，但发生的原因却不清楚。在原因不清、处置方式不明的情况下试飞，将会面临怎样的风险，谁都清楚。可是，如果不飞，问题无法查清，这一型飞机就不能完成定型，也就不能问世。时间一天天过去，进度一拖再拖，设计所从上到下人人焦虑难安。此型飞机的研制是国家重点项目，为了这个型号的飞机，从设计到制造再到试飞，数年间无数人投入了多少心血。

试飞院副院长张克荣是振动专家，他在一个傍晚走进黄炳新的办公室。办公室里烟雾弥漫，钻石级的老试飞员黄炳新坐在烟雾里，像块石头。

黄炳新抽烟，而且烟瘾很大。两人共事快二十年了，彼此知根知底。张克荣待黄炳新抽了半支烟之后，开口了。关于任务科目的动员、启发、试探、激励，等等，种种的铺垫半个字也没有，张克荣就说了一句话："老黄，你再飞一次吧！"

黄炳新丝毫没有犹豫地回答："行，我来飞。"

很多年以后，我在和黄炳新老英雄谈到这个细节时，他嘴里还像那天一样叼着烟，语气平淡，他说："我们干的，不就是试飞吗？"

这一句话就是承诺。

飞机还在向上爬升。今天的能见度极好，放眼望去，翼下八百里秦川尽收眼底。

飞机平稳极了，空中没有气流，就连耳机中都是静悄悄的，没有往日刺耳的噪音。这一切的一切都那么宁静，仿佛预示着一场莫测的风险正在孕育。

按计划，他们开始逐项检查并报告：双发工作正常，操纵系统工作正常，仪表及通信导航系统工作正常，测试仪器在正常准备状态。

前舱的黄炳新精确、利索地完成着一项项操纵动作。后舱的杨步进则随着机长的动作注视飞机的反应，核对着关键仪表指示的每一个数据。

高度到达海拔 3000 米，开始引发颤振试验。

黄炳新平衡好飞机，打开仪器测试开关，接通动作序号记录器，分别做中等速度和亚音速飞行。飞机在水平直线和机动飞行中状态稳定，操控自如，没有任何振动的迹象。

高度 8000 米，试验引发颤振。黄炳新加大油门，接通双发加力平飞增速。当飞行速度接近音速时，飞机出现刚刚能感觉到的轻微振动，并随速度增大越来越明显。随着 M(马赫) 数表的指针滑过 "1"，振动加剧，并伴有嘟、嘟、嘟的声音，整个飞机都在抖动，仪表的指示已模糊得几乎无法辨清。黄炳新及时收油门关断加力，随着速度减小，振动逐渐减弱、消失。这一高度的试验成功。

为了获得更多、更准确的实测数据，他们按照《综合试飞任务单》的要求，改变高度继续试飞。

高度表指针准确地指在 5000 米，这是此次试飞的关键高度。在 5000 米高度，飞机的发动机推力大，飞机增速极快。速度增至颤振边界值后，机体颤振区 (如机翼、尾翼的局部区域) 附近的气流流场变化迅速，飞机结构受力急剧增大，振动的出现和发展也相对剧烈。所以，在这个高度的颤振试验数据极为关键。

二、你跳伞，我把飞机飞回去

"你别紧张，我也别紧张。万一飞机不行了，你跳伞，我把飞机飞回去。如果我牺牲了，你跳伞成功了，你就把这个情况向上面报告。"

飞机突破了音障，进入超音速飞行。振动开始加剧。

随着飞行速度的持续增大，机身振动得异常剧烈。飞机座舱内，尽管安全带将黄炳新和杨步进的身体紧扣在座椅上，但他们仍然能强烈地感觉到整个身体连同座椅都在剧烈抖动，他们全身发麻，手几乎握不紧杆。更糟糕的是，舱内仪表板和仪表指针因高频抖动变得模糊，根本无法看清示度，耳际震荡着一连串刺耳的、令人心碎的怪声，地面指挥员的声音完全听不见。

黄炳新果断决定收油门关断加力，希望通过降低速度减轻振动。但就在他刚刚准备收油门时，飞机突然向两侧大幅度摇摆，接着只听哐当一声闷响，飞机剧烈地偏摇起来。

黄炳新大声向地面报告："飞机振动非常剧烈。"

耳机中，一连串的吱吱声里，黄炳新终于捕捉到了指挥员下的命令："停止试飞，返场。"

关断加力后，飞机减速很快，振动也随之减弱、消失。黄、杨二人遂驾机下降高度，转向机场，准备返航。

但是，黄炳新发现，新的问题出现了：振动发生之前还操纵自如的飞机忽然变得异常迟钝，形成坡度所需的压杆力和行程均比正常情况下大了约三分之一；左右蹬舵毫不费力地一下子蹬到底，飞机却毫无反应；侧滑仪的小球向一侧偏到头，丝毫不随蹬舵的动作移动。这说明飞机方向舵失灵。坐在舱里的黄炳新无法看到机尾，所以他并不知道，飞机方向舵已被震掉了。

飞机尚未进入视线，塔台收到的信息是方向舵失灵，还没有人知道飞机的方向舵其实已经不在了。尽管如此，这种故障还是令人震惊：方向舵失灵意味着飞机无法控制方向，而没有了方向的飞机，就成了一只飘在天上的巨大风筝，如何返场？如何对准跑道降落？

塔台内一片寂静。这突然出现的情况，让所有人，包括总设计师、指挥员们都哑然了。虽然之前在地面准备中，对试飞中可能出现的各种情况做了尽量充分的准备，但谁也没有想到，真正到了空中，会出现如此严重的情况。

黄炳新冷静地对杨步进说："你别紧张，我也别紧张。万一飞机不行了，你跳伞，我把飞机飞回去。如果我牺牲了，你跳伞成功了，你就把这个情况向上面报告。"

杨步进坚定地说："团长，你不跳，我也不跳，我要为你鼓劲儿，你往前飞，我跟你往前走。"

这是惊心动魄的考验，震撼苍天的一搏。

黄炳新推杆，驾机返航。他试着推左发动机油门，同时向右压驾驶杆，飞机向右滚转，在左右发动机推力的反差力矩作用下，机头缓缓地横侧，改变着方向。他就这样艰难而冷静地驾机飞向机场上空。

飞临机场了，熟悉的地标历历在目。

由于方向舵操纵失效，黄炳新建立了比正常情况下宽一些的起落航线，放好起落架后有意延迟进入三转弯。飞机压着坡度进入三转弯后，机头缓慢地向左转着，整个飞机划着大半径向起落航线外侧甩去。黄炳新立即将坡度增加修正状态，由于带着起落架，飞机速度已经减小，既不能增加坡度，也不能再多带杆，只得任机头慢慢左转。

飞机还没有进场的时候，在机场附近观看的人因为看不到飞机，也不了解此时高空中的危险状况，他们还在兴奋地期待着。等看到飞机的那一刻，看到飞机摇晃的状态，人人都知道——出事了！

先是看见飞机在左摇右摆，摇摇晃晃像只断了线的风筝。再近一些，看清了，飞机没有了方向舵。

观看的人群中，大多数都是与飞行打交道的行内人，他们都明白一个基本的道理：没有方向舵的飞机在高速降落时，只能靠副翼不断变换方向，大角度侧滑飞行。飞机带着起落架和大角度着陆襟翼，同时速度又在不断减小，操纵变得越来越困难，只要稍稍出现一点点差错，飞机就可能失速，直接的结果就是机毁人亡。

"天啊——"人群中有人惊呼。

塔台内，指挥员们屏住呼吸，不眨眼地盯着这架扭着"秧歌"冲向跑道的飞机。

蓝天、机场仿佛都凝固了，在场所有人的心都揪紧了，偌大的机场，只有风声在响着。所有人的眼睛都盯着这架左摇右晃进场的飞机。随着高度降低，随着飞机一次次地飘移，人们的心一次又一次提到了嗓子眼……在这么低的高度上，跳伞逃生绝无可能。

黄炳新全力以赴地操纵飞机对向跑道中心线，杨步进则不间断地报出高度、速度数据，注视飞机状态变化。

高度90米、80米、70米……

飞机仍在"扭秧歌"，但扭摆的幅度小了。就在离地高度约50米时，飞机在略偏右的位置对正了跑道，终于不再"扭秧歌"了，地面的人们不约而同地舒了口气。

大地升上来，跑道头就在眼前了。

黄炳新柔和地拉杆控制住飞机的下沉量，慢慢收紧油门。随着机头高高仰起，四个主轮轻轻触地，一个漂亮的着陆！万万没有想到，就在机轮轻轻触地的一刹那，机头突然急剧地向右偏转三四十度，转眼间飞机就要偏出跑道，黄炳新毫不犹豫地用全力踩满左脚蹬，同时放出减速伞，飞机开始迅速减速。终于，速度减下来了，飞机虽然滑出了跑道，但最终停在滑行道上（后来查明是刹车防滑系统传感器故障，致使右起落架外侧轮胎爆破）。

黄炳新和杨步进跳下飞机，人们围了上去，只见飞机尾部整个方向舵不见了，依然高耸的垂直尾翼后部出现一个一人多高的缺口……

在人们的欢呼声中，黄炳新悄悄地离开了。他回到办公室，办公桌抽屉的钥匙还在锁眼里。他打开抽屉，拿出那封没有封口的信，打开，里面有一些钱，还有半张纸，纸上短短的几行字他可以背下来——这是他给爱人和组织写下的"遗书"。全文只有三句话："即使我这次牺牲了，为国防发展也值得。这里面的钱，是我交给组织的最后一次党费。家人不要给组织添任何麻烦。"

他轻轻地将这封信撕碎，看着许多白色的碎片蝴蝶一般起舞。

第五章 递向春天的答卷

2012 年 9 月，辽宁号航母的正式亮相，于全世界而言，可谓是石破天惊之举，全国乃至全世界人们的目光都注视着这艘有着无比伟岸身姿的海上霸王。仅仅数月前，西方媒体还在自说自话地评点说，中国人要驾驶航母，至少还需要十年时间……

2012 年 11 月 23 日，舰载机首次在辽宁号航母上着舰成功，包括歼 -15 舰载机在内的一系列国之重器的驾驶员和指挥员随之解密。经过多年的隐身之后，他也终于从幕后走到台前，被世人所知。

空军有份招生简章里说：一名优秀的战斗机飞行员，是一名通晓 40 门以上学科的科学家和十项全能的飞行工程师。对于试飞员来说，在试飞生涯中能有一次担当首席试飞员的机会十分难得，而他在 2300 多小时的飞行生涯中，曾先后五次担任首席试飞员，其中有两种是第三代新型战机，一种是第四代新型战机。他就是中国第一架舰载机歼 -15 的首飞试飞员李国恩。

一、穿云沐雾风笑看

> 每一项科目，每一次极限挑战，都是对未知的生死
> 探索，是与死神的惊险博弈，人们谈之色变的极限，在他，
> 只是胸有千壑的坦然自若，笑看风云。

生命对我们每一个人来说之所以无比宝贵，是因为它只有一次。牺牲与奉献虽然常常被提起，但对于我们平常人来说，因为过于遥远而每每显得类乎矫饰。猝不及防的死亡威胁，令所有的高谈阔论与豪言壮语瞬间失色——坦然地笑对死神并不只是金庸武侠小说中的情节，对于试飞员来说，这是他每个飞行日，甚至每个飞行时刻都要面对的现实情境。驾驶着巨大的高速飞行器，在广袤无垠的天空中驰骋纵横，每一项科目，每一次极限挑战，都是对未知的生死探索，是与死神的惊险博弈。人们谈之色变的极限，在他，只是胸有千壑的坦然自若，笑看风云。

他叫李国恩。

14 时 18 分，李国恩同往常一样，不紧不慢地跨进了座舱。

河南人李国恩是试飞部队公认的美男子。

头盔压住了他的脸，但线条清晰的下巴还是透露了这张脸庞的信息。老话说天庭饱满、地阁方圆，李国恩有宽阔的天庭和饱满的下颌，这让他整个人看上去如同他的性格，沉稳、端厚。由于座舱容积收缩及作战体能要求的原因，战斗机飞行员们通常身体紧凑而瘦小，李国恩这样身材伟岸的，在年轻试飞员中，屈指可数。

北方的初春，白云似雪，晴空如碧。

这一天，李国恩驾驶某新型战机来到西北空军某试验基地。这是一种新型重点型号战机的空中转场，按计划要求，整个空转过程分为两个阶段：第一阶段，战机从始发机场起飞后降落在这个西北机场；第二阶段，加油后再直飞目的地，进行下一阶段的科研试飞。对于李国恩来说，执行类似的转场任务司空见惯。从任务内容上说，这不是个复杂科目。

第一阶段的飞行十分顺利，这个中转机场他来过多次，对机场及周边情况都很熟悉，这一天近场天气情况良好，他顺利降落。下机后，机务人员准备飞机去了，他到飞行员休息室作短暂的休息。机场上认识他和他认识的人很多，一路上遇到好几个熟人，他笑呵呵地挥着头盔，向他们打着招呼。飞行员们就是这样，天南地北的人，2小时之后就能见面，可再过2小时，一加油门后又相隔千里万里了。

个把小时后，飞行参谋来通知飞机准备好了，可以按计划起飞。他把杯子里的水喝净，走出休息室。

机务已经将飞机准备好，按照下段航程距离的要求给飞机加满了油，再加上各种外挂武器及装备，另外还加挂了三个副油箱，飞机再次升空属于满载起飞。机场位于高原，空气密度低，燃油燃烧率低，为了保证顺利升空，要采用加力起飞。

李国恩按程序进行了最后的检查，确认各系统正常后便示意地面，塔台给出了起飞命令。14时19分，李国恩松开刹车，加油门，加速滑跑。此时发动机进入加力状态，他一边开加力一边观察，油门推到最大位置时，转数、喷口、加力信号灯等双发参数正常。

飞机在加力状态下几秒钟就达到离陆速度，李国恩正准备拉杆升空，发现飞机出现右偏，他一边保持方向，一边立刻蹬舵进行修正。

但他感觉到，飞机在抬前轮时拉杆量很大，前轮抬起困难。他的眼睛扫视过去：发动机温度指示上，左发720摄氏度，右发635摄氏度，相差颇大。他立即判断可能是右发动机加力未点火。此时，飞机的滑跑距离已经超过跑道的四分之三，接近跑道尽头，没有条件地面助滑加速，亦无法中断起飞，李国恩果断决定继续拉起。飞机离陆了，但由于左右发动机严重的推力差，飞机出现了将近15度的右侧偏，而此时机身刚刚离陆，速度小，高度低，如果处置失败，试飞员连跳伞的机会都没有。千钧一发之际，他凭借过硬的技术和多年的经验，迅疾地进行杆舵一致修正，同时保持飞机小角度上升。地面指挥员也发现飞机状态不正常，立即询问："右发加力没接通吧？"

"是的。"李国恩一边动作一边平静地回答。

"保持好状态。"

"明白。"

没有干过飞行的人，很难明白一句"保持状态"的深刻、丰富的含义。飞机出现特殊情况，能否保持正常状态是决定性的。

李国恩收起落架、襟翼，同时将右发油门推到最大位置，但是，并没有太多转机。当飞机爬升到100米左右高度时，突然嘭的一声，飞机发出强烈爆音，机身剧烈振动，右发转数、温度急剧下降——是右发动机停车了。

在起飞阶段遭遇发动机停车，是最难处置的空中特殊情况之一。

飞机在起飞过程中失去动力是极度危险的，由于高度太低，飞机留空时间极短，给飞行员反应和处置的时间只有短暂的几秒。尽管之前李国恩成功地处置过多次空中停车之类的特情，但在起飞过程中遭遇这种险情还是第一次。更糟糕的是，他现在处于高原机场，空气密度小，发动机动力较之在平原机场时会有相当程度的迟滞，此时哪怕任何一丝一毫的操作不当或不及时都会导致灾难性后果。他下意识地扫了一眼弹射拉环，但立刻就恢复了平静，他知道，紧张对他没有任何帮助。

地面指挥员听到李国恩的报告："右发停车。"声音不高，平静、清晰。

危急时刻李国恩非常镇静，他的脑子飞快地转着，空停的种种特情处置预案闪电一般掠过，他迅速进行了一连串的操作：杆舵一致修正，保持飞机小角度上升以调整飞机状态；接通点火开关进行空中开车；将油门收至慢车；调整飞机方向，对向机场；关掉左发加力——这一系列动作几乎是同时进行的。但是，空中开车仍没有成功。

他关闭点火电门，向前移动油门，紧盯转速表，在发动机转速下降到适当值时，迅速收油门到停车位，又进行了第二次启动，但这一次依然没有成功，仪表显示右发报故（右发动机故障警报）。发动机出故障了，在原因不明的情况下不能再进行空中启动。

形势急转直下。李国恩必须凭借这仅有的一台发动机，在飞机满载的状态下返场着陆。

指挥室里，压抑的空气让众人喘不过气来。此时飞机处在勉强维持的状态，一台发动机已经发生故障，飞机隐藏着巨大的危机，为保飞行员的安全，必须尽快迫降着陆。作为一名资深试飞员，李国恩何尝不知道自己身处险境？他刚刚从起飞空停的死亡旋涡中挣脱出来，在空中每多停1秒，不可预测的潜在危险就会增加不知多少倍。之前在空军部队已经发生了一起二等事故，他的心理压力不言而喻。

但是他更明白，这架满载的、挂着三个副油箱的故障飞机迫降，稍有不测，就会像一颗巨型重磅炸弹从天而落。这款新型的重点型号飞机，机上挂载了当今我国设备最先进、功能最全的验证机，是目前国内仅有的一台。必须保住飞机，否则，无数人奋斗了数年的成果将毁于一旦。

指挥员听到了李国恩的报告："我准备先去投掉副油箱。"李国恩的声音听上去仍然是平静的。

没有任何迟疑，李国恩把危险留给了自己。

指挥室里有片刻的寂静，短到只有 2 秒，指挥员答复："好的。"

果然艺高人胆大，李国恩重新调整好飞机状态，加力爬升，高度适合。他正准备投下副油箱，低头间发现机下忽然出现一片屋顶——原野里出现了几家工厂和一片居民区。他立刻停止了空投动作，带着飞机改变方向，继续寻找空旷地带。他一边小心地控制飞机飞行，一边适时在空中耗油，继续寻找合适的位置。时间在一分一秒地延续，他密切地观察各个仪表。他很清楚，这时在空中多停留 1 秒就多许多危险，但为了保证地面人民财产的安全，他甘愿把更大的风险留给自己。

前面出现一座山，他的嘴角出现些许笑意：通常无人的山区是理想的抛掷点之一。果然，绕过山脊，在山的另一侧，一大片无人的丘陵地带出现在眼前。他小心翼翼地，以坚定的意志、过人的技术，单发爬升到 3000 米，同时做好另一台发动机也发生故障的最坏打算。他再一次确认了地面情况后，接连投下了副油箱。

飞机载重减轻了，但李国恩并没有感到轻松，因为飞机载油量仍然较大，远远超过允许着陆的最大载荷，他还要继续滞留在空中耗油。

驾驶舱里，标示发动机状态的警示灯刺眼地亮了，电子音一遍又一遍地提示右发故障。没有时间选择了，他必须立刻返场着陆。

指挥室里，指挥、通信、雷达各部门人员严阵以待，指挥员适时调整近场净空，为李国恩的归来做好准备。人人手心里都攥着把汗：飞机一侧发动机出现故障，并且还要超载落地。

几十秒钟后，一架飞机出现在人们的视线中。在指挥员的指挥下，李国恩下降高度做了一个漂亮的标准航线，放起落架、襟翼。随着一声长长的啸叫，飞机如蜻蜓点水般轻柔接地，停在春意朦胧的机场跑道上。

事后的事故调查发现，就在飞机接地的那一刻，右发附件全部告警，发动机转数及温度全部归零——好险啊！哪怕再晚上几秒，一切都将会是另外一种情况。

李国恩的飞机是单发超载着陆，按照相关要求，在极限落地的情况下，要对飞机起落架进行探伤。事后探伤的结果表明，起落架没有任何问题，足见飞行员对落地的掌控非常完美。

关车时，李国恩习惯性地看了一下仪表显示：15 时 14 分。他伴着这架故障机，前后共达 55 分钟。

透过座舱玻璃，他看到一群人焦急地向他这里跑，里面有他认识的战友同行，他们一边跑一边冲他使劲挥手。他刚刚推开座舱盖，呼喊声就灌到了耳朵里："李队快出来，快出来——"

他随即闻到了熟悉的燃油味，还带着某种金属烧焦的异味。顺着机翼下方人们的指示，他转身看到，飞机右侧发动机的喷嘴有明亮的火光赫然闪烁（事后判断是发动机里面有余油燃烧）。

"赶紧出来——"几个率先跑近的机务使劲比画着，"赶紧下来，后面还在着火呢！"

李国恩笑起来，他笑得云淡风轻："已经落地了，飞机屁股还离我那么远，怕什么！"

李国恩在右发停车、极限超载、高原机场的复杂情况下，驾机单发安全着陆，不仅保住了新型科研飞机和新型发动机，还保住了全部飞行试验数据，为后续的研制和改进提供了极为宝贵的依据和参考价值。

李国恩脚步轻松地走下飞机。面对急切地迎上来的领导和战友，他脸上还是淡淡的笑容："今天这趟可是考技术了。春天第一大考呀！"

他用智慧、赤诚和勇敢向春天递交了一份完美的答卷。

二、砺月驰星剑长歌

一架飞机源于一个构想，试飞员在跨入座舱的那一刻，开启的是一个从梦想到现实的征程。一种新的飞行器横空出世，意味着它从大地到天空的蜕变。

2012年9月25日，我国第一艘航空母舰辽宁舰正式交接入列。随着辽宁舰宏伟身姿的呈现，舰载机自然而然地成了人们热议的焦点。舰载机是航空母舰的作战利器，它不仅能对海、陆目标发动攻击，而且能保障区域制空权，在捍卫国家利益的行动中起着举足轻重的作用。

2012年11月24日，随着一声信号令响，中国第一架舰载机歼-15从辽宁舰甲板上昂首跃起。这美丽而雄健的一跃，实现了中国航空工业从陆地到海洋的跨越。歼-15是我国第一代舰载战斗机，它的昂然英姿令世人惊叹。歼-15的首飞试飞员就是李国恩。当然，出于保密的原因，人们从新闻上看到歼-15已经是他首飞几年之后的事情。

歼-15的首飞是我军装备发展史上具有里程碑意义的一件事，也必将载入史册。

李国恩童年丧父，母亲含辛茹苦一个人把他养大成人。李国恩终生都感激他亲爱的母亲——在那么拮据困难的家庭条件下，不仅给了他强健的身体，更教会他笑对人生。当飞行员，是李国恩对母亲唯一的一次"忤逆"。本来，他高中毕业时母亲希望他考师范院校，这样可以早点挣工资养家。但李国恩执意去当兵——不是普通一兵，而是当飞行员。"妈妈，您应该为我高兴：适合当老师的人有千千万万，而符合当飞行员条件的人却很少很少。感谢您给了我一副好身体，我该有多幸运，您有多光荣啊！"李国恩当年的一番劝说，终于打动了母亲。

母亲顽强的基因遗传给了李国恩，他从一个普通的农民孩子成长为人民空军一名优秀的试飞员。

让我们回到他首飞歼-15的那一日。

2009年8月31日。中国北方某机场。

北方夏季明亮绚丽的阳光慷慨地洒满机场，今天的机场到处彩旗飘扬。上午10点，一行人走上观礼台。从他们中一些人制服上佩戴的略章和金灿灿闪烁的一长排星星就可以看出，他们是军方的高级别人士。跑道一头，一只巨大的战鹰以它天然的雄姿静静而立，特殊的宽阔机翼被阳光洗得闪亮灼目。

这一天，国产歼-15舰载机进行首次试飞。如战士出征，现场气氛紧张。歼-15舰载机首次飞行成功与否，不仅关系到沈阳飞机工业（集团）公司和中国航空工业集团公司沈阳所这些年来辛苦耕耘的创新成果，更关系到国家航母事业进程的推进。

歼-15舰载机研制现场总指挥是沈飞集团公司董事长、总经理、党委副书记罗阳。身材高大、肤白貌端、仪态儒雅的罗阳缓缓地走到李国恩面前，拍了拍他的肩膀，停了半刻，只说了几个字："兄弟，等着你回来。"

李国恩用他标志性的微笑回答了罗总。他们握手，轻轻地拥抱了一下。

新型舰载机的研发过程中，每一次试飞，只要在试飞现场，试飞员们登机前和下机后，罗阳都会走上前去，与他们握手、拥抱。罗阳既是专家又是管理者，工作严谨，思维缜密，同时又心地温厚、性情平和。

上午10时30分，飞机慢慢滑入起飞跑道，它低低地轰响着，机场四周的空气跟着颤抖，视界中的建筑和树木都抖动起来。

10时50分，只听一声怒吼，随着塔台首席指挥员毕红军一声令下，李国恩驾驶的这架我国自行研制，并具有自主知识产权的全新型战机，昂首升空，直射蓝天……

此刻，机场观礼台上，总部、空军、海军首长和有关部门的领导，中航工业、沈飞集团公司、各有关工厂、飞机设计研究所的领导和科研人员，以及试飞现场员工，所有人的目光都随着战机飞上蓝天，正在期待并即将见证一个重要的时刻。罗阳一直抬头仰望，目光紧紧跟随着空中的飞机……

转眼间，新型战机呼啸而至，先低空盘旋一圈，又拉起，从人们头顶呼啸而过，紧接着又是一个垂直跃升，机头潇洒地昂然抬起，尾部喷出的气流气势逼人，眨眼间，战机以雷霆万钧之势直冲霄汉。

还没等人们从惊喜和震撼中回过神来，战机又来了一个小半径盘旋和 S 机动，宛如漂亮的空中芭蕾旋转，然后是一个低空大速度通场，风驰电掣，让人目不暇接。女人们尖叫不已，前排的观众用手捂住了眼睛。正当人们震撼不已的时候，战机又来了一个低空小速度通场，这回它像一只偌大的鲲鹏，在空中悠闲漫步。最后一个动作是空中应急放油，湛蓝的天空中顿时留下一条壮美的银龙……

20 分钟后，战机做了一个优美的小航线，平稳地降落在跑道上。

嘭！战机安全着陆，轮胎与地面接触摩擦，冒出三股白烟。首飞成功！

罗阳唰地从椅子上站起来，拼命地鼓掌。机场顿时沸腾了，鲜花、掌声、泪水、拥抱、欢呼……

一个全新的机种诞生了！从这天起，中国有了自己的舰载机！

李国恩刚跨下飞机，罗阳与政委张保库就上前紧紧拥抱住他。泪水从两个男子汉的眼眶中奔涌而出。

按规定，李国恩要和总设计师孙聪一起去向主席台上的首长和领导报告首飞情况，但老大不小的孙聪一直抱着李国恩呜呜地哭，鼻涕、眼泪把李国恩的抗荷服都染花了一片。李国恩当然也很激动，不过试飞员的心理素质还是强过总师的书生意气，他拍拍总师的背说："哎哎，我这不是都好好地在这里了吗？那边主席台还等我们汇报呢！"

总师孙聪破涕为笑。

当他们跑步至主席台前时，欢腾的会场有了片刻的宁静。李国恩激情满怀，麦克风将他洪亮而坚定的声音清晰地传向整个会场："首长同志，国家重点工程歼 –15 型首架样机试飞完毕，各项性能指标完全达到设计要求。请指示！"

全场再次掌声雷动。

新型战机的首飞成功，标志着我国新一代舰载航空装备的研制跨入了一个全新阶段，并填补了我国舰载机领域的空白，这一次试飞具有里程碑意义。

总装备部的一位副部长在场，他是内行，下来的时候对李国恩讲："我见过很多型号的首飞，像你这样首飞就收起落架、低高度、带起落架通过，都还是第一次，飞得非常好！"

每个试飞员在新装备首飞过程中都是有心理压力的，这个压力不光来自执行这种未知任务的风险，更主要的是责任。因为每个型号都承载着国家和民族的希望和需求，最现实的是还凝结着广大科技人员和设计人员的心血，对于设计人员来讲，一辈子搞上一个型号就不得了了。因为是首飞的原型机，可能也存在一些技术风险认识不到的问题，出现部件或者结构故障。这是我国第一架舰载机，机翼是折叠的，与一般的作战飞机相比，结构上发生了巨大变化。另外，舰载机因为着舰要求，不带减速伞，轮子刹车的特性也不一样，而首飞的地面跑道尽头没有拦阻网，因此就存在刹车出故障无法减速，飞机冲出跑道的风险……

鉴于新机的种种不确定性，为防止发生意外，西方国家通常的做法是，首飞不收起落架，只是完成升降，只要求离陆和返航落地，包括控制律的包线都受到限制，在首飞时不做扩展。

确定首飞方案的时候，李国恩看到了设计人员期盼的眼神。从设计系统来讲，他们希望飞机有个很好的表现，包括收放起落架、做些机动等，他也明白，上上下下都在关注这架新机的亮相。尽管在试验室里做了大量的试验，但没有真正的实际飞行，还是可能有很多地方没有摸透。任何形式的首飞，都可能有技术上的问题，或者技术上认识不到位的问题。如果发生技术上的错误，造成型号上的损失，试飞员个人的责任就太大了。

尽管"压力山大"，李国恩还是笑一笑说，要收起落架，要做一些鉴定性机动。他亲切地看着总师孙聪说："我相信自己的能力，也相信设计人员，我一定能够平安地回来。"

这几天，孙聪的脸蛋子看上去明显没有平时顺眼了，因为着急上火弄得他晚上睡不着觉，嘴唇里外起了水泡。从试飞前两周开始，李国恩就常常看见，夜已经深了，失眠的孙总师还在院子里踱着步。李国恩就说："我的孙总啊，你不要来来回回地走了，你睡不着可我必须要睡着，因为如果我睡不着觉的话，状态就不在了。"孙聪盯着他的脑袋没吱声。设计师的眼睛是纤毫必纠的，孙聪看得到，自从飞上舰载机，美男子李国恩的头发明显地越来越稀了。

一架飞机源于一个构想，试飞员在跨入座舱的那一刻，开启的是一个从梦想到现实的征程。一架新的飞行器横空出世，意味着它从大地到天空的蜕变。

而这个蜕变，可能是化茧为蝶，也可能是凤凰涅槃。

"空中遇险你紧张吗？"我问。他微笑着说："怎么你们都爱问这个问题？"

李国恩说，还曾经有人问过他，任务艰辛，风险巨大，是不是事先留有遗书。

他明确地摇头："从不。"

"为什么？"

"试飞这个职业，在空中遇到特情是难免的，是正常的，没有特情反倒是不正常的。有的特情是设计任务给予的，有的是意外发生的，还有可能是设计特情产生了新的特情。不管是哪一种情况，必须要做处置。紧张对你不仅没有任何帮助，反而会带来一些负面的影响。适度的紧张，对潜能有激发作用，但高度紧张会使你丧失判断的基本技能。"

"首飞那天你紧张吗？"

"还是有变化的。我平时血压不到110，那天120多，不过应该说调整得还比较好。我比较满意。"他浅浅地一笑。

李国恩率领的团队是新中国组建的第一支试飞部队，同时也是一支具有光荣历史传统的英雄部队。这支部队先后成功试飞了30多种型号数千架歼击机，为捍卫国家主权和保卫祖国的安宁作出了突出贡献。在开创我国航空事业的征程中，这支试飞部队以坚定的信念、科学的态度、无畏的勇气、献身的精神，经过几代人的艰苦努力，开创了我国航空史上的许多第一，填补了一个个空白。

2010年11月16日这天，各大媒体都在醒目位置报道了一条新闻：

> 15日晚，第六届中国航空航天月桂奖颁奖仪式在珠海举行。

中国航空航天月桂奖，是中航传媒集团于2005年发起并主办的全行业大奖，以"弘扬行业精神、讴歌骨干精英、探索新知前沿"为宗旨，每年举办一届，旨在表彰为中国航空航天事业勤勤恳恳、默默无闻地无私奉献的业内人士，是业内最具权威和影响力的奖项。奖项评选涵盖部队、民航、中外航空航天工业、科研院所及相关机构。翻开历届获奖人员名录，映入眼帘的，全是令人瞩目的航空航天界精英。

李国恩曾 5 次承担国家重点型号飞机的研制试飞重任，多次成功处置空中特情，挽救科研飞机，填补多项国内空白，本届大会授予他"英雄无畏奖"，奖励他为中国航空事业发展和国防建设作出的突出贡献。他上台受奖时，有一个动人的小插曲——

主持人问："舰载机首飞的时候，你老婆有没有为你担心？"

他回答："一个男人为何要把所有的事情都告诉女人呢？我一个人承受这种压力就可以了。"

观众疯狂鼓掌。

那一天，大屏幕上出现的颁奖词是：

> 他是农民的孩子，低调谦逊，快乐纯朴。他是蓝天的骄子，功勋卓著，全军楷模。在试飞道路上，他宠辱不惊，无怨无悔，向巅峰默然前行。他说："飞行是我的快乐，飞行是我的生命。"
>
> 他的血脉中，有一种狂野而冷峻的声音，有一种澎湃而内敛的力量，让他穿越云霄，让他热血沸腾，让他沉着冷静，让他笑看风云。

灯光幻彩的舞台上，李国恩站着，他的脸上，还是那种淡然、自信的微笑。

在本书的写作将要完成时，一个最新消息传来：我国第二种四代战机歼 -31 正式解密。这型飞机的首飞试飞员，还是李国恩，首飞时间是 2012 年 10 月 31 日 10 时 32 分。

对于当时被形象地称为"粽子机"的神秘新机的首飞，美国《连线》杂志评论文章报道说：

中国最新型的隐形战机据称于 10 月 31 日上午从沈飞集团公司机场起飞，进行首次飞行试验。双发"鹘鹰"时长 10 分钟的处女秀标志着中国雄心勃勃的隐形战机项目向前迈出了一大步。

美国人的战争嗅觉的确敏锐，两年之后，歼 -31 向世界掀开神秘的面纱。2014 年 11 月，歼 -31 实机在第十届中国国际航空航天博览会上首次亮相，并进行飞行表演。

歼 -31 成功首飞，标志着中国成为世界上第二个同时试飞两种四代机原型机的国家。

就在李国恩成功首飞歼 -31 近一个月后，2012 年 11 月 25 日，也就是海军试飞员与空军试飞员向全世界展示中国舰载机首次着舰成功的次日，歼 -15 飞机设计总指挥罗阳同志因过度劳累，突发急性心肌梗死、心源性猝死，经抢救无效，在工作岗位上殉职，终年51 岁。24 日当天中午，得知舰载机着舰成功后，兴奋的李国恩曾给罗阳打过电话，但罗阳的电话一直占线。想到罗总那时一定十分忙碌，李国恩就收起了电话，但他没想到就此错过了与罗总的最后一次通话。

在晚上的电视新闻中，他看到了罗阳，觉得罗总熟悉的笑容中有些疲惫，人似乎也憔悴了许多。一向心细如发的李国恩感慨了一下，并没有多想。作为歼 -15 舰载机首席试飞员，他对这位歼 -15 舰载机研发项目总负责人的操劳和压力感同身受。他并不知道那是罗阳留给他的最后的身影。

第二天中午，他接到辽宁舰某首长战友的电话，说罗阳离舰登车后，突发心脏病，一去不归……

李国恩一下子愣了。

告别罗阳的追悼会那天，一大早李国恩就带着试飞部队所有试飞员赶到了灵堂，他们站在离罗阳遗体尽可能近的地方，目送这位战友领导最后一程。那天李国恩哭了，泣不成声，他已经很多年没怎么流过泪了。

很多日子过去了，每次飞行下来，经过指挥塔台下，李国恩还是会不由自主地将目光投向一个位置——罗阳生前总站立的地方。他恍然觉得那个肤色白净、笑容端厚的伙伴还站在那里。

那天与罗阳告别的时候，李国恩将胸前的白花取下，轻轻放在他的身边：罗总，你太累了，好好歇息吧。

一代新机问世，带走的何止一代人的时光韶华——

可能还有生命。

第二部 凌霄踏歌

凌霄踏歌

——他们被称为"刀尖上的舞者"

凌霄踏歌，长空砺剑。万米高空，铁翼鹏程。中国空军试飞员们始终将目光瞄准世界航空发展的最前沿，以时不我待的紧迫感和责任感向世界尖端技术发起冲击。他们参与完成1000多项国家级科研课题，刷新我国航空工业数千项纪录，突破了一大批事关国家核心竞争力和部队战斗力的关键技术，让中国战机骄傲地飞翔在新世纪的天空。

> 天接云涛连晓雾，星河欲转千帆舞。
>
> ——〔宋〕李清照《渔家傲》

德国飞机设计师、制造工程师和试飞员李林达尔说过一句话："设计一架飞机并不难，制造一架飞机也没什么了不起，只有飞行才意味着一切。"

李林达尔是世界著名的滑翔飞行家、航空先驱者之一，是他最早设计和制造出可实用的滑翔机。李林达尔对飞机的最早探索始于1863年，那时他年仅14岁。他飞行事业的巅峰时期是1893年到1896年，这几年里他进行了超过2000次滑翔飞行试验，最终在1896年10月9日，因飞机失事壮烈牺牲，这一日的飞行也是他人生中最后一次腾飞。

李林达尔虽然牺牲了，但他所积累的动力飞行经验，直接影响了后来者莱特兄弟的飞行实践。李林达尔过早地成为一颗划过天际的流星，但他留给后人的这句名言却将天空探索者所具有的可贵的精神、意志传递了下去。

"只有飞行才意味着一切"，这句意味深长的话，是对飞机飞行试验所强调的实践意义最好的诠释。

第六章　"大哥大"

看过他飞行的人，懂行的男人会由衷地说：嘀——漂亮！

不懂行的女人会尖叫：哇——太帅了！

有一句话叫作"米脂的婆姨绥德的汉"，说的是陕西出美女和帅哥。

他是陕西绥德人。但是，在试飞界，用漂亮与帅形容的，不是他的容貌，而是他的飞行技术。在现今中国乃至世界，从事试飞的没有人不知道他的名字。在中国航空工业领域，他的名字更是如雷贯耳。在从头讲述他的故事之前，有必要先介绍一下他的光荣与历程：

他是中国空军第一个在国外试飞员学校接受三角翼飞机失速尾旋培训的飞行员，是我国失速尾旋首席教员之一，首次在国产飞机 K-8 上进行失速尾旋试验 200 次，并完成了苏 -27、苏 -30 飞机失速尾旋试验和"眼镜蛇机动"。

他是中国空军第一批"空军级试飞专家"及"空军功勋飞行人员金质荣誉奖章"获得者之一。

他是我国自主研制生产的第一架歼-10的首席试飞员，创造了出厂试飞史上的10项第一。

他是中国军人中第一位三角翼飞机、K-8教练机尾旋的首席试飞员兼国际教员，带教过20多个国家的近200名飞行员。

在30多年的试飞生涯中，他参与完成的我国战斗机重大科研试飞项目有100多个，其中40余项填补了中国战斗机试飞史上的空白。他曾荣获国家科学技术进步奖三等奖、国防科学技术进步奖二等奖，多次获航空系统科技进步奖。他先后荣立一等功1次、二等功4次、三等功8次，1997年被空军评为"飞行员标兵"，1999年被空军授予"功勋试飞员"称号，2002年7月被总政治部评为"全军优秀共产党员"。

他是目前中国空军战斗机试飞员队伍中年龄最大、飞行时间最长、参与试飞科目最多的资深试飞专家……他驾驶过国内外15个不同性能的机种达37个机型，经他试飞出厂的飞机可以装备6个航空兵团。

他叫雷强。但是，在试飞这个行业，很少有人叫他的本名。年轻的少壮者或者年老的长者，战友同行，甚或官员领导，无论在公开还是私下的场合，都叫他——"大哥大"。

一、草丛中躺着个熟睡的孩子

正值盛夏，这块无人光顾的草坪野草疯长，足有半米多高。雷强在草地里大步跨着，他一手提着头盔，另一边腋下挟着一个四五岁的男孩。男孩小脸晒得通红，还在闭着眼睛酣睡，两只手臂和两条腿，在雷强的腰下一甩一甩。

1997 年，盛夏。成都某机场。

"真漂亮。"看着他走过来的时候，我张口就说。

正午的跑道像一条巨幅银练，阳光在上面铺就了水银般明亮、强烈的反光。发动机的轰鸣声由远而近，在强烈的声波冲击下空气持续颤振，目力所及，四下的景物呈现变形弯曲的抖动。在机场，这种现象太熟悉了。

飞机划过一道漂亮的弧线，从头顶掠过，下降高度了，几乎是贴着地面在飞，航线和翼展保持得又平又直。然后，飞机如蜻蜓点水般落地，准确地落在跑道中线上。发动机停车后，巨大的轰响停止，空气振动停止，景物和我的视线又恢复了正常。

飞行员从飞机上下来，皮飞行服，长筒皮靴，步子很大。

在飞行部队采风的第一天，正逢飞行日，我站上塔台，他的第一个起落就被我捕捉到了。一个飞行员的资质，只要看一下他的飞机在天上和落地时的姿态，你就可以知晓大半。我一直盯着他驾机落地、滑行、停靠。舱门打开，他钻出来，最后两阶舷梯，他是一跃而下。

"我要采访你。"我追上他说。

"没空——"他把手一挥，大步从我身旁走过。

"你落地真漂亮！"我对着他的背影喊。

他站下，转身，摘下墨镜。他的脸很普通，五官小而紧凑，毫无特征。眼睛不大却十分清澈明亮，目光中有少见的敏锐。我看着他的眼睛说："小弧线，角度真刁。"

他一把取下头盔，锐利的眼睛看着我手中的采访本和笔（我当年对自己采访时的造型很得意：穿着多口袋的衣服，口袋里揣着双色笔、便签条、录音笔、电池、微型话筒和耳机），灿烂一笑："不错，懂行啊！"

"你飞得真漂亮。"我说。这句话打开了通往他飞行世界的门。

"飞得不漂亮，能干这一行吗？"他用手指指关节敲了一下头盔，丢下这句话就大步走了。头盔并没有发出清脆的声响，倒是他的声音清晰地留下：

"记者丫头，我16点15退场，16点30，休息室见。"

这是二十多年前的一幕。我初识他时，他33岁，我23岁。那时他只是空军某试飞部队的一名普通试飞员，刚刚离婚。请别误会，在这里我讲的不是爱情故事，或者说，我所讲述的故事，与爱情无关。

那时候这个城市还没有这么膨胀，我住的地方在城市的最西边，再往外就是一望无际碧绿的农田。机场的外跑道笔直穿过这片碧绿，成为我每日散步时的目极线。试飞部队就在离我家不远的地方。我们这个小院人丁不旺，因为与城市隔了一段距离，所以只有寥寥几户人家。几乎是，他们那边飞机发动机一响，我家院子的铁栅栏门就跟着响起来，隔壁人家院子里养着的大狗立刻收了平时的气势，跑到自己窝里蜷卧下来，把头埋进盘起的双腿里，看着十分解气。在每天写作的间隙悠然地打望飞行员们的生活、训练、飞行，于我，是一件很轻松、很惬意的事。我看着他们进场、退场，清晨跑步、翻双杠，傍晚打球、游泳，每一个人都有一张带着特征感的"老飞"脸，生活简单而规范。

是哪一天呢？在飞行员跑步的队伍中，看不见雷强了。那时我还不知道，他去参加"型号工程"了。

歼-10立项后，对外称"型号工程"。很长一段时间，这个工程处于高度机密状态，雷强的身影就淡出了人们的视野。他为了执行国家战略上的某项重大任务，蛰伏在这个城市的某个角落。这一蛰伏，就到了1998年3月，他这一次的出现，吸引了全世界人的目光。

16点30分整，我按时到达飞行员休息室，却在门口被人拦住了。

"雷强不在。"大队政委挡在我面前。

指挥楼一共四层，指挥室在四楼，一至三楼是空勤和指挥员休息室、餐茶室、更衣室、大小会议室、信息控制室。一楼有偌大的走廊，进门就是块大号黑板，有飞行任务的日子，上面贴着任务计划表，飞行员代码、任务标号、场次、时间、考评一览无余。我看到，在雷强名字的代码下，数个指挥员都给出了"5分"。我的预感没错，他果然是全大队最优秀的试飞员。

"不是说好的时间吗？他应该是守信用的人。"

"情况有点变化，他找儿子去了——"

于是我听到了这个叫作雷强的试飞员的故事。这当然是一个再简单不过的故事，雷强醉心飞行，无暇风花雪月，妻子不愿意忍受孤独的生活，提出离婚。雷强同意了。他没有办法不同意。

在"大哥大"还没有被叫作"大哥大"的时候，他雷强只是空军某试飞部队一个鲜为人知的普通试飞员。

于是，离婚的妻子丢下孩子走了。

飞行部队对飞行员有各种近乎严苛的要求，像雷强这种"家庭关系出现状况"的，按规定必须停飞。但没有多久，雷强就复飞了。他是一个性格刚毅的人，按部队领导的话说，他不会趴下的。

机场附近没有幼儿园，就是有也没人接送。复飞后的雷强每天坚持飞行，儿子太小，不能一个人在家，他只得带着儿子到机场，飞行的时候把小家伙丢在休息室里，让司机、炊事员或者代班员看着。但是这些地面工作人员都是有职责在身的，小家伙腿脚又利索，就在警戒区之外到处乱跑。机场空旷，每次飞行落地以后，雷强第一件事就是满世界寻找儿子。

将近一小时后，我在远离机场主跑道的外场隔离区外看到了满头大汗的雷强，身穿飞行服的他焦虑地走在隔离区一大片空旷的草地上，边走边东张西望。

今天飞的场次多，时间长，小家伙等得不耐烦，自己跑到外头玩，玩累了，天又热，就躺在草丛中睡着了。雷强找到儿子的时候，小家伙四仰八叉地在草丛中睡着，脸上、手臂上全是蚊虫咬出的红疙瘩。正值盛夏，这块无人光顾的草坪野草疯长，足有半米多高。雷强在草地里大步跨着，他一手提着头盔，另一边腋下挟着一个四五岁的男孩。男孩小脸晒得通红，还在闭着眼睛酣睡，两只手臂和两条腿，在雷强的腰下一甩一甩。

夕阳跟在雷强的身后，他挟着孩子大步行走的身影，孤单又倔强。

我在机场外的一家小餐馆里找到雷强时，他正带着儿子吃晚饭。餐馆不起眼，却是这附近仅有的几家馆子之一。黑乎乎、油渍渍的桌上有两笼包子、一碟凉拌牛肉、一碟炒青菜，父子俩对坐，儿子伸手就抓包子和肉，雷强用筷子制止了儿子，强调必须先吃一口青菜，然后才能吃肉。

儿子显然是不愿意吃青菜，但他的动作没有大人敏捷，每次伸出的手都被当爹的及时准确地用筷子挡住了。儿子无奈，缩回手，鼓起嘴巴气呼呼地瞪着他老子。他老子正在身体力行一口青菜一口肉，眼看着桌上的菜在急剧减少。

雷强用筷子点点牛肉碟说："小子，你再不抓紧，等会儿我把肉肉都吃完，就没你什么事儿了！"

看见我进来，雷强站起来让了一下说："没办法，我会做饭，但没时间。吃完了我还得去队里，做明天的飞行准备。"

我看着狼吞虎咽地喝汤吃包子的雷强，问他："后悔吗？"

"啥？"雷强抬头看了我一眼，立刻明白我在说什么。

"不要拿任何事情与我的飞行相比。"雷强说。

他的儿子，趁我们说话的当儿，迅速伸手——而且是两只手——把桌上的包子和牛肉各抓了一大把，立刻填进小嘴巴里。我和雷强都笑起来。

笑着笑着，雷强看着儿子的眼睛湿了。

他们快速吃完，雷强把儿子扛在肩头，一边大步向回走，一边大声唱着歌。儿子在他的肩头转过身来，乖乖地向我摇着小手说："阿姨再见。"

正是黄昏下班时分，这个片区因为有一个军工厂及一个飞行设计院，人声喧嚷。纷纷而过的行人们，没谁会注意这个穿着便装、身材不高大、肩膀上还扛着个小孩子的男人。连雷强自己也不知道，他会在通往试飞的路上，走得那么久，那么难。

妻子提出离婚的时候，雷强的眼泪都掉下来了。在飞行上，没有人会怀疑雷强的智商，但对待女人，他的确算不上高情商。他们在一个大院长大，两家是至交。他与她初恋、热恋，而后结婚、生子，一切都顺理成章，一切都平静如水。

但是婚姻与爱，确乎与这些无关。

那一天，妻子最后问他，在飞行与她之间，选择哪个。雷强沉默了许久，最后，他说话了，向来声高气壮的他，声音和心都在抖。

他说："把儿子给我留下。"

妻子哭着走了。

"没办法，我努力过，但是，我的心都被飞行塞满了。"雷强自我检讨。

"如果不从事试飞，如果不是瞄着'型号工程'，也许一切还会是原来的样子吧？"我问他。

"没有如果。走上试飞这条路，就会一往无前地一直走下去，这是理想，更是职责。"

说这话时雷强并不知道，为了这款三代机的首飞，他整整准备了十三年。

二、穿大皮靴的飞行员父亲是他的偶像

> 穿大皮靴的飞行员父亲是他的偶像，这个偶像的形象如此清晰与明确，从他记事起，就成为他人生与事业最直接的榜样，影响了他一生。

穿着飞行服，脚蹬长筒大皮靴，手里拎着飞行图囊，腰里还别着把小手枪。这个人是雷强的父亲。父亲雷雨田是一名飞行员，参加过抗美援朝。穿大皮靴的飞行员父亲是他的偶像，这个偶像的形象如此清晰与明确，从他记事起，就成为他人生与事业最直接的榜样，影响了他一生。

雷雨田是自己后来改的名字，爹妈原来给起的名字是什么，他也说不清。当年，雷雨田跟着哥哥离开家乡加入陕北刘志丹的红军队伍成为红小鬼时，才11岁。在红军队伍中他学会了认字写字，

就把"雷"拆分成两个字做了自己的名字。有次聊天，谈笑风生的雷强说，父亲的名字倒是很有"离骚"味，不想雷雨田沉着脸斥了一句："荒唐！"雷强吓得吐了吐舌头。

一身正气的雷雨田并非不知道屈原，但从儿子嘴里说出的这个词，字面意义的确不符合他根正苗红的老革命风格。雷雨田是来自老航校的新中国第一批飞行员中的一员，他大半生都奉献给白山黑水的东北的天空和大地了。

客观地说，在飞行学院出生的雷强年少时并没有表现出多少军人的天赋，顽皮的他整个童年和少年时期状况不断，上树下河，抓鸟摸鱼，常常被老师和同院孩子的家长告到家里来。要说不同的地方，可能是他比同龄的孩子对飞机和飞行知道得多些。雷强是雷雨田的爱子，但这不影响雷雨田这个严父对爱子施以拳脚的管教。年少的雷强不惧父亲的拳头，却怕父亲一言不发时的冷峻面孔。东北日式的老房子居多，厚厚的大条石的墙，灰白的水泥地面又冷又硬，只要听见父亲的大皮靴踏在上面的声音，他就远远地遁开——这总是在他犯了事的时候。

在这样的家教下，雷强迅速从飞行学院的一群孩子中脱颖而出，他身体健硕，思维敏捷，眼神灵动，四肢协调。在这样的环境中成长起来的雷强理所应当去做飞行员。

高中毕业那年，空军招飞，雷强报名了。"老飞"父亲雷雨田原本对儿子的身体状况胸有成竹，但是正式体检的第一天，晌午才过儿子就垂头回来了——居然落选。雷雨田大吃一惊。雷强的坦白非常简单：体检前一天，雷强从同学那里得到一本盼望已久的小说。在那个年代，一本好小说是要在同学或者同伴们中间快速广泛流动的，雷强手不释卷地看了一个通宵，小说看完了，天也亮了。红着一双眼睛的雷强在体检面试的第一关就被淘汰了。

可以想象雷雨田的愤怒。不管雷强说什么，雷雨田决不出面为儿子做任何解释与补救工作。

"做事分不清主与次，说明你还不是个成熟的男子汉，也不适合从事飞行这样一种周密谨慎的工作。"雷雨田这样教育儿子。

雷强老老实实地下乡了。塞翁失马，一年的农村生活和劳动，将他的体质和毅力都锤炼了。

转过年，又一次招飞开始，正值空军发展飞行员队伍，这一年的招生范围从应届毕业生扩大到了知青。也许雷强天生注定绕不开飞行，命运这只无形的手，毫无悬念地把他推进了空军飞行员序列。像后来媒体多次叙述的那样，他毫不犹豫地"抓住了命运的手"。

1976 年，雷强当上了飞行员，他的飞行天赋迅速表现出来，从初教机到高教机，他都是第一个放单飞。但那时他还完全不知道试飞是怎么回事。而"人生目标"这种意义重大的词，只是在他的思想汇报里偶尔出现。

初教机学习结束时，团里有意留雷强当教员。领导找他谈话，他直愣愣、硬邦邦地回了一句："不，我想上大学。"

雷强进入航校的第二年，1977 年，国家开始恢复高考。这个时期，几乎全国的青年都向往成为代表着知识与时代潮流的大学生。

雷强父母的爱情，非常类似《激情燃烧的岁月》中的情况——雷强的母亲当年是东北军区文工团团员，由组织出面"协调"给老红军雷雨田。雷雨田并不是一个粗枝大叶的人，相反，搞了一辈子飞行的他是一个十分细腻的人，只不过，由于过分忙碌的工作加上特殊的时代背景，雷雨田并不擅长言情。雷强的母亲一门三姐弟全是老牌的大学生，母亲当然希望自己钟爱的儿子也能成为大学生。受母亲的影响，上大学是雷强长久以来的心愿。有段时间，雷雨田因为"单纯军事观点"受冲击，被弄到北京批斗，母亲带着几个子女搬出院领导宿舍，住进了航校的一个旧仓库。仓库十分大，按后来雷强的话说："一个通间，全部是用发动机的箱子隔成的。"

雷强到底太年轻，他没想到，"我想上大学"这句话在一些人中引起了歧义。

几天后，在全团军人大会上，领导不点名地批评说："我们有的同志，国家把他培养出来了，可是他呢？技术学好了，思想却没跟上，不想当飞行员了，想去上大学。这是什么原因？怕死嘛！"

坐在会场下面小马扎上的雷强脸腾地红了。被人这样曲解，他觉得很委屈，却又很无奈。

雷强身上好胜、勇敢、不服输的劲头表现出来了，他不想解释，"我当时就下决心，我哪都不去，就当飞行员。"

高教机训练结束，飞行学院的学习生涯也结束了，学员们该分配了。军事院校通常有个不成文的规定：从每一届毕业学员中，选最好的留校任教。雷强接到的分配命令是留校当教员，带飞初教 -6。望着机场上花花哨哨地停着的初教 -6，雷强问："这飞机能打仗吗？"

他的教员笑起来："怎么了，小雷？问出这么幼稚的问题。这是初教机，当然不能打仗。要打仗，那得是喷气式飞机。"

"我当然知道初教机不能打仗。我不想飞初教机，我要飞歼击机。作为军人，应该接受战火的洗礼！"

这一时期，南疆局部的战事正酣。教员望着手下爱将坚毅的眼神，他明白，青春的热血正撞击着这颗年轻的心。

当晚雷强给父亲打电话，上来就说："我要飞歼击机。"

雷雨田是另一所飞行学院的院长，各航校的招生与分配情况是彼此透明的，他说："飞歼击机，就要到作战部队去。但是按军务部的计划，你们航校的这一批毕业学员要全部分到北方某部队任教。"

雷强的犟劲上来了："所以我给你打电话，你给我找人。"

作为多年的航校领导，每到毕业季雷雨田经常会遇到这样那样的人打招呼、递条子，通常都是想调换单位，换到相对舒适、便捷的地方。除非事出有因迫不得已，雷雨田一律以按组织原则办事为由推挡。留校任教在外人看来，是毕业后最好的出路之一，不是最优秀的，想留也留不下来。这个儿子倒好，反着来，要往艰苦困难的地方去，做父亲的当然很为儿子的表现骄傲。

"你是我儿子，更应该服从组织安排。做一个优秀的教员一定能带出更多优秀的飞行学员。"

"谁爱当谁当，反正我不当教员，我要飞歼击机。"雷强断然拒绝。

父子在电话里争执起来。

"不行，必须服从分配。我做校长的不能给自己的儿子走后门。"还是做父亲的有威风，雷雨田毫不通融地挂了电话。

雷强知道父亲生气了，可雷强也倔，他跟着也把电话挂了，而且赌气再也不打电话回家，连每周固定的问候也没有了。后来雷雨田出面，把雷强从初教机团换到了高教机团，虽然不是作战部队，但飞的总算是喷气式飞机。雷强当教员去了。

如果雷强就此一直留在航校当教员，不管是飞初教机还是高教机，他都不可能成为后来的"大哥大"。

没过多久，一个人的到来让事情有了转机。

三、一班教员里数你脾气大

飞行员是驰骋长天的骑士，我们不要飞机驾驶员。

那个穿着军装的高个子在机场跑道上刚一出现，雷强就发现了。

骄阳当空，宽阔的机场跑道上一览无余。那人军服笔挺，腰板笔直，踱步至一架飞机旁，伸手去摸飞机的外壳——这是正午，机场地面温度达到了六七十摄氏度。阳光下银白的机身亮得晃眼，飞机的外壳被晒得滚烫，一般人别说用手摸，就是离机身近了，都会被晃得眯上眼睛。但这个人没有眯眼。

正是午餐的时候，透过休息室洁净的落地大玻璃窗，雷强用筷子指指外头，说："喏，是个'老飞'。"

不知道为什么，看到这个"老飞"的时候，他的心动了一下。

今天雷强在外场带飞新飞行学员。新飞行学员一共有四个人，车子接了雷强和新飞行学员一溜烟到了机场，他跳下车，带头向飞机走去。雷强已经站在舷梯上了，回头看见只有两个新飞行学员紧跟上来，后下车的两个还在七八米开外，刺眼的日头下两个豆芽菜似的小家伙缩手缩脚半低着头，头盔落下来压在眼睛上。新式飞机换代后，经过大规模的改进，强调人机界面的人性化和互动性，座舱空间比前几代飞机要小很多，所以招飞局这几年招来的新学员几乎都是骨感、瘦小的，初来乍到者一个个都像豆芽菜一样白净顺溜却单薄，要吃上几年飞行灶，经过起降升空的多番摔打，才会变成像雷强这样又黑又硬又紧凑的一粒铁豌豆。

雷强脸拉下来了，冲着落在后头的两个新学员说："计划取消，你们两个，回去!"

两个新学员显然吃了一惊，却一声不敢吭，提溜着飞行头盔垂头丧气地向后转。送他们过来的调度车正在掉头呢，司机见怪不怪地将方向盘一打，将车直接停在两根"新豆芽"的脚前。车门关上前，雷强听见司机用不无骄傲的口气对两个新瓜蛋说："哎，遇上雷教员，你们算是撞上雷啦!"

雷强带着剩下的两个新学员上天转了一圈。

带飞的科目是简单得没法再简单的，雷强推杆压舵，如行云流水，动作细致又细腻，不过半个多钟头，一个起落就完成了。

飞机落地，发动机油门关上，座舱盖还没拉开，雷强扯下面罩就吼了一声："看见没?"

"新飞"和"老飞"，从相貌上就能看出来：飞行小时过百的"老飞"，赭色的脸像涂了一层油彩，而"新瓜蛋"没怎么在天上吃过高空紫外线，面皮都还是白生生的。此刻矮点儿的一个没吱声，眼睛滴溜儿转着，好似还在回味。另一个瘦一点挺着小脖子的昂着头，声音蛮大地接了句："看见了——"

这姿态好。雷强的口气软了些："光看见了不行，还得真正领会——"

矮点儿的说话了，慢吞吞地，还比画了一下："雷教员，我看你在二转弯位置的时候，你这样……压了杆……"

瘦点儿的点头："是的，我也看见了两回——"

雷强今天总算看见光明了。

"行啊!"雷强站住脚，异于常人的大手一左一右拍上两个人的肩，瘦点儿的没怎么动，矮点儿的身子却跟着更一矮，雷强就从他肩膀后方看见餐车挂着雪白的餐布来了。雷强喜形于色地说："行了!

吃饭去吧！”

两个"新飞"笑逐颜开地奔向餐车。

他们一离开，雷强的脸就拉下来了，他接通团长的电话，毫不客气地、愤怒地表达了对今天飞行计划的不满。雷强的气愤不光来自"新飞"蛋子的胆怯无能，他还怪团长眼拙。雷强说："以后，这种提不起来的货色不要送到机场来，来了也别交给我，用脚指头看看就知道他们根本不可能是飞行的料，别浪费国家的汽油了！这种学员在地面可能'长袖善舞'，上了天就完全'短板'甚至'翻板'，就算勉为其难地上了天，最乐观的结果也只是个会开飞机的驾驶员。可飞行员是驰骋长天的骑士，我们不要飞机驾驶员。"

放下电话，雷强还是气呼呼的。航医照例来检查身体，他捞过雷强的手搭脉搏，边记录边说："行啊雷子，新飞行学员们都在说，一班教员里头就数你脾气大。"

雷强一巴掌拍上他的脑袋："他们怎么不说，一班教员里头我雷强飞得最好！"

雷强并不知道，他声大气粗地说出那些话的时候，政委高建林正陪着那位高个子军人站在指挥室的窗前，透过大开的窗子，风把雷强的话无一遗漏地送到他们耳朵里。站在一边的领航主任脸上带着笑容说："之一——雷教员的意思是，他是……之一……"

"没有之一。"高建林政委平静地说，"雷强就是我们航校最好的飞行教员。"

高个子说："大家都说，航校出来的飞行学员第一批是被航校选走了，分到部队的学员和航校留校当教员的有差距。"

"那当然，我们肯定把各方面比较全面的飞行学员留下任教。"

高建林政委还是平静地说。

高个子一笑："我倒想看看怎么个有差距。"

高个子看了一下表："气象部门说，14点到18点，天气条件好。这样，你们自己选个科目就行。"

政委高建林还是一副波澜不惊的表情："您是来检查的首长，还是您定。对于我们雷强教员，只要是空军下发的飞行教员大纲上的科目，您随便选。"

40分钟后，飞机划着漂亮的小弧线，如一叶小舟，稳稳地轻落在跑道尽头。舱门打开，雷强跳下舷梯，一位高个子军人站在他面前。是那个"老飞"。

"老飞"说："你就是雷强？"

"是。"雷强立正，音短却声大，习惯性地右手一靠帽檐。

"老飞"没回礼，只是点了点头，说了句："是有差距。"

雷强听见了，但没听懂。"老飞"很近地站在雷强面前："刚才做082科目的时候，为什么超时？"

雷强怔住了，那个高度上进行的动作，在地面的指挥塔里，指挥员仅靠目视是根本不可能看得到飞机动作的，那他是怎么发现的？

"回答我的问题。""老飞"口气生硬。

雷强只能实话实说："我听师兄说，他们团的Q-1飞机，在改变进入仰角的情况下082的完成时间可以减少近5秒。今天正好飞这个科目，我想试一下，所以做了两次。"

"结果呢？"

雷强的眼睛晶晶亮："我认为我们的S-2飞机如果再提高升限

动力，基本可以达到他们的水平。但这需要减重，具体多少我还没算出来，估计 35% 左右。"

"老飞"不说话，只是看着雷强，突然说："摘掉帽子。"

雷强怔了一下，把头盔取下，露出了用镊子也镊不起的过分短的头发。

"老飞"目光在雷强的脑袋上睃了一睃："什么造型？"

雷强自嘲说："报告领导，造型不好，没办法，飞行太忙了，没时间打理，我头发长得快，只有搞短点省事。"

"老飞"哈哈笑起来，笑声里他把自己的帽子也取下了——两个人的脑袋如出一辙。

雷强就跟着笑了："彼此彼此啊！"

二十年后，"大哥大"雷强在跟我讲到这里的时候，我笑得嘎嘎的。

"真有意思，说飞行怎么说到头型上去了？这个'老飞'可真跳跃。"我说。

"说对了。"雷强说，"丫头你脑子够用。部队飞行员是打仗的，应急对抗，头脑灵活，而航校教员按教材实施教学，按部就班。这就是部队与航校的区别。我那时突然就意识到，我得改变。"

帽子重新戴上后，"老飞"脸上的笑容像被风吹跑了："你刚才说你认为'基本可以'，什么叫'基本可以'？雷强同志，谁批准你在空中擅自更改飞行计划？飞行是科学，不是游戏。"

"老飞"背着手走了。他步子很快，四十出头，身姿矫健。

"丁天明，空 × 师的师长。"政委高建林适时地出现在雷强面前，并且适时地做了备注。

空×师——雷强眼睛亮了：这是全空军最优秀的航空兵师之一，抗美援朝时打掉过敌机的，高手云集。雷强恍然想起丁天明这个名字几年前在报纸上经常出现，他是特级功勋飞行员。

"听说来了个工作组，不是来考察干部吗？他来干什么？"雷强不解。

高建林拉着脸："保密纪律第二条附第一款，不该说的秘密绝对不能说。"

"是，不该知道的秘密绝对不打听。"雷强拎着头盔就走。

"站住！"高建林对着他的后背说，"你说一个飞行师长到航校来干什么？总不会是走亲戚吧！"

高建林把话丢下就走了，西斜的太阳把他的影子拉得意味深长。

雷强这下明白了，工作组名义上是检查工作，实际上是来调查飞行员情况的。调查飞行员情况为什么要这么保密呢？坊间风传的工作组来是考察、招收战斗机飞行员的消息，看来是真的。

命运仿佛伸出一只手，在悄然指引着雷强。丁天明的到来，让雷强骨子里的青春英雄血再一次激荡，他又听到了内心沸腾的声音。雷强定定地站在原地，突然一拍脑袋，拔脚就跑。

雷强敲门进去的时候，坐在桌后的丁天明没有动，眼睛还盯在桌上的一堆飞行员档案上，他仿佛意料中地点点头说："想问我对你的评价是吧？"

雷强说："是的。"

丁天明直截了当地说："飞得不错，部队就要你这样的。"

雷强脸上哗地绽开了笑容，他一个立正："报告首长，我想到你的战斗部队去。"

丁天明站在他面前："真想去？"

雷强大声道："真想去。"

丁天明说："好。只要你真想去，我就带你走。"

雷强却欲言又止，他脱掉帽子扭在手里皱了皱眉头。

丁天明哈哈一笑，拍拍他的肩膀："放心吧，雷雨田那里，我去做工作。"

雷强并不知道，那天他在天上飞行的时候，丁天明从塔台指挥室走了出来，即使只用肉眼从地面观察，飞行行家丁天明也看得出来，那个坐在机舱里的小伙子有着不同于一般人的禀赋。

"这小子有飞行的特质。"丁天明说。

高建林说："那当然，他的父亲是雷雨田。"

不知道丁天明和雷雨田是否进行了交流，如何交流。当天晚上，雷强给父亲打电话，开口就说："我要到战斗部队去，去×师。"

电话那头沉默了半天，终于有了声音。雷雨田只说了三个字："你去吧——"

两个月后，雷强来到了位于祖国南方的×师 YY 团，成为同期学员中唯一一个被分到作战部队的飞行员。当时这是全空军战斗力最强的师。

到了飞行部队的雷强真是如鱼得水。短短两年时间里，他把空军下发的歼击机飞行大纲中几乎所有的科目都飞了一遍：海上超低空、沙漠超低空、夜间编队……在那个年代，这些绝对都是难度高得不能再高的科目。空军编的歼击机飞行大纲，他只有夜间空靶这一个科目没有完成。因为训练计划安排飞行的那日，他不巧发烧了，这让他非常遗憾。尽管如此，两年内他还是达到了"四种气象"条件下作战水平。当时，空军中具备这种水平的飞行员不超过 10 个。

1979 年，雷强参加了那场局部战争。时任某军军长的于振武担任前线总指挥，从各个师分头选人，共八人，组成了前线小分队，承担空中防卫任务。除了雷强，其他人全是副团职以上的老飞行员，只有最年轻的雷强，只是一名普通飞行员。这一年雷强刚满 23 岁。

都飞到这种地步了，以后还能飞出什么"花"来呢？这个巨大的困惑让从不知苦恼的雷强苦恼了。

四、空军司令员在他的名字上画了一个圆圆的圈

> 和平时期对军人的考量就是荣誉，没有硝烟却关乎尊严，优秀的飞行员是飞行师的尊严，无尊严毋宁死。雷强这样的骨干，团长们看得像心肝眼珠子一样，轻易不示人，更勿说易手。

1980 年元旦刚过，一个特别的消息引起了全国的震动。1 月 3 日的《人民日报》《解放军报》等全国各大报纸在头版的显著位置刊登了一则消息：

中华人民共和国中央军事委员会授予空军试飞员王昂、滑俊"科研试飞英雄"称号。

对于大多数中国人来说，20 世纪 80 年代的第一个春天是令人难以忘怀的。

从这一年开始，中国，这个挣脱了十年桎梏的国家，开始大步走上向"四个现代化"科学进军的征程，开始了日新月异的科学发展。对试飞员的表彰似乎是一种信号。试飞进行的是对最先进空中武器

的试验和验证,是国家军事和国防现代化发展的最新体现。随着"科研试飞英雄"王昂、滑俊的英雄事迹在大江南北广为传颂,曾经是严格保密的幕后英雄——试飞员,第一次走进了国人的视界,全国人民开始注视这个鲜为人知的特殊群体。

1983 年 11 月,是值得在中国试飞史上大书特书的,那一年中国空军第一次系统选拔试飞员。进入 20 世纪 80 年代,中国空军和中国航空工业开始进入飞速发展时期,一批我国自主研究设计的新型飞机项目频频上马,对试飞员的选拔第一次进入有计划的程序。到了 1983 年,为了完成歼教 -7、歼 -7 Ⅲ、歼 -8 Ⅱ 三机定型试飞任务,不再是以往对老旧款飞机修复和单一定型试飞,对试飞员的要求空前高。于是航空工业部和空军联合组织,在空军飞行部队选拔试飞员。包括雷强在内的一大批飞行员,都是在这个时候第一次知道,在人民空军飞行员的序列中,还有试飞员这样一个特殊的存在。

机会是给有准备的人的,但机会的到来又是曲折的。

第一次选拔时,雷强所在的空 × 师向空军上报的名单中并没有他。在这个问题上,师领导是留了点"私心"的。当时全军实行干部年轻化,雷强所在的军区空军要求各建制团都储备一名 30 岁以下的领导干部,雷强是最靠前的人选,也是全空军最年轻的领航主任。

空军第一次在各个飞行团选拔试飞员的活动,大张旗鼓地搞了半年多。选拔截止后,送选的人员在空军试飞部队专家的第一轮审查中就被大量淘汰。这个结果令空军军训部的领导十分被动。显然,各军区空军并没有忠实执行选拔文件的要求——一个显而易见的事实是:全空军人才最集中最出名的空 × 师居然没有一个飞行员被选中成为试飞员。这说明，送选来的人并不是各团最拔尖的精英。也就是说，各师各团，都把各自的宝贝飞行员"窝藏"起来了。试飞部队和军训部领导的恼火那就不用提了。

空×师光头，隶属于空×师的YY团当然也是光头。消息传来，雷强所在的YY团团领导们表面不动声色，内心却莺歌燕舞。本来嘛，要亲手把好不容易调教出来的团里最好的飞行员调走，哪个团长会干呢？

YY团是全师的拳头团，在整个空军都位居前列，常与同样是拳头团的空Z师AA团争先后分伯仲，两家不相上下。这一点，在飞行部队干过十年以上的人都认账。这历史是从抗美援朝时期开始的，两个师先后上阵，当时的空军司令员刘亚楼对飞行员们的奖励是：击落老美的飞机一架，在机身上画一实心红星；击伤一架，画一虚心红星。及至两个师班师回国时，几乎所有的飞机都弹痕毕现又花团锦簇，机身上一长排的虚实红星晃得耀眼。这峥嵘与争荣从那时起亦结下。每逢空军大的演习演练，两个师往往出任红蓝对抗，双方棋逢对手旗鼓相当，你争我夺花样百出，让评审委员会的新老评委们兴趣大涨，呼吸急促，心惊肉跳，最后大呼过瘾。按空军领导的话说：两虎相较，相得益彰。

但是，一切战争的因素都是人的因素。飞行员之于战斗力，就像龙骨之于航母、发动机之于飞机，是生死攸关的。和平时期对军人的考量就是荣誉，没有硝烟却关乎尊严，优秀的飞行员是飞行师的尊严，无尊严毋宁死。部队的士气、志气和底气、豪气、胆气、霸气，全在这个叫作尊严的东西里面。这样一来，各家的宝贝儿就互相暗暗地较上劲儿了。雷强这样的骨干，团长们看得像心肝眼珠子一样，轻易不示人，更勿说易手。按团长的话说："我们不是不支持试飞，但要把我们团最好的飞行员都调走了，我这团长还干不干！"

但试飞关乎国家大局，于是，这才有了空军组织的第二轮选拔。这回，空军军训部改变了策略，不再由下而上。他们对行动宗旨实行了严格的保密措施，事先不打招呼不通知，只说是干部考核，相关人等带着考核小组的人员一竿子直接插到飞行团。

尽管还没有接到空军的通知，师长已经明白，雷强这个"宝"是私藏不住了。从内心说，师长是不希望雷强走的，毕竟于师的发展而言，培养一个后备干部是需要各种条件的，仅仅从时间上说，一个优秀的飞行员，不经过四年以上的磨炼是不可能出来的。

师长毕竟是懂大局的，组织命令是必须服从的。师长是雷强父亲的学员，这么大的事情，学生肯定要向老校长说一声。这回是雷雨田一个电话打到团里来，做父亲的直接对儿子说："雷子，自从你当上飞行员，你不飞初教飞高教，不留院校到部队，不到内地上前线，我都没有反对。这次，听爸一回话，爸已经老了，你就留在团里干吧。"

雷强说："爸，我决心已定，我要到试飞团去，这一点，绝不动摇。"

电话那头，雷雨田沉默了一会儿，他的声音再响起来的时候，听上去十分沧桑："你一直都没听过我的。现在你有这么好的条件，要珍惜。关于试飞和试飞部队，你了解多少？"

父亲的话一针见血。雷强老老实实地说："我一点也不了解，我只是在报纸上看过'王昂、滑俊'，我知道他们都是英雄。"

父亲没有再吱声。成为英雄是每一个男子汉的梦想。儿子从小好强，他选定的事情，再苦再难也不回头。但是，要做试飞员，要成为英雄，这背后意味着什么，父亲比儿子清楚。

当时的空军政委和司令员都曾是雷雨田的同学，司令员就来自雷强所在的军区空军，他对自己部队的情况如数家珍般地熟悉。试飞员人选名单报上来后，慧眼识珠的司令员用笔在雷强名字上画了一个圆圆的圈，说了一句话，这句话决定了雷强的新使命。这个圆圈与其说是雷强人生之转折，不如说是中国试飞业的幸事。空军司令员说："他们一家出了五个飞行员（指雷强和他的父亲、弟弟、姐夫、妹夫），是个飞行世家，这小伙子飞得不错，干试飞，非常适合。"

1983年年底，雷强来到空军某试飞部队，从此踏上了试飞之路。

五、我看飞机是透明的

一个好的试飞员，不仅要会飞，而且要知道为什么这么飞。他的手感甚至屁股的感觉可以代替飞机的传感器。

12月的西南中心城市成都，以它天府之国特有的南方式温情接待了雷强。从冰封雪冻的北国乍一进入这里，满眼的青翠碧绿令他欣喜莫名。走进试飞员队伍的雷强站在他人生，也是中国试飞员队伍发展史的一个重要关节点上。没过多久，初涉试飞征程的他就遇到了第一个下马威。

1984年春，国家某"型号工程"启动。是年初秋，他随"型号工程"的老试飞员们一道，前往大漠深处的西线机场，参加某型飞机的导弹加载试验，对飞机挂弹后的攻击方式及性能进行试飞。

按照计划，先由老将出马。但意外出现了，第一名老试飞员在进行空中发射导弹科目时发生了空中停车。万幸的是飞机高度较高，重启发动机成功，试飞员带着飞机平安返回，没有造成更大的事故。

后面的试飞员继续上，还是个老试飞员。但同样的问题再次出现——连续发射六发导弹，都出现了发动机空中停车的问题。

这款新型空空导弹是 Y 国提供的，故障发生时的现象完全一致：导弹一出舱离机，飞机就机身侧翻，刚一改平，发动机就吞烟停车。提供技术服务的外国专家在现场连续调看了几次记录后，不停地摇头。他给出的结论是："因为你们中国的飞机太轻，挂载不了这种武器，不能飞了。"

新型空空导弹采用脉冲式发射，导弹高速发射时，出舱速度肯定要大于飞机即时速度，飞机受到的反作用力瞬间值远大于加载导弹的此型飞机的发动机推力。推力不够，飞机吸入羽烟导致发动机停车。分析结果出来后，大家都沉默了。国家重金购进的先进武器，现在被认定为国产飞机不能挂载。这个结果太让人无法接受了。试飞陷入了僵局，项目小组的一班人，难过却又无奈。

雷强在旁边看了半天，然后站出来，他说："我想上去再打一发。"

外国专家看了一眼这个小个子年轻人，未置可否地耸耸肩，那意思是：还有必要吗？

在场的领导考虑到这位初来乍到的年轻试飞员还从来没有打过导弹，让他体验一下也好，就同意了。

接下来的一幕有些戏剧化。

雷强登机，按程序操作。按计划，飞机爬升高度为 8000 米、速度是 1 马赫时准备发射。听到耳机里传来指挥员的投送命令，雷强轻轻地摁下了发射按钮。地面指挥室里多少有点提心吊胆的人们从监控中看到，砰的一声，导弹从机翼下方发射了出去。控制台听不到雷强的声音，紧张地问："打出去没有？"

雷强说："打出去了。"

控制台又问："停车没有？"

雷强说："没有。"

耳机里的声音加大了："好好看看，停车了没有？"

雷强大声回答："确实没有啊！"

听筒里雷强的声音很清晰，同样清晰的还有发动机的轰鸣声，发动机没有停车。塔台上下立刻荡过一阵轻松的气氛。

指挥员们一商议，让雷强又做了两次。两次的结果都令人满意：导弹离机后，飞机发动机工作正常，没有停车。

"我一打，感觉就像飞机被石头击中一样，飞机呼地立起来。当时我有点紧张，一下子愣住了——这是怎么回事啊？飞机姿态变化如此之大！然后我低头向座舱外面望了一下，心想，导弹出去了没有？一看，出去了，心里的石头落了地——"确信导弹已经离机，雷强这才把飞机改平，这一操纵，他发现，咦，发动机没停车啊。雷强后来这样向我描述。

雷强当时并不知道，他向机舱外张望的那一眼至关重要，因为飞机处于侧翻状态，发动机进气口偏移，有效地避免了导弹发射时羽烟的影响，等他收回目光再改平时，高速飞行的飞机已经脱离了羽烟群。

雷强顺利返航。数据分析很快出来了。

原来，老试飞员们之前在做试飞科目准备时，就已经考虑到飞机的推力小于导弹发射后的扰力，二力作用不平衡，一侧导弹离机后飞机会向另一侧侧翻。为保持飞机的正常姿态，他们几乎在按下发射按钮的同时立刻压杆将飞机改平，但这瞬间的改平使导弹发动机放出的羽烟正好把飞机的进气口罩住，结果飞机发动机就吞烟停车了。初来乍到的雷强并没有人教他做这些动作，他只是习惯性地在完成一个动作后注意观察飞机的姿态。尽管导弹离机后的强烈反作用力让飞机立刻被弹得侧翻，但他没有立即改平，而是目视导弹离机远去后过了 2 秒才修正姿态。正是这个短暂的延迟时间有效地避免了吞烟。在空中听到指挥员呼叫的片刻，头脑清晰的雷强已经迅速明白了原委，所以在后面两次发射导弹时，他有意识地观察并控制了改平的时间。他得到的结论是：延迟 2 秒再进行保持状态的动作。

分析结束，皆大欢喜，雷强也小小得意。"老飞"大队长还拍了拍他的肩膀，用动作表示了赞赏。但外方专家却摇头指着雷强说："你，飞行不合格。"

众目睽睽之下听到这句话，雷强的脸都红了。他当然不服气，虽说自己是新试飞员，但早已是"四种气象"的优秀飞行员，居然被一个外国佬说"飞行不合格"！雷强甚至还想，是不是因为自己推翻了这个老外的结论，他心生不快，当众给自己难堪？雷强梗着脖子说："怎么不合格？"

外国专家中文实在不好，他嘟哝了半天，并辅以手势比画，雷强也没有听懂。后来翻译在一边说："让你再飞一次。上天后，保持平飞的姿态不变，连续直飞 5 分钟。"

雷强笑起来，老外这是怎么了？这可是再简单不过的科目了。雷强二话不说，重新登机。他心里明白，这是考察本事的时候，所以他尽量精细地把杆控制着飞机，来回飞了几次。落地后，数据送上来，雷强看到曲线，脸真是红了：有 80% 的曲线不平整，平飞过程中过载太大。

飞行 1000 多个小时的全天候飞行员，却成了不合格试飞员。雷强的懊恼可想而知。

老试飞员告诉他："你知道问题在哪里吗？你当然是会飞的，可你不知道为什么要这样飞。"

一句话如醍醐灌顶，雷强明白了，一个优秀的飞行员并不等同于一个合格的试飞员。试飞与飞行，不仅不是同一个概念，更不是同一种评价标准。

如果说，雷强对试飞的选择还有一定的偶然性，那么，他在试飞上的成功却是得益于他的自我磨炼和执着追求。在 1984 年那个沙漠秋红的季节，雷强面对基地蛮荒的广袤天地，突然想明白了自己的定位。一个好的试飞员，不仅要会飞，而且要知道为什么这么飞——

"要飞飞机，首先要了解飞机。"雷强从此再也没有给自己放过假。飞机、飞行，组成了雷强的试飞人生。

飞机作为一个高科技的集成体，要了解它并不容易。雷强没有上过大学，在航校所学的基础理论底子并不算很深厚，所有的知识都是他后来自学的。航空力学、材料学、航空电子，甚至气象学，只要与飞行相关的他都学，只要跟试飞有关联的他都认真钻研。为了与外国专家交流，他还自学了英语、俄语。他养成了个习惯，有空就到装配车间去看，对飞机的各个系统、各个零件，小到飞机的一颗铆钉，对其规格和安装方法都要看。每一个架次完毕，他都要将飞过的雷达记录回放一遍，主动与工程设计人员探讨交流。为了熟悉飞行地标，他将飞行地图铺在操场上，每天头顶烈日，趴在上面仔细摘录背记。十数年下来，雷强坚持不懈的努力有了成效，他对飞机的任何一个横截面和纵截面的结构都了如指掌，飞机的结构、原理，乃至零部件的位置、作用、与飞行的逻辑关系，他都非常清楚。他说："飞机的机体看上去是固定的，然而飞行起来，机体是变化的，受力最大的地方，强度也是最大的。所以，飞机要轻，更要坚固。"作为一个试飞员，他的知识面已经延伸到了设计和制造领域。

试飞员和飞行员的区别在于，试飞员必须拿到精准的数据，为工程设计人员提供第一手资料，尽可能不浪费任何一个起落。尤其是新机科研试飞，往往一个架次就要耗费一二十万元，时间节点要求又非常严格，能否以最小的代价飞出最有价值的数据，自然成为人们评判一个试飞员水准的尺度。

多看之余就是多练。带着感觉，带着目的，雷强的日常训练与一般人的不同，他很少借助飞行仪表，总是脑袋靠在座舱边，手握驾驶杆凭感觉控制飞机。一会儿平飞，一会儿压坡度，通过身体感受着飞机的姿态变化，摸索着人机合一的"秘诀"。时间一长，他可以用手感甚至屁股的感觉代替飞机的传感器。在采访中，经常会听到新老试飞员们津津乐道又不无羡慕地向我说起雷强的几手绝活：

他飞加力盘旋，高度、速度、过载始终保持不变，转上一圈，飞机一点波动都没有……

飞低空小速度盘旋，他眼睛看着窗外，仅凭屁股坐在座椅上的感觉，就能将速度表、高度表、地平仪三个仪表飞成三个指针一动不动……

这些本事不是三两年工夫能磨出来的，同行们惊羡之余，是打心眼里佩服："大哥大"就是个飞行天才。

雷强自己说的是："我不是天才，但我看飞机是透明的。"

"我看飞机是透明的"这句话，是雷强的首创，不是内行人，听不懂。凡是要达到这一点的人，没有在飞机上摸爬滚打二十年以上的工夫，谁敢妄言？

多年之后，关于知识结构这一点，歼-10总设计师宋文骢对雷强这个试飞界的"大哥大"是这样评价的："他学习很苦，因为他从一个老旧的飞机，跨到一个很现代、先进的飞机，你想想他得学多少东西。飞机的原理、方法及各个系统之间的关系……他不光是学，他自己得掌握。他飞了以后，要能对这个飞机作出评价，要能把结果反馈给设计师，这个飞机才能够更好。"

西线打导弹那次，在快结束时，外国专家对中方领队说了句话："你们中国人现在的飞机比较差，我们那里有一款不错的飞机，性能很好。"雷强听到了，有点嗤之以鼻。他想，这家伙不过是为他们国家向中国外销飞机预先做技术铺垫罢了！

也就是这一次，雷强第一次听说了一个词：鸭式布局。

我问雷强，"大哥大"这个称呼是哪一天产生的。

他想也不想地挥了挥手说："别听他们瞎说，小子们的意思是说我年纪大！"

年轻的试飞员说："我们还在当飞行员的时候，就听说了。"有几个老一点的试飞员，分头讲述了"大哥大"的来由——

一次飞行，天气突变，机场上空乌云笼罩，塔台要求飞机立即返场。由于能见度不足1.5千米，4架战机像低空盘旋的燕子找不到归巢。望着头顶呼啸而过的战鹰，大家手心里都攥出了汗。按理，油量最少的应当优先落地。雷强的飞机油量不足战友们的一半，但胆大艺高的他把机会留给战友们，决定最后一个落地。战友们一个接一个地落地了。轮到雷强时，雨越来越大，大雨滂沱中，机场上空全是水雾，跑道被半尺深的水淹没了。人们正在焦急时，雷强的飞机穿过浓厚的阴云出来了，只见机头对准跑道，一个非常漂亮的接地动作，机身后拽起一丈多高的水雾，稳稳地停在跑道正中央。

　　某型歼击机的飞机进行出厂试飞，按规定要做某项包线试飞，但两个月过去了，这个包线的极限值连续飞了 16 个起落，始终没有达到计划要求。厂方急了：这个科目起飞 1 个架次就要耗费 15 万元，再这样飞下去，就算经济上可以勉强应付，时间却是拖不起的，装备配发部队的时间半年前就定下来了。怎么办呢？一番考虑之后，厂方决定换人。厂方领导找到雷强，一五一十地坦陈了进度与技术上的困难。

　　雷强一直没怎么说话，待对方说完了，他说："资料留下，你们领导回去忙工作，让工程师带我去看看飞机。"

　　连续三天，雷强上午在飞机里头上下转，这里瞧瞧，那里摸摸，下午、晚上趴在设计图纸和技术说明书上看。图纸大大小小前后连起来有将近 100 米长，盘着弯铺在地上，雷强就在上面爬来爬去，用三色笔在一些地方画着记号。工程师跟着他来回爬，不时回答他提出的问题。

　　三天过去了。第二个三天，老样子。

　　接下来的一周，雷强还是天天不慌不忙不紧不慢地在飞机上、图纸上爬来爬去，没有任何行动的意思。厂方急了，又不好说，只能绕着弯问："雷头，你看看还要我们准备些什么？"

　　雷强抬头看看天说："今天天不行，明天吧，明天飞。"

　　第二天，雷强拎着头盔上机场了。中午时分飞机落地，项目设计师和工程师在机场接下了飞机的雷强，他取下头盔时就说了两个字："行了。"

　　技术人员一分析，乐得合不拢嘴：他只飞了一个起落，就飞出了全部数据。

　　搞技术的人一般都是有点古板的。项目设计师也是个不擅褒奖人的，他措辞措了半天，觉得都不好，最后，他伸出一个大拇指高高地举在头顶上。雷强虽然有些累，但还有心情开玩笑，逗他说："爪子举这么高，啥子意思吗？"

文质彬彬的设计师言简意赅："你小子，大哥大！"

从此"大哥大"就叫开了。

六、你欠了我两个脑袋

> 战友们后来对雷强说："我们那个急啊！如果飞机发动机启动不成功，你肯定回不来了。茫茫雪山群，飞机没有地方落，你就是跳伞也白跳……那种地方，我们到哪儿去找你啊！"

1983年7月23日，加拿大航空143号班机由于公制与英制换算错误，飞机仅携带需要量一半的燃油就出航了。航程进行到一半时，因燃油不足，在高空中飞机引擎熄火。在机组人员的齐心协力下，飞机靠无动力滑翔，平安降落于曼尼托巴省基米尼一个空置的军用机场，机上人员无一人伤亡。虽然机长佩尔森被降级六个月，副机长莫里斯停职两周，三个当事机务人员也被停职，但成功落地的该班机和此型客机被加拿大人称为"基米尼滑翔机"，以喻示其优越的滑翔性能。

2001年8月24日，同样的空中停车事故发生在越洋航空236号班机上，由于2号引擎漏油，燃料耗尽失去动力发生空中停车。后来该班机以滑翔方式成功降落在亚速尔群岛，无人死亡，此举打破了民航机滑翔飞行最长距离的世界纪录。

对于民用航空飞行员来说，双发动机同时空中停车的事故并不多见，大多数人终其一生也只是偶尔听说。民用航空器在发生空停时，通常高度足够高，速度均衡。但作战飞机往往是在进行特殊动作时突发停车，特别是在超音速下飞机姿态剧烈变化时发生，此时留给试飞员的处置时间十分有限，因而危险性巨大。

在雷强的飞行生涯中，光是空中停车他就遇到 200 多次，其中一部分是科目中设置的自主关车，另外一部分，就是空中意外停车事故，后者多达 40 多次。

雷强有厚厚的几十大本飞行记录本，每一次飞行之后，计划任务及执飞情况、事故总结等，他都一一详尽地记录下来，之后还会不断地补充和再确认。这些本本已成为试飞部队的传家宝，因为涉密也从不示人，不过雷强随便翻翻，就能给我找到几个有关空中停车的故事。

1993 年，我国开始歼 –7× 型飞机的发动机选型试飞任务。

那天的第一次飞行，雷强是指挥员。飞机升空不久，首席试飞员就遇到发动机空中停车。虽然重新启动成功，但雷强听出了他声音上的变化，就指挥他说：“你落地吧。”结果，试飞员是把飞机飞回来了，落地却落得歪歪斜斜。对于一个试飞员级的飞行员来说，这种动作太不够水平了。

雷强火了。“大哥大”在飞行业务上向来是不容一丝懈怠的。飞机刚一关车，试飞员还没有下来，塔台里的雷强就站了起来，摘下耳机朝桌上一搁，丢下一句：“你们选的什么飞行员啊，差点把飞机给我摔了！”就甩手走出了塔台。

试飞员跑步追过来了，因为方才在空中高度紧张，这会儿脸还是通红的。他见了雷强就委屈地说："雷头，这个发动机不好，要停车！"

本来今天进行的科目就是发动机选型试飞，第一天的第一次试飞就被说发动机有问题，那就意味着选型是错误的，工厂方面当然不可能接受。技术人员来了，经过一段时间的地面检查和测试，工厂回复的结论是：发动机没有发现问题。

按计划要进行第二次试飞了。下达任务后，雷强与试飞员交流，他详细地陈述应该如何操作。这位试飞员不声不响地听完之后，却说："雷头，不行，这个发动机不好，我不能飞。"

在场的技术人员说："我们已经再次检查了，对上次的问题也做了处理。"试飞员还是坚持说："不行，不能飞。"

雷强是了解同行的，一个"老飞"，通常不会犯简单的判断错误，他如此执意不飞，显然坚信飞机有问题。

"这可麻烦了，他不干了怎么办？"我问。

"我一想，你不干，任务还得完成啊。我就说：'你不飞我飞。'"雷强说。

这个常识我是知道的：定型试飞科目未完成就不能定型，不能定型意味着这个型号会被取消或者无限期地延宕。一个型号的诞生经过多少人多少年的艰苦努力，不从事航空的人很难想象。举个不十分准确的例子：如同一个多年不孕的妇人，想方设法历经数年才怀上孩子，临近产期却被通知，因为不明原因的疾病，孩子不能出生。想一想那会是一种什么样的痛断肝肠——只不过，痛的人不是一个妇人，而是所有参与型号的决策者、设计者和生产方。

航空发动机一直是世界各国工业发展水平的"王冠"标志，也是中国航空工业发展的瓶颈。国际公认，在世界范围内，掌握一流水平涡扇发动机制造技术、能自行制造大涵道大推力高性能军用涡扇发动机的公司，仅有英国罗·罗瑞达、美国普惠和通用这三家，从严格意义上说，俄、法两国还都无法跻身一流。这是一个真正的垄断行业。

在美、英等发达国家，发动机与飞机研发基本是分开的，发动机核心机的研发会提前很多。但我国的科研体制，航空发动机的研发是跟随型号的，即一款发动机的研发是要配套一款飞机，如果发动机下马了，飞机需要重新进行新的发动机选型，同型的飞机研发就会严重受阻。

了解了发动机定型试飞的重要性，试飞员在第一个架次就给出了"发动机有问题"的结论，这个问题的严重性就不言而喻。飞机是肯定存在问题的，这一点已经被上一次飞行实践证明，但问题在哪，没人说得清。试飞中常会遇到这样的情况，有些问题，必须要通过动态的飞行状态才能发现，才会表现。那么，谁能再带着这架存在问题的飞机飞上天呢？按规定，在试飞阶段，试飞科目必须由首席试飞员或者首席指挥员来完成，既然首席试飞员不飞，就要由雷强这个首席指挥员飞了。

明知山有虎，偏向虎山行。即便知道这是去闯鬼门关，但如果试飞需要，还是要闯。因为——"我们不能没有自己的发动机"。

于是雷强去试飞了。

飞机刚刚爬升到万米高空，就听到嘭嘭两声，发动机停车了。

这是个难得的好天，净空澄碧，万里无云。机下是夹金山，皑皑雪山异常壮观，白雪终年不化。雷强非常清楚这一带的某个山头，是当年红军长征爬雪山时经过的。但这个美丽又有历史的地方，此刻对于处于空中停车状态的雷强来说，无异于噩梦。雷强不知遇到过多少次空中停车，可是这一次不同了——

战友们后来对雷强说："我们那个急啊！如果飞机发动机启动不成功，你肯定回不来了。茫茫雪山群，飞机没有地方落，你就是跳伞也白跳，跳下去也是个冻死饿死，那种地方，我们到哪儿去找你啊！"

在雷强的试飞生涯中，他还从来没有遇到过这么紧张的时刻。

雷强赶快转回来对向机场，准备返航降落。可是失去动力的飞机，"转弯的时候就以每秒40多米的速度在下降，我转个弯大概2分钟，相当于我转一圈回来，正好就撞山了。你说谁不紧张？都蒙了。"

人在紧张时，大脑会一片空白。雷强说："我当时紧张得连点火电门在哪儿都不知道了。"

他问塔台："（启动）电门在哪里？"

塔台也有点慌，没想到"大哥大"居然能问出这个问题，像他这种试飞员都找不到电门了，可见情况多么紧迫。指挥员赶紧回答说："在左操控台。"

但雷强还是想不起具体位置，于是又问："在前面在后面？"

"大哥大"到底是"大哥大"，短暂的几秒钟高度紧张之后，雷强迅速恢复了平静。

他迅速将飞机改平，然后按电门重新启动发动机。很好，发动机启动起来了。但雷强还是不敢收油门，有经验的他考虑到油门一收，还可能再次发生停车。于是他带着减速板，调整速度，总算把飞机飞了回来。

回来后讨论时发生了争执，雷强和首席试飞员都认为发动机有问题，但设计人员说不可能有问题，他们再一次提交的报告显示的是减速板之类的问题。设计师拍着胸脯说："我用脑袋担保，肯定不是发动机的问题。"

雷强不认同，他说："对不起，你们找的问题是存在，但肯定不是停车的原因，我认为问题没找对。"

试飞员们都很服雷强，首席指挥员说不能飞，其他人更不能飞。

僵持了两个月，问题上报到空军，空军派了副司令员带着工作组下来调研。厂方工程部门当然汇报了他们的整改情况，工程师重复了他"用脑袋的担保"。当时的副司令员林虎就来找雷强。

"小雷，要不——我们再试验一下？"

雷强说："没问题啊！我当面飞一个给你们看。"

雷强戴上头盔又升空了。果然，同样的情况发生，又停车了。

雷强已经比较沉稳了，他利索地处理好问题，平安降落了。

雷强还没有说什么，林虎副司令员板脸了："看来这个问题就是存在，而且很大。停下来检查。"

检查进行了八个月。八个月后，设计师报告说，可以了，他们发现了这个那个问题，经过了这项那项处理，解决了甲乙丙丁种种问题，增加了一二三四种种措施。这次，保证不会停车了。雷强看着他们的报告还是摇头："用不着上天，我现在就可以肯定地告诉你，虽然在原来咱们停车的那个位置不会停车了，但是你这个发动机还是有问题，超音速时还是要停车。"

经过长期的试飞合作，雷强和设计师们都成了肝胆相照的好战友、好朋友。眼下，凝结了无数心血的设计不被认可，设计师也不高兴了："小雷，别给我牛哄哄的，我说了我用脑袋担保。"

雷强说："好，我再去给你试。"

又一次试飞的情况果然不出雷强所料，飞机在超音速1.5倍时，再次停车了。

这一回的情况大不同了。

在这里很有必要先介绍一下，作战飞机在超音速飞行时发动机停车是什么状况。

飞行器就是一根高速运动的管子，气流不断地从进气道前端涌入，经过发动机，再从后面喷涌而出。发动机停车后，失去动力的飞机在惯性作用下高速前行，气流堵在了进气口，如同冲天的海浪撞向海岸的岩石。仅用"颠簸"一词完全不能准确描述实际情况。因为飞机不是岩石，岩石是固定的，而座舱是一个没有任何依托的悬空的世界，试飞员尽管有安全带固定，身体也会被甩得在座舱内四下乱撞。可以把这种情况下的座舱想象成一只正在被海啸的巨浪剧烈冲击的小艇，不过有一个很大的不同就是：飞机座舱内所有物品都是坚硬的，对飞行员来说，颠簸和摇摆发生后，没有任何缓冲的可能。

当飞机速度刚刚达到 1.5 倍音速的时候，发动机又停车了。因为速度太快，气流不畅，飞机像一头发怒的疯牛，左冲右突、横冲直撞，人在座舱里根本坐不住。尽管试飞员的体质和耐受性都远胜于普通人，但这种剧烈的冲击十分残酷和猛烈，试飞员在无法控制身体的情况下很难完成必需的动作，而且这种情形在地面上完全无法模拟。几年前，雷强所在的飞行部队曾经发生过发动机在超音速情况下停车，飞机剧震后把驾驶员震晕的事故。当事人就是雷强的老部队长。

设想一下，飞行员在高空突然昏迷是怎样一种极度危险的情形。万幸的是当时耳机还贴在飞行员耳边，没有被震落，数十秒后，空停的飞机速度逐渐慢下来，飞机垂直下坠。在千钧一发之际，老部队长被塔台无线电连续不断的大声呼叫叫醒，他立刻紧急调整姿态，但再次启动依然没有成功，经验丰富的老部队长后来驾着失去动力的飞机迫降返场成功。这次，同样的情况在雷强身上发生了。

剧烈的颠簸中，雷强像皮球一样在座舱里被抛来抛去，头盔一会儿撞到左边，一会儿撞到右边，整个人似乎要被撕裂了。即使戴着头盔，雷强的脑袋还是被撞得全是血，身上也被勒出一道道血痕，脸上沾满血迹。

必须控制住飞机，把速度降下来再启动。他死死抓着驾驶杆，用力蹬舵，用全身的力气稳住身体、稳住飞机。再一次摆脱死神的纠缠后飞机落地，设计师和战友们拥上去。检查后发现，头盔已经裂出丝丝纹路，座舱内壁上全是斑斑血痕。设计师看着面目大改的雷强，心痛地拥抱他。

雷强还能开玩笑，他咧开肿胀的嘴，点着设计师的头说："你欠我两个脑袋了啊！"

就是在这样的情况下，为了一步步确认发动机的问题，雷强一次又一次驾机升空。如果说之前的几次试飞，雷强是不得已而为之，那么之后的若干次试飞，就是雷强"自找的"——

"我就不信我找不到这个家伙的问题。"雷强说。

"这个家伙"，当然是指那台令他吃尽苦头的发动机。

就这样，他前后共飞九次，九次空中停车，直到彻底把故障确认后完全排除。

"可是——如果你还找不到故障呢？"我问他。

"那我还会飞第十次、第十一次、第十二次……直到确认问题全部排除。因为作为试飞员，找不到问题，找不到隐患，会给部队带来太多不可知的风险。我们绝不能把可能潜藏着风险的设备交给部队。"雷强毫不犹豫地回答。

不愧是"大哥大"。不管雷强是否承认这个称呼，到了80年代末，他已是年轻试飞员中飞过机种最多、飞行高难度科目最多、发射武器最多，同时亦是心理素质和身体素质较好的全面试飞员。

七、失速　失速

"真不知道你们国家想干什么，让你们学这么危险的科目。"院长指着画着醒目红杠的飞行计划单说，"你们怕不怕死？"

雷强和卢军走进会议室的时候，在场的包括空军副司令员和参谋长、装备技术部部长在内的所有领导都不约而同地向他们转过身来。雷强和卢军站定，神色肃穆地敬礼：

"报告首长——我们准备好了。"

1993年，为了进一步提高首席试飞员小组试飞员们的能力与素质，试飞员雷强和卢军到俄罗斯国家试飞员学校学习飞行失速尾旋。在世界航空领域，"失速尾旋"是令人谈之色变的一个词。而三角翼飞机失速尾旋，是世界试飞领域公认的"死亡禁地"。

失速和尾旋是两个概念，但又相互联系。

飞机的失速，形象地讲就是飞机失去了保持正常飞行的最低速度；而飞机在运动中，当一侧机翼先于另一侧机翼失速时，飞机会朝先失速的一侧机翼方向沿飞机的纵轴旋转，称为"螺旋"或"尾旋"。飞机在空中一旦发生螺旋是非常危险的，能否脱险，关键在于飞行员的技术和飞机的性能。

飞机在空中失去速度，呈螺旋状加速下坠的瞬间，飞行员稍有操纵不当，便很难逃脱"死亡陷阱"。仅美国和俄罗斯在失速尾旋科目的试飞中，就损失过几十架飞机，数十名试飞员献出了宝贵的生命。以往由于我国从来没有人尝试涉足这片"禁地"，这一检验飞机极限性能的一类风险科目始终处于"空白"，所有新机种出厂定型时，不得不留下这个"尾巴"，这严重制约着我国航空工业的发展和部队战斗力水平的提高。

为了设计出高水平的飞机，试飞员必须具备开阔的眼光、良好的专业素养以及开放性思维的能力。从某种意义上说，试飞员的水平决定了飞机的技术水平，而高素质的试飞员是需要经过特殊训练的。

新歼的试飞工程已经全面展开，如果要试飞新歼，失速尾旋是必须攻克的科目，这是一类高难高风险科目，国内还没有人能够完成。所以，有关方面联系了外国试飞学院，决定派雷强和卢军首批去参加培训。

6月是俄罗斯一年中最美丽的时候，天高云淡，碧野清风。雷强和卢军脱下军装，换上了在今天看来有些傻气的大翻领西装。穿惯了休闲装的雷强被笔挺的白的确良衬衣领弄得很不自在。作为我国国际试飞技术交流的第一批试飞员，他们来到位于莫斯科东南方茹科夫斯基的俄罗斯国家试飞员学校。

俄罗斯国家试飞员学校的任务是试验俄罗斯所有的航空设备，开展包括各种飞行平台、无人驾驶飞机和遥控飞行器的基础研究。二战后苏联的第一架喷气式飞机、垂直起降飞机和航天飞机都在这里进行试飞。

他们还来不及领略美丽的异国风情，正式上课的第一天，雷强就发了大火。

学员们到齐后，坐着敞篷汽车的俄罗斯试飞教官一下车，看到两个中国人，就指着雷强他们问："你们，是干什么的？"

雷强认真地回答："我们是中国试飞员。"

大鼻子教官当即笑了："中国有试飞员吗？你们的飞机都是仿制的，要试飞员干什么？"

雷强的脸红得像只公鸡，他咬牙忍了半天，才将怒火压下。接下来的一堂课，他一言不发。

但是没过多久，雷强的火气就消了，满腔的委屈变成了敬佩和向往——

在世界航空领域，俄罗斯国家试飞员学校是名冠全球的世界权威的五大试飞学院之一，这里的教员都是资深的飞行家。他们的居高临下令雷强很难堪却又不得不接受——毕竟这是中国人第一次踏出国门进入世界试飞领域。倔强的雷强内心有一个强大的声音：我一定要飞出来！

转过天，雷强和卢军在学习计划的报告中写上：科目——试飞三角翼失速尾旋。

计划按程序上报，在准备带飞之前，因为事关重大，试飞学校的院长亲自召见了他们。

关于这次召见，他们有这样一段对话，被翻译详细地记录了下来——

"真不知道你们国家想干什么，让你们学这么危险的科目。"院长指着画着醒目红杠的飞行计划单说，"你们怕不怕死？"

　　计划单上，从右至左，有一道宽约5毫米的红色斜杠，按照试飞学校的规定，计划单上如果出现这样的标记，就意味着所执行的科目为一类风险科目。一类风险的意思是：如果失误，机毁人亡。

　　雷强平静地回答："人都有怕死的一面，但要看干什么。我们来就是学飞尾旋的，就不怕。"

　　院长说："好样的，中国小伙子们！那我送给你们每人一个'护身符'，祝你们好运。"

　　院长取出两条银项链，送给雷强和卢军——能在试飞学校参加失速尾旋试飞的都是勇敢者，都会得到院长亲自赠送的银项链，不仅代表幸运，更表达赞赏。

　　试飞学校有一整套很完备的教学流程，其中有一条就是：在学习期间，整个过程中带飞教官相对固定，也就是说，不管飞行什么科目，都是一个固定的教官。这是一种非常好的做法，是为了最大限度地让教员与学员相互熟悉、沟通，彼此了解各自的操纵习惯以及处理问题的思维方式，以便在空中时达到最大限度的教学配合和默契。

　　国际试飞员有五个级别的通用标准：第一级是出厂试飞，第二级是机载设备试飞，第三级是飞机和雷达性能试飞，第四级是飞发动机和超稳，第五级才是飞失速尾旋。在国外，只有经过非常严格的专门培训，才能飞失速尾旋这个高风险科目。与他们同期来的日本试飞员，在学飞三角翼飞机失速尾旋之前，已经在美国培训了三年。而雷强他们之前从未受过这方面的专业训练。

　　雷强很快便了解到了俄罗斯教官居高临下态度的起因，从而对这些技术高超的大鼻子教官由衷地心生敬意，他们的敬业精神，他们在尾旋试飞中精确无误的判断和动作，都堪称完美。带飞他们的教员也很高兴地发现，这两个来自中国的年轻人，果然是不同凡响的飞行天才。雷强没有任何悬念地顺利闯过了生死关，他在米格-21上完成了正尾旋试飞，之后又进行了负尾旋试飞。这还不算完，在飞完米格-21正负尾旋100多次后，他开始质疑试飞手册上规定的负尾旋不能超过三圈的极限值，并且要求亲自试飞来验证。

望着这个眼睛小小、个头小小的中国军人，身材高大的大鼻子教官在愕然之余又有几分不高兴："雷，我承认你尾旋已经飞得很好。但这个数值，是我们试飞学校几代顶尖的试飞员用生命飞出来的数值，我肯定已经明确地告诉过你，这就是封顶的'禁区'。"

"是的，教官。"雷强说，"您是这样教导我了，但我认为这个数值是有可能再探讨的。"

"你是说，你要挑战我们的纪录吗？"

"有这个打算。事实上，我就是准备挑战这个极限。"

从事试飞的人都明白，在这一行当，直觉有时是无法评定但确乎是至关重要的。望着雷强自信的眼睛，俄罗斯教官妥协了，与其说这会影响这一型飞机的性能包线，不如说这关系到试飞学校的荣誉。教官立即上报。院长再一次召见了这个中国试飞员。

"你确定要做这个科目吗？"院长问。

"是的，确定。"雷强说。

"雷，试飞员需要你这种求真不畏的精神，我破例特许你试一次。但是，按照惯例——"

雷强说："我明白。"他拿出一张纸，那是事先写好的生死状：此次飞行是我完全自愿的行为，且愿个人承担一切后果。

经过一些时间的准备，这一天，雷强在一名老试飞教官的陪同下跨入前舱，驾机直冲万米高空。

一连串熟练的动作后，飞机缓慢下沉，进而加速滚转，发动机发出刺耳的尖啸声。随着滚转的速度加剧，转速表骤然降为零，发动机停车，飞机进入负尾旋状态。此时，飞机以4秒钟一圈、一圈600米的速度仰扣着滚转下坠，雷强闯进了"鬼门关"。

一圈、两圈、三圈……已经到达极限值了，飞机像陀螺一样越转越快，后舱的教官大惊失色："雷，改出，改出！"

雷强毫不理会，操纵着飞机直到完全进入第四圈，才拉杆改出倒飞状态。伴随一声轰响，飞机重新启动，再经过一系列姿态调整，飞机安然落地。

一个新的尾旋纪录被中国军人写下！

那天在场观看的人很多，几乎所有当天没有飞行任务的试飞员和教官都来了，这些来自世界各地的人目睹了一个中国军人超凡的勇气和技术。

雷强并没有就此打住，此后他还学到了外方教官轻易不肯带教、国外试飞员一般不敢触及的小速度斤斗、跃升侧转等一系列高难度试飞科目。

结业那天，院长走到雷强面前，伸出大拇指说："雷，你能把飞机飞得跟玩玩具一样，太棒了！中国试飞员，一流的！"

但是试飞的风险并不会因为一个人的勇敢无畏而稍减。结束了在俄罗斯为期四个月的学习回国后不久，卢军就在一次飞行中意外身亡，英魂一缕，随彩云而去。这样一来，这个时期的"型号工程"首席试飞员中，能够完成尾旋飞行的，就只有雷强一人了。老朋友和老战友私下里悄悄地劝他："你也别再飞这个了，太危险了。"雷强说："只要需要，我就会飞。"

1994年6月和1995年6月，根据工程进度的要求，雷强又连续两次被安排去国外学习，要进行的仍然是一些风险性极高的科目：苏-27的"眼镜蛇机动"、尾旋和小速度特性，以及包线试飞。从科目的安排就可以看出，这些培训主要是为歼-10做准备的。

雷强向组织提出：鉴于试飞科目的高风险性，建议再增加一位试飞员同往。

有一句话雷强没有说出来，但所有人都明白。雷强想的是：如果我在飞行中牺牲了，"型号工程"还要继续进行下去。

苏-27"眼镜蛇机动"是世界航空领域公认的高难度动作，征服它是备受各国飞行员青睐的至高无上的荣誉。雷强心想：作为新歼击机的首席试飞员，我必须担当蹚路先锋，为今后我国新型飞机的出厂试飞积累更多经验。雷强满怀信心地向"眼镜蛇机动"发起挑战，他一连将这个科目飞了44遍；把苏-27失速尾旋、尾冲飞了172次；打破了教科书上的"禁令"，将规定的不能超过四圈的失速尾旋飞到了六圈。从此，苏-27飞机对他来说已经没有什么秘密可言了！这次意外的收获使雷强深信：国外试飞员能够达到的水平，中国试飞员同样能够达到，甚至可以做得更好！

那条银项链，雷强一直随身带着，尽管因为飞行要求不能带上机，但它总是出现在雷强随身的行装包里。雷强内心有一个强大的声音说："我是代表中国人在飞。"

现代飞机设计，把人和系统放到一起进行研究，使飞机操纵更加人性化，更利于达到人机一体。歼-10就采用了这种设计理念。

接到歼-10试飞任务伊始，雷强就一头埋进空气动力学、气象学、飞机设计原理等系统新理论知识里，经常跑飞机设计所、飞机制造车间，对飞机线路怎么走，管路结构是什么状态，会发生什么故障，在空中怎么处置，都有意识地去学去练，力求从系统上去研究和掌握。"仅就新型战机的座舱、起落架等方面的改进，就提出近千条意见。"雷强回忆说。说起来难以置信，为了制作一型飞机的手柄、油门杆，他们用橡皮泥一点一点把心中的感觉捏出来。研制中的飞机是一个待调整的产品，设计人员没有空中感觉，只能根据试飞员反馈的信息不断完善。这不仅完全依赖试飞员，同时也对他们提出很高的要求。一个飞行试验科目，往往要做上百次，飞完后，每个试飞员都要做一个详细的记录，飞行感受是否灵敏，飞机哪个地方需要改进，都要反馈到设计部门进行再修正设计，之后再飞，如此反复，直到找到一组最佳的数据。

与飞机同步开发的，还有模拟器。其操作逻辑、灯光照明和座舱内所有设备都跟真飞机完全一样。它还能模拟不同的能见度、不同的气象条件及云高、云低、雨雪等24小时的天气变化，并能模拟出2500种复杂气象、特情处置，试飞员可以演练不同气象条件、不同特情的飞行状态。雷强几乎天天泡在模拟器里，直到对各种飞行状态处置情况烂熟于心。

首飞开始前，有一系列的先期试验要完成，其中有一项是低速、中速、高速滑行试验。一般低速滑行主要是看飞机在地面滑行的灵活度，因为对战斗机地面滑行的能力如转弯半径、滑行速度等指标有要求。这时候飞机就是一辆三轮车，只不过这辆车值好几个亿罢了。中速滑行试验主要是看飞机的纠偏能力。导致跑偏的因素很多，这个问题当时也困扰了他们很久，试飞进度因此拖了八个多月，最终滑了90多次，终于把这个问题给解决了。这个试验数字在世界范围内，也算是比较多的。高速滑行试验阶段，需要确定飞机的气动力状况是否与设计值吻合。只有经过了低速、中速、高速三个阶段的滑行试验，飞机才能离地上天。

高速滑行阶段要进行的是抬前轮再放下的试验。让飞机滑行到一定速度后，驾驶员拉杆，让飞机抬头，这时飞机的气动力应该能够使前轮抬起来。接着再推杆，飞机前轮还能再回到地面。试验完成后将飞机上这一气动力参数与地面风洞吹风的数据比较，看是否达到要求，再根据情况确定是否需要修正计算模型。

这时他们面临一个相当具体的问题：做高速滑行试验需要飞机的速度达到一个指定的较高值，这就需要有很长的跑道，以便飞机有足够的时间将速度提升到指定值。但是，成都飞机工业公司所在的机场，跑道长度达不到要求。中国飞行试验研究院的跑道符合条件，经过协商，对方也同意去那里做试验。但问题是，尚未完成高速滑行试验的飞机，按规定是不能上天的，一个架次都没有飞过的飞机用什么办法才能运输到远在西安的中国飞行试验研究院去？难道要将飞机大卸八块拆解了运过去再重新组装？显然是不可能的。

这几乎成了一个不可解的连环套问题，设计试验小组陷入了一筹莫展的僵局。

这里用通俗的话解释一下高速滑行试验的重要性：没有这个气动力参数，就无法据此进行仿真设计，也就无法完成地面起飞和着陆的模拟。而地面模拟的过程是为实际飞行提供技术参照及处置方法，这是必不可少的重要环节，不如此，飞机实际起飞离地后的安全就无法保障。

可是现实就是这样，他们到机场实地勘查了好几次，想了多种方法，都只能望"场"兴叹——受机场周边环境的限制，要想加长跑道完全没有可能。

想不出好办法，研制进度就这样拖了下来。而且，一拖就是数月。

雷强经过分析和考虑，发现做抬前轮试验时，要求飞机在发动机推力较大的过程中抬起前轮再放下。比如，设计的前轮离地速度是 100 千米 / 小时，要在加速到 100 千米 / 小时的时候，一边继续加速，一边进行拉杆抬头再推杆低头的操作，这时候发动机的强大推力会使飞机产生一个向下低头的力矩，必须克服这个力矩才能使飞机抬起头来。这样一来，等飞机前轮着地，开始减速的时候，飞机的速度就超过 100 千米 / 小时了，所以滑跑减速的距离就不够。

"假如——我是说假如我能加速到略大于 100 千米 / 小时，然后收油门，利用飞机的惯性滑行，然后再进行抬前轮的操作，这时发动机推力的影响会降低，应该就能够在 2500 米跑道上完成试验。"雷强这样分析。

"这个想法有点冒险啊，如果提出来，肯定没有人敢支持。"我说。

"是，是太冒险了。所以我也就没和别人商量，决心找机会试试。"

机会很快来了。这一天，雷强执行高速滑行试验的任务。按照要求，他要在滑行到 100 千米 / 小时时向塔台报告，他正常报告了，但尽管油门收了，飞机实际上还在增速，很快就增到了 110 千米 / 小时——他拉杆，飞机的前轮离地，抬起来了！

他继续拉着迎角，保持前轮离地的状态飞。塔台当然马上就看到了，指挥员立刻大喊：

"怎么回事？前轮都起来了！"

因为是新歼击机的试飞，每一个环节都至关重要，每次试飞，都有设计师和空军机关的许多领导全程跟着。此刻他们都在跑道旁边，看着飞机前轮离地，他们都惊呆了——

设计师反应快，他明白雷强在做什么了，但他不吱声。空军领导中也有不少人是资深飞行员出身，他们也看出来了，但他们也没有马上表态。事实上，众人也来不及作出更多的反应，雷强带着飞机已经再次着陆后滑回来了。

一个困扰众人许久的难题解决了。

有领导在场，指挥员不能不说话的："雷子，你小子违反了规定！"

雷强明白，按程序规定，自己这样擅自改变动作，违反纪律。所以，雷强马上机智地应对道：

"都怪我，都怪我，刚才那一下没控制好。"

众人都大笑起来。笑声里，来自总部的一位领导对秘书说："明天不是有飞机过来吗？打电话给你阿姨，我柜子里还藏了瓶好酒，叫他们明天给我带过来！"

酒在第二天下午如期到达，成飞公司和设计院共同举行了庆功宴。雷强本来就有好酒量，而且是庆功酒，他很快喝得酩酊大醉。设计师也微醉了，他搂着雷强的肩头说："雷子，你小子一下子没控制好，把困扰大家八个月之久的问题解决了。"

指挥员仰着通红的脸说："你以为'大哥大'这称号是白给的？"

总部的领导说："我可以放心地回北京了。今天你们大家谁也不要再劝雷强酒了，让他赶紧回家！"

为了解决这第三阶段的难题，雷强已经近一个月没有回家了，尽管他家到机场只有15分钟车程。

事后有记者问他："你这样做，没有想到过风险吗？"

雷强回答："当然想到过，而且很清楚的确会有风险，但这风险是可以控制的。试飞是一个随时准备和危险'掰手腕'的职业，不能怕危险就不履行自己的职责，而是要基于高超的技艺、扎实的知识和丰富的经验去控制并战胜风险，这是一个试飞员的本分！"

那天晚上雷强被人送回家，还在楼道里他就让人回去了。雷强摇摇晃晃地扶着墙说："放心吧，她肯定在家等着我。"果然，他刚到门口，门就开了。

"大哥大"雷强几乎在所有人面前都是粗声大气的，唯独在这个再婚妻子面前，不管多么焦躁、忧虑，他都能很快平和下来。

她叫李蓉，他们是经战友介绍相识的，雷强见她第一面时就动了心。吸引他的，不只是她的美貌，还有那种厚棉花一般绵软的平静温和。

进门后，雷强照例先是挨个房间去看两个孩子。孩子们早已经睡了，他悄悄把每个孩子的房门关上。当李蓉端着一杯泡好的热茶走回客厅时，才发现雷强已经坐在沙发上睡着了，一只袜子脱在脚边，另一只还捏在手里。李蓉费了半天劲才把雷强弄上床，盖好被子。然后她坐在他旁边，盯着他那张被机场的紫外线过分"关照"而黑红的脸，眼泪渐渐地、渐渐地盈满了眼眶。

八、整个世界只剩下剧烈的心跳

雷强不由自主地大叫了一声："我×，这怎么回事儿？"声音清晰地传回地面，塔台指挥员立刻紧张地问："怎么了？怎么了？出什么问题了？"

"座舱盖关闭时，试飞员雷强感觉整个世界静了下来，只剩下剧烈的心跳。"

在众多媒体关于歼-10首飞的报道中，不知是哪位媒体人写的这句话，深深地打动和吸引了我。

我问雷强："你第一次见到歼-10是什么时候？"

"大概是1990年。"

"这么早？"

雷强笑了："那时我看到的是样机——木头做的模型。"

雷强第一次见到的歼-10，是全尺寸木制样机。尽管在此之前他和战友们看过无数次图纸，按说对飞机是什么模样应该了如指掌，但真正见到这架1∶1模型时，还真是被震撼了。

"当时第一印象是，这个腹部进气道的家伙像一匹名驹，很有气势地、挑战性地盘踞在总装工厂，似乎两翼间隐隐有风雷之声！当时还没定下来试飞员是谁，但那时我就暗下决心，一定要征服这架飞机！"也就是在那一天，面对这架尚是模型的飞机，雷强又一次听到了那个词，新歼击机采用的是"鸭式布局与电传操纵"。他想起那个漠红秋深的时节，那位趾高气扬的外国专家对他们说过的话。鸭式布局——雷强在心里说，我们也有这样的飞机了。我一定要把它飞出来。

对于雷强来说，在他三十多年的试飞生涯中，歼-10的首飞，是最不寻常的。

首飞的日子终于定下了，1998年3月23日。为了这一天，雷强整整准备了十三年。

首飞这一天，天公不作美，机场上空能见度很差。试飞现场聚集的人比以往哪一次都多，大家翘首望着灰蒙蒙的天空，盼着老天爷配合。一大早就准备好的雷强，等到上午 10 点，等不及了，询问天气情况，气象部门答复说，中午 1 点天气好转。雷强当年崇拜的试飞英雄王昂也在现场。已是航天某部副部长的老试飞英雄王昂招呼雷强他们说："赶快去吃饭。"

"那时我很激动，哪里吃得下去？"雷强这样说。

"大哥大"也有沉不住气的时候，所以吃自助餐时，虽然端着一个大盘子，他却只盛了一点点。王昂副部长看见了，就说："雷子，吃这么点怎么可以？赶快再多盛点！"

吃完饭，11 点 30 分，雷强和其他试飞员提前进场。12 点 30 分，首长们陆续进入主席台就座。但天气好转很慢，仍然没达到起飞的要求！等待的时间无比漫长。机场上人实在太多了，因为怕试飞员们分心，指挥部安排他们全都在屋里等。焦虑的雷强一会儿出来看看，一会儿又出来看看——看天气情况。

到了 13 点多，气象部门传来消息说天气好转。雷强看了下天空，估计能见度有 3000 米多一点，就问气象保障人员："这天气还能不能再好转一点？"

气象部门的答复是："也就这样了。"

指挥员汤连刚问雷强："怎么样？飞不飞？"

雷强说："飞。"

13 点 30 分，首飞小组五个试飞员穿着橘红色的飞行服，围成一圈，站在机场边上，留下纪念的照片。所有人都背着手，满脸的肃穆和庄严。主席台上，总装备部、总装科技部、空军及航空工业总公司的领导都端坐着，等待庄严时刻的到来。

天空终于裂开了云缝，指挥塔上传来准备起飞的指令。

总设计师宋文骢说："雷子，你飞我心里就有底了。"

雷强进入座舱坐下，回头看时，周围很多人已经开始抹眼泪了！

雷强心里咯噔一下，心想：坏了，飞了三十多年，还没遇过刚上飞机就有人哭的，搞不好我回不来了！

"大哥大"很难受，但不是为了自己的性命难受，而是觉得一旦有什么问题，国家这么多年的投入、几十万航空人的心血，就都毁在自己手里了。

14点28分，雷强开车，发动机启动。

开车之后，雷强把飞控系统检查了两遍。当时成都飞机设计研究所的主任，也就是现在双座歼-10的总设计师杨伟，他是管飞控的，在地面举起双手，向上竖起大拇指，意思是：飞控，一切正常。

14点39分，飞机滑向主跑道起飞位置。

飞机滑出停机坪，到了跑道上。刹车，推油门，然后松开刹车，一切都和此前的高速滑行没什么区别。直到抬前轮的速度点，以前每次地面滑行试飞，到了这里是收油门，今天终于可以继续加油了。全场的人屏住呼吸，看着飞机发动、滑行、加速。雷强顶着油门杆，飞机迅速加速到离地速度，然后呼的一下就起来了！

14点41分，随着一阵巨大的轰鸣，飞机抬起前轮，瞬间便冲天而起！

飞起来了，飞起来了！全场的人欢呼、跳跃、鼓掌，无数人把手中的鲜花抛向天空，向飞机和试飞员致敬。

飞机离陆，感觉非常好。因为首飞不用收起落架，雷强带着起落架向一侧压了压杆，谁知道飞机响应特别快，完全超出他的意料。雷强不由自主地大叫了一声："我×，这怎么回事儿？"

雷强的声音清晰地传回地面，塔台指挥员立刻紧张地问：

"怎么了？怎么了？出什么问题了？"

这时候雷强已经明白了：天，这家伙就是这么一架反应机敏的飞机，每秒200多度的极限瞬时滚转角速度可真够刺激的！

雷强赶快回复说："没事没事。"

在此之前，他虽然在模拟器上反复飞过，但模拟器毕竟不如真飞机这么狂放而强悍！考虑到当时云底高度不够，他让飞机爬到了1000多米，然后就开始改平。之后，加速，减速，调整了一下油门响应。接着在机场上空，雷强开始模拟减速下滑，到500米，一切正常。再接着就是通场，减油门。

"通场结束后，我左右压了压杆，看看坡度和滚转响应，又试了试方向舵——一切都是那么轻捷，令人满意。"

按计划，雷强在近空绕行三圈就下来，但他看看油量表，请示说油量足，能不能再飞一圈。指挥员们商量了一下之后，回答说可以。雷强就又做了一次通场，然后落地。

歼-10的起落架是外八字的，缓冲性能好，轮子接地的感觉非常轻，减速伞一放，雷强觉得一直悬着的心一下子就回到肚子里去了！他边滑行边想：真快呀，怎么这么快就飞完了啊……十几年了，就为了这十几分钟，这么快就飞完了。他甚至有了小小的不满足、不舍、不过瘾。数据显示，这次的首飞，飞机在空中盘旋四圈，留空17分钟。14点59分，安全着陆。飞行最大高度2670米，最大速度499千米/小时。首飞成功了！

机场上沸腾了，人们激动地相互握手、拥抱，兴奋地欢呼、跳跃！国防部、空军、中航工业公司等的领导站在主席台边，迎候着试飞员和总设计师的到来。来到主席台前，雷强立正敬礼，向首长报告。部长握住他的手，问："这飞机飞起来怎么样？"

"报告首长，这飞机飞起来非常好！"雷强回答。

"你任务完成得非常好，辛苦了！"

"首长辛苦了！"雷强报告完毕，突然转向宋文骢。他上前几步，举手向宋文骢敬了个军礼，兴奋地大声说道："宋总，这才叫真正的飞机啊！"

副部长王昂用一句话表达了他对雷强的赞许。王昂对另外几位首席试飞员说："你们落地的时候能达到雷强首飞的那个水平，就算出师了。"

首飞成功后，一位外国资深首席试飞员向雷强表示祝贺，他说："雷，你比我好！"

雷强说："为什么呢？"

他说："我在美国训练了三年。第一次首飞后，第二次我就不飞了。因为荣誉也好，工资也好，都已经够了，我没有必要再飞第二个起落了。而你比我好，01架、03架、04架、05架都是你首飞的。你比我多飞了三架，知道每架飞机都是不同的，而且每架飞的重点也不相同，你是好样的。这是第一点。第二点是你的经验没我多，基础不如我，为了首飞我在美国学了三年，西方各种电传飞机我都飞过，而你第一次就飞电传！第三点，我都50岁了，你比我小，你才四十出头，在西方国家，像这种气动外形或全电子飞机，50岁以下的试飞员是没有资格飞的！你真的不错！"

目前，这型具有我国完全自主知识产权的战机，已经成为人民空军的主战飞机。

歼-10作为中国航空工业开始走上自主发展道路的标志性机型，又一次开创了一个时代。歼-10战斗机横空出世，证明我国具备了设计研制第三代战斗机的能力，特别是在先进气动布局、航空电子综合技术、数字式飞行控制系统、计算机辅助设计和制造技术等方面均取得重大突破。

歼–10首飞成功后，雷强将现场录像拿回家，给年近八旬的老父亲雷雨田看。那一晚，雷雨田独自一人坐在小马扎上，一边看一边抹着泪。半个小时的片子，他看了一遍又一遍，直到深夜……

儿子雷强不仅圆了自己的梦，更圆了一个民族的梦！

1998年3月23日，这是我国航空史上具有里程碑意义的一天，当然也是总设计师宋文骢人生中最最重要的一天。他这一生的全部心血、智慧、精神、情感和宝贵的年华，都倾注在了这架飞机上。宋文骢的生日原本是3月26日，从这一天起，他把自己的生日改在了3月23日——永远纪念这个非同寻常的日子。

在本书写作完成后的漫长审查期间，被誉为"歼–10之父"的宋文骢总师因病医治无效，于2016年3月22日13时10分在北京逝世，享年86岁。

有人问雷强："飞机是怎么飞起来的？"雷强精彩地回答："从物理学上说，飞机是借助升力飞起来的。从精神层面说，飞机是靠试飞员的勇气和智慧飞起来的。"

在空军庆祝歼–10试飞成功立功表彰大会上，雷强有一段激动人心的发言，结束的两句话是：

"感谢试飞为我的人生插上飞翔的翅膀！感谢飞行带给我激情燃烧的岁月！"

雷强，他用生命体验飞翔的姿态，在中国空军和中国航空事业腾飞的历程中，贡献了自己的汗水和智慧。他融入并推动了中国的航空事业。

第七章　小平头

一群全副武装的试飞员站在巨大的银色机头前，他们站成扇形，一律双手抱肘，飞行服笔挺，头盔挟在腋下，面带微笑，昂首向上。这是他们最喜欢的动作，这也是他们最骄傲的造型。每次看到这张照片，我都会觉得心头滚热：这帮试飞员弟兄，那么自豪帅气，那么坦荡自信。

"如果你们都不戴头盔和氧气罩，就算是全部背对着我，我也能从这一大群人中准确地找到你。"

"是吗？"他问，"确定？"

"确定！"

"根据？"

"根据你那个标志性的小平头！"

他哑然一笑。

如果不翻开他的履历，如果你只看工作证上的相片，他只是个相貌普通的军人，中等偏瘦的身材，小眼睛，肤色黝黑。按照他妻子潘冬兰的话说：当初第一眼真是没看上他。

从入伍当兵招飞，进入人民空军飞行员序列第一天起，他就一直是小平头。二十多年过去了，他如今还是这样的小平头。但是，这个小平头是绝无仅有的，小平头李中华在中国空军试飞员队伍中，是一个传奇般的存在——

他在二十多年的试飞生涯中，驾驶过歼击机、歼击轰炸机、运输机3个机种共26种机型；承担过中国空军多种新型战斗机极限科目的试飞，创造了中国航空试飞史上十几个极限科目的第一；他先后遭遇过数十次空中险情，其中严重危及人身和飞行安全的险情就有20次之多，却奇迹般地次次化险为夷。

在拥有自主知识产权的我国第三代战机歼–10的定型试飞中，小平头李中华作为主力试飞员，一共完成了57个一类风险科目，他创造了歼–10最大飞行表速、最大动升限、最大过载值、最大迎角、最大瞬时盘旋角速度和最小飞行速度6项国内纪录。其中任何一项，都是大多数试飞员穷尽一生也无法实现的。在世界航空试飞史上，国外的试飞员往往在完成一项任务后，姓名就可载入该型号飞机的史册，便可以光荣退休了。

飞行2400多个小时，李中华先后荣立军队一等功1次、二等功5次、三等功6次；荣立航空工业部门一等功4次、二等功5次、三等功6次；荣获国家科学技术进步奖特等奖1次、二等奖1次；被评为"空军特级飞行员"、"空军级试飞专家"、首届"全军青年十大爱军精武标兵"，获得"空军功勋飞行人员金质荣誉奖章"。他人生的飞行轨迹从东北到西北再到西南，在祖国广袤的版图上划出一道美丽的弧线。

那是酣畅淋漓的生命放飞。

一、二十多年来我只做了飞行这一件事

　　成功需要全神贯注的投入，需要你将所有的能量汇集、聚焦——只有在焦点上的火柴才能燃烧。

　　采访李中华是一件令人十分愉快的事。他平和沉稳，睿智灵动。他的每个回答看似简洁，实则意味深长，你随时可以感受到在与一个智者对话，这种对话在不动声色中既随时挑战你的反应，同时又启迪、拓展你的思路。

　　"第一个问题——请你评价一下你自己。"一见面，我就开门见山地对他说。

　　一般的受访者，在听到我这样说时，通常会有如下的反应——

　　率直豪迈者会说：材料上都有，你还想了解什么？

　　平和从容者会说：讲什么呢？还是你问我答吧。

　　矜持谨慎者会说：没有什么好讲的。我所取得的一切成绩都和党的培养、组织的帮助分不开……

　　作为资深、典型和著名的英雄人物，李中华数年来面对过数不清的各路媒体记者，我以为他会轻车熟路地搬弄旧句式老腔调，但是没有。李中华取下帽子，挂到文件柜旁边的衣帽钩上，转过身坐下，小平头端正地对着我。他的回答是：

　　——二十多年来我只做了飞行这一件事。

　　——我非常欣赏海尔老总张瑞敏的一句话：把平凡的事做到极致，就是不平凡。人人都渴望成功，但对成功的定义是因人而异的。

我不认为我是成功者，我只是清晰地确认，我一直走在通向成功的路上。能走到今天，我背后的推动力是强大而又多元的，有组织的培养，有战友团队的协作，有家人的支持以及自己的执着。成功需要全神贯注的投入，需要你将所有的能量汇集、聚焦——只有在焦点上的火柴才能燃烧。

李中华给了我这样漂亮的开头，令我兴奋，更令我欣喜：小平头李中华果然不同凡响。

李中华并非天生的智者，纵观他的成才和成功，与现当代所有学生青年的成长之路几乎没有区别。

李中华办公室紧挨着衣帽架的地方，挂一幅中国地图，他的视线常常在一个地方留恋地停留。每当这个时候，他的目光是温热的。他看到的不是图纸上的符号，而是被林木与白雪覆盖、永远有着清新空气的长白山，绵亘起伏千山万壑的群山西部的某个小山坳里，隐藏着一块美丽而丰饶的土地。那个叫作"朝阳林场"的地方，是他生命中最初也是最明亮的记忆——那是他挚爱的故乡，他的出生地。

1961 年 9 月，朝阳林场秋风转凉，白桦树的叶片开始泛黄的时候，林场的家属院里，一声声响亮的哭声昭示一个新生命的诞生。当过兵去过抗美援朝战场的父亲思考了很久，为长子取了一个响亮的名字：中华。

"在我童年的记忆中，那是一个群山环抱、四季分明的天堂般的世界。林场背靠一座小山，山上杂树丛生，在地势适合的地方，还种植着人参等珍贵药材。林场前面有一条小河蜿蜒流过，这条没有一个确切名字的河流，给我的童年生活带来了无限的乐趣。"

朝阳林场是国有林场，在20世纪70年代之前实行计划经济的时代，林场的工人属于非农业户口，吃供应粮。他们除了从事林木种植和采伐工作外，还经营梅花鹿养殖、人参种植、药材加工等副业，生活富足自给。对于少年李中华来说，林场广阔茂密的林海、夏天阳光灿烂的河岸和冬天的冰雪世界，构成了他天堂般的乐园。

朝阳林场子弟学校就坐落在场区，它是整个场区最气派的建筑。这个大山深处的小学校居然有一条标准的400米跑道，跑道中央还有一个标准的足球场，足够少年们纵情驰骋。这样的条件足见林场人对孩子们身心成长的高度重视。学校教室南面有一条长廊，长廊的一端，一根高大的木制旗杆顶端，终年有一面鲜红的国旗在澄净的蓝天下飘扬着。它是标识，更是昭示，林场所有的子弟最熟悉的一句话是：身在林场，心向北京。

林场小学附设初中部，李中华在那里度过了九年时光。

每个月总会有一天，林场放露天电影，就在学校的操场上，架起一块白色的幕布。这一天是林场所有人的节日，孩子们早早搬来椅凳占位置。电影大多是战争题材的，像《闪闪的红星》《南征北战》《野火春风斗古城》，等等。在20世纪六七十年代，这些电影影响和塑造了整整一代人的心灵世界。影片中那些英勇无畏、机智勇敢、勇往直前的军人形象，在李中华幼小的内心深处，静静地埋下了闪光的种子。李中华崇拜英雄，他的军人情结由此而生。

1961年，我的恩师阎肃老师还是个黑发红颜的青年。那年秋季的一天他到某飞行部队采访，准备写一首关于飞行员的歌词。他坐在飞行部队外场旁的小山坡上，连续数日吹着清风放目蓝天白云，他分明听到了内心激荡的豪迈之情。他被这种激情鼓荡着，日复一日地跟在飞行员们后面，看着他们训练、准备、登机、返航。他们年轻的面孔上洋溢着的阳光般的灿烂打动了他、感染了他。数月后，当他拿出《我爱祖国的蓝天》的歌词，郑重地交到同事羊鸣手中时，他的神情是释然的，与其说他觉得自己深入飞行部队体验生活得到了结果，不如说他用半年的时间找到了对飞行员情感与理想的准确且完美的表达。与他有着几乎同样经历与感受的年轻作曲家羊鸣只用大半天就完成了配曲。从此，《我爱祖国的蓝天》这首歌传遍了祖国的大江南北，不只飞行员，不只空军，60年代后期出生的人们，有谁不知道这首歌呢？

我的这两位前辈师长当时肯定想不到，他们的这首歌曲也飘进了大山深处的朝阳林场——李中华说，那蓝天白云下的豪迈抒情非常契合他跃跃欲试的少年情怀。

中学时代一晃而过，李中华几乎没有感到过学习的压力。在整个少年时期，在李中华有限的课外读物中，他最喜欢的是《航空知识》，仅有的零花钱几乎都用来购买这本杂志，其中有关新型飞机和著名战例的介绍是他最喜欢的内容。因为种种原因，他并没有近距离地看到过真正的飞机，但他却对飞机这神奇的空中巨鹰充满了向往。

"那时就想到空军当飞行员吗？"

"没有想。准确地说，我想都没敢想过。因为太遥不可及了。"李中华说。

正像歌曲里唱的那样，"1979年，那是一个春天"——

这一年，李中华高中毕业。高考之后填报志愿，李中华当时的高考成绩十分优秀，尤其是数学成绩突出，差3分满分。这样好的理科成绩，除了北大、清华，其他学校都可以去。对于他这样一个成绩优异的学生，每个老师当然各有高见。听了一堆的建议意见下来，李中华有点犯晕。这时候，他的高中物理老师和他谈了一次话。

物理老师名叫王志平，是个头脑清晰、有眼界、知识面非常广的人。

王志平认真地说了一段话："今后我们国家的科技将有巨大的发展，其中航空技术更是科技中的顶尖。我国的航空技术中，发动机是落后的。并且，我国的机械制造业因为受精准度技术含量的限制，发动机是非常难学难掌握的技术。国内只有北京和南京等地有限的几家航空大学有航空专业。"王志平建议他，在飞机设计和发动机设计两个专业中，选择学习发动机设计专业。

我不知道如今还有谁会记得这位普普通通的农场子弟学校的物理老师王志平，人民空军应该感谢这位普通的物理老师，优秀的教书育人者。正是听了他的建议，李中华走进了中国的航空工业队伍，并且在其中起到了举足轻重的作用。正如李中华所说，王老师是他的引领者。

李中华以第一志愿被南京航空航天大学录取。这一年，全国五所设有飞机发动机自动控制专业的重点院校中，只有南航招收了一个班，班里有学生33人。

李中华运气不错，尽管工科院校"和尚班"挺多，但他们班上居然还有三位女生，颜值也不低。不过，大学四年里李中华忙得不亦乐乎，业余时间都泡在图书馆，没有一点心思在女性身上，这使得他整个大学时代的感情生活一片空白。也正因为集中精力、心无旁骛，李中华大学期间一直保持着优异的成绩。发动机原理是发动机专业的一门主课，李中华考了96分，是全班最高的。

时隔多年，南航人对优秀学生的优异学业记忆犹新。2012年秋，南航成立六十周年，毕业季时，李中华的老师王琴芳副教授给他带来了一样东西——李中华在南航四年各科的成绩单。

纸张都发黄了，装裱在一个玻璃框子里。李中华毕业近三十年了，学校还完好地保留着他的在校成绩，这件珍贵的礼物令李中华十分感动，可见他留给母校的记忆同母校给他的回忆一样长久。

南航确乎是人才辈出的灵杰之地，李中华可算是南航人的一面旗帜或者说一个传奇。当全国掀起宣传"试飞英雄"李中华的高潮时，南航人的自豪可想而知。

1983年，李中华大学毕业。

他们是恢复高考后的第三届大学毕业生，资源紧张，国家按照就近分配和专业对口的原则实行统一分配。班里来自东北的加上李中华也只有四人，东北的航空单位较多，所以指导员早就告诉他们，沈阳或哈尔滨任选。李中华也比较安心——专业对口，离家又近，可以全身心地在自己喜爱的岗位上为祖国的航空工业工作。他毫不怀疑，自己将会成为航空工业一名出色的工程师。

二、六个字的电报走了三天

> 一个偶然的机遇，成为他必然的选择。他仿佛觉得
> 自己一直在等待，等待一次更高远的翱翔。

人生的路虽然很长，但关键处只有几步，一个看似不大的机遇，却会改变人的一生。

李中华后来对我说，如果他不是赶上了空军那次特殊的招飞，

那么他的人生将会是另外一种情况，也许，现在坐在我面前的，不会再是这个小平头李中华了。

就在离李中华大学毕业还有两个月时，一个新情况的到来，改变了李中华的人生轨迹。

进入80年代后，国防和军队的建设乘上了改革开放的快车，人民军队在经过一系列的拨乱反正之后，走上了争分夺秒秣马厉兵加快建设之路。军委领导高瞻远瞩地指出，未来战争将是高科技的技术竞争，与其说武器装备是决胜战场的重要因素，毋宁说掌握武器装备的人是决胜战争的决定因素。培养造就新型高素质军事人才，成为军队建设发展的当务之急。军委领导和空军党委作出重要决策：在地方重点大学本科毕业生中招收飞行学员，培养我国首批具有工学和军事学双学士学位的飞行员。第一批从国内最好的三所航空院校选择，它们是北京航空航天大学、南京航空航天大学和西北工业大学。

不用说，这则消息令即将毕业的航空专业的莘莘学子欢呼雀跃，李中华他们全班同学一起报了名。

第一天初试后，第二天参加体检的同学少了一多半。到了第三天，李中华被通知说要检查眼底。查完了，医生举着戴手套的手对一个护士说，带他去散瞳（用药物放大瞳孔）。这是招飞体检的最后一步，到了这一步，几乎就可以确定，体检通过了。

那一刻，李中华兴奋得有些不敢相信——之前，关于毕业分配去向的考虑，他已经和家里通报过，现在有了这么大的变化，当然应该和父母说一声。当时通信手段有限，学院的电话很难打进远在深山中的朝阳林场，最快的方法就是发电报了。电报是很贵的，一个字三分钱，李中华琢磨了半天，才用尽量简短的句子把情况说明。

原话李中华已经记不得了，大意是：部队来选飞行员，我通过了，准备去。

家里第二天就回复了，只有三个字：不同意。

李中华立刻就回了一个，大意是说，身体检查和政审都已经做完了，他还是要去。

文字间的口气虽然温和，但态度是坚决的。

电报发出，李中华就开始等，一直等了三天。这三天里他无数次地想，如果家里还不同意，他怎么做工作。说到这里时，李中华说了一句话：

"这是我当兵的人生历程中稍嫌纠结的一个过程。"

稍嫌纠结的过程并没有持续太久，第三天，家里的电报来了。这一回是六个字：选准了就干好。

学院和李中华一样大喜。

1983年7月，作为空军首批地方大学航空专业本科毕业生飞行学员，李中华光荣入伍，成了一名空军飞行员。

四年之后，已经成为飞行员的李中华探家时弟弟告诉他，接到他要当飞行员的第二封电报，父亲和母亲两天两夜没有合眼。父亲当过兵，参加过抗美援朝，那时的人民空军只是初生的雏鹰，曾是电报员的父亲对抗美援朝战争中残酷的空战情况十分清楚。但经过了两个不眠之夜后，第三天早上起来，这位老军人父亲对母亲说："孩子长大了，让他去，别留下遗憾。"

那一刻，李中华的眼睛湿了。李中华不知道父母是如何度过那两个纠结不安的不眠之夜的，他也不知道当过兵的父亲是如何做通母亲的思想工作的，但他在那一刻突然明白了，老兵父亲为什么会给自己起名"中华"。

选择从军当飞行员是李中华人生道路上一次极为重大的转折。

这一次的招飞，是非同寻常的。入选之后的李中华他们被告知，他们这一期航空专业毕业的大学生飞行学员，具有良好的航空理论专业基础，在学会了飞行后，既有驾驶技术，又有工程背景，将不是普通的飞行员，而是试飞员。

纵观空军试飞员队伍的成长历史，这次的招飞是非常好的一条试飞员培养路径，之前或者之后从部队成长起来的试飞员，因为成长经历及环境所限，对航空知识的了解和储备都是不够的。这一年，空军在三个航空院校一共招收了66名大学生飞行员。

六六大顺，这是一个注定要造就辉煌的重要起点。

1985年7月，李中华以全优的成绩从飞行学院毕业，被分配到空军航空兵某师，成为一名战斗机飞行员。到部队的第一天，他剪成了小平头。顶着这个标志性的脑袋，在飞行部队的几年间，李中华没有悬念地进步着，从普通飞行员到优秀的等级飞行员，到副大队长，三年多的时间里他稳稳地"进入梯队"。但是，李中华的内心总有一个声音在说：我就这样飞下去吗？

"那个时期空军飞行部队的装备是个什么情况呢？"我问。

"是不尽如人意的。在部队，我的技术算是好的，但是能够飞到的飞机却是很有限的。"

李中华用手敲了敲他的小平头对我说："如果我告诉你，我们的训练有一个重要的科目是学习如何用歼-6打歼-7，你明白吗？"

我哈哈大笑起来。

片刻，我收了笑容。

80年代初，高技术战争已经初露端倪，一批先进战机已经在战争中亮相。1982 年爆发了英阿马岛之战，当时电视里播放了英国鹞式战斗机从航空母舰上起飞的镜头。李中华十分清楚地记得当时还在读大三的自己看到这一系列电视镜头时的震惊，学航空的他们还没有人能想到战斗机居然也能垂直起飞！阿根廷的超级军旗战斗机发射飞鱼导弹，击沉了英国的谢菲尔德号驱逐舰，这是人类历史上被飞机发射导弹击沉的第一艘大型舰艇。那一时期校园里关于现代航空兵器发展趋势的讨论很热烈，但真正的触动还是李中华到了部队以后。如果说，大学四年，李中华看到了我国航空工业水平与世界先进水平的明显差距，那么，当了飞行员之后，他更清楚地明白，当世界强国的天空中飞的是三代战机的时候，一个靠二代战机来保卫领空的国家，在未来的战争中处于什么样的地位，这是他们必须面对的现实。这一时期，苏联的苏 -27、米格 -29 已经装备部队，美国的 F-15、F-16 也已经亮相，但中国空军的发展，还在举步维艰的困难时期。没有先进战机，只靠勇敢精神是无法打赢现代战争的。李中华做梦都在想着能飞上新飞机。他弄到一本国外新型飞机的图册，这成了他的枕边书，有空就看，几年下来，这本画册几乎被他翻烂了。

一转眼，四年过去了，四年的战斗机飞行员生活的磨炼，为李中华的飞行技术打下了良好的基础，同时也锤炼了他严谨的作风和自觉的责任使命意识。他仿佛觉得自己一直在等待，等待一次更高远的翱翔。

1989 年 9 月，空军从首批双学士飞行员中挑选试飞员。没有任何周折，李中华成为一名试飞员，从祖国的大东北来到了大西北。

飞行员与试飞员，名称一字之差，内涵大不相同。

试飞，是人类对航空未知领域的探索。它的风险性、危险性，会令一些人望而却步；它的开拓性、挑战性，则会令另一些人怦然心动。试飞员是飞行试验的直接执行者和监控者，也是试飞结果和结论最重要的裁决者。李中华走进试飞员队伍，这一干就是二十多年。

李中华用了二十多年的时间明白：试飞员，这不是一种普通的职业，而是整个人生。

三、一架飞机在表演时突然起火坠毁
——这却是新的飞行时代到来的预示

> 1910 年 12 月 10 日，在法国巴黎展览会上，一架飞机在表演时突然起火坠毁，众目睽睽之下，驾驶员被抛出燃烧的机舱……

时至今天，人们依然确定，一个国家军队的战斗机水平标志着这个国家航空技术的前沿高度。一方面，战斗机的发展受制于国家的国防工业、航空技术、试飞队伍的成长速度；另一方面，要成为一名合格的战斗机试飞员，不仅需要高超的技术和丰富的知识，更需要强大的心理素质。在科学和技术向成熟迈进的过程中，试飞员的智慧与素质、勇敢与胆识更是影响航空工程发展至关重要的因素。也基于此，试飞员人才的选拔和培养工程堪称艰巨。

1910 年 12 月 10 日，在法国巴黎展览会上，一架飞机在表演时突然起火坠毁，众目睽睽之下，驾驶员被抛出燃烧的机舱。

飞机失事并不鲜见，但这起事故在当时引起了航空界强烈的关注，因为这架飞机使用了一台新型发动机——后来人们称之为"喷气式"的发动机。这架飞机的设计者就是飞机驾驶员本人——罗马尼亚人亨利·康达。

　　亨利·康达设计的这架飞机是用一台50马力的发动机使风扇向后推动空气，同时增设一个加力燃烧室，使燃气在尾喷管中充分膨胀，以此来增大反推力，这是一种全新的发动机动力原理。这架壮志未酬的飞机，被认为是载入世界飞机发展史册的先驱之一。亨利·康达的这次飞行表演，成为继1903年12月17日莱特兄弟驾驶他们制造的飞行器进行首次持续的、有动力的、可操纵的动力飞行之后，世界上最早的关于喷气式飞机的探索。因为飞行失败，亨利·康达的喷气机理论在当时并未被认可，但这位失败的英雄却开启了一个新的飞行时代。

　　随着航空业的不断发展，到了20世纪初期，使用活塞驱动作为发动机动力的螺旋桨式飞机，最大平飞时速可达750千米，升限达12000米的极限，俯冲时速接近音速，随之而来的是音障的问题日益突出。这使得飞机速度的提升受到质的限制。很显然，要使飞机飞得更快更高，必须更换发动机。继亨利·康达之后，越来越多的飞机设计师都在探索使飞机飞得更快的办法。

　　20年代末，时任英国空军教官的弗兰克·惠特尔提出了喷气发动机的设想，并广泛游说。1935年6月，惠特尔开始设计制造真正的喷气发动机。几乎同时，德国的冯·奥亨也在研制涡轮喷气发动机。装有冯·奥亨研制的Hes3B涡轮喷气发动机的He-178飞机试飞成功，成为世界上第一架喷气式飞机。它标志着人类航空史上喷气飞行时代的到来。

　　最早投入批量生产并被转变为部队喷气式战斗机的，是英国的"流星"式战斗机和德国的梅塞施密特Me-262型战斗机。从某种意义上说，喷气发动机开创了飞机发展的另一段历史。二战结束后，航空技术迅速变迁，最主要的潮流就是喷气化。

与西方国家相比，中国的战斗机试飞起步较晚。如果按时间来划分，以"科研试飞英雄"滑俊、王昂为代表的老一辈试飞员是第一代，以"试飞英雄"黄炳新为代表的是第二代，李中华赶上了第三代。第一、二代老试飞员飞的是由仿制发展到研制的国产一、二代战斗机。李中华们生逢其时，中国的国防航空工业开始了改革开放后第一次飞跃式发展，李中华和他的队员们全程参与了三代机的大部分重要科目的试飞，与其说这是他们的幸运或者机遇，不如说是他们的责任和挑战。

1993 年 10 月"型号工程"启动后，为了填补我国国际试飞员的空白，也为日后的歼 -10 试飞做准备，国家选派李中华和徐一林、张景亭，远赴俄罗斯国家试飞员学校，进行为期一年的全程培训。徐一林比李中华晚一年毕业于北京航空航天大学，张景亭毕业于西北工业大学航空系，他们二人都是当时那一批双学士飞行员后转入试飞员队伍的。

李中华第一次与外国试飞专家直接打交道，是在 1992 年 2 月，在以色列，他参与某型飞机的飞行品质试验，与他同去的还有一个老试飞员，名叫李存宝。对李存宝这名老试飞员，歼 -10 总师宋文骢的评价是：他是一位比较全面的试飞员，不仅会飞，而且会分析，能从理论上把各种情况讲得清清楚楚，这在他那个时期的试飞员中不可多得。

因为是外事活动，两个人都穿着"傻乎乎的西服"（李中华语）。西服是单位做的，呆板的黑色，大翻领，里头的白的确良衬衣领子很硬。制服呆板，李中华脑子却开了窍。这是他第一次看到西方国家试验科目的流程和程序，对方要求，所有在地面进行的试验，试飞员要与工程技术人员一起全程参与，并提出意见。这一点令他十分震惊。欧美体制下的飞行试验流程显然与他在国内参与的流程有很大的不同。

能够再次去西方国家全程参与试飞员培训，对李中华和徐一林、张景亭他们来说，实在是殊荣。因为同样可以理解的原因，三人还是以航空工业公职人员身份出国，同样还是穿着那种"傻乎乎的西服"。

俄罗斯国家试飞员学校坐落在茹科夫斯基，莫斯科河从城南蜿蜒而过，环抱着无边的原野和森林。这个景色秀丽的小城在李中华心中留下了深深的烙印，不仅仅因为它的风光，更重要的是李中华觉得，从某种意义上说，这座小城令他的试飞人生拓展了一个新天地，达到了一个新高度。

一年的时间里，他们要完成米格-21、米格-23、米格-29、苏-27、安-24、安-26、图-154飞机的试飞理论和试飞驾驶技术的培训，难度之大，可想而知。他们差不多天天学习到深夜一两点钟。

学校注重飞行实践，不仅仅是从理论上搞清楚，更注重试飞员飞行之后对飞机的定量定性评价。这就要求一个试飞员不仅知道要完成什么科目，更要像一名工程人员一样了解科目所代表的飞机各部分系统的性能原理。为期一年的培训对李中华的影响十分巨大，他完整地参加了一个国际试飞员培训的全过程、全课程，包括飞行训练、考试、答辩，以及最后结业做论文。他不仅看到了试飞的全过程，还看到了外面的世界，看到飞机从生产、试验，到试飞飞行的工业环节，这是一次系统性的了解。俄罗斯不愧是航空大国，名冠全球的俄罗斯国家试飞员学校的培训相当务实，而且有效率，基本上学员要求什么、需要什么，学校就提供什么、培训什么。学校的试飞员教员十分称职，且技术全面，一个试飞员教员一天可以飞几种型号的飞机，做不同科目的飞行，这在国内是不可想象的。在这一年里，李中华一共飞行了150多个小时，相当于他在国内三年的飞行量。高频率高强度的飞行不仅磨炼了他的飞行技术，更拓展了他的知识领域，培养了强大的试飞心理素质。

试飞员之间的交流如同体育比赛中的同场竞技一样，很直接，也很有效率，是了解别人、提高自己的必要渠道。俄罗斯试飞员的敬业精神和专注态度给李中华他们留下了深刻印象。苏联解体后，俄罗斯独立，国民经济百废待兴，航空工业同样举步维艰。上课的理论教员都是五六十岁的老教授、老专家，由于暂时经济困难，他们已经几个月没有发工资了，商店里的东西价格飞涨，生活很艰难。在机场，俄罗斯试飞员为了节省开支不吃午餐，只是抓两把面包干放在口袋里，有空吃一点，喝点水再继续飞行。尽管生活十分简朴，但他们对待工作依然是那么认真、敬业，在遵守工作时间、工作秩序上还是那么自律，同时保持着乐观积极的态度，甚至充满希望地给李中华他们朗诵苏联电影《列宁在十月》中的台词："面包会有的，牛奶会有的。"这种对国家、对未来、对生活的坚强信心，让李中华备受鼓舞。

1994年11月，白桦林黄叶翩飞的时节，在庄严的毕业典礼上，李中华和徐一林、张景亭一道，从院长康德拉钦科上校手里接过了第一次属于中国人的国际试飞员证书。

这一年的培训对李中华影响深远，他不仅学到了知识和技能，更提升了对试飞的认识。西方试飞机构非常强调在试飞中通过飞行验证飞机质量，拓展飞机性能，重视试飞数据，特别强调发挥试飞员的作用，要求试飞员不仅仅是完成飞行科目，更要飞出飞机的品质和性能。每次飞行结束，地面的工程人员和带教将所有飞行动态曲线的所有数据逐个分析之后，一定要听取试飞员对本次飞行科目的阐述。他们对评估规则的理解是数据式的，他们非常注重试飞员的意见，需要试飞员量化作出阐明、解释、评点，细化理论设计中间的过程，试飞员对飞机品性的所有评价都是以数据为基础的定量意见。这种做法，与中式的笼统、简单定性式试飞总结评点方式完全不同，前者更为严谨和准确，并且有效，要求试飞员不仅仅是驾驶飞机的体验师，更要成为熟悉飞机品质的工程师。

试飞是严谨周密的科学，仅靠勇敢是远远不够的。一个无知的勇者不管多么无畏，于伟大的事业而言，并无大益。

四、"死亡螺旋"

"如果有一天发生意外，我们之中不管谁不在了，其他人都要坚持下去……"

"如果有一天发生意外，我们之中不管谁不在了，其他人都要坚持下去，绝不能让征服'死亡螺旋'的脚步因我们而受阻。"这句话，最早是老试飞员汤连刚和李存宝说的，原话是：

"如果有那么一天，看咱哥儿几个先是谁……但咱剩下的人绝不能退缩！"

后来，这话如同一根接力棒，在试飞部队口口相传，传给了"大哥大"雷强，再后来，传给了小平头李中华。到了李中华这里，他加了一句："要让中国战机骄傲地飞翔在新世纪的天空，试飞员必须志存高远，奋发图强。"

1995年11月的一天，白雪素净，松柏寂静。

位于俄罗斯国家试飞员学校所在地茹科夫斯基的试飞员公墓，掩隐在一片树林深处。这是世界上唯一一处专门为安放试飞员灵柩而设立的公墓。在这里，几十名在挑战人类航空未知领域的征程中光荣殉职的先驱，静静地长眠在泥土下。

深深的脚印，一直延伸到松林深处。这里，一排排墨绿的松树之间，矗立着一座座墓碑，白色大理石的碑体与白雪浑然一色，只是上面黑色或红色的字迹格外醒目。两位军人静静地站在墓地前，一个是俄罗斯国家试飞员学校教员热尼亚，一个是中国试飞员李中华。他们脱帽在手，良久不语。

他们面前的十几座坟茔，是在试飞失速尾旋中牺牲的试飞员的安息之地。

从进入公墓，到离开，两位军人谁都没有说一个字。松涛阵阵，李中华听到自己心里有一个声音在问："你准备好了吗？"

第二天早上，李中华站到教员面前，他面色沉静、声音坚定地说："我准备好了，试飞失速尾旋。"

1994年11月毕业典礼那天的情景，李中华终生都不会忘记，当他们从院长康德拉钦科上校手里接过第一次属于中国人的国际试飞员证书时，五星红旗在试飞学校上空冉冉升起。

李中华明白，作为一名当代中国空军试飞员，必须始终将目光瞄准世界航空发展的最前沿，要以时不我待的紧迫感和责任感向世界尖端技术发起冲击。

当三角翼飞机成为我国空军、海军航空兵部队的主战装备时，梦魇般的"死亡螺旋"不期而至，严重威胁飞行安全。我国有关部门曾重金聘请外国试飞员试飞这个科目，但被对方一口回绝……

1995 年 9 月，国家再次派李中华赴俄罗斯国家试飞员学校，进行米格 –21 飞机失速尾旋专项培训。

失速尾旋被世界航空界称为"死亡螺旋"。据统计，世界上战机大迎角失事，约 90% 是失速尾旋造成的。美国和俄罗斯在进行这项试飞时损失飞机数十架，牺牲飞行员数十人。

毫不夸张地说，冲击失速尾旋，就是用生命叩响死亡之门。

试飞失速尾旋的这一天来到了。

天气很好，雪霁初晴，辽阔宽广的俄罗斯大地一望无际，远方目力所及之处，白桦林布满的山坡绵延起伏。

穿戴齐整的李中华登机、关舱门、加力，飞机像一支离弦的箭，呼啸而起。他驾驶的，是某新型三角翼战机。

拉杆、收油门、蹬满舵……一连串干净利落的动作后，飞机冲到了 12000 米高空的预定位置。

庄严而惊心的时刻到来，李中华开始奔赴"死亡之约"。飞机瞬间进入螺旋，旋滚着坠向茫茫雪野……

飞机以每秒 300 米的速度扑向大地，强大的负载产生的"黑视"让他的双眼一下"失明"，超过身体两倍重量的载荷全压在他的双肩，他全身的血管暴涨，脸庞立刻肿胀，身体疼痛得几乎要寸寸裂开。

一圈、两圈、三圈……已经是第三圈了，这个数字，已经接近国际上试飞失速尾旋的极限了。

飞机的高度在急速下降，随着时间增加，飞机下降的速度迅速加大，对驾驶员的影响不可估计。巨大的生理变化下，试飞员会瞬间晕厥，而几秒钟后，飞机就会旋转着急速坠地。

"快改出！没时间了，李，快！"耳机里传来教员急切的指令。

尽管身体极度痛苦，但李中华的大脑还在飞速地转动……李中华不是没有听见教员的指令，但他仍在等，等着飞机进入失速尾旋后的数据。没有人能帮他记录，即使是机载的记录系统也不能保证完整地体现，他只能在身体极度痛苦的状态下，用他千锤百炼过的大脑把这一切真实的数据记下来。他要成功地完成这个科目，只有这样，才能将记录在头脑中的一切完整地带给他的战友们、他亲爱的祖国。

第四圈、第五圈……李中华仍在等待飞机失速的完整数据。

直到飞机到达 8000 米高度，李中华才推杆，准备冲破螺旋，给倒滚的飞机一个坡度，让滚动的飞机顺势从仰角再推力改出。但是就在这千钧一发的时刻，一个意想不到的险情出现了——两台发动机同时停车。

失速状态下飞机双发空停，在世界试飞史上从来没有过这样的记录，也就是说，李中华遇到了世界试飞史上从未出现过的双重难题。

时间如此短暂，他甚至来不及报告和听从地面的指挥。生死抉择只在 1 秒之间。李中华在半秒内就作出了选择：一定要获取这种在正常试飞中无法取得的各项数据，积累这种飞行状态下的宝贵资料。

剧烈的身体反应让他的脸失了常色，死神狰狞的魔爪已经在嘭嘭地敲打着舷窗，但他却用平静的手指准确地摸索着，一次又一次地启动发动机开车开关。

第四次空中启动后，飞机终于展开双翼进入平飞状态——

这时的飞机，到达 3000 米临界高度。塔台上的教官们都仰起了头，他们看到，飞机从急速下降的螺旋中改出，片刻间展翼平飞，如一只大鹏，优美地伸展着巨大的翅膀。机身滑过天际，飞机冲出了死亡地带。

飞机停稳，座舱打开，走下飞机的李中华步伐从容。俄罗斯教员张开双臂热泪盈眶地迎了上去，现场所有的俄罗斯同行欢呼雀跃。今日一飞的壮举意义重大，自此之后，影响中国航空业的三角翼飞机失速尾旋后发动机停车的重大航空技术难关宣告突破。兴奋的人群中不知是谁吹起了响亮的口哨，机场跑道外不远处的白桦林上空久久回响着尖锐的啸鸣。

从这一天起，李中华与此前在俄罗斯接受过这一培训的雷强、李存宝一起，成为我国三角翼飞机失速尾旋教员。

在采访中，我问了李中华这样一个问题：在俄罗斯飞行，那么大的工作量，相对高深且复杂得多的科目，多样的机型和科目，语言、环境的障碍，等等，这些因素对安全或多或少是有影响的，他们如何对待试飞中的风险？

李中华告诉我，俄罗斯试飞员学校对安全风险的管理很严格，有自己独特的一整套保障体系。首先，如何看待安全。试飞学校的理念是，试飞的风险是存在的，试飞失败是不可避免的正常事件，但所有的失败都是有原因的，重要的是找出原因，一条一条列出来，使之成为后来者试飞的经验。试飞的前提是最大限度地发挥试飞员的作用，飞出飞机的最好品质和性能，在这个前提下，保证安全、提倡安全才是有意义的。在试飞风险科目的时候，试飞学校的管理程序十分严谨细致，提交给试飞员的任务单上，有一条宽约5毫米的醒目的红线，斜着贯穿整个任务单。这种红杠标示的是风险的最高等级，一看到这种任务单就知道，本次任务有高等级风险，严重时机毁人亡。

还有就是，从学员进入试飞学校开始，对带教学员设立固定的人员搭配，也就是在整个培训期间，从头到尾都是由这个固定的带教陪你飞，这样便于了解和熟悉对方的操纵习惯、行为品性、处事风格，一旦遭遇突发事件，双方呼应通畅。

功夫不负有心人！李中华将在学校期间的点点滴滴细细体味，铭记在心。毕业离校时，他丢掉了所有的衣物杂品，按最大行李负荷带回了积累的全部笔记和飞行材料，重20多公斤。

还有更重要的——李中华说，在这个试飞学校，除了技术与程序、能力与胆量，他还学到一样极其珍贵的品质：信仰。

试飞学校有一个管理装具的管理员，年纪很大，大约70岁了，他是自愿在这里做装具管理员的。每天，李中华他们飞行回来将氧气面罩、头盔等特殊装具交还后，由他负责接收清理。老人独自工作，耐心而细致地将每一件装具用酒精清洁消毒，放在通风处晾干，每一件仪表都用三用表细致地测试，确保正常。做这些的时候，老人十分平静安详。他已经在这里工作几十年了。

起初，因为语言的关系，李中华很少与老人交谈，但他很快就发现老人工作十分认真细致。工作室里挂着一幅照片，有一天，李中华交还装具后没有离开，他指着照片对老人说："我认识他，加加林。"

像灿烂的光芒照在脸上，老人笑了，这笑容发自内心：一个来自遥远的东方国度的外国人认识自己国家的宇航员，老人内心的自豪溢于言表。老人告诉李中华："当年，我为加加林保管过飞行装具。"

简单的一句话深深地打动了李中华，他在那一刻明白，俄罗斯能成为飞行大国不是没有原因的，这个国家的人民尊崇的一些东西，比如信仰，弥足珍贵。

一个有信仰的人是令人尊敬的。

一个有信仰的民族一定是强大的。

五、"眼镜蛇机动"

高高仰起机头的飞机，就像一条发怒时高昂头部的眼镜蛇。这惊人之举令全场瞬间哑然，之后又是一片哗然。

为了学习试飞"眼镜蛇机动"，1997年4月23日，李中华又一次踏上俄罗斯国土。

"眼镜蛇机动"是著名的过失速机动动作，就是飞机在超过失速迎角之后，仍然有能力完成战术机动。这一动作由苏-27战斗机首先试飞成功。

直到今天，航空界和试飞界人士仍对1989年6月的第三十八届巴黎国际航空航天展览会记忆犹新。因为在这次展览会上，苏-27战斗机进行的飞行表演令在场观众大为震惊——

试飞员威克多尔·普加乔夫驾机升空后大角度爬升，突然间，机头抬起并越抬越高，最终变成了机尾在前，机头在后，仰立着悬停在巴黎的上空。高高仰起机头的飞机，就像一条发怒时高昂头部的眼镜蛇。几秒钟后，机头重新落下，恢复平飞状态。这惊人之举令全场瞬间哑然，之后又是一片哗然。

其实，"普加乔夫眼镜蛇机动"并不是人工设计出来的，而是普加乔夫于1988年在一次飞行中无意间创立的。当时，苏霍伊设计局在试验苏-27失速的大迎角极限。在飞行试验中，战机在15000米的高空突然失速急速下降，大惊失色的现场指挥员、苏霍伊设计局的总设计师西蒙诺夫命令普加乔夫放弃战机弹射逃生。但普加乔夫镇定自若，继续留守并在飞机距离地面仅800米时奇迹般地启动了发动机，之后他瞬间将战机改成平飞。下来后，通过对飞行参数的判读，人们发现，当时飞机在他的操控下，经大角度急速跃升，机头不断上仰，并达到了120度的大迎角，从而诞生了这震惊世界的机动动作。

普加乔夫用他惊人的勇敢和冷静加上卓越的技术，不仅挽救了自己和飞机，而且飞出了苏-27特殊的性能。航空界为了纪念普加乔夫这位天才的飞行家，把他创立的这一飞行动作形象地称为"普加乔夫眼镜蛇机动"。

"眼镜蛇机动"刚出现的时候，很多人对它的实战意义持怀疑态度。随着近距空战重新受到重视，人们逐渐认识到，"眼镜蛇机动"这类非常规机动动作在近距空战中，不但可以作为有效防御的战术手段，而且可以赢得由守转攻的有利时机。尽管迄今为止这一动作尚未在实战中运用，但在瞬息万变的空战格斗中，这种快速机动的性能，称得上是攻防兼备的撒手锏，在各类模拟空战的软件及游戏中被成功地反复运用。

1997 年，李中华第三次赴俄罗斯学习。这一次，他要向俄方提出飞"眼镜蛇机动"科目。

亲自驾机完成享誉四海的"眼镜蛇机动"，是世界顶尖级飞行员梦寐以求的目标，在俄罗斯也只有屈指可数的几位资深试飞员可以完成。此前，中国还没有人完成过这个高难度的动作，如果自己能完成，不但是飞行技术上的突破，更是信心和勇气的突破。李中华要向国际公认的极限高难度科目冲刺了。

看见自己喜爱和欣赏的试飞员来了，康德拉钦科从办公桌后面站起来，满面微笑地伸出手：

"欢迎你，中国勇士！你是我最出色的学生之一，这次回来想飞什么？"

李中华立正答道："我要飞'眼镜蛇机动'！"

笑容从康德拉钦科脸上消失了，他用多少带着吃惊的眼神看着面前的小平头。李中华并不多言，只是再一次轻轻地、沉稳地一笑。

康德拉钦科太熟悉这位中国试飞员的笑容了。他知道这个貌不惊人的中国男人内心强大的力量。

沉默了片刻后，康德拉钦科点点头："好，我答应你，我来安排。但要记住，它充满了风险。"

李中华默默地走在位于茹科夫斯基的试飞员公墓。

西斜的阳光浅浅地照着，微风轻拂，四下静默无声。

对这片墓地，李中华并不陌生，第一次到试飞学校学习时，他的教员带他来过。之后，李中华不止一次单独去过。到试飞学校学习的各国试飞员，都会到这里来。在这里，他们感受到的除了怀念和敬重，更多的是力量和使命。今天，李中华又来到这里。面对这些冰冷肃穆的墓碑，他俯身捡去几片落叶，心里异常平静。眼前的这些英灵，把自己的生命变作一块块铺路的基石，才成就了俄罗斯作为航空大国的辉煌。作为同行，他对他们充满敬仰。

"作为试飞员，风险与危险是随时随地都存在的。做你们这一行的，有没有什么忌讳？我的意思是说——是否会回避谈到……死亡？"

在向李中华提出这个问题之前，我特意关上了录音笔。

他敏锐地看到了我的动作，淡淡地一笑："别人可能有，但在我，没关系。的确，同行们会比较相信直觉，因为作为一个成熟的试飞员，直觉是非常非常重要的，但这与迷信和忌讳无关。"

"你有真正直面过牺牲吗？"

"有。"

李中华经历过不止一次战友牺牲的飞行事故，参加过两次牺牲战友的追悼会。第一次飞行事故发生在1994年4月4日，牺牲的是当时在国内试飞界大名鼎鼎的卢军。李中华从飞行员转到试飞基地当试飞员伊始，带他的第一个试飞教员就是卢军。业内都认可卢军有激情，有才华，技术精湛，胆识过人，是一个少见的飞行天才，但是很意外地，他却在一架小型螺旋桨飞机上出了事。

事发时李中华远在俄罗斯学习，由于通信不便，一周后消息才辗转到达他那里。听到这个消息，李中华顿时脑袋发蒙，像是出现了错觉。他陷入长时间的伤感和沉默之中，往日和卢军在一起工作、生活的场景像过电影一样，一幕幕出现在眼前。卢军个子不高，身手敏捷，永远充满激情。他在飞行的间隙喜欢骑一辆火红的摩托，来去一阵风，这几乎是当时试飞团的一景。他的教学方式很独特，强调自醒自悟。当年，他对初入试飞行业的李中华启迪颇多。但是，就是这样一个浑身满是飞行细胞的人转眼间魂归长天。这从另一个角度说明了试飞的残酷和不可预测性。

这是李中华第一次面对好友的离去,那一刻他真正地意识到"飞行安全"这几个字的沉重意义。生命如此脆弱,死亡真的很近。在生死面前,所有生命都是平等的。作为试飞员,大家走着同样的道路,如何能走得更久远,的确是需要深思的一个问题。

另一次是在试飞团时,团里有位李中华熟识的老试飞员,兢兢业业飞了几十年,已经接近飞行最高年龄,即将办理退休手续,接到命令去执行一项重要任务,他二话没说就上了飞机,谁知一去不复返,把生命的句号,庄严地画在了最后一次履行使命的征途中。

参加追悼会的感受更难过,触景生情、百感交集,沉重的气氛压得人喘不过气来,时间仿佛停止了一样。对于飞行员来讲,这是一种痛苦而严峻的考验。

在俄罗斯学习期间,李中华也经历了一场生死的考验和洗礼。这件事,是与他一起在试飞学校学习的张景亭告诉他的。

那天,一架图-134和一架图-22在空中相撞,图-134坠毁,机上共有六名试飞员,全部牺牲。当时,张景亭正和教员在那一带空域飞行,塔台突然传来命令说科目暂停,要求他们寻找飞机坠毁的地点,报告从空中查看的情况。

张景亭的飞机很快就到了现场上空,他俯身清晰地看到地面上正在熊熊燃烧的飞机残骸。那一刻强烈的心理刺激令张景亭失语,但是同机的俄罗斯教员却用同往常一样平静的语气详细地向塔台报告了情况。片刻之后,教员对张景亭说:"好了,我们继续。"

张景亭一下子没反应过来:"继续?继续什么?"

教员指着仪表舱面说:"今天的科目还没有完成啊!"

那一天，教员带着张景亭，飞机绕过翼下冒着黑烟的失事现场，继续进行规定科目的飞行，直到完成才落地。

晚上回到公寓，张景亭把白天发生的事告诉了李中华和徐一林，三个中国试飞员都沉默了。

在国内飞行时，如果发生事故，肯定是要求立刻停止所有科目，全体人员收队，分析查找事故原因，在作出事故鉴定之前，为了平复大家的情绪，至少一周内不会再飞行。但是在俄罗斯国家试飞员学校，除当事者外，其余的人，只是会在经过事故附近的空域时绕行一周，或者微微倾斜机翼，用目光和手势表达哀悼，然后照旧正常执行完自己的任务。

一周之后，事故鉴定出来，试飞学校为牺牲的试飞员们举行葬礼。那天上午，李中华和他的教员卡兹洛夫接到的命令是：驾驶一架苏-27升空，围绕会场，在茹科夫斯基上空低空盘旋。

以往机声轰响的天空，这一天格外安静，空旷的天空中只有这架单机。他们飞着，没有科目，没有要求，只是做低空自由飞行。李中华眼睛湿润了……这低低盘旋的飞机是对牺牲的战友表示沉痛的悼念，护送他们的灵魂远行；是以行动告诉人们，虽然有人倒下，但试飞事业不会停滞……

那一天飞行之后，李中华在自己的笔记上做了一个特别的记号，这一天的经历他终生难忘。他从国外同行身上，又一次看到试飞人是如何坦然地面对生死。

"我并不认为选择放弃就可以更安全。试飞的道路也许并非坦途，走下来的一定是那些执着的人。太多的唠叨或左顾右盼的眼神，起不了任何作用。经得起考验，会使人更坚强。生活要继续，飞行也要继续。选择试飞，就选择了与风险、挑战相伴。作为一名试飞员，必须坦然面对生死。"李中华说。

在飞"眼镜蛇机动"前，有许多准备工作要做。在接下来的两个多月里，李中华完成了苏-27的所有失速尾旋的试飞科目——正尾旋、倒尾旋，再到"落叶飘"。这些高强度反常规的操纵，不断考验着身体和意志的极限。一方面，通过训练学会一些处理问题的方法，提高克服风险、化解风险的能力；另一方面，在经历复杂和惊险的同时，突破身心界限与心理障碍，提升心理素质。

6月16日，康德拉钦科向李中华宣布："李，一周后，6月23日，你试飞'眼镜蛇机动'！"

试飞这天，上午10时，李中华在前舱，俄罗斯著名试飞员考切尔在后舱。李中华驾驶苏-27起飞，很快，飞机进入8000米高的指定空域后开始动作，李中华一边默念操纵程序，一边紧盯着速度表。

指针在不断地回转——800、600、300，是时候了，他按照程序开始操纵：关闭限制器、断开飞机电传操纵系统、拉杆，当飞机抬起机头约20度时，再猛地将驾驶杆抱在怀里。

这一连串的动作之后，机头猝然仰起，同时机身强烈地振动起来。这是最危险的一刻，动作稍不到位，飞机就会失速。这时，耳机里传来教官考切尔的声音："蹬满舵，推满油。"就在这一瞬间，飞机突然停止旋转，振动消失。机头非常温和、驯服地原路回落，收起了狰狞的面孔。转眼间，飞机平稳飞去……整个过程只有四五秒。

"眼镜蛇机动"动作完成了！

虽然完成了"眼镜蛇机动"，但精益求精的李中华总觉得自己的操作不完美，他发现驾驶杆没有回到中立位置，使飞机产生了些许的偏转，而完美的"眼镜蛇机动"不应有任何偏转。

于是他决定：再来一次！

但这一次，飞机再次发出怒吼后，机身突然发生了反倒向偏转。后座的考切尔喊道："危险！危险！"这是进入尾旋的前兆。对此，李中华已有充分的心理准备，他迅速将飞机控制住。第二次、第三次……第六次，一遍又一遍，苏－27飞机从高度8000米一直飞到1000米，"眼镜蛇"终于被他降伏了！

走下飞机，考切尔拍了拍他的肩膀说："李，祝贺你，完成'眼镜蛇机动'是飞行员至高无上的荣誉。从此以后，我们的飞机对你来说没有秘密了，你的荣誉属于中国！"

这句话，让这个在死神面前都没有眨过眼的男子汉，泪水夺眶而出。

回国后，李中华发表了论文《"眼镜蛇机动"及其战术意义》，在2000年国家飞行力学年会上获奖。

此后，李中华又接连100多次驾机重复这一动作，成为完成"眼镜蛇机动"次数最多的中国试飞员。这一纪录，至今尚无人打破。

六、生死7秒

> 在性命攸关的一刻，交出驾驶杆，以生命相托。这心甘情愿的给予，是对战友最高的信任。

对于绝大多数人来说，7秒钟，那只是数7个数的时间而已，可能没有任何意义。但是对于空军试飞团副团长李中华来说，在

2005年5月20日那一天，7秒钟的时间，他已经在鬼门关上走了一个来回。

　　起初，险情的到来，没有任何征兆。

　　这一天，天气一如既往的好。对于试飞员们来说，这样的好天气他们是绝不会放过的。

　　正午时分，阳光更加明亮。上半天的飞行快要结束了，前几个起落已经完成任务的飞行员和工作人员都开始换衣服了。今天进场比较早，尽管中间加餐吃了些小点心，但大家还是饿了。年轻的司机说："我都闻到饭菜香了，今天中午有红烧肉啊！"

　　大家笑起来，说："年轻人就是饿得快啊。等中华的这两个起落结束后，我们就一起乘车去食堂吃饭。"

　　今天，李中华和试飞员梁剑锋驾驶三轴变稳飞机进行试飞。中午12时整，飞机从机场起飞，梁剑锋在前舱驾驶飞机，李中华作为空中带飞教员坐在后舱。完成了两个状态的试飞后，飞机一切正常。

　　险情像一只蛰伏的怪兽，突然跳跃而出。

　　12时22分，当新科目进行第三个状态试飞，飞机向机场方向靠近，并构成着陆状态时，在机场远台附近的三转弯过程中，飞机机载变稳系统突然告警，电传系统停止工作。告警灯骤然发出刺眼的红光，前舱的梁剑锋已经无法操纵，瞬间，飞机滚转倒扣，急速坠向地面……

　　此时，飞机高度：500米；时速：270千米。

　　"飞机不行了！"梁剑锋失声喊道。

　　座舱内，李中华和梁剑锋的姿势是仰面朝天，座舱面朝大地，飞机高度本来就低，几秒钟里再急剧下降，现在的高度只有 500 米。李中华用余光看到，四周翠绿的麦田、水墨般的村庄、银子般闪光的河沟，正像一张张开的五彩斑斓的巨网，疾速向他们扑来，转眼间就要吞噬飞机。不要说弹射高度不够，就算是弹射跳伞，座椅下的火箭也会瞬间将他们打到地上！

后舱传来李中华镇定的声音："别动，我来！"

李中华迅速接管飞机进行操纵。他关掉电传系统电源并压杆、蹬舵重新启动，但飞机没有任何反应。巨大的过载，把两人的身体紧紧压向机舱一侧。

告警灯仍闪烁不停。数秒钟里，飞机高度急降至 200 米左右，头盔就要顶到麦田了！他们不仅没有迫降和跳伞的可能，而且飞机随时可能进入尾旋。

李中华猛然意识到是变稳计算机在作怪。生死关头、千钧一发之际，李中华挣扎着腾出右手，一把抹下，将座舱侧面的 3 个电门全部关闭！

这是扭转乾坤的一举。

一共有 3 个开关，倘若逐个关闭，时间完全来不及。又倘若李中华从后舱伸过来的手在姿势困难的情况下没有触摸到开关，死神将不给他第二次机会。

这一抹，飞机好像是被点穴一般，停止了摇摆，立即响应了操纵。李中华毫不迟疑，迅速将倒扣的飞机翻转过来，同时猛加油门，飞机倏然拉起，昂头冲上天空，冲出了死亡线！

飞机虽然恢复了操纵，但险情并没有结束，由于电源完全切断，各种仪表失去显示，两人再次陷入困境。无论如何也要把飞机飞回去！通过地面判断飞机的高度、位置和姿态，最后李中华凭借自己多年练就的高超技艺，在最短的时间内实现了平稳着陆。

7秒钟！从遇险到脱险，只有短短7秒。李中华来不及向塔台报告。由于险情发生在机场人员视距之外，也没有一个机场人员目击这惊险的一幕。

4分钟后，飞机轻盈地降落在跑道上。

跨出机舱，李中华表情没有任何异样，他只是轻描淡写地告诉地面战友："发生了一点小问题。"

他在机场边上坐了一会儿，喝了一杯开水，30分钟之后，就再次跨入座舱，驾驶一架歼-10跃上蓝天。

当天下午，科研人员判读这次试飞的数据。翔实的数据，重现了那惊心动魄的7秒钟。

片刻的静场，之后，所有人员都发出一声由心底而生的惊呼：天啊！

闻讯而至的中国飞行试验研究院高级顾问张克荣一把搂住李中华，眼含泪水，用颤抖的声音说："这次险情来得太快太玄了，要不是你们技术过硬，肯定摔了！你们保住的不仅仅是一架新型飞机，更是我国几十年来上万名科研人员智慧和心血的结晶啊！"

这是一架堪称"国宝"的飞机，不仅单机造价高达近亿元，更重要的，它是中国航空界引以为豪的首架变稳空中模拟飞行试验机，从各类战斗机到波音747，几乎任何类型飞机的空中动态特性，它都能模拟，被誉为"空中魔术师"。当时，全世界只有美国、英国、法国、俄国和中国这五个国家有这种飞机。李中华不仅救出了"国宝"，更重要的是避免了因飞机失事而给新装备的研制生产带来的重大影响。否则，这种变稳型飞机的问世将会在数年甚至十数年里被搁置延迟，中国航空事业的发展将遭受严重影响！

事后查明，是飞机的计算机控制系统在低电压状态下程序出现紊乱，导致飞行姿态改变，飞机无法控制。短短7秒钟内，李中华果断处置，保住了自己和另外一名试飞员的生命，还保全了这架当时我国唯一的变稳空中模拟飞行试验机。

仅仅7秒，能天崩地裂，亦可乾坤逆转。这转瞬即逝的机会，被李中华抓到，并且完美地利用了——李中华能够脱险绝不是靠运气，他那小平头里装着的，是几千次起落飞行、数万次动作操作，加上二十多年来日积月累一日不怠的思考。

中国飞行试验研究院型号副总师赵永杰一语中的："从'5·20'事件我们能看出，李中华首先是技术过硬，从另外一个角度说他很勇敢，遇到危难情况不紧张，心理素质过硬。勇敢，有智慧，技术又是高超的，综合来说是合格的试飞员，优秀的试飞员。"

梁剑锋后来在飞行日志中这样写道："我觉得要是换了另外一个人，可能就要出事了。那天晚上，白天的情景一直浮现，我一夜都没睡好。"

"5·20"，终生难忘，梁剑锋专门坐在那架试验机里照了一张相。相片拍得实在惊心，偌大的飞机几乎占满了整幅照片，梁剑锋小小的脑袋缩在机舱里。手指抚摸着照片上这架试验机，梁剑锋深情地说："当时，中华说让我别动，我就松开了驾驶杆。"

在性命攸关的一刻，交出驾驶杆，以生命相托。这心甘情愿的给予，是对战友最高的信任。

那一天傍晚时分，李中华回到家，他正在掏钥匙的时候，门一下子开了，显然，妻子潘冬兰等候很久了。没等李中华开口，潘冬兰一头扑到他的怀里失声痛哭。他什么也没说，扶着妻子进屋坐下，轻轻拍着她的后背。

良久，妻子抬起头，眼里还汪着泪："到底怎么了？"

他淡淡地一笑，说："没啥，我就是按了几个电门。"

一旁的儿子被深深地震撼了："我爸就是我的榜样。"举重若轻，他是真正的男子汉！

举重若轻的冷静，来自试飞生涯的千锤百炼，也来源于他对试飞事业的深刻理解。

"我和我的这些试飞员战友是幸运儿，我们能驾驶我们国家最优秀的战机翱翔在蓝天上，能够把我们的青春、智慧和我们祖国航空工业的发展联系在一起，这是我们非常自豪的一件事情。一位名人说过，什么是幸福？幸福就是活着，并且快乐地工作着。我想说，我们如果能够快乐地工作着，找到这样一个点，就是幸福的。"

看过李中华飞行的人都有一个共同的感受，就是他的飞行动作非常标准、潇洒，特别是他的两点大姿势着陆，堪称经典。松松垮垮地落地，同样也能带回测试所需的参数和数据，但李中华有自己的精打细算——规范地着陆，对于课题组成员、工程师做统计数据非常有利；规范的着陆对飞机轮胎、起落架等的冲击都比较轻微，有利于节省飞机器材；一旦遇到异常情况，规范的着陆能给自己采取措施创造一些便利的条件。飞行的过程，其实是一个非常精准的操纵的过程，在每一个环节上都应该严格按照要求来做。

在李中华的办公室里，整整齐齐地码放着一摞飞行卡片。多年从事试飞工作使他养成了一个好习惯，就是每次试飞前都要认真做一张卡片，把要飞的科目、要做的动作、要达到的要求等，一一记在卡片上。这种做法非常有效，不仅可以减少飞行中的错、忘、漏，提高试飞效率，而且也是进行自我约束的一个很好的手段和方法。日积月累，现在他的飞行卡片已是厚厚的一摞，有1100张。这1100张飞行卡片，记录了李中华从事试飞工作的分分秒秒，见证了李中华搏击蓝天的一个个难忘时刻。

二十多年的飞行生涯，数千次起落，成万次动作，他没有飞过一个报废的数据，也没有出现过一个差错动作。

2007年，中宣部和中国人民解放军总政治部组织的"试飞英雄李中华事迹报告团"在全国做巡回报告。报告团3月12日在沈阳做完报告后，应抚顺市委、市政府的邀请，下午在李中华的家乡抚顺增加一场报告。市里领导建议派人把李中华的父母接到报告现场来，李中华婉拒了。他的理由是，一来朝阳农场到抚顺有100多公里的路程，老人年纪大了，他不想让父母来回辛苦颠簸；二来父母一直教育自己要老老实实做人，本本分分做事，所以他不想也不愿意在父母面前张扬。

还有更深层的原因，李中华当时没有明说。报告中有许多关于试飞的惊险事件，还辅以多媒体解说，他不想让父母在那样的场合，受那样的震动，不想让年迈的父母看了之后，从此对儿子放心不下。尽忠与行孝，在李中华这里，的确是不好平衡的选择。

李中华家中最引人注目的是墙上一幅巨大的照片。照片上的李中华，顶着他那标志性的小平头，一身橄榄绿色的连体飞行服，外套橘红色的抗荷服，怀抱银白色的头盔，站在跑道中央，身后是飞机着陆时留下的重重的黑色擦痕，在大光圈的景深中虚幻为粗犷的线条，延伸向无边的天际……

这是他最喜欢的一幅照片，那身橄榄绿也是他最喜欢穿的飞行服。这是一套从国外带回的帆布飞行服，又厚又硬，每次飞行回来，李中华都坚持自己洗。他从来不用洗衣机，而是将衣服泡在水中，用手轻轻地搓，轻轻地揉。"那种感觉和心境，自己难以准确地表述，外人自然更难以体会。"李中华说。

飞行已经融入了他的生命，只要是去机场，他永远衣着笔挺，皮鞋锃亮，手套雪白，小平头一丝不乱，头盔一尘不染，步伐坚定有力。

他是一流战机的一流试飞员，从形象到内涵都名副其实。

金秋时节。北京航空航天博览会上，李中华获得首届"中国航空航天月桂奖·英雄无畏奖"。

2007 年 6 月，中央军委授予李中华"英雄试飞员"荣誉称号。

采访李中华结束的时候，我让他给我写一句话，作为我对这位试飞英雄的纪念。李中华想了想，低下他的小平头，在本子上写下了一行漂亮的字：

"即使我化作流星离去，也要照亮战友们试飞的航程。"

叩问天门

——他们是直面生死的大勇者

第三部

对于中国空军试飞员来说，在祖国的天空，自己试飞的战机，每一声轰鸣都是"中国新鹰"驰骋万里长空的前奏。从失速尾旋到全载重失速，他们以超人的胆量和技艺，飞出了外国试飞员没有超越的极限，飞出了中国军人的志气。从战斗机到运输机，他们成功试飞近两百型数万架国产飞机，飞出了国产飞机在国际上的赫赫威名，飞出了中国航空业跨越式的发展。

明敕星驰封宝剑，辞君一夜取楼兰。

——［唐］王昌龄《从军行七首》（其六）

　　试飞工作主要包括两项内容：一是暴露问题，也就是通过试飞最大限度地暴露飞机存在的设计缺陷，为设计部门改进飞机性能提供依据。如果在试飞阶段问题暴露不出来，这些问题就会被带到部队，将直接影响部队战斗力的形成；二是要通过试飞把飞机的潜能飞出来。如果在试飞阶段没有把飞机的全部潜能挖掘出来，就会严重影响飞机性能的发挥，甚至会埋没一种好飞机。

　　所以说，好飞机是飞出来的，是试飞出来的。一个优秀的试飞员应当具有这样一些品质：

　　优秀的飞行技术；丰富的试飞经验；较高的理论知识水平；主动学习的能力和习惯；良好的环境感知能力、沟通能力；沉稳且机智果敢的性格；坚定忠诚的献身事业的精神；强健的体魄和良好的身体协调性；勇敢无畏；科学务实。

　　怎样成为一名优秀试飞员，教科书里没有现成的答案，完全靠试飞员日复一日地摸索。

第八章　空中探险家

　　战斗机飞行员是一种充满危险和挑战的职业，被誉为空军的"王牌"。而战斗机试飞员则堪称"王牌中的王牌"，因为他们所驾驭的，都是普通飞行员从来没有飞过的最先进、最前沿的机型。这些机型第一次从设计图纸变成钢铁雄鹰，试飞员是和它们"第一次亲密接触"的人。

　　在中国空军试飞员队伍中，一些试飞员的名字是和某种或者某几种机型的飞机联系在一起的。就像提起歼–10就不能不提雷强和李中华，提起歼–8就不能不提黄炳新，提起歼–15就不能不提李国恩一样，提起著名的国产运–8飞机，就不能不提邹延龄。

　　在中国试飞界，邹延龄被称为"空中探险家"。

　　但在试飞大队，他有一个外人不知的特别的称呼，叫作"鬼子"。

一、与运-8结下了兄弟般的友情

　　他带着他招牌式的微笑回答说："只要组织需要，我服从。"大队政委得意地说："我们可淘到了个宝！"

　　"我们想要邹延龄。"

　　1986年11月，空军某试飞大队要挑选一名飞行干部，接替即将离任的大队长。别看只是一个团级单位的大队长职务，但是，要完成的任务是试飞我国自行研制的最大型运输机——运-8系列。所以，除非是相当资深且各方面能力极强的飞行员，否则一般人是无法轻易驾驭的。明眼人都明白，这样优秀的飞行员，在作战部队那都是军师级领导捧在手心的宝贵人才，个人"仕途"不可限量，哪个单位肯放？哪个人肯出来呢？

　　试飞大队凭借自己特殊的地位暗中在各飞行师摸了底，几个人选进入视线。再经过一遍又一遍的考量，空军航空兵某师技术检查主任邹延龄被选中了。

　　试飞大队是不能自己去挑人的，他们把这个意见上报到空军，申请要人。组织部门答复说："人是你们用，你们去考察，我们按程序给他们师里下通知，但工作由你们自己去做。"

　　没办法了，难题还得自己解决。试飞大队派出了政委王景海。王景海在来到这个飞行师面对该师领导之前，是准备好了被人婉拒的。他打了几遍腹稿，准备了一二三套说辞，决定视情况实施。至于结果如何，他心里没有底。

　　飞行部队干部有些习惯性口头语，是朝夕相处生死相交数年后形成的传统，上自师团领导，下至飞行大队长，说起飞行员来爱在前面加一个定语，叫作"我的"。比如说："张三啊，那是我的飞行员。""李四啊，那是我的副大队长。"

现在面对王景海，师长说的是："你们要把我的飞行员弄走啊？看上谁了？"

王景海说："我们想要邹延龄。"

师长没吱声，脸色不太好看。

王景海硬着头皮重申道："我们觉得他最合适。"

飞行师长都是飞行员出身，无不是头脑敏捷、言语爽快之人，他们落了地是师长，管飞行员的吃喝拉撒，上了机场是优秀的飞行员和技术精湛的指挥员。飞行员们上了天，一切的掌控与调度全在指挥员的口令上，指挥员与飞行员之间有一种没有半分迟疑的百分百信赖。也正因如此，说一个师长能当每个飞行员的家，这话一点都不夸张。

王景海的话一出口，向来爽快的师长犹豫了。犹豫来自两个方面：第一，邹延龄已经飞了近二十年，从飞行中队长、大队长，到团参谋长，再到师技检主任，在团职岗位上已工作了六年，经验丰富，业务精湛。让这样一个优秀飞行员放弃有希望的发展前途，到一个只是正团级的单位去搞试飞，不仅没有上升空间，还要承担巨大的风险。第二，从内心来说，邹延龄是自己的老骨干，这时的邹延龄已飞过7种运输机型，是国内最大运输机的机长，个人素质好，状态稳定，飞行技术拔尖，年龄不到40岁，正是好用又管用的时候，他实在是舍不得放。但组织上有了通知，硬抗是不行的。师长当然明白，留下这个优秀骨干的唯一办法是当事人自己拒绝。但这话做师长的是不能说的。

师长把邹延龄叫来，当着试飞大队政委的面说："组织上当然完全尊重你的意见，我们也完全尊重你的意见。你谈谈想法吧，有什么都可以说。"

师长的暗示再清楚不过了，他把"尊重你的意见"说了两遍。

这时候的邹延龄虽然还没有被叫作"鬼子"，但以他的脑瓜子，什么话听不明白呢？

该王景海说话了，不知道为什么，他一路上准备好的各种腹稿全都成了诚恳的邀约："我们只是个正团级单位，而且还在山沟里。但是，我们要试飞大运，我们需要你。"

邹延龄带着他招牌式的微笑回答了，只说了一句："只要组织需要，我服从。"

听到这样的答复，师长哑了，挠了半天头，才说："你在这里飞得好好的，为啥还想到试飞大队去？"

"师长，我在这里生活了十八年，从一名普通飞行员成长为团职指挥员。说实在的，我也舍不得离开师里。但是，当我知道去了能参加国产大运飞机的试飞时，我就挺激动。"邹延龄说，"师长，您是最了解我的，从航校当学员学飞行开始，跟着您也飞了这么久，我们飞的一直都是外国人制造的飞机，我做梦都想飞上中国人自己造的最新的运输机。"

邹延龄清瘦的脸上泛出了少有的红晕。他很想说，自己和战友们很早就开始关注运-8了。当听到国产运-8上马，原型机首飞成功时，他们有多么激动。他们日夜盼望着这飞机能尽快装备部队，这可是我国生产的首架最大型运输机！但一盼二盼都没有消息。那个年代因为消息闭塞，加上保密的原因，中间有好几年，只能断断续续得到零星的消息，大致是说，搞了几年，因为试飞力量不足，飞机一直不能出厂交付使用。

"我自信会是一个优秀的试飞员，能够为运 -8 飞机的发展做点实际工作，绝不会给咱们师丢脸！"邹延龄郑重地向师长保证。

一席话说得师长也高兴起来："去吧，你是我们师出来的，好好干，看你的了！抓紧时间搞出来，等把新飞机飞出来，记得先给我们师装备起来！"

十几年后，当年不为人知的技术检查主任邹延龄已成为名噪试飞行业的试飞英雄，但凡是见过邹延龄的人多少有些诧异：这位优秀的飞行家是个不起眼的小个子，细脖子、小脑袋，满脸皱纹，浑身上下没有一丝松垮和虚浮。他的脸上布满长年在天空飞行留下的印迹——几乎所有的资深飞行员都有这样的脸庞。只是，邹延龄眼神清亮，喜欢微笑，他只要一开口，脸上纵横的纹路里就浮动着深深的笑意。

我深深地迷醉于他的安然和淡定。没有数十年风云打磨的底蕴，不会积淀下如此大音希声的笑容。

总是微笑的邹延龄还是个生动有趣的人。在向我讲述完当年自己走进试飞员队伍的过程后，邹延龄带着他那招牌式的微笑说了一句很有点文采的话：

"我从此与运 -8 结下了兄弟般的友情。"

在了解运 -8 前，先介绍一下我国运输机的一些发展历史。

1944 年，抗战进行到艰苦的阶段，出于战事的需要，位于重庆南川的国民党第二飞机制造厂成功制造出了第一架国产中型运输机，主设计师为林同骥与顾光复。初夏的一天，编号为"中运 -CT-1"

的飞机在重庆白市驿机场首次试飞成功。它的第二次光彩飞行是从重庆白市驿机场飞抵成都太平寺机场。

中运–1型飞机机身用军用绿色漆处理，机腹漆成天青色，客舱内壁绿色，窗帘淡蓝色，舱灯乳白色，地板深棕色，舷窗为方形。在烽火连天的当时，这种内饰处理已经算是豪华，使命与任务可以想见。中运–1的运气并不太好，在交付国民党军方后不久，因当时国民党空军已经大量订购美制C–46、C–47运输机，中运–1遂被冷落于机场，机上设备几乎被盗窃一空。

新中国成立前，中国共产党人得到的第一架运输机是中运–2，当时国民党第二飞机制造厂厂长马德树在试飞成功后就下令将该机从重庆飞往南昌并锁入机库。

新中国成立后，第一款军用运输机是南昌飞机制造公司生产的运–5(据苏联40年代设计的安–2运输机仿造)。继运–5之后的运–7，是西安飞机工业公司在苏联安–24型的基础上研制生产的双发涡轮螺旋桨中短程运输机。运–8是第一架国产大型运输机。它的生产和制造成功，结束了中国没有大型运输机的历史。

秋意正浓的时候，邹延龄来到了陕西，一路上枫红林深，倒也景色宜人。

运–8总设计师、国家特殊贡献专家徐培林亲自接待了他。

徐培林安排的这第一次见面意味深长。没有敲锣打鼓，没有鲜花水果，在设计师那朴素得近乎寒酸的办公室里，醒目地立着一个新机模型。邹延龄进来后第一眼就注意到了。

"运–8——是它吗？"邹延龄说。

徐培林介绍说："是。"

运-8是当时我国自行设计制造的最大型运输机，重量大、容积大、载重大、航程远、续航时间长、适用性强。机舱内可装载两辆大卡车或一辆轻型坦克，或近百名全副武装的伞兵。运-8是上单翼，翼展38米多。在两只巨翼上，除依次悬吊着4个涡桨式引擎外，还托举着近20吨航油。这架英武的巨鹰，被称为"超级空中骆驼"。

徐总设计师充满情意的眼光抚过爱机的模型。他用手指轻轻地拨动模型机发动机的桨叶，缓缓地说："由于运-8的这种适用性，它在国防现代化建设中具有重要地位，航空工业部想尽快定型生产，满足部队需要，也希望早日打入国内外市场。运-8要想打入国内外市场，就必须拿到中国民航总局颁发的适航证，而要拿到适航证，就必须进行各种项目的试飞，特别是风险科目的试飞。"

徐培林看着邹延龄说："由于多种原因，1980年以来，只试飞过一般风险科目，大风险科目还无法进行。"

一席话说得邹延龄热血奔涌，脸色通红："徐总，我明白了，我们一定要试飞出运-8！如果试飞不出我们自己制造的飞机，就不配当中国空军试飞员！"

几天后，在试飞大队教室里，新来的大队长发表了他的"就职演说"："我和大家一样，到这里来，一不为官，二不求财，只想早一天把咱自己生产的运-8飞出来。有人把新机试飞比作狮子嘴里探喉咙，这是比喻试飞工作的风险。我一直钦佩试飞员的胆量，我愿与各位一起当个空中探险家！"

邹延龄初来乍到，就深切地感受到这个试飞大队与原部队的不同。

关于试飞员和飞行员的区别，歼-10首席试飞员雷强曾这样说过："当我在部队还是一名飞行员的时候，我并不了解飞机的具体结构。我默认飞机是完好的，一旦在空中遇到特殊情况，我只需要按照手册上的规定进行处理，如果无法处理，只需要弹射跳伞逃生就行。但是手册上的规定则是试飞员用血的教训换来的。作为一个试飞员，我就需要了解我的飞机在什么位置配备了什么东西，配备的这些东西会有什么影响。如果不清楚，出现了问题你甚至不知道怎么和地勤人员讲清楚。试飞员要通过自己的飞行，帮助地面的工程师判断飞机的能力和故障。"

从一名优秀的飞行员到一名称职的试飞员，国外一般需要四到五年。邹延龄一面潜心学习钻研、了解情况，一面苦心寻找自己的第一个突破口。

当时，大队正在进行载荷谱试飞。这是运-8原型机的定型科目，能否飞出来，直接关系到飞机能否定型和交付使用。由于各种原因，大队飞了三年才完成任务的一半。如果按这个进度计算，还要三年时间才能完成。邹延龄决定以它为突破口，来改变大队的形象。

邹延龄在动员会上说："请大家想想，飞机定型要飞几万个数据，照这样下去，等到何时才能试飞出来？……国家的航空事业等不起，军队的现代化建设等不起啊！"话语不多，众皆动容。

邹延龄发现了影响试飞进度的原因：过去到外地飞行时，每飞完一个科目就回本场休整一下，时间就这样耽误了。他与大家反复研究后，决定采取新的试飞方法。他把载荷谱科目中所要飞的高寒、高温、高原、海上等气象条件下的项目，做成连续计划，一次出动，不间断地转场飞行。他亲自担任机长，飞完一个项目接着又飞另一个项目，一连飞了十九天，创造了连续飞行的最高纪录，终于提前两年半完成了载荷谱科目的试飞任务。这漂亮的头一脚，让邹延龄在大队打开了局面，大家开始对这个貌不惊人的小个子新大队长刮目相看了。

这次飞行积累了经验，又锻炼了团队的战斗力。之后，邹延龄乘胜前进，又组织了几次这样高强度的科目试飞，为国家节省经费100多万元，为运-8早日装备部队、进入市场赢得了宝贵时间。

邹延龄身量不高，内心却有极强的爆发力，加上性格活跃，又乐于钻研，最重要的是头脑精明灵活、行动迅速敏捷，因此大家亲昵地给他取了个特别的外号，叫作"鬼子"。

这可完全是个褒义词。

邹延龄原单位的师长一直还惦记着自己的爱将。在一次转场时遇到了邹延龄所在试飞大队的队员，师长就问："老邹——你们大队长怎么样啊？"

试飞员们在领导面前是没有什么忌讳和章法的，笑嘻嘻地说："你说'鬼子'啊，他人挺好，技术全面，能和我们弟兄们打成一片。"

师长也笑了，点头说："试飞大队能人辈出，能和你们打成一片，说明挺有人缘。"

政委王景海高兴坏了，逢人就得意地说："看看看看，我们大队淘到了个宝！"

二、美国"大咖"迪斯走了，他来了

"嘘——别吵！'鬼子'在'坐月子'！"

看着那个满头白发、身材高大的美国人走下飞机时，邹延龄觉得飞机的舷梯都在轻轻地摇晃。悄悄地目测了一下，这家伙不仅体格超健壮，而且身形硕大，身高超过1.8米，体重差不多有110公斤，一脸自负的表情。这是来自美国的试飞员，名叫迪斯。

运 -8C 飞机是运 -8 系列的新型机，要打入国际市场，必须拿到中国民航总局颁发的适航证。要拿到它，又必须按照"CCAR-25-R4"，即《中国民用航空规章》第 25 部《运输类飞机适航标准》的要求进行各种项目的试飞。从生产到交付使用，除了进行数百次性能试飞，还要经过许多风险科目的试飞。性能试飞不易，风险科目试飞更难。"CCAR-25-R4"中，失速性能试飞是难度大、风险高的一项。其中又分为小吨位失速、大吨位失速和全载重失速试飞。这个科目在开始试飞时，国内一无先例，二无资料。按照有关规定，公司请外国试飞员来试飞。

62 岁的迪斯是运输机试飞员中的"大咖"，是美国洛克希德公司 C-130 等大型运输机的首席试飞员，大运界知名的国际试飞专家。迪斯的身价很高，公司以日薪 1000 美元的重金雇请了他。在 80 年代后期，美元对人民币的汇率高达 1∶10，迪斯的日酬劳相当于人民币 1 万元。当时一个普通的中国中产阶层的月薪不过一两百元，邹延龄作为飞行大队长，加上飞行补贴，月薪也不过 1000 余元。

邹延龄与迪斯的第一次见面，场面不太友好。翻译先介绍各位公司领导，迪斯与他们一一握手。当介绍到邹延龄时，翻译说："这位是中国运 -8C 型飞机的首席试飞员。"

迪斯把手收回，双手抱肘，眯起眼睛淡淡一笑，审视的目光落在邹延龄身上。牛高马大的他不相信面前这位个小体瘦的上校军官能拉动那大型运输机沉重的驾驶杆，成为与他合作的中方首席试飞员。

邹延龄深深地受到了伤害，但还是以主人的宽厚容忍原谅了他。

邹延龄知道，迪斯的身份和资历也助长了他这种令人不愉快的傲慢态度。

看着摇晃着走开的外国人，徐培林这位新中国成立前就立志航空救国的老专家悄悄说道："我们自己造的飞机却要外国人来试飞，作为中国人，作为飞机的总设计师，我这心里很不好受啊！"

邹延龄心头一热，他感激地拍了拍徐总的手背。

按规定，飞行员在驾驶另一种新飞机时，为了熟悉飞机，要进行几个架次的感觉飞行。邹延龄做好了带飞的准备，但是傲慢的迪斯拒绝了。迪斯摇晃着硕大的花白脑袋说："No!No!"

翻译有点为难地说："迪斯先生……他说……他是首席试飞员，不可能让别人带着上天。但作为妥协，他同意进行座舱实习。"

邹延龄再一次宽容地退让了。为方便迪斯操作，工厂的人把座舱设备上的中文标签换成英文的，用不干胶贴了上去。

首次的感觉飞行开始了。邹延龄让出了左座，那是机长的位置。迪斯的大脚迈进了机舱，坐在右座上的他友善地向迪斯点头示意：可以开始了吗？

关于邹延龄与这位来自美国的试飞"大咖"打交道的过程，我没有亲自捕捉到，我的同行、资深作家刘立波先生曾用细腻的笔触做过详细的记述：

四台发动机吼叫了起来，地面机务人员打出了可以滑出的手旗。

迪斯松开刹车，转动转弯旋钮，飞机却未滑动。他觉得是推力不够，顺手就去推油门，飞机忽地向前冲去。迪斯还没来得及旋动转弯旋钮，飞机已接近草坪。

坐在右座的邹延龄一脚踩住了刹车。

迪斯有些尴尬地看了邹延龄一眼。

当迪斯掉头向另一侧滑行时，飞机在滑行道上扭来扭去，像认生一样，不听这个老外的使唤。迪斯停了下来，对随机的翻译说："设备有问题。"

"设备没问题，是你的操纵不熟练。"邹延龄平静地答道。他知道，C-130 的转弯操纵是摇轮式手柄，而运 -8C 是旋钮，迪斯初次使用，动作量当然不易把握。

他们调换了位置。邹延龄操纵飞机原地转了一圈，又滑了一个来回，灵巧轻盈，然后干净利落地飞了一个起落。

他们又把位置调换过来。迪斯主飞第二个起落时，飞机大迎角着陆，差点儿落在跑道头的草地上。若打分，这不及格。

下了飞机，迪斯哈哈大笑，亲热地用两只手抓着邹延龄的肩膀："你很出色，很够朋友。谢谢你没把我赶下飞机！"他真诚地为自己的傲慢道歉。

迪斯不愧是试飞老手，他很快熟悉了运 -8C。他在试飞中的表现是令邹延龄佩服的。在飞机的性能试飞中，要用仪器对试飞员的操纵动作量进行测定，并要求达到任务书的指标。在这方面迪斯尤其过硬，完成的拉杆量和急蹬舵动作，总是和要求相差无几。这没有多年的工夫是办不到的。

与邹延龄相处一段时间后，当初对邹延龄持置疑和轻视态度的迪斯，喜欢上了这个小个子中国同行。刘立波在采访中注意到一个饶有趣味的细节：

邹延龄十分珍惜这千载难逢的机会。他细心观察、体味着迪斯的每一个操纵动作，通过正副驾驶杆和舵的联动，感受着每一杆、每一舵的量与度。飞行后，他常常向迪斯请教技术问题。迪斯也有求必应，倾其所有。迪斯喜欢上了这个机敏好学的中国人，喜欢他对试飞工作的热爱和钻研探索精神。迪斯大概不怕这个中国人会跑到国外去争抢他的饭碗，而对每每想凑上来听讲的另外三个美国人，却总是摆手让他们走开。

迪斯不愧是行家里手，大约两周后，小吨位失速和大吨位失速两项风险科目就飞完了。按照计划，下一步应该是全载重失速性能科目的试飞。当公司将试飞计划书拿到迪斯面前，提出要试飞时，迪斯摇头了。

公司领导和翻译嘀咕了一会儿，翻译正要开口，迪斯抢在头里，大声且干脆地说："No!No!"

迪斯摆摆手，头也不回地走了。

翻译为难地双手一摊说，迪斯先生不飞。他补上一句，说："看来与报酬无关。"

迪斯头也不回地走了，但他把内心的真实想法不加掩饰地告诉了邹延龄："这个科目风险太大，我已经60多岁了，我可不想把自己飞了大半生的名声栽在中国，尽管我很喜欢你们这个国家和你。我的同行就是在这个科目上出事去见上帝了——顺便说一句，他的本领可一点也不比我差。"

前后不到一个月，迪斯和他的三个同行走了，他们胸前的卡包里，装着中方付给他们的科目试飞费等共126万美元。

走前，迪斯出于对邹延龄的关切，悄悄说："邹，很遗憾最后一个科目我不飞。我也许知道你在想什么。作为朋友我想说，如果我是你，就不会去冒这个险。要知道，一个试飞员的最高原则是，当试飞科目有可能让你把生命搭进去的时候——You must refuse(你必须拒绝)。"

迪斯走了。全载重失速性能科目搁浅，运 -8C 项目不得不停下。

运 -8C 全载重失速性能试飞，要求试飞员在最大起飞重量为 61 吨的情况下，探索出该机种失速的各种实际数据，以验证设计师在地面给出的理论推算是否正确；如果有误差，正向、负向的误差率是多少。比起小吨位失速和大吨位失速，全载重失速自然是险上加险。

身形矫健的战斗机做失速试飞尚且危机四伏，何况运 -8C 这个体量庞大的"空中骆驼"，并且是全载重。飞机机体越庞大，载重量越大，就越笨重，越不便操纵，因而也就越危险。难怪连自负的迪斯也不愿意冒这个风险尝试。

一向快人快语活泼好动的邹延龄突然沉默了，总是微笑的脸也不生动了。飞行员出身的试飞员们从来都是作息固定的，但邹延龄打破了自己多年来的生活习惯——他陷入了长久的沉默和思考。吃饭的时候常常走神。睡着睡着，坐起来，走到桌前，开灯翻出笔记本。连上厕所都一蹲半天。他大队部办公室的门，一关一整天。队员们走过走廊路过他门口的时候都会噤声，放轻脚步。有不知道轻重的还大声说话，立刻会有年纪大些的试飞员制止说："嘘——别吵！'鬼子'在'坐月子'！"

试飞大队的老同志说，那一阵，邹延龄和大队的战友们都不约而同地不在正常下班时间离开。

"是为了加班钻研吗？"我问。

老同志摇头说："也是，也不是。"

我站在邹延龄当年的办公室外，望着紧闭的门，想象着这个小个子大队长当年将自己关在屋里时的心情。我当然能想到屋里的邹延龄日复一日地在做什么。邹延龄一定是在翻阅自己积累的一摞摞飞行资料、笔记，查看与迪斯试飞时的记录，琢磨着一组组数据、一条条曲线，翻来覆去地读美国人写的《飞机失速、尾旋与安全》一书。

是啊，身为大队长的邹延龄压力太大了，全载重失速性能科目不能攻克，飞机不能定型，这款经过数年精心研制的新型运输机，就可能会夭折。而国防和国家航空业，都迫切需要这样的飞机。这种巨型"空中骆驼"，在运输机系列中独一无二，没有其他机型可以代替。

但为什么全大队的人都不愿意在正常时间下班了？我觉得似乎还没有找到全部答案。

转过天的傍晚，我站在试飞研究院大门口，面前是一条笔直通畅的路。这条叫作"试飞路"的著名的大道从阎良市中心延伸而来，两侧梧桐树洒下浓荫，梧桐树后分布着中国飞行试验研究院、中飞航空遥感技术有限公司、中航飞机股份有限公司等。路的另一头是一片密集的小区，小半个阎良城的航空人都住在那片叫作"凌云小区"和"红旗小区"的地方。20多层高的航空大厦上，"航空报国追求第一"的大字十分醒目。

不远处的厂区突然响起了音乐声，下午5点，下班的时间到了。

我看到了壮观的一幕：数千米长的试飞路上突然拥满了人，一律穿着式样统一但颜色各异的工作服，这一片是蓝色，另一片是红色，其中间或有粉红和云朵白的长褂，那一定是特殊科室的技术人员——一片一片云朵般从各个厂区门口飘出来，汇集在试飞路上，汇集成片片彩云的河流。他们全是二十上下三十出头的年轻人，统一骑着电瓶车，熟悉的工友们彼此说笑着，男男女女按响清脆的铃声，人人脸上笑容美好灿烂。于是，这条试飞路上每天早晚两次，上演壮观美好的仙音袅袅彩云阵列图。

我突然找到了答案——

全载重失速性能这个科目不飞，定型试飞就不算完成。不能完成定型，新机不能上马，不能投入市场，没有订单，公司就要停产、停工，仙音不响，彩云不再，邹延龄和大队的试飞员战友们就无颜面对这条壮观美好的彩云阵列之路。

的确，在那一天的那一刻，望着这片片彩云，连我都感到心头火热，热泪盈眶。

由于连续思考、钻研，"鬼子"病了。最早发现他生病的是妻子。妻子罗秋秀早上醒来时，赫然发现丈夫的枕头上落着一层黑黑的头发。

邹延龄自己也发现了，彼时他正在浴室里洗头，抬起水淋淋的脑袋时，他发现脸盆里落着一层黑乎乎的头发。

邹延龄住进了医院，他的头持续疼痛。妻子来看他，他盯着她拎着的大提包问："东西呢？"

罗秋秀什么也没说，一样一样从提包里拿出来：大大小小的笔记本、厚厚薄薄的书、鼓鼓的资料袋、纸、笔、计算尺……

他咧开嘴笑了，对妻子说："你别劝我，等我想通了，我的头就不疼了。"

就像不是所有人都能飞行一样，不是所有的飞行员都能成为试飞员。在飞行上，邹延龄确乎有着某种特殊的天赋，初入学时默默无闻，但一过体验飞行，他就脱颖而出了，他几乎总是同批学员中首先放单飞的。

年轻时的邹延龄性情活跃，教员们说他鬼机灵，还多少有点淘气。练跳伞，跳过一次后部分同学在这个科目上紧张得够呛，他却还有心情搞小把戏。在准备第二次跳伞的头一天晚上，他和一位战友每人各捡 20 颗小石子藏在袖中，约定等开伞后在空中开战，以击中对方多者为胜。每次跳伞时，伞离地面还有段距离呢，他就悄悄解了伞衣，手拉伞绳；等双脚一着地，他就第一个从五花大绑的伞衣中钻出来，看着一起跳伞的战友有的被落下的伞蒙住，有的被伞拖着跑，落了地的还在手忙脚乱地解伞衣。

日子一天一天过去了。在军地双方联席会议上，邹延龄站起来，脸上还是那种招牌式的微笑，只是语气更平静。他说："美国人走了。我上！"

邹延龄说："我想从运 -8C 开始，通过我们的努力，不再请外国人试飞，试飞领域不应该有迷信。外国人能飞的，我们能飞；外国人不愿飞的，我们也要飞。我们就是要争这口气！"

在邹延龄作出选择的那一刻，他仿佛又看到，二十多年前的自己，站在墙头破旧的村头路口，和父亲告别。父亲一身寒酸的衣着，手里捧着一个纸包，那里面只有 1 元钱。

这 1 元钱还带着父亲的体温。这是当年父亲能给远行儿子的全部家当。

顺便说一句，在当年，试飞员的工资与普通飞行员的差距不大，邹延龄试飞高风险科目荣立一等功，也只有 800 元的奖金。而同样的科目，如果请外国试飞员试飞，支付的报酬是百万元。

试飞有严格而繁多的审批手续，并不是谁想飞、谁敢飞就可以飞的，要经过周密的方案论证，对试飞员的资格、技术水平进行严格审查，最终要经国家最高的主管部门批准。

经过充分准备，邹延龄带领机组成员开始了中国运输机试飞史上首次全载重失速性能试飞。

1990年11月26日上午，秦岭脚下某机场。

跑道一头，巨大的"空中骆驼"昂首雄踞在起飞线上。它宽大的肚腹中装满了做配重用的沙袋。而在起飞线一侧，消防车、救护车和装载应急抢险装备的卡车一字排开，人们目送着邹延龄机组登上飞机。

这里有个小插曲。设计所副所长欧阳绍修要随邹延龄上机，亲自测试验证自己的理论数据。他爱人担忧得厉害，从飞行任务书下达后就开始哭。试飞员试飞重大科目是保密的，就是一般性风险科目，也是能不说就不说。欧阳知道妻子眼窝浅心思重，所以他的嘴巴是很紧的。可到了上机场这天，从家门到机场，妻子说什么也不离开欧阳，几个小时内哭了三次，就是不让他上飞机。

欧阳有点急了："我说没事啊，哭什么哭！"

爱人哭声更大了："什么没事！王老板（公司总经理）找了几十个棒小伙子，准备了几辆车，还有医院大夫组成了抢救队，这不都在那边站着！厂里头动员会都开过了，你还骗我！"

欧阳火了："大队长来了！"

妻子只能松开手。

时间到了。跑道上传来巨大的轰鸣声，震得机场周围的空气都在抖动。

邹延龄操纵着全载重的运 –8C 冲上了天。

飞机正常爬升，到了 6000 米高度的预定试验空域。放下起落架，襟翼增大至 35 度，油门减小。按行话讲，此时的飞机是非光滑型的，放下的起落架和襟翼增大了阻力，飞机的时速正大幅度下降。邹延龄双手紧紧握住驾驶杆，全神贯注目不转睛地盯着倒退的时速表，机组的其他同志密切协同。

时速表的指示一格一格地往后倒退：600 千米、400 千米、200 千米……

已经超过理论设计的失速性能指标了。飞机出现抖动，机头下沉，邹延龄清楚，此时飞机开始失速。这个时候，透过他的头盔，你一定能看到他的脸上浮现出招牌式的微笑：迪斯在全载重失速性能试飞中的最低速度数据，邹延龄已经超过了。

按飞行计划，邹延龄已经完成任务，可以停止试验返航了。但是，通过多年的飞行，经验丰富的他和飞机之间已经产生了微妙的感应。此刻，凭感觉，他知道这架"大骆驼"还有潜力，还没有进入极限失速状态，仍有减速的余地。他镇定自若，命令机组："各号位，注意协同。"他轻柔地带杆，飞机的速度在 1 千米 1 千米地减小，当然，危险也在一分一分地增加。

时速还在下降……这时每下降 1 千米，都无异于又向死神靠近一步。

"大队长，行了！别减了！"有人在一旁提醒。

邹延龄一边密切注视着仪表板，一边紧握驾驶杆，他的声音异常沉静："还有突破的可能。"

飞机抖动加剧了，继而开始摇摆，机头倾斜 35 度开始坠落，下降率已达每秒 40 米。就在这时，他听到嘭的一声响。这是飞机尾翼失去操纵的反应。他知道这一回飞机到极限了。

此刻，飞机正呈自由状态向下急坠，如果在 12 秒钟内不能改出，后果不堪设想。邹延龄猛吸一口气，迅速蹬舵、压杆、推油门，将正在下坠的飞机改平，加大油门后，飞机重新跃入蓝天。

全载重失速性能试飞成功了！

邹延龄兴奋地向地面指挥员报告："我们飞出了 ×-13 千米的时速！"

为了验证这一科目真实可靠的数据，邹延龄机组与机上科研测试人员一道，又在空中将失速动作重复了 30 次！

邹延龄把美国人在同类飞机上试飞的每小时 × 千米的失速特性，减小到每小时 ×-13 千米。这非同寻常的 13 千米差异，不仅表明中国的运 -8C 飞机有着比国外同类型飞机优越的性能，而且填补了国产运输机试飞史上的空白。消息报告到塔台，正在现场焦急等待的运 -8C 总设计师徐培林，立刻将这个喜讯电告千里之外的航空工业部。航空工业部发来贺电，赞扬邹延龄机组以超人的胆量和技艺，飞出了外国试飞员没有超越的极限，飞出了中国军人的志气！

邹延龄的大女儿邹辉那时在公司子弟学校读书，她在回忆这次试飞时说：

"父亲试飞全载重失速科目时，全厂上下都非常关心，很多人心里没底。临近试飞的那几天，父亲回到家里又是整夜整夜地翻资料。试飞那天上午，我照常上了学，可人在教室心在机场。老师讲课我一句也没听进去，我的心随着忽远忽近的飞机轰鸣声一上一下。

课间，我和同学们都在走廊上议论上午的试飞，说着说着，有个女同学谈起国外试飞这个科目失败的事儿。我最不愿听到的就是这种话。我让她不要说了，可她还说。我都气哭了，一向文静的我也不知哪来的勇气，打了她一个耳光，哭着跑回了教室。好漫长的一上午，终于等到最后一节课下课，赶紧跑回家——"

一路飞跑回家的女儿见到站在家里手捧鲜花的父亲时，又一次哭了……

试飞完全载重失速性能科目后，邹延龄没有止步。五年后，他带领战友们又创造新的纪录，将大吨位失速特性试飞由 159 千米 / 小时减小到 ×-30 千米 / 小时。

不久，迪斯再次来到中国，这回是另一家公司请他来试飞。他走下飞机就提出想见见邹延龄。

两人一见面，便亲切地握手、拥抱，比比画画说说笑笑，也没翻译。迪斯给邹延龄带来了国际试飞员驾驶协会的入会登记表，并主动提出当介绍人。参加该协会的试飞员在任何一个国家的科研试飞都签字有效。高大的迪斯用力摇着邹延龄的肩膀："邹，我愿与你这样的强者交朋友！"

三、"试飞不是傻飞，探险不是冒险"

他们各买了三包红塔山，两包装在身上，另一包留在家里。红塔山每包 10 元，相对他们的薪水来说，这已经是高消费了。只有在特殊的日子里，他们才会买。

从试飞院大门出来，转过街角，再拐个弯，有个小店。这是主人在自家屋子开的一间私人小店。朝街的小店店面不大，里面的东西倒也丰富，价格算公道。店主人姓秦，平时不怎么说话，眼睛老是盯着收银的机子看。但他对来往的顾客都很熟悉，即使顾客都是着便装，他也能一眼就从脸面上看出，哪些是附近的街坊住户，哪些是"前头大院里试飞院的人"。

试飞员们都身材匀称，行动敏捷，还有个统一的特征就是：脸庞黑红，且皱。这是长期受高空紫外线照射的缘故。老秦当然知道这些军人是干什么的，他们买东西不看价钱，而且一般只买那么几样：手帕纸、饼干、烟和打火机。后两者是每次必买。

日子久了，老秦发现，从他们买的东西上能看出他们的心情。

这天下午快吃晚饭了，小店进来几个人，老秦一眼就看出是试飞大队的试飞员。他们一起进来，直奔烟柜，每人买了三包红塔山——这是小店里最好的烟了。老秦的心揪了一下，他送给他们每人一只一次性打火机。

三个军人都没有打开烟抽，而是把烟仔细地揣进兜里，走了。老秦看着他们走出好远了，觉得心还是紧的。他知道，平素这些军人都是抽两三块钱的白沙、黄金叶什么的，年纪大些的会抽红河。只有在特殊的日子里，他们才会买红塔山。

老秦认得三个军人中年纪最大的那个小个子，他是这里的大队长。老秦知道他们都是了不起的人，做着关乎国家机密的了不起的事。

罗秋秀这天下班回家晚了几分钟，因为她的室主任把她叫住，问了几句家里的情况，末了还说，有什么困难和需要就吱声，如果忙不过来可以请假在家里休息几天。

罗秋秀有点奇怪，没病没灾的，请什么假呢？她惦记着赶紧下班回家做饭，也没多想，打了个招呼就走了。

刚走到家门口，就闻见一阵香味。她打开门，听到从厨房传来热油在锅里的声音——噢，老邹已经回来了。

女儿还没有放学，罗秋秀推开厨房门，看见邹延龄站在灶台边，手里举着锅铲，腰间系着她平时用的那条花围裙。罗秋秀边洗手边说："今天回来得早啊！明天飞行吗？"

邹延龄看着锅说："要飞。"

罗秋秀擦着手说："明天要飞行，那就不用忙乎了，我来吧，随便吃点就行。"

邹延龄高举着锅铲让过妻子伸过来的手，笑着说："我讲过，前些年你一个人带孩子吃了不少苦，现在我应该为你还债。"

罗秋秀笑了："你今天这是怎么了？"

"你去外头坐着，看我今天给你们娘儿俩做顿好吃的。"邹延龄兴致勃勃地说。

罗秋秀有一点点不解，她觉得丈夫今天有点特别，可又说不上哪里不一样。她走到客厅，在沙发上坐下来。她看到，面前的茶几上，放着一盒没拆封的红塔山。

几个月前的一幕浮现在眼前：

那一次，丈夫将要试飞失速特性风险科目。飞行的前一天，傍晚在回家的路上，走在丈夫身后的她听见与丈夫并排走着的设计所欧阳绍修副所长问："万一出事怎么办？"

邹延龄笑笑说："走就走了吧！发的保险费，组织上会替我们安排的。"

邹延龄站下说："先不回家，我得去买两包好烟。如果摔了，就把烟带走；如果没有摔，下来就发烟……"

欧阳也跟了上去。

她站在他们身后两米远的地方，什么都听得见，但她什么都没说。

那天丈夫回到家，淡淡地说，回来晚了，和欧阳去了趟小店，各买了三包红塔山，两包他装在身上，另一包留家里，回来抽。

她看见他把烟正正地放在茶几上，她知道他不会说，所以她什么都没问。她想，从什么时候开始，丈夫会时不时地把红塔山放在茶几上呢？之前，她居然一点也没有察觉，一点也没有多想。

女儿回来了，放下书包一屁股坐在沙发上，拿起红塔山喊起来："嗬，妈，爸爸抽上红塔山了。"

她厉声说："放下。"

女儿愣了一下，不明白地看着妈妈。

她缓和了一下："噢，别乱动你爸的东西，快去洗手吃饭吧。"

今天，一模一样的红塔山再一次静静地躺在茶几上。罗秋秀静静地坐着，听着厨房传来的丈夫炒菜的声音。

"开饭啦——"厨房门大开，邹延龄左右手各端着一盘菜。

罗秋秀仰起脸，努力绽出灿烂的微笑。

发动机空中停车再启动科目，要求飞机升空后在规定的不同高度不同状态下，先关掉一台发动机，三分钟之后重新启动。之前国外的同类机型在这个科目中数次发生过机毁人亡的事故，所以航空界称这一风险科目为"飞行禁区"。也正因为此，我国的运输机试飞中长达三十年无人涉足这个领域。但是按照国际民航业的规定，

运 -8C 型飞机要想拿到民航总局颁发的适航证，这是必须完成的科目。

人们把希望的目光再次投到邹延龄的试飞大队身上。

运 -8C 试飞组是多乘员机组，试飞需要大家互相配合，密切协同。邹延龄明白，光靠自己勇敢承担还不够，必须依靠大队和机组其他同志发扬英勇顽强的精神共同完成。

入夜，试飞大队的工作室里灯光明亮，几张桌子拼在一起，材料和图表堆了一桌子，邹延龄和战友们围坐成一圈。

"这个科目的重要性不用说了，我和大家一样，也知道它的危险性。说老实话，作为大队长，我可以去跟公司说，我们不接这工作，因为它不在我们试飞大队承担的任务范围之内。但是，大家想一想，如果我们不飞，国内再没有其他单位和人员能够承担这活，公司只能再次请外国人来试飞——"

邹延龄顿了一下，看着大家说："我算了一下，请外国人飞，耗时不说，经济上还要付出上千万元人民币的代价。中国的航空工业还不富裕啊，让外国人来试飞，这么大一笔钱，多少人得勒紧裤带攒外汇。作为军人，作为试飞员，我们得为国分忧。"

大家都沉默了。确实，大队长邹延龄的这番话，诚恳朴实，没有一点大道理。

"试飞不是傻飞，探险不是冒险。我仔细研究了这个科目，也和技术人员反复交流沟通过，我认为，只要公司方面技术保障没问题，我们就有信心完成这个任务！"

一个老试飞员先举手表态了："飞吧，只要大队长在。"

其他人也都举起了手："大队长，我们跟着你飞。"

正当邹延龄和战友们紧锣密鼓地做试飞准备的时候，他们接到了一个通报：

兄弟单位发生了一等飞行事故，牺牲的试飞员所进行的科目，恰恰就是空中发动机停车再启动科目。按照相关规定，如果邹延龄此时提出，他们小组的该科目试飞工作可以先搁置。

邹延龄什么也没有说，每天按时带领小组成员继续进行技术攻关准备。

这天上午，技术讨论正在进行中，小组成员中的领航员刘兴的电话响了，是他的妻子王杰打来的。刘兴迟疑了一下，还是接了："我在上班，忙着呢！"

王杰说："我知道你上班。你在干吗？"

刘兴说："科目准备呗——"

王杰的声音变了："咱不飞了行吗？"

王杰就在出事单位所在的飞机制造公司工作，试飞失败这样的消息，家属们是最不能听到的。

王杰的声音带着哭腔了："别飞这个科目……你也飞了大半辈子了，咱们现在啥也不图，只求你千万别出事……"

王杰的声音很大，项目小组的同志都在一起，人人都能听到。刘兴赧然。刘兴是大队里的老同志了，也是邹延龄机组多年的老成员，以往的大部分风险科目都是他领航的。

邹延龄伸手说："刘啊，让我跟小王说几句吧——"

邹延龄接过刘兴递过来的电话说："小王，谢谢你的提醒。你放心，试飞前我们一定认真准备，不会出什么事……"

电话里的哭声弱了："大队长，我知道你细心，我就是担心——"

邹延龄说："你的担心是正常的，而且你的这种担心更提醒我们要充分准备。你放心，先冷静一下。这样吧，我先飞，让你们老刘后飞，好吗？"

放下电话，邹延龄笑着问刘兴："你敢不敢飞？"

"你敢我就敢！"刘兴说，"不就是陪你再走一趟死亡线吗！"

刘兴转向大家："飞吧，只要大队长和我们在一起！"

下班了，邹延龄向院子后街那家熟悉的小店走去。明天就正式飞行了，他要买几包烟。平时他喜欢抽烟，但因为工作和身体的要求，他对抽烟量控制得很好。

身后有脚步声，他回了下头，组里几个抽烟的战友跟在身后追来了。

"去小店转一圈，买几包烟。"他们声音长长短短地说。

于是有了本节开头那一幕。

他们各买了三包红塔山，两包装在身上，另一包留在家里。红塔山每包要 10 元。对他们来说，这已经是高消费了。只有在特殊的日子里，他们才会买。

"等咱们飞回来了，庆祝一下。"邹延龄笑着说。

"对，下了飞机就散烟。"大家也笑了。

那个晚上，罗秋秀看到了家中茶几上放着的一包完好的红塔山，她没有看到的是，在大队政委薛维勤上着锁的抽屉里，几日前放进了一封封了口的信。毕竟空中停车再启动是一级风险科目，毕竟是首次试飞，邹延龄把各种后果都考虑到了。他留下一封委托书：

秋秀，过几天我去某试飞基地试飞，有一定风险，现交代如下：我们家庭是幸福家庭，但在此之前，我负你的太多，以后有机会一定偿还。这次执行任务如有险（闪）失，家中积蓄请按三个三分之一分配，即你和孩子三分之二，大姐三分之一，因我小时候的成长，大姐的帮助太大了⋯⋯

延龄

1993.9.8

1993 年 9 月 12 日，上午，天气晴好。跑道尽头，巨大的运 –8C 飞机静伏着。

一行穿戴齐整的试飞员呈一字形走向飞机，阳光打在他们身上，形成漂亮的剪影。

来自北京、上海、西安等地的五十多名专家观看着这一决定运 –8C 型飞机命运的试飞。按惯例，机组登机前，每个人都发了降落伞。

邹延龄坚决不系伞："我不能系这玩意儿。"

邹延龄脸上是他招牌式的微笑，平静、安然，轻风一般："我是机长，系着它给大家的感觉是没有信心。真要出事，其他人都跳了我也来不及跳。"

13 点 48 分，飞机准时升空。

14 点 08 分，飞机爬升至 4000 米，到达预定空域。

14 点 27 分，邹大队长命令：顺桨 (即关闭发动机)!

机械师李惠全扳动顺桨手柄，顿时，机舱外爆出一声巨响，右侧 4 号发动机转速表瞬间为 "0"。飞机靠三台发动机保持飞行。这时的最大危险不是停掉一台发动机，而是关掉的发动机如果启动不起来，会造成 "风车状态"，产生的反作用力一旦使飞机失去控制，就会发生灾难性后果。

右侧 4 号发动机停车所造成的偏转果然出现了，停车的发动机产生的负拉力与左侧正常工作的 1 号发动机产生的推力相加，使飞机难以控制地偏斜。这就是"风车状态"。

按规定，停车后的发动机必须等 3 分钟，冷却了才能重新启动，以检验发动机的可靠性。

3 分钟，对于地面上的人来说不足挂齿，它可能还不够喝一杯茶或者吃半碗饭，但对于空中的试飞员们来说，度秒如年。每一秒，飞机都在危险的临界状态中盘桓着，没有人知道，在下一秒，飞机的状态是否会瞬间改变，进入失控螺旋。

机舱里十分安静，只有发动机的轰响。每个人都全神贯注地盯着自己岗位的仪表。机长邹延龄手持操纵杆，同时调动起全身的每一个细胞，感觉着飞机极其细微的变化。

14 点 30 分，时间到了。邹大队长发出命令："准备启动！"

机械师李惠全回答："准备完毕！"

"启动！"邹延龄的命令一出，不到 20 秒钟，各号位做完 21 个动作。4 号发动机的转速表指示针开始反应，并且越动越快，这意味着发动机转速越来越快越来越快——

轰的一声闷响传进舱内，4 号发动机启动！它以欢快的声音，加入另外三台发动机的大合唱。

发动机动力一平衡，飞机很快恢复状态。

他们在空中盘旋一周，完成规定动作，测评飞机开车空停又开车后的状态。

14 点 51 分，巨大的"空中骆驼"停靠在机场跑道上。

迈出机舱的邹延龄又一次没有来得及散烟，因为他被无数只手臂拥抱着。他也拥抱着别人。人们用最热烈、最激情的言语和行动向这几位英勇无畏的试飞员表示祝贺。

领航员刘兴好不容易从人群中挤出来，他要赶紧打电话向爱人王杰报平安。

电话只响了一声就接通了，刘兴哇哇地大声道："我们成功啦！"

"成功了！真好！太好了！你继续飞吧，飞吧，只要大队长在……"电话那头的妻子喜泪作答。

历史记下这一列空中勇士的姓名。他们是：邹延龄、梅立生、刘兴、王景海、李惠全。

试飞成功后，航空工业部在发给陕飞公司的贺电里称——

这一壮举标志着运-8C型飞机试飞走上了新的里程！

这以后，邹延龄和同志们又试飞成功了十几个风险科目。设计方设计的空投伞兵时速为×千米，他飞到了低于这个时速50千米以下，这意味着伞兵离机后的集结时间缩短了四分之一。伞兵多是被投送到复杂环境，这一时间的缩短意味着危险性大大降低。他又将空投物资试飞的高度，修改为设计值的一半。降低设计的空投高度，意义重大。空投枪炮弹药、装甲车等作战物资，飞行高度越低，空投落点准确度越高，损坏的可能性就越小。超低空空投性能，大大提高了部队的快速机动能力。

在这之后不久，新华社发了一则电讯，报道空降兵某部官兵乘性能优越的运-8C型飞机，圆满完成南海某海域实兵空降演习任务。

只有懂军事的内行人，才明白这则消息对国防航空来说意味着什么。

这是一次出色的空降试飞。一位目睹试飞全过程的领导激动地说："老邹，这么低的高度投送成功，我们的装备插上了快速机动的翅膀！"

邹延龄再一次微笑了，欣慰、自豪。

四、错过了一些"美丽"的事物

"我是错过了一些'美丽'的事物，但是我没有错过中国军人的良心。"

连续几天，邹延龄办公室的门都关着。路过的战友们习惯性地放轻了脚步，压低了声音。在他们的印象中，连续数日关门，一定是"鬼子"又在"坐月子"。

试飞是一项科研实践活动，需要有科学的态度。邹延龄常说："飞机离地三尺，飞行员全靠自己救自己。在技术上粗心大意、吃夹生饭，是要付出惨重代价的。一个优秀的试飞员必须有科学求实的态度和过硬的飞行技艺。"

鉴于此，邹延龄在每次试飞一个科目前，都要对科目中的每一个架次，每个架次中的每个任务要求、机械原理、空中动作，等等，从头到尾进行深思熟虑的精心准备，尽量多地考虑到可能出现的各种状况及应对方法。他认为，如果没有把握，逞一时之勇，那就是拿国家的巨额财产当儿戏，也是对科研人员辛勤劳动的不尊重。

运-8飞机有数万个零部件，集各种新技术于一体，要弄懂各个部件的特性和工作原理，不是件容易的事。十年来，邹延龄在攻下大学函数、三角几何、微积分等课程的同时，还啃下了百万字的军事科技和航空理论资料。《现代高科技》《军事运筹学》《空气动力学》《飞行原理教程》《军事飞机品质规范》《运输机工程》等书，他看了一遍又一遍，做了近 20 万字的学习笔记。总设计师徐培林称赞邹延龄"是一个具有深厚的飞行力学和空气动力学功底，知其然又知其所以然的专家型试飞员"。大队的战友们都知道，办公室的门一关，或者一段时间见不着他，就不能打扰，那是"鬼子"在"坐月子"——学习，思考，或是钻研某个问题。这也就意味着，试飞大队不久一定会有新举动。每个人都跃跃欲试地等待着，等待着他们的大队长"出月子"。

可是这一回，大队长办公室的门关了有些日子了，一直没有开。一深入打听，才知道大队长出国了，去了美丽的 Y 国。

进入 20 世纪 90 年代后，随着运 -8 飞机技术的不断改进，运 -8 在国际上的影响力越来越大，作为首席试飞员的邹延龄也越来越多地受到各方关注。国内一些航空公司想挖他去当飞行教员或担任领导。一家航空公司聘请邹延龄去当副总经理，并承诺给予丰厚年薪。

邹延龄都婉拒了，他说："部队需要试飞员，我还想为国防做些事。"

对方也很会说话："到了民航，也一样为国家作贡献啊！在军队你只能干到 50 岁，到了民航，以你的身体和技术，能干到 60 岁，还能多些时间为国家工作嘛！"

邹延龄脸上还是那种招牌式的微笑："谢谢你们的好意。军队培养一个试飞员不容易。空军党委和首长对我们很关心，很照顾，我作为一名军人和共产党员，不能见利忘义，一走了之。空军其他行业的战友们对试飞也很理解和尊重。我要把全部心思和才能都用在军队建设上，用在试飞事业上。"

转过年，又有一家航空公司领导使出高招，说只要邹延龄同意，可以花一笔钱让他先去接受培训，学完后，去不去工作随其自便。邹延龄还是毫不动心。他对前来聘请的人说："谢谢你们的好意，我是不会离开试飞大队的。运-8 需要我，我也离不开运-8！"

国外某些飞行机构也开始打他的主意。

90 年代开始，Y 国有意向中国购买大运飞机，他们相中了性能卓越的运-8。Y 国数次派飞行人员和技术人员来实地考察，经过一系列复杂的审看检验，他们一次性向中国订购了数架运-8。双方商议，由邹延龄带队，将出厂定型后的飞机交付 Y 国。

送飞机的任务是保密的，眼看出发日期就在眼前，他才告诉家里，并让妻子多准备两件夏季的衣物。妻子罗秋秀说："重新置办两件新衣服吧。我陪你去买。"

邹延龄说："算了。这两天有太多的事情要处理，没空上街。"他还笑嘻嘻地说，"反正又不是去相亲。"

Y 国的 9 月是一年中最好的季节，也是这个热带国家景色最漂亮的时节，到处花团锦簇，色彩缤纷。长期在西北基地工作的邹延龄一下飞机就被这层次丰富的景色吸引，觉得神清气爽，心旷神怡。

经过仔细检查和试飞，Y 国对这批来自中国的飞机十分满意——不仅性能质量与之前约定的完全一样，而且厂方还特意精心给飞机做了内外装饰，布置得焕然一新。当邹延龄飞完最后一个验证试飞的起落，飞机稳稳地落在跑道上时，机场周围响起了热烈的掌声。

飞机交接顺利完成。Y 国对中国送来的飞机和送飞机来的中国飞行员们十分满意，选了一个日子举行了盛大的招待宴。接到邀请后，带队的邹延龄事先召集送机小组全体同志开了个小会，再一次重申了外交礼仪和注意事项。

到了宴会这一天，邹延龄换上了半旧的正装。他还没走到宴会大楼门口，一群人就亲热地围了上来。

看着这些熟悉的面孔，邹延龄也很激动。这些是他过去带教的学员，或者学员的学员，听说邹教官来了，都赶来看望。在 Y 国，像他们这些受过外国飞行专家带教的试飞员和飞行员都能享受很好的福利待遇，所以，几乎所有人都是开着各式小轿车来的。

接待方的规格很高，富丽堂皇的宴会厅里不仅聚集了一群军方要人，还有不少商界巨贾、贵妇名媛，男的个个衣着笔挺，女的人人珠光宝气。满眼的金碧辉煌、玉背粉肩。

敏感的邹延龄发现，总有几个人在他周围不远不近地用探究的目光打量他，还有几位容貌出众的女子总在他的视线之内转悠，不时凑到他身边，举起手中的酒杯向他嫣然一笑。

邹延龄淡淡地笑着，礼貌且有分寸地点头回应，感觉到了一种力量在向他暗暗逼近。

酒至半酣，一个熟识的身影来到邹延龄身边，一边亲热地打招呼，一边挥手叫侍者再送一杯酒来。

他穿着笔挺的军装，上面的将星闪着金光。这是一位高等级军官，邹延龄还记得当年他以试飞员身份跟自己学习某型飞机的飞行时，在基地的模拟器上，自己一遍遍地教授过他特别的动作。

将军笑吟吟地走到邹延龄面前，恭敬地行了一个礼："邹先生，能再次见到您真是高兴！"

邹延龄微笑着，看着他的军衔说："恭喜，我相信你的仕途同你的飞行技术一样有长足的进步。"

将军再一次大笑："我不会忘记先生您对我的悉心教导，先生的精湛飞行技艺令我敬佩。我以为我比其他人幸运得多，因为我曾经得到过邹先生的面传亲授。我本人，还有我的学生们，都想请您留下来——事实上，这里的许多人都曾是您的学生，还有更多的人，也想成为您的学生。您不用担心，您的任务很单纯，只是技术上的教授而已——"

将军凑近了些说："不用您开口，邹先生，我可以用我们的途径同您的上司交涉。如果有任何不方便，全部由我们负责解决——"

将军将一杯香槟酒放在邹延龄的手上："至于待遇方面，您完全不用操心，您会得到一个意想不到的满意答复。"

将军再次凑近，声音略略放低："只要您愿意，我保证我们可以满足您的一切要求，包括——"

将军头也不回地伸手在空中打了个响指，邹延龄只觉得香风袭来，一个浓妆艳抹的年轻女人仿佛从天而降来到他们面前。她衣着华美，姿态曼妙，美艳不可方物。

将军的嘴角含着意味深长的笑："只要您愿意，我们有很多的姑娘愿意给她们向往的英雄敬杯酒。"

"哈啰，上校先生。"随着媚人的声音，女郎贴到邹延龄跟前，手上的香槟酒连同身上暖暖的脂粉气息一起扑向邹延龄，"邹先生，你看我的皮肤怎样？"

仿佛是为了更好地打量对方，邹延龄微微向后退了半步，拉开了与她的距离，同时脸上带着礼貌的微笑说："这位女士的确很美丽，丝毫不逊色于我们东方的女性——"

邹延龄低头喝了一口酒，避开女郎诱惑的目光，他忽然想起一件事——

在此之前，有关方面为他们出国办理护照。一系列程序走完后，拿到护照时，他们发现，对方领事馆给同行的机组其他成员的护照有效期签的都是三个月，唯独邹延龄的是破例的三年。

看来，对方是蓄谋已久，想尽办法让他留下来长期任教。

音乐响起了，宴会厅歌舞升平，觥筹交错。邹延龄指着将军笔挺的制服说："你的衣服很漂亮，但我这个人有个习惯，喜欢穿自家的旧衣服。"邹延龄目光坚定地说，"将军阁下，非常感谢你的盛情，不过很抱歉，我离不开我的国家。"

邹延龄缓和了一下气氛说："将军大概不知，我这个人十分惧内，用中国话说，叫作'妻管严'！"

邹延龄机智地化解了劝诱，也深知此地不可久留。宴会结束后，他立即向有关部门报告了情况。数日后，邹延龄和机组的其他同志登上回国的班机，回到了他们魂牵梦萦的试飞大队。

大队长回来了，试飞大队和工厂公司的同志们都十分高兴。大家聚在一起，交流着这次出国的所见所得。几杯酒下去，几个年轻的试飞员开始嘴不把门，有两个胆大的说："听说大队长在Y国受到很高的礼遇啊！"

"是啊是啊，大队长还有一段'艳遇'呢！"众人打趣着。

邹延龄微笑着："是啊是啊，我是错过了一些'美丽'的事物，但是我没有错过中国军人的良心。"

第九章　沙砾在热烈地呼吸

一、红色日志

试飞员有个习惯：每当遇到等级险情，当天的飞行日志都是用红笔写的。

飞行部队有一项明确的规定：每日的飞行科目完成以后，都要填写飞行日志。遇到险情，当天的飞行日志都是用红笔写的。

空军特级试飞员徐一林 1987 年 2 月 19 日这一天的飞行日志是先由别人代写的，填写者是他的战友们。红色的字迹很清晰，但战友们的眼睛是模糊的。

填写这篇日志时，已是失事数小时后，徐一林还杳无音信。大家唯一知道的是，他跳伞了，但伞是否打开了，如果打开了，人落到哪儿了，没有人知道。沉重而又沉闷的气氛里，大家都觉得，那个叫作徐一林的年轻试飞员，可能回不来了。当然，徐一林后来回来了，否则关于他的故事就没下文了。

三个月后，他将这篇日志补充完成。这个惊心动魄的日子成为他生命中的警钟，常常响起。

他是到目前为止，中国空军试飞员队伍中唯一一名两次跳伞又两次脱险的现役试飞员，他的试飞生涯因此充满传奇色彩……

见到徐一林这一天，距离 1987 年 2 月 19 日，已二十七年。

二十七年的时光，足以将一块生铁精炼成钢。

北京，香山脚下的一幢民居，朝阳的两层小楼，门前还有个小小的花园，收拾得井井有条，藤蔓架下有一副石制桌凳，只是因为天气尚冷，我又极畏寒，没去坐。香山脚下的林院曲径通幽，他一直走到路口来接我，穿一件黑色对襟中式上衣，袖口、领口的镶边表明了精致的手工。徐一林是浙江杭州人，但身材魁梧、健硕，外貌、性格都没有太多杭州人的特点。

穿过小小的花园，进门就是客厅，四壁皆是字画。厅堂正中一张巨大的原色硬木茶几，天然的漂亮花纹清晰而随性。徐一林自己洗茶、烹茶，整套茶具专业而精致。

我开门见山:我会录音，如果哪些问题你介意，我可以随时关上。

徐:你随便录。

二、火车是从二楼开出来的

这位飞行员大哥手臂上挽着的，是他们院里最漂亮的女孩。徐一林平时看她一眼都觉得光芒万丈。

徐：我祖籍是江苏省赣榆县班里庄（今连云港赣榆区班庄镇），父母都是军人，母亲跟着父亲到处调防，我出生后不久就被送回老家跟着我姥姥生活。直到 5 岁那年，母亲来老家接我。

徐一林最早的记忆就是从这时候开始的。他记得一个穿着军装的女人站在姥姥家的村头，姥姥应该是哭了的。然后他就被女人牵着小手带走了。

他不记得走了多久，然后到了一个人很多的地方，是火车站。这是徐一林第一次看见村子外面的世界，那时他还很小，站台很高。在此之前，他从来没有见过高楼，镇上最高的楼才两层半。他看到站台上一排排长长的大箱子整齐地排着队，最前面的一个上面冒出股股白烟，巨大的声响令人惊惧。那个让他叫她妈妈的女军人说，儿子，那是火车。徐一林印象最深的就是——

火车是从二楼开出来的。

火车一直在走一直在走，晃动的车厢里来往的人很多，但徐一林一直在盯着车窗向外看。

徐：你现在看到的我，和小时候的我，简直不是一个人，小时候我是一个很胆小又很啰唆的孩子。在此之前我从来没有离开过村子，看见什么都觉得新鲜。那天一路上我看见什么问什么，不管是车厢里的东西还是车窗外的景物，直到把我妈问得疲倦得睡着了，我还是兴致勃勃的。

尽管一路上这个可爱的孩子兴致勃勃，到了杭州他却表现出了另一种状态——初来乍到的儿子不要说亲近，甚至几乎不肯与父亲做任何交流，尽管后者对他总是竭力表现得和颜悦色，仍然收效甚微。徐一林尽量避开一切可能与父亲有交集的场合。比如下班回家后父亲总是进门就去摸儿子的头，但他每次都是在那只大手碰到他的小脑袋之前下意识地躲开，一跳八丈远。一来二去，他的回避令父亲十分恼火。终于有一天——大约是徐一林到杭州后的第三个月，三个月了，儿子还不认老子——父亲在伸手爱抚落空后生气地给了他一巴掌。

这一巴掌打哭了徐一林，也打哭了女军人母亲。

父亲当然并没有用大劲，但母亲的泪水让徐一林不安了。他可以不认父亲，但内心对母亲却十分依恋。母亲穿军装的形象以及她微笑时温暖灿烂的脸是徐一林童年时对女性最初的认知，这一点直到成年后一直影响着他对女性的审美。

5岁的徐一林见不得母亲流泪，母亲一哭，他就难过了，踮起脚尖给母亲擦眼泪。他的这一举动令母亲感动，也令父亲欣慰。母亲哽咽着说："不能怪儿子，孩子生下来我们就没带过，都是我们离开孩子太久的缘故。"

于是，从这一天起，父子关系奇迹般地缓和了。

徐：人类基因的遗传或者说轮回太可怕了，这种小小孩童对高大男人的恐惧感，我女儿也有。我女儿生下来后，我一直在试飞团飞行，很少见到她。女儿4岁多的时候，妻子带着女儿来部队探亲，我女儿和当年的我一样，见到父亲就躲开。

少年徐一林生活的杭州的这个部队大院，是一个机场场站，驻扎着空军某部的一个强击机团。在整个漫长的童年和少年时期，他时常能听见飞机起降的轰响声。机场的围墙并不高，于是他也常常能看到，机头尖尖的强-5飞机，低低地从头顶越过围墙而去。

大院里每周都会放一次电影，露天的，屏幕是一大块白幕布，部队集合坐在操场中间看，家属们自带小板凳，围在四周看。有时去晚了人太多，徐一林就不得不到银幕的背面去看。露天银幕正反面都能看，这一点如今在电影院观影长大的孩子们无法理解。不过，背面上的人物、场景等都是反的，银幕被风吹动时，这些反的人物和场景还会变形扭曲，十分奇妙。少年徐一林对电影十分痴迷，所以，他的第一个梦想是当一名演员。与院里的孩子们一起玩的时候，他会学着银幕上人物的表情大段大段背诵对白，一些常看的电影，他能够背下全本的台词。这个背台词的功夫一直伴随他上大学，到部队，直到今天。

徐：要不要我给你朗诵一段，比如，《列宁在十月》或者《春苗》？
的确，徐一林的嗓音浑厚有磁性，胸腔共鸣很好。

我：（笑着点头）我相信你的记忆力，如果当年不是招飞走了，以你的外形和声音条件，可以做个好演员，或者配音演员。

徐一林想当演员的梦想没有持续多久，"批林批孔"运动来了。大院的高音喇叭每天从早到晚地播放几大报纸的长篇社论。母亲和父亲带回家的报纸上也全是各种政论文章。这些东西徐一林不懂，他也没兴趣，他的兴趣在同学们暗暗传看的书上。因为破"四旧"，大院的图书馆被封了，许多图书被束之高阁或者付之一炬。徐一林和几个高年级男生从各种渠道得到一些，这些"毒草"大部分是名著，国内外作家的都有。书虽然破旧，但内文的品质却不会有丝毫衰减。因为书的来源渠道不太光彩，徐一林只能晚上躲在屋里悄悄地看。这些来之不易的书要在几个要好的、靠得住的同学中私下传看，所以，每本书在自己手里的时间常常只有一两天。徐一林因此练出了一目十行的快速阅读本领，他曾经创造过四小时看完一部长篇小说的纪录。

那部小说叫《暴风骤雨》。

这样的阅读让徐一林有了第二个梦想，他要当作家，并且他从此开始写东西，像小说又像日记的东西。他因此也练就了很好的文笔。许多年后，他成为试飞员，在飞行之余，他就写东西，除了写飞行日志，还写日记，写随笔，写诗，写总结和评论，还给当时的女友现今的妻子写情书。他有着类似于飞行一样游刃有余、丰富多彩的文笔。这使得徐一林成为一个在性格特征上与其他飞行员不太相同的人。

童年里所有的积累对人生的影响有着至关重要的意义。尽管在当时，徐一林要当作家的想法被小伙伴们视为狂妄而不以为然，但是徐一林自己并不气馁，他从来就不是一个看别人眼色的人。这一点，父母以军人的血性给了他良好的遗传。多年以后，徐一林这种热爱文字且表达顺畅的独特品质在人生最关键的时候帮了他的大忙——

这是后话，先按下不表。

徐一林关于飞行员的记忆和向往开始于8岁。那天他过生日，母亲给他做了长寿面，在里面卧了两个圆圆的荷包蛋。徐一林正在对着面条"埋头苦干"时，父亲进门了。

父亲对儿子招招手说："儿子，过来，看爸爸给你带什么了——"

父亲把拳头摊开，掌心躺着两块巧克力，漂亮的蓝白色外包装纸上，画着一架小飞机。

这种巧克力是飞行员专用食品，普通的空军军人是享受不到这种待遇的。在当年那个供给制时期，买盒火柴买块豆腐都要凭票，巧克力可以说是许多孩子梦寐以求的奢侈品。

那天父亲带回来的巧克力，徐一林舍不得吃完，他将剩下的半块包好，装在口袋里。

那天傍晚，徐一林又看见一块巧克力，这回是拿在一个年轻女孩子的手上。这是他们院里最漂亮的女孩，徐一林平时看她一眼都觉得光芒万丈。女孩挎着一位身穿飞行服的飞行员。

徐：那是一个回家休探亲假的飞行员，原是我们院里的一个邻家大哥，他招飞走后我就再没有见过他。这是我第一次看见他穿大皮鞋和飞行服的样子。

他穿飞行服的样子真叫我吃惊。

后来的几天，飞行员大哥常常黄昏时在徐一林的视界里出现，还是那件飞行服，他身边的漂亮面孔似乎每次都不一样。

当年其貌不扬的大哥哥因着这飞行服和美丽的女孩子而变得令徐一林刮目相看。

飞行员大哥终于注意到了一个小男生的注视。有一天，他问徐一林："你也想当飞行员吗？"

徐一林说："想。"

"你多大了？"

"8岁了。"

"想当飞行员，我送你一架小飞机。从明天开始，你每天跑10000米，跑到13岁。"

飞行员大哥没有给徐一林巧克力，但给了他方向。那架银色的小飞机，木制的，按原型机的比例缩小，十分精致。

第二天，徐一林果然开始了晨跑。一开始10000米跑不下来，他坚持慢走加跑。之后，当然能够完成了。从此，风雨无阻。学校的跑道是 300 米环形道，徐一林每天跑三十四圈。跑步不仅锻炼了他的体格，更磨炼了他的意志。

天将降大任于斯人，不光劳其筋骨，还要劳其心。

徐一林初中毕业那年，参加了招飞体检，他在第一关就被淘汰了——身高不够，他只有一米五八。他坚持跑步，跑步之余，弹跳、摸高、高抬腿。高中毕业前，再一次招飞，他身高够了。不仅身高够，各项体检都合格，但他还是落选了。

徐：本来一共有四个人合格入选。但招飞的人说，他们只有两个名额——以往，杭州的飞行员能飞出来的很少，杭州人绵软，航校那么残酷的竞争他们适应不了，所以名额不多。但没想到这一年一下就有四个人合格。但他们只能带两个人走。于是我被剩下了。

徐一林高中就读的杭州开元中学，是省属重点中学。这一年高考，清华大学的录取分数线是 439，徐一林考了 427。浙江省十几万名考生，他是第一千名。也就是说，除了清华大学和北京大学，其他所有的一级一类大学他都可以随便选。母亲非常满意，也很高兴。为了能把唯一的宝贝儿子留在身边，她让徐一林填报浙江大学。

开元中学的考生成绩都不错，家长们也很兴奋。各地各校来选学生的招生干部挤满了学校的办公室。为了减少家长的干扰，学校关上大门，把家长统统关在门外。校长说："同学们，祝贺你们取得了好成绩。人生需要自己选择，你们按照自己的成绩，选择自己最想学习的专业。"徐一林没有任何犹豫，他的飞行员梦想已经在心中萦绕多年。他十个志愿填的全部是北京航空航天大学。

两个多月后，在母亲伤心而无奈的泪光中，徐一林来到北京，进入北京航空航天大学。北航这一年的录取分数线是 413 分。

"为什么十个志愿都报北航呢？只有一个目标吗？"我问徐一林。

徐一林目光如炬地盯着我说："你记录——这句话务必要记录在案。此时进了北航的徐一林只有一个目标——我要当飞行员，要当中国最好的飞行员。"

我：狂。

徐：是的，我就是个非常狂妄的人。

三、我看见了但来不及了……

长机在视线中迅速地变大，巨大……这个日子的确是不凡。

在那个惊心的日子到来之前，徐一林是一帆风顺而且"一览众山小"的。作为北航的高才生，他在大学毕业时通过了层层选拔，成为空军首批大学生飞行员。客观地说，尽管从小在军营中长大，但刚开始到航校时他对航校的管理并不太适应。

北航的文化氛围是开放式的，而军队的航校完全不同，每一天的每一分钟都被严格地管理起来——做什么和怎么做，都有严格的程序。一开始他与航校的飞行文化格格不入，常以他年轻人的激烈诟病：怎么会这么僵化落后？不久他就明白了自己的简单和浮浅——航校程序化的严格规范要求是飞行员的职业需要，你在空中的每一个行动，有意识的、下意识的，都必须严格按照程序，这就要求，你的全部生活与习性的养成，都必须是严谨和有程序的。就像当年在300米的跑道上转圈一样，徐一林的韧性出类拔萃。后来他在所有大学生飞行学员中第一个放单飞，并以全优的成绩毕业。同批入校的 28 名大学生飞行学员，等到毕业时，只剩下了徐一林和另外两人。

但命运随即对他显现出了诡异的不可捉摸性。

徐一林到了飞行部队，他的飞行技术日渐提高，但性格却没有成长。一个重要的表现是，他并不太懂得要收敛锋芒。中队长调任了，徐一林掰着指头算了算，论资历，论技术，自己都是排在最前面的。于是他上书团领导，厚厚的一沓子纸，密密麻麻的几十页，不是自荐但相当于自荐，历数中队在飞行管理和训练中的不合理处，多达 28 条意见，每一条意见下面都附着详细的说明，标准的论文式格调，论点、论据十分清晰，俨然把自己放在中队长的位置上了。

团长是见过大风大浪的，处理方式也有团长气质。团长气息均匀地看完所有文字，笑嘻嘻地说："嗯，小徐，不错不错嘛！"

顺便说一句，徐一林的字写得极好，漂亮而有力道，有深厚的功力。

到了第二年，团里的中队长命令下来了。当然，不是徐一林，甚至也不是他一直看好暗暗较劲的一个队友。

我：你有没有冲进团长的房间质问团长？

徐：没有。

我：有没有在某个场合拦住团长，让他解释为什么不要你这个张三也不要那个李四，而是选了王二麻子？

徐：没有，我什么都没有做。因为我觉得，那个站上中队长位置的人，其实根本就不是我的竞争对手。后来的事实也证明了这一点。

我：对。你刚才就说了，你是一个狂妄的人。

徐一林把那天叫作"出事的日子"。那是 1987 年 2 月 19 日出的事。

头一天，18 日，也有飞行，他跟着师长飞，那天的科目是飞尾随攻击。尾随攻击这个科目，飞机状态变化大，来回摆，要不断地压坡度。徐一林这个人身体没别的毛病，就是在平衡机能上比较差，在航校上平衡器材飞平衡时吐过几次，但到了部队还一直没飞吐过。可那一天他飞吐了。

在飞机上吐了，对飞行员来说，这算不上什么事儿。

从机场回来已经是下午 5 点多了。徐一林直接去了会议室，明天还有飞行，副团长正在下达任务，做协同准备。顺便说一句，飞行部队每当第二天有飞行任务，都必须在前一天下午做协同准备。简单地说，就是做飞行前的地面准备，将第二天任务中所有的动作、飞机姿态、各部门配合等，按飞行要求在地面演练一遍。

人到齐了，副团长就开说："这样……先改平，然后，听我口令——开加力就开，明白了吗？"徐一林觉得自己听清楚了，他肯定地回答了大队长问询的目光。

下达完任务吃晚饭。吃饭的时候，团长来了。他走到徐一林面前关心地说："听说你白天飞吐了，明天能行吗？"

"没问题！"徐一林明确地回答。

团长看了看他的脸色说："没事，晚上打场球就好了。"

的确，对飞行员来说，飞吐了如同游泳时呛口水、吃饭时咬了下舌头一样，不是什么事儿。

打篮球对于飞行员们是一项特别重要的活动。飞行员们都喜欢运动，在所有的运动项目中，他们又特别喜欢打篮球。白天飞行飞累了，或者今天飞得不太行，甚至和老婆或女朋友或队友有了点小摩擦什么的，情绪上过不来，只要聚起来打场球，活动一盘，放松一下，就什么事都没了。打球的时候，航医和领导经常在球场边看着，这是最好的观察时机——一个飞行员只要在球场上生龙活虎的，就说明反应力和体力都没有问题。

于是，晚饭后徐一林去打球了。从球场上下来，的确是出了一身汗。但是，这个晚上，徐一林辗转反侧，他觉得冷。

2月19日。

今天的科目是飞超高空超音速编队，这是他第一次飞这个科目。长机在最前面，他是编队中的第三号机。他们的编队在空中稳定地行进着。

徐一林坐在机舱里，做好了一切准备后，他回答了指挥员的口令。

"300准备超音。"

"300明白。"徐一林迅速地回答。他今天的编号是300。

超音速编队飞行，难度和危险性较大，飞机要以超过1.2马赫的速度飞行，也就是每架飞机的速度超过每小时1000千米，一旦有微小的速度差别，就会迅即造成双机距离的变化而发生危险。

徐一林的耳机内此时又传来了一个口令："360开加力。"

编队飞行中，每一个飞行员的耳机都能听到编队中所有人员与指挥员的对话，飞行员只执行针对自己编号发出的指令。当天同时飞超音速编队的还有其他的机组，口令是其他的长机发出的，精神高度集中的徐一林听错了口令，他把360听成了300。

"明白。"他响应命令，随即立刻打开发动机的加力——

当然，他错了。因为事实上，他所在的编队还没有进入动作。可他的飞机，眨眼工夫就已经冲出去了。

我：长机就在你前面，你看不见吗？

徐：我看见了但来不及了……

飞机迅速向前，箭一般接近了长机——

长机在视线中迅速地变大，巨大……其实几乎就在开加力的一瞬间，徐一林就知道：错了——听错指令，操作错误了。他明白自己错了，改正错误是需要时间的，但在这个极短极短的时间里让已经加力的飞机减速或者改变方向都很困难，两架飞机间的距离差急剧减小——

在徐一林与长机接近的瞬间，他做了最后努力——极力推杆，想从长机的下面冲过去。可是为时已晚，一声巨响，他从下方撞上了长机——剧烈的撞击后，座舱里瞬间地动天昏，尘雾弥漫。

徐一林的飞机失去了操纵，快速地旋转下坠。突如其来的事故中，徐一林唯一知道的是飞机已经没救了，必须跳伞。

徐：我这个人，本能比较强，生命力很旺盛。撞机后，飞机在空中旋转，这时候人就像一个肉丸子在锅中涮转，根本行动不了，也没有办法做动作。我还是比较冷静的，用脚尖钩住了一个皮带，人被拉回到座椅上，然后我一拉把手（逃生座椅把手），啪，弹了出去。

出舱的瞬间，他脑子里一片空白，最初的数秒钟内他晕厥了，冷风一吹，他迅速醒了。醒来以后他发现，身体在空中不知道打了几个旋，伞居然还没有打开。

徐：我发现我的手里还紧握着东西，是座椅的把手。

我：明白，你是和座椅一起弹出去的——

徐：对，求生的本能使我紧紧抓着个东西不放。

我：可是座椅不丢，伞就开不了啊，同志哥！

徐：所以说人紧张嘛。冷风一吹人就清醒了，等我明白过来，我就松了手——

徐一林丢了座椅，可伞还是没有开，这又是怎么回事？

原来，早期的螺旋桨式飞机飞行速度较慢，飞行员有时间打开舱盖逃生。进入喷气时代，飞机速度远远超过螺旋桨式飞机，而且经常在人类无法靠自己呼吸的万米以上的高空飞行。飞行员离机后，如果伞过早地张开，强烈的气流和稀薄寒冷的空气随时可以杀死离机后失去任何防护的飞行员。所以，为了防止高空冻伤，开伞的设计高度是在 4000 米左右。徐一林跳机时的高度是 1 万米上下，伞当然不会张开。按每秒 56 米的自由落体速度，不考虑风速、风向的影响，他落到 4000 米高度还需要 100 多秒钟。8000 米以上的高空大气温度在零下几十摄氏度，这每一秒对当时在空中的徐一林来说，简直就是漫长得要死要活的煎熬。

人在弹出座舱后是很紧张的，我采访过有跳伞经历的飞行员，他们都说，在那一刻紧张得头脑一片空白，甚至会紧张得想不起自己的名字。但徐一林还是清醒的，他居然想起来有一个备份开关，并且，摸到了。

一摁，伞开了。

当伞啪地打开，身体拉直的那一刻，徐一林冷静下来，他第一个要判断的是：被撞的长机怎么样了——被撞的长机是他的副团长。

徐：（撞机后）可能是我先跳（伞）的，所以我落在下面。等伞一开，我就开始找他呀。我低头一看——有一个黑色的东西哧的一声从身边直直地掉下去，就在离我不远的边上。是他，他的伞没开，所以他直直地往下掉，掉在我下面了——

我一想，完了，这不把我哥们儿摔死了？！长机是我们副团长，姓朱，我们平时都叫他老朱。他人特别好，别看在机场上严格，下来以后待我们这些年轻的飞行员像哥们儿一样。

因为只看到一个黑家伙，没有看到白花——伞如果开了是一朵白花——我就盯着那个黑点看，心真是提到了嗓子眼，看着看着，一朵花开了。

我：你那会儿才觉得你的心算是真的落回去了吧？

徐：那是当然啊，把长机撞死了还得了，那不要命了！

我一看长机老朱——在那里，我就控制着伞向他飘过去。他在下面，我在上面，高度层不一致，风速、风向不同，靠不过去，越飘越远。事后得知，我们相差13千米。

这是怎样的13千米！

高空中的风是非常复杂的，他只能眼睁睁地看着那个小白点越飘越远，最后看不见了。随着高度的降低，他可以看清楚脚下的地形，他发现自己的降落点是一片陡峭的山坡，这会给着陆带来非常大的危险。徐一林努力回忆着跳伞训练时教员教的要领，做好了充分的接地准备。而当他的双脚再次踩在坚实的大地上时，他发现自己几乎没受一点伤，可是精神仿佛经历了一场炼狱。

徐一林看了一下手表，手表居然还在，但指针停在了12点10分。

从此，这只破表一直跟徐一林在一起。这个时间成为永恒，从此留在他的记忆中。

徐一林落在一个山坡上。

徐：从伞里钻出来后我发现，我站的位置离山顶有四五十米，坡度约有60度。这是一个险恶的位置，落地稍一不稳，就会掉到山底下去，那就真的没命了。

还好，落地时啪地站住了，屁股蹾地蹾了一下，站起来活动一下，没问题。

我：年轻就是好啊。

徐：就是。年轻。这第一次落地落得好。

关键时候就看得出，飞行员的肢体协调性是很重要的。这一点徐一林的基础很不错，在航校时一口气能拉100多个引体向上。按规定跳伞后要带上伞包的，但他看了一下，这是丛林地区，背上这么个伞包会严重消耗体力，所以他放下伞包，先向山顶爬去。

徐：爬上山顶，我向周围看。能见度非常好，方圆50公里——这是我当天能走到的地方——没有看见一间茅草屋。

事后才知道，这是云南的元谋。

我：元谋人的元谋？

徐：对。

元谋位于滇中高原北部，隶属云南省楚雄彝族自治州，地处东经101°35′～102°06′、北纬25°23′～26°06′，东倚武定，南接禄丰，西邻大姚，北接四川会理，西南与牟定接壤，西北与永仁毗连，是中国境内已知最早的人类元谋人发现地，是"东方人类故乡"。

这真是个蛮荒之地，徐一林有些绝望地下山。

下得山来，爬上另外一座矮一点的山，再一次确定方位。但他看到的，除了山包还是山包。正在这时，他发现山间居然有动静，是一个人。2月的云南，山不算秃，植被也不太茂盛。

徐：他不知何时出现的，他在捡我的伞包。我喊，哎，放下——那可是国家财产啊！他回头看了我一眼，继续走。

我：这人离你有多远？

徐：大约200米。我拔出手枪，枪内有十发子弹，我对着他

头顶上方斜 30 度角放了一枪。枪一响，他吓了一跳，那伞包一下
落在地上。然后他回头四下看，看到了我，见我没有追上来，捞起
伞包背上继续跑。我又朝天放了一枪，他看我没有过去，飞快地跑了。

山民的腿脚太利索了，距离又远，徐一林目测了一下，追不上，
就放弃了。

徐：这人不知从哪儿出来的，看样子是个砍柴的。他应该来救
我啊，把我救回村里去，结果，他背着我的伞包跑了，还跑得特别
快。他知道我不敢真打他。

我：好不容易出现一个人，还跑了。

徐：我这个时候特别沮丧。心情很复杂，也很害怕。

两架飞机摔了，一架 400 多万，两架 800 多万，没了，因为
我的缘故。这是第一。第二，朱广才——就是被我撞下来的长机副
团长，我看见他飘远了，是死是活不知道，战友要是牺牲了，我就
算完了，我怎么回去？良心上一辈子也过不去啊！第三，就算能这
样回去，领导和同志们会怎么处置我？一个从小立志要当飞行员要
干大事的人，事业还没搞呢，把人撞了飞机摔了，这辈子完了，从
小的理想就这么破灭了……

大约下午 1 点钟的时候，徐一林决定向山外走。可是山外是哪
里，他并不知道。他利用军事地形学的知识，看光影和树影，确定
了一个方向，一直向前走。

没有水，也不敢随便喝山里的冷水——事实上，他一路上几乎
没有遇到有水的地方。口袋里只有几块巧克力，那是飞行员们上机
场必备的。他不能动，必须留到最需要的时候。

一路行来，徐一林特别留神四下看，一是防止不明动物突然出

没；二是看看有无人烟。这是一段漫长的、令人绝望的行程，在荒无人烟的山中行走，每一分钟都在期待，每一分钟都是失望。在崎岖的、复杂的山间行走时他突然明白了，为什么当年那个臂挎漂亮姑娘的飞行员大哥要求他每天的体能训练是跑 10000 米。

徐：我就这么一直在山里走。

我：我看有关材料上说你走了八个小时。

徐：没有那么久。估计是写事迹材料和做报告的时候，被别人升华了一下。但五个小时是有的，因为看到人的时候，都到黄昏了，天色都暗了。

我：你看到人了？

徐一林最先看到的不是人，而是一根皮鞭子，赶羊人用的皮鞭子。

拴在一根木棍上的皮鞭子，放在石头上。然后——他看到了羊。一群羊，一群令人心动的羊。有羊就有人家啊——果然，看到人了。在山路的一个拐弯处，他看见一个小孩子趴在山坡边的石头上埋头写字。走近了看，是写作业呢。

徐：我跟他说，哎，你带我到村公所。他看看我，不吱声。

我：他是听不懂汉语吧？

徐：你说对了！他听不懂，小孩子是彝族还是什么族的。我向他要了作业本、铅笔，在他本子上写下：请带我到村公所。我想了想，又写上：见村长。孩子特别乖，马上带我走了。

没走多久，很快，村子在眼前出现了。

我：你有没有拿"银子"和巧克力"贿赂"他？

徐："贿赂"了。小孩子姓雷。他家不远，20 多分钟就走到了。孩子羊也不要了，先带我去的他家。他家里没有人，进了门，孩子抄起一只水瓢舀水倒在锅里，用水炒鸡蛋，因为没有油。

炒好了蛋，他又把中午剩下的米饭倒进去炒，做成了蛋炒饭。云南的早稻米很硬的，鸡蛋又没有油，但我吃得真香啊！

吃了饭，孩子又端来一碗水，让徐一林在床上休息，就出去了。徐一林口袋里只有20块钱，就放枕头底下了，也没吱声。这时候已经有人去通知村上了。

那是张老式的大木床，四下里有木架子，徐一林躺下居然立刻睡着了。大约睡了15分钟，孩子来叫醒他，带他去了村公所。一进门，他吓了一跳——

徐：院子里满满的都是人，足有百十来号吧，全是老乡，男女老少都有，全体村干部都到了。原来之前村长他们已经接到通知了，电话从省里县里一路打下来。

全村的乡亲们都到了，好像当年打仗的时候，人人挎着篮子拿着盆子，里头装着准备支前的物品——鸡蛋、馒头、苹果、西瓜。

院子里挤挤挨挨的，人声鼎沸。历经数小时孤苦无依的生死磨难后，突然面对这样的场景，徐一林心里那叫一个激动，觉得要对乡亲们说点什么感谢的话。院门口正好有一个石头台阶，他就跃上去，大声说："老乡们——"这一张口才发现，嗓子居然没有发出声音——他走了几个小时之后人已经彻底耗尽了力气，没有底气了。

说话声音没了，他只能又下来。

我：看看你吧，关键时刻，真是窝——

徐：就是，不够慷慨激昂——

村公所的电话一摇，打到了县里。那时没有手机，团里的总机一直在等着县里回话。团政委接的电话，听得出政委激动得够呛："小徐，是你吗？"

徐一林说："政委，是我——"

电话那头更多的声音响起来。一些熟悉的战友声音高高低低地挤在一起，徐一林还听出了几位首长的声音，他的心头涌上一股热流，热流立刻涌出了眼眶——

"不好意思，对不起，对不起首长，我把战友撞下来了……国家损失了……我犯了罪了……老朱呢？朱副团长？……"

政委大声打断他说："小徐，小徐你终于回来了。我们一直在等你的消息。朱广才落地半个小时就被农民救起来了，现在人没大事——"

战友与组织的温暖在那一刻顺着遥远山村的这根黑色电话线传递而来，他仿佛投入了亲人温暖的怀抱。那一刻大男人徐一林真是放声号啕了，但因为嗓子倒了，他的哭声大大地减弱了。

与徐一林失去联系的这几个小时，全团全师，乃至整个空军都震动了。两机相撞，两个飞行员跳伞，一个被成功救出，另一个下落不明，生死不详。出动了多少人多少个部门搜救，不用提了。

徐一林这架飞机所使用的，是弹射座椅。

第一次世界大战中，各国开始为作战机飞行员配备降落伞。随着飞机速度增大，飞行员爬出座舱跳伞日益困难。第二次世界大战时，战斗机的时速已提高到 600 千米以上，飞行员跳伞要冒着被强风吹倒或被刮撞到飞机尾翼上的风险。德国首先开始了对能把飞行员弹射出机舱的座椅的研究。1938 年，德国曾试验过橡筋动力的弹射座椅，但未达到实用要求。后来又研制了以压缩空气为动力的弹射座椅，但性能还不够理想。于是又研制以火药为动力的弹射座椅，并于 1940 年进行了地面试验，后来又经过飞行弹射试验，达到了实用要求，于第二次世界大战结束前装备了空军。战后，以火药为动力的弹射座椅不断改进，到50年代，已在喷气式飞机上普遍使用。由于旧式弹射座椅无法在超低空条件下使用，飞行员的生存概率相对较小，为解决低空救生问题，美、英等国在50年代又相继研制出火箭助推的组合动力弹射座椅。70年代初，美国试验了可飞弹射救生系统，座椅离机后变为可控飞行器，飞行一定距离后，人椅分离，开伞降落。

尽管弹射座椅都设计成具备零零弹射功能，即零高度、零速度（接近静态）的条件下100%弹射成功，但飞行员能否安全着地，还受很多因素的影响，例如飞机速度、姿态、角度及弹射角度，等等。简单地说，如果飞机正好是反扣状态，那么一旦弹射，就等于直接将飞行员打到地面。所以说弹射座椅只是一件尽可能保证飞行员生存概率的工具，并不是绝对安全的逃生设备。

另外，徐一林跳伞后失去了联系，是落入山涧峡谷，还是丛林激流，是否平安落地，无从知晓。

团里没有小车，徐一林的一位战友开着大卡车，沿盘山公路行驶了两个多小时，在晚上9点多到了村里。村里人打着火把把徐一林送上了卡车。战友又一路颠簸将卡车往回开。

回到团里已是晚上11点多了，领导和战友们远远地迎出来。一群白大褂围上来，扛着担架，卡车直接拉着他去了医院。徐一林下了车，几乎站不住，但他坚持不坐担架，并且推开所有人。

政委明白，说："别拦他，他要去看老朱。小徐，我告诉你，见到老朱，别太激动。你和老朱都不能激动。"

我：政委的意思是，万一你有内伤，这一激动……

徐：到了医院，我下车后第一件事就是去看朱副团长。

我：怎么样，他？

徐：惨不忍睹。膝盖上这么大（手比画成大碗状）一个洞，骨头露在外面。还有他的脸——这是我见到的最恐怖的一张脸，人怎么能伤成这样！他右眼睛没有眼白，眼睛水肿。因为跳伞时头盔没丢掉，从10000多米高速掉到4400米开伞，由于高速气流的作用，头盔的挡风玻璃与眼睛形成一个旋涡负压区，将眼睛的眼白吸出来，眼白掉在外面了，形成像拳头那么大一朵"鸡蛋花"。

我一看，完了，这下坏了，眼睛要瞎了，这可怎么办？当时我就跪下了。

朱副团长的妻子在一旁陪着。一般女人看见别人把自己老公撞成这样，肯定受不了，肯定要说点什么、干点什么。但是，当时朱副团长的爱人还拉我起来，她拍着我的背说："小徐啊，当飞行员哪有不出事的？你副团长的战友还有好多牺牲的。还好，你们算是幸运的，都还活着回来了，就行了。"

徐一林哭得更大声了。

徐：我觉得这女人好伟大，飞行员家属与飞行员的境界是一样的。

还好，半个多月后朱副团长的眼睛好了。

第二天，上级派了一架直升机，把两位飞行员送到昆明的大医院，做系统的检查治疗。

在昆明军区总医院做了一番检查，徐一林除了表皮的擦伤，身体并无大碍。他也不需要心理治疗。普通飞行员遭遇这样的事件会有一段相当长的心理恐惧期，这也是一般人的正常反应。但徐一林不是。徐一林在病房里表现得很正常，看不到任何沮丧和恐惧，心里天天念想的反而是：如何能继续飞。

出了这么大的飞行事故，飞行员跳伞逃生，心理冲击巨大，按有关规定，这个飞行员是必须停飞的，而且永远退出飞行队伍。

但徐一林的命运出现了转机。

出现转机是因为一封信——我们前面说过，少年徐一林因为热爱阅读、写作，曾经梦想当作家。后来虽然没有当上作家，漂亮的文笔却练出来了。在病床上心心念念了数十日后，徐一林觉得不能"坐以待毙"，他要有所行动。他不能等着被领导宣布退场。于是，他思考了数日，又花了几天时间，周密构思，精心措辞，写了一封长信。

信是写给团领导的，厚厚的十几页，从思想、身体条件等几个方面做了长篇论述，中心意思是表达自己希望继续飞行的决心。

信到的这一天，团里正在开常委会。团会议室的圆桌边，围坐着团里一班党委领导。军区空军来了一个副司令员，他是来听事故小组报告阶段性调查结果的。按计划，团领导今天会汇报他们对事故飞行员的处理决定。会议刚开不久，通讯员进来，说徐飞行员送来一封信。

副司令员说："拿过来我先看。"

常委会就停下来了，停了有十几分钟，等着首长看完信。

天遂人愿，这封信到得正是时候，如果不是凑巧信在那天到，而是迟到一天，按照常规，会议决定已经作出，就不可能更改了。徐一林停飞，从此离开飞行员队伍，那就没有试飞这一说，更没有之后的国际试飞员徐一林了。

徐：副司令员看完信，被打动了。我那封信写得相当感人，后来我想，我的文笔还是有点强悍的。

副司令员说："和小徐谈谈，如果能飞，就继续飞吧。经历了这么大的事还愿意飞，能飞出来的话一定是好苗子。"

我：插一句，你美好的爱情是不是得益于你美好的文笔？

徐：可以这么说，我的太太也是看了我的情书，被打动，才同意嫁给我的。

当时信是手写的，一气呵成，徐一林没有底稿，所以今天我无从知晓他到底在信中说了什么，徐一林后来也从未向他人透露过这封信的详细内容。一个显而易见的事实是，处于人生关键时刻的徐一林文学才华大爆发，他写下了平生最漂亮的文字，这是篇登顶之作——日后无论如何也无法准确地抵达那样的文学高度。

所有的媒体后来也只是说，徐一林在信中明确表示了他热爱飞行、矢志不渝要继续飞下去的决心。

不久，徐一林重返蓝天。

四、一切清零　重新开始

师长用白绷带吊着胳膊。吊着白绷带的师长淡定地谈笑，让所有的英雄口号都大为逊色。

徐一林复飞了。为了便于他克服可能遗留的心理障碍，给他换了个单位，他离开云南，到了位于重庆 B 机场的某飞行师。部队来了新飞行员，师领导是要第一时间来看望的。所以徐一林到的那天，团里就通知说，师长下午就要来看望。

午休后，等了一会儿又一会儿，师长还没有来。飞行部队的时间观念是极强的，通知开会或者上机场，精确到分秒。徐一林正在纳闷时，外面一阵人声说，师长来了。

　　师长来了，出乎意料的是，师长用白绷带吊着胳膊。飞行部队的师长都是飞行员出身，吊着胳膊的师长，相貌堂堂，很有气质。

　　师长走后团领导才说，师长一个小时前受伤，所以迟到了。那时的 B 机场，飞行员公寓还没有建好，新来的飞行员们被安排在招待所。重庆是山城，招待所依坡而建，当时还在整修，一楼在地下，二楼是平层，进入大门就是二楼，入口的简易过道上铺着的沙石建材未处理好，师长一脚踩空，从二楼掉到一楼，摔断了五根肋骨。徐一林他们看见的，是师长吊着白绷带的胳膊，看不见的，是师长整个上身都被绷带缠满了。因为肋骨无法固定，稍稍行动，骨折处还会摩擦心包及内脏壁，引起剧烈疼痛。

　　徐一林十分震惊。他想起，因为自己的房间小，师长一直站着，就站在外面，与飞行员们谈笑风生，声音很大，还与新飞行员们用力握手。

　　不用高喊什么勇敢奉献不怕牺牲，吊着白绷带的师长淡定地谈笑，让所有的英雄口号都大为逊色。

　　徐：我以为我过了死亡关，不怕死。但是看到师长，我觉得我还是渺小。你问我是怎么成长起来的，这也算是因素之一吧。

　　经历了生死蜕变的徐一林，在这个飞行部队迅速成长，成为优秀飞行员。就在他设想着人生的更高目标时，招试飞员的消息来了。

　　我：你怎么去的试飞部队？为什么去试飞？

　　徐：命令。

　　空军当年共招收三期大飞学员，总共是 120 人，历经航校和部队的淘汰，最后在飞的只剩下 15 人。包括徐一林、李中华在内的这 15 个分在不同飞行部队的人，在同一天接到命令：9 月 9 日之前，必须到试飞部队报到。

徐一林立刻振奋起来，他毫不怀疑，数年的积累和等待，就是为了这一纸命令。他兴奋地跑回家——顺便说一句，这时的他已经结婚成家，妻子就是机场所在小镇的幼儿园的老师，按他的话说，一个美丽得不像话的女人。

美丽的妻子哭了。

徐：她哭得死去活来。我一点儿也没有夸张。以她的条件，她完全可以嫁得更好，但她嫁给了我。按她和她母亲的话说，嫁给我，就是因为能生活在一起，坚决不能接受两地分居。

他们结婚才九个月，但真正在一起的时间不到二十天。半个月婚假结束后，徐一林就有任务，转场走了，刚回来的第四天，又接到命令去试飞部队。离报到截止时间只有三天。试飞部队远在陕西阎良，命令上规定，三年内不能带家属。

我：为什么不能带家属？飞行员是可以带家属的啊。

徐：因为试飞部队情况特殊，刚组建，编制没有确定，没有房子。我们刚去的时候还住过窑洞，干打垒的房子。

我：你当时可不可以不去？

徐：当年招飞时就对我们说，你们这一代飞行员，六年后将成为空军第一代科班试飞员。等啊等，终于等到了。谁不让我去，我跟谁玩命。

尽管徐一林经历过生死，而且复飞了，在航空兵飞行部队，他算是相当优秀的，但到了试飞部队他才知道，真正的坎坷才刚刚开始——他过去的一切都清零了，曾经自以为还不错的历史全部要扔掉，重新开始。

徐：到了试飞部队，有点坎坷了，都是英雄，都是人中之人、龙中之龙，我在他们中绝对不算出色的。我的干劲又来了，开始学理论。飞行少，我就每天学习每天写，拼命充实自己。

徐一林的拼劲和韧性又上来了。试飞学院刚成立，中国空军对试飞员的培养也刚刚起步，没有经验，没有先例，一切都在摸索中前进。教材不齐，教员不够，他就抱着所有能找到的有关试飞的书看，还有老试飞员们的飞行笔记。当时没有电脑，一切都靠手抄。白天上完课，晚上抄笔记。终于有一天，他被校长发现了。试飞学院的校长晚上值班，熄灯了看见学习室的灯还亮着就走过来看，那天是大年三十。他隔着窗子，看到徐一林一会儿皱眉头，一会儿奋笔疾书，桌上摊开大大小小一堆的笔记本。校长没吱声，走开了。

试飞学员毕业典礼上，校长有段讲话，先是鼓励了一番，又说："你们这一期学员，如果有人将来能成为优秀试飞员，其中肯定有徐一林。你看他过春节还在写论文。"

毕业时，徐一林的成绩名列前三。但这个成绩，却无法证明什么。

试飞员们都到岗位了，但这个时期，国防工业和航空工业还在一个滞延期，任务量少，机型短缺，加上体制不匹配，试飞学员们很长一段时间没有饱和的训练科目。而岁月是一把刀，不光杀女人的颜值，也杀试飞豪杰们的年华。在漫长的等待中，年纪渐长的试飞员们因为各种原因一个一个离开了，最后只剩下五个人。

我：这个时期，卢军是你们队长吧？

徐：是，我们队长是卢军。你采访过李中华吧？在我心目中他们两个人都是英雄。

英雄遇英雄，要么是惺惺相惜，要么是绝地反击。他们是前者。

两人都是极端奔放，飞起来极其野蛮。还有一个英雄是雷强。

雷头和他们风格不一样，他像锥子扎木头一样，一定要扎，扎到最底下。雷头衣服颜色比较暗。但卢军和李中华都喜欢穿亮色的衣服，穿喇叭裤，都喜欢开车。卢军还有一辆红色的本田125，他每天就骑着这辆车飙。

徐一林在试飞部队的成长是从歼-8Ⅲ开始的。

这是中国第一架航空电子飞机，谁来首飞？当时的团长汤连刚为了配置力量的均衡，选择了徐一林。因为在此之前，汤连刚注意到他花了整整三年时间，把厚厚的一本航空电子的功能手册，改写成中国第一部航空电子操作手册。两年后，得益于歼-8Ⅲ的锻炼，徐一林从歼-10试飞小组的第三梯队，进入第一梯队。

徐：但到了歼-10我就不行了，跟雷强、汤连刚、卢军一比，没有话语权，他们已经飞了十年。

这个时期，有一个人对徐一林影响很大。这个人就是"大哥大"雷强。

徐：雷头对我的影响是从他的笔记本开始的。我们当时都记笔记，内容嘛就是跟着课堂内容走，流水账一样，当时不觉得有什么问题，但半年以后再去翻，发现那笔记看不明白。要知道我们当时还没有电脑，全靠手写。课堂上老师讲课的流程你并不能完整地记录下来，说到什么记什么，想起什么写什么。

我看了雷头的笔记，他记的可不是流水账。他当时准备了三种荧光笔，每一层标题是一种颜色。他把笔记分了层，像目录。他的笔记，可以当书看。

早就听人们说雷头这家伙飞行技术高超，又执着。我当时一看他的笔记，服了。跟他一比，我才知道什么叫执着。其实在此之前，1991年我就认识雷头。当时年轻，只知道他很牛，他一发言别人不敢吱声，他一开口别人不敢说话。

我：为什么？

徐：因为他总是对的。现在我明白了他为什么那么能。看了雷头的笔记后，我把我 1994 年以前的笔记全丢了。之后，我的笔记，像雷头的一样了。

徐一林扔掉的不光是笔记。他是把自己的历史全部扔掉重新开始的人。

徐一林 1991 年进歼 -10 试飞小组，从 2000 年 11 月 1 日起，他飞过的所有起落的所有架次的笔记全在。

我：一共有多少架次？

徐：1108 架次。

1993 年 10 月，徐一林穿上"傻乎乎的西服"，与李中华和张景亭一起，被送到俄罗斯国家试飞员学校进行正规培训。

五、我在米格 -29 上飞尾旋

就一架飞机来说，没有两次完全相同的尾旋。

下面的一些文字，选自徐一林的个人日记，有删改。

10 月的茹科夫斯基城，毛毛细雨，我们在教室里等待着俄罗斯教官的到来。今天与我们同飞的是来自米高扬设计局的首席试飞员巴威尔，这位到中国进行过飞行表演的著名试飞员，我们早就听说过。

早上 8 点整，高大英俊的巴威尔准时来到教室，开始了例行的飞行前讲解。

"这是你们来俄罗斯的最后一次飞行。"巴威尔的开场白与往日不同。

我们聚精会神地听着教员的讲解，并记下要点，我们知道：到俄罗斯不光要学试飞的理论和技术，还要尽可能多地积累资料。

"今天我们要飞的是米格-29 的尾旋。"巴威尔将飞行任务书递给我们，俄罗斯国家试飞员学校要求飞行学员每次飞行都要编写任务书。

在此之前，徐一林已经研究过米格-29 的飞行大纲，对尾旋特性进行了细致的分析。米格-29 在飞控系统完全正常的情况下是不会进入尾旋的，真正做到了"无忧虑飞行"。为了试飞其尾旋特性，必须断开飞机的自动驾驶系统。这不是给飞机找碴儿吗？是的，试飞从某种意义上讲就是跟飞机过不去，找飞机的碴儿，以便了解飞机的特性。断开自动驾驶系统后，米格-29 的尾旋是极其复杂的。与他们飞过的米格-21、米格-23、苏-27 相比，米格-29 的尾旋最强烈，表现在尾旋的半径小，角速度快，改出尾旋的难度大，延迟时间长。俄方院长康德拉钦科本已考虑取消米格-29 的尾旋飞行，但是中国试飞员们在其他机种上尾旋试飞的表现，使他们有了信心。在他们即将结束试飞培训之前，院长决定在最后一个飞行日补上尾旋科目。不过院长一再叮嘱教官：一定要留有余地。

巴威尔的讲解异常认真，他把尾旋试飞的每一个细节列成条目，写在黑板上，然后口述两遍。最后，关于尾旋，他讲了一番令中国试飞员们受益匪浅的话："对于尾旋，谁也不能说自己已经全部了解了。就一架飞机来说，没有两次完全相同的尾旋，尾旋中什么情况都有可能发生。因此，对试飞员来说，每次尾旋都是新的。"

试飞科目的难度极大，每个起落都有新的内容，表速250千米／小时的小速度机动，持续过载7G(载荷单位)的高机动飞行，倒飞、侧飞、尾冲、空中开车、失速、尾旋等科目，大都是飞行员训练大纲中没有的科目。每天的飞行量大得惊人，一个场次飞6个架次3个机种是常有的事，有时从早上一直飞到太阳落山，甚至连午饭都吃不上。歼击机要飞，运输机也要飞；能见度1000米要飞，刮风下雨还要飞。一个个困难被他们克服了，一个个难关被他们攻克了。他们以中华民族特有的吃苦耐劳、勤奋好学的精神以及飞行中的灵感与悟性，赢得了俄罗斯同行的钦佩和赞扬。

天气似乎没有好转的迹象，雨还在下着。接近傍晚，巴威尔提着飞行帽走进教室，一挥手，示意徐一林该上飞机了。看来，在俄罗斯的告别飞行只能在雨中进行了。

巴威尔开着伏尔加轿车，驶上了机场的联络道。巨大的茹科夫斯基机场，近千架飞机停放在几十个停机坪上。他们的车驶过图波列夫设计局和雅科夫列夫设计局的停机坪，向米高扬设计局的停机坪驶去。一路上，徐一林都在专注地聆听教官飞行前的最后叮嘱。

米格-29在雨中等待着他们。作为近距格斗战斗机，米格-29是一种性能优越的飞机，加减速性、机动性、敏捷性都非常好，中低空性能尤其突出。它的独特设计是机翼上缘的辅助进气道，在起飞时为了防止异物被吸入进气道，主进气道完全关闭，由辅助进气道进气，发动机即使在加力状态，工作依然非常稳定。

进入座舱后，徐一林按习惯把飞行任务在脑子里过了一遍，然后启动发动机。飞机缓缓滑出停机坪，通过滑行道，进入了4500米的主跑道。开加力松刹车，飞机怒吼着急剧加速——

他喜欢米格 -29 的冲击力，从飞机开始滑动到离陆，仅仅 11 秒。飞机昂着头，钻入云中，很快又冲出云层。云顶高度 3000 米，这是尾旋飞行的最低气象条件。他一边操纵飞机上升，一边锁紧安全带，身体被牢牢地固定在座椅上，这样做的目的是防止飞行员被甩离座椅而失去操纵能力。

"Hot，hot!"耳机里传来巴威尔的指令。

这是只有他和教官才能明白的口令，意思是打开热空气。在共同的飞行中，他们曾尝试过用俄语对话，可是俄语的发音独特，很难掌握，这种特殊的不拘泥于语法的"航空英语"就成了他们的空中对话语言。

座舱里的温度逐渐升高，我的额头沁出了汗珠。锁紧油门后，教官的指令从耳机中传来。

"Yes，OK!"我大声地回答。

高度表逐渐指向 10000 米，关键时刻到了。一切准备就绪，我打开了记录器。油门收到慢车，飞机开始减速，400 千米／小时、300 千米／小时、200 千米／小时……随着速度的减小，飞机像喝醉酒似的左右摇晃。

"Are you ready？"巴威尔问道。

"Yes！"我充满自信地回答。

"1、2、3，Go……"

我有力地蹬满左舵，拉杆，然后向右压杆到底。飞机呼啸着摇摆了几下，迅速向左偏转，米格 -29 的尾旋来得既快又猛。

记得飞苏 -27 尾旋时，飞机似乎很不情愿进入尾旋，摇摇晃晃就是旋转不起来。一个起落下来，好不容易进入了一次平尾旋，教官克沃丘尔告诉我："你真幸运，因为这是我今年第一次进入苏-27的平尾旋。"

米格-29可没这么温柔，座舱里的仪表随着飞机的旋转不停地摆动，座舱外，云层在飞速地旋转，飞机边旋转边急剧地下降。耳机里传来教官的声音："1、2、3……"这是在数尾旋的时间，15秒后我将改出尾旋。天旋地转中，各种数据飞快地变化着，而时间仿佛凝固了。

我的眼睛盯着仪表板，我必须把尾旋中的全部数据记在心里，以便飞行后整理出资料。然而，在尾旋中要集中注意力是非常困难的，呼啸的声音、飞速的旋转、座舱外快速转动的景物，都在干扰着我的注意力，还有尾旋的恐惧感悄悄地袭击着我的神经，没有良好的心理素质，是难以承受尾旋中巨大的心理压力的。

后舱的巴威尔在悄悄地将驾驶杆向前移，但这没有逃过我的眼睛。我知道，此刻巴威尔已经把院长"留有余地"的话抛到九霄云外了。因为，在尾旋中向前顶杆，会迅速加快飞机的旋转角速度。飞机的旋转明显加快了，机头慢慢抬起，俯角逐渐减小，飞机进入了平尾。我整个人被飞机的离心力迅猛地向前甩去，身体几乎贴在了仪表板上，肩上的安全带被扯得嘎嘎直响，肩背隐隐作痛，眼睛有充血的感觉。然而，飞机的动态变化、仪表的数据丝毫没有逃过我的眼睛。

"……13、14、15，OK!"我知道这是改尾旋的指令，现在该看我的了。

作为第三代战斗机，米格-29的尾旋特性和改尾旋的方法与第二代战斗机有很大的差别，由于采用了小翼载、高机动的气动布局，用传统的改尾旋方法，即我们称之为标准法的反舵推杆的改尾旋方法，无法改出米格 -23、米格 -29、苏 -27 的尾旋。苏联在米格 -23 的尾旋试飞中付出了血的代价，摸索出了一套全新的、最有效的改尾旋方法，即反舵、抱杆、压顺杆的所谓第五种改尾旋方法。这是人类在与"飞行禁区"——尾旋做斗争的过程中，用血的代价换来的宝贵经验。

"反舵，抱杆，压顺杆，操纵到极限位置。"我一边在心中默念着，一边迅速有力地做着改尾旋动作。我感到气流的强烈冲击，却感觉不到飞机减慢旋转速度。飞机依然沉醉在尾旋中，呼啸着像在抗议我的操纵，一圈、两圈、三圈……飞机在旋转着并迅速下降高度。这是一次极强的尾旋，正如巴威尔所说，这次尾旋与众不同。

此时飞机的高度已降到 7000 米，我知道留给我的时间不多了，必须采取最强有力的措施，否则高度就不够了。我使出了最后一招，断开差动平尾限制器，利用差动平尾帮助改出尾旋。飞机终于作出了反应，旋转速度迅速减慢，转到第十圈，飞机终于停止了旋转。米格 -29 就像被驯服的野马，低下了头。

"Very good！"巴威尔几乎喊了起来。

此时我的心中只有飞机的高度和速度。速度 400 千米 / 小时，高度 6000 米，我柔和地拉杆，使飞机退出了俯冲。我成功了！我的心中充满了喜悦，那是试飞员翱翔于蓝天中特有的喜悦，包含着对蓝天、对飞机无限的爱，也包含着试飞员的自豪感。

返航了，我把机头对准跑道的中心线，飞机优雅地下滑着。我柔和地向后拉杆，飞机的两个主轮骑在跑道的中心线上，轻轻地接地，这是飞行员最引以为豪的着陆。我拉着杆，让米格 -29 的机头高高仰起，向茹科夫斯基机场，向试飞员学校告别。

徐一林一直认为自己是喜欢飞机热爱飞行的，但和俄罗斯试飞员们一比，他震惊了，自己绝对达不到人家那种状态，不光是技术上不行，连精神上、意志上都是跟不上。

我：他们什么样？

徐：怎么说呢？我们是一种努力的姿态，为了证明些什么而去做，为达到了某个层次而欢呼。他们不是，事业于他们如呼吸如血肉如进入骨髓的东西，纯粹的、浑然一体的一种禅定的状态。那时候还年轻，还不懂禅定，达不到他们那种忘我的境界，但看到他们，我从精神和意志上，服了。

这一年10月，徐一林学成回国，迎接他的不仅仅是鲜花和祝贺，更有蓄势待"飞"的多种型号的国产新型飞机。新一代的战机无论是战术性能还是配备的高技术设备，对试飞员的技术和知识水平都提出了更高的要求。他是幸运的，国防建设和航空事业的飞速发展为他展现才华提供了宽广的舞台。

六、第二篇红色日志

迅速检查了所有的仪表灯光指示后，他知道：坏了，最不可能发生的事情真的发生了。他平生第二次按下了紧急救生按钮。

正当徐一林高振起试飞之翼准备一搏蓝天时，命运又显露出它的不可预测性。

1999年5月20日，徐一林像往常一样登上了战鹰。开车、滑行、进入跑道，飞机昂着头呼啸着冲向蓝天。他今天要试飞的科目是某型飞机的满载荷试飞。这也是该机第一次进行满载起飞试飞。飞机带着载满油的三个副油箱加力起飞，在发动机加力状态下，满载的飞机发出沉重的轰鸣，缓缓离陆，徐一林感觉到驾驶杆上力量异乎寻常的沉重。当飞机高度上升到 400 米时，按计划他需要调整飞机状态，准备掉转机头对准跑道下降。但此时，座舱内两个刺眼的红灯亮了——是发动机的火警灯。

他立刻巡视座舱，发现告警灯盒中两台发动机的火警信号灯都亮了。

徐一林脑海中闪出的第一个念头是"不可能"，因为他知道飞机在空中发生双发同时起火的概率是非常低的。以一个职业试飞员的直觉，他对情况作出了两种判断：一是告警系统错误告警，试飞中有时会遇到这样的情况；二是两台发动机同时着火，如果真是如此，等待他的将是一场灾难。

迅速检查了所有的仪表灯光指示后，他知道：坏了，最不可能发生的事情真的发生了。

挽救飞机是试飞员的使命，空中灭火已不可能，此刻座舱像是一个疯狂摇摆的"舞厅"，飞机上所有的红、黄色告警灯全部闪烁着可怕的光芒，许多仪表的指针不听使唤地飞转。此时唯一的机会就是迅速回转，对向机场紧急迫降。他迅速掉转机头准备着陆，飞机却突然失去了操纵，随之向下俯冲，机翼下的大地向他扑面而来。

之后的数据显示：这次的火势来得突然而且猛烈。在徐一林艰难地操纵飞机转向机场的过程中，地面上的人用肉眼就可以清楚地看见飞机后面拖着两条长长的"火龙"。

几乎是在飞机失去操纵的一瞬间，试飞员的职业素质使他作出了当时唯一正确的选择——跳伞弃机。他向指挥员报告一声："我跳伞了！"便迅即拉动弹射手柄，弹出了飞机——

飞机失去了控制，一头栽向大地——

失去操纵的飞机状态是极其复杂的，徐一林弹出机舱的时候，身体与舱壁严重碰撞。尽管降落伞在空中顺利打开，但身负重伤的他已经失去了任何的操纵能力，当他清醒过来时离地面只有不到50米，他还没有调整好身体姿势就重重地摔在了一片大蒜地里。

从起火到坠落，前后共计42秒钟。在这42秒钟里，飞机随时都有可能在空中爆炸，但他在生死关头异常沉着冷静，将事故发生时重要的数据清晰地记了下来。

徐一林被当地农民救起，迅速送往医院。

这是1999年5月20日。徐一林这一天的飞行日志，按照习惯又以红笔写出。

由于事发突然，飞机坠落后，机上记录数据的人称"黑匣子"的东西在巨大的冲击下丢失。但新机的研制不能因此而止步，必须查清事故的真正原因。当听说调查小组的同志失望而归的时候，病床上的徐一林说："我来试试。"

凭着多年来在试飞中养成的敏锐观察力，病床上的徐一林把飞机从起飞到失去操纵的整个过程中的数据如实地进行了汇报，为查找事故原因提供了宝贵的第一手资料，他因此荣立一等功。

飞机的黑匣子后来找到了，数据分析出来后，与徐一林的记忆相比对，几无差别。

但这一次跳伞，徐一林就没有那么幸运了，他的伤势非常严重，躺在床上连脖子都无法扭动，疼痛使他整夜都难以入睡。但他想得更多的是如何战胜伤痛，在最短时间内重返蓝天。

人们都说："试飞员是用特殊材料打造的人。"信念给了他无穷的力量。一个星期后，他艰难地下床了。

一个月后，他开始散步。

两个月后，他开始慢跑。

四个月后，他重返蓝天。

2000年5月，事故过去整整一年，查清故障原因后，该新机将重新投入试飞。徐一林向上级提出请求：由他来试飞该机复飞后的第一个起落。

他的请求得到了领导的批准。

阳光普照的一天，徐一林重新登上阔别一年的熟悉的战鹰。当他开车、滑行、加力升空，飞机昂起头呼啸着冲入长天时，所有人都知道，他是在向新的高度奋飞。他的人生，从此进入一个新的高度。

徐一林说："我认为，一个职业、一项事业，如果没有一种精神的支撑，如果没有一种文化的力量，要创造辉煌几乎是不可能的。"

歼－10研制试飞的历程，充满着艰辛与汗水。歼－10是全新的飞机，新技术的使用率达到了80%，歼－10试飞的技术难度和风险是前所未有的。在2000多个试飞架次中，共遇到1000多起故障，平均每2个架次就会遇到1次故障：发动机停车，操纵系统卡死，液压油漏光，低高度急剧振荡……在一次次的险情中，试飞员们与死神擦肩而过。凭着对飞行事业的忠诚，凭着高超过硬的试飞技术，试飞员们战胜了风险，确保了试飞的安全，完成了极限过载、发动机空中启动、大迎角机动、空中弹射、低空大表速、空中加油、空地武器实弹靶试等高难度高风险科目，获得了国内过载最大、速度最快、升限最高的试飞数据。

　　新型战机的定型试飞创造了中国航空发展史上的多项纪录：试飞架次最多，问题遗留给用户最少，试飞考核内容最新、最全，试飞包线和试飞风险最大，武器实弹投射种类和数量最多，机载测试和地面监控参数最多，试飞效率最高，试飞安全性最好，试飞实力的增长最显著……

第四部

光荣的背影

——他们是迎死而生的真豪杰

老一辈试飞员们白手起家、艰苦创业，他们凭着对祖国的热爱、对事业的执着追求，和科研技术人员一起，刻苦钻研，顽强拼搏，不怕牺牲，奋勇攻关，艰难却义无反顾地行进在中国航空业发展的道路上。他们甘冒风险，勇当大任，突破西方对我国的技术封锁，推动了飞机国产化的步伐，使中国航空业一步步摆脱了受制于人的状况，并且迅速发展壮大！

　　昨夜秋风入汉关，朔云边月满西山。更催飞将追骄虏，莫遣沙场匹马还。

　　　　　　　　——［唐］严武《军城早秋》

　　明朝永乐三年(1405 年)六月十五日，身穿刺金长袍、腰环玉带的郑和站在高大巍峨的宝船上，他将指挥由 2700 多人、200 多艘船组成的庞大船队浩浩荡荡出海。

　　郑和的这次远航比哥伦布发现美洲大陆早 87 年，比达·伽马发现欧印航线早 92 年，比麦哲伦环球航行早 114 年。

　　自海船之后，陆地上载人运动机械的发明不断深刻地影响和改变着人们的生活。人类环球旅行的时间大大缩短了。19 世纪末，一个法国人乘坐火车环球旅行一周，花费了 43 天的时间。1979 年，英国人普斯贝特只用 14 小时零 6 分钟，就飞行 36900 千米，环绕地球一周。

　　飞机的发明改写了人类环球史，并且第一次把双脚在地面行走的人类送上了天空。飞机发明以后，人们对距离的穿越从地面上升到天空，险峻的高山、一望无际的大洋再也不会让人望而生畏。它使得所有的思念和悬念都可以在旦夕之间解决。

　　包括爱。

　　当然也包括战争与死亡。

　　就如同一架飞机的命运不再只是一种航空器一样，试飞员的高度，向来标示着国防实力在世界版图的风云榜上占位的高下。试飞队伍的技术和素质水平，就是大国国力角逐最具象的参数。

第十章　他们标志着一个时代

一、谁是新中国第一个试飞员

从抗美援朝战场上下来，披着战争硝烟的空军飞行员，成为新中国第一代自学成才的试飞员。

谁是新中国第一个试飞员？

试飞员是从空军飞行员中成长起来的。新中国空军飞行员的历史，要从东北这块红土地说起。

1946 年 3 月，抗日战争烽火刚熄，人民空军第一所航校在吉林通化成立。1949 年 11 月 11 日，中国人民解放军空军成立。1950 年，新中国成立还不到一年，朝鲜战争的战火燃烧到中国的鸭绿江边，百废待兴的新中国受到严重威胁。唇亡齿寒，年轻的空军别无选择，战争的硝烟将诞生不到七个月的我人民空军，推上了空战的战场。喜讯很快传来，国内的报纸上巨大的标题写着：《人民空军健儿强，首次接战显荣光》。

在国内民众的一片欢呼声中，空军领导正在焦虑地思考一个重大问题：

随着朝鲜前线空战日趋激烈频繁，一方面需要大量的飞机投入作战；另一方面，越来越多的战损战伤飞机从战场上撤换下来，以新中国当时的状况，生产和制造新飞机没有条件更没有时间，必须立即修复战伤飞机。战损战伤飞机经由铁路、陆路线自朝鲜战场运回，就在东北第五修理厂（后来的112厂的前身）进行修理。同一时期，我方从苏联亦调运了大批飞机散件进厂，抓紧组装。战伤飞机修复或者重新组装后需要试飞，迫切需要专业试飞员进行出厂飞机试飞，但东北五厂自己没有试飞出厂飞机的飞行员。由于朝鲜战场的迫切需要，在航校培训的飞行员都以速成班的形式毕业，许多仅飞行20多小时的飞行员就直接被分配到一线作战部队去参战了。

我一直在寻找新中国早期的试飞历史，我想知道是哪些部门哪家公司最早承担了修复战伤飞机的任务——修复好的飞机肯定需要试飞——希望由此解答困扰我良久的关于"新中国第一个试飞员"的问题。

2014年秋天，我在鲁迅文学院进修结业，告别午餐上，一个剪着短发的年轻女孩子端着杯红酒过来，说："子影姐姐，我们其实是有缘的，你是空军的，我是给空军造飞机的。"她叫许珊。此时我才知道，个人简历上只简单写着"江西"的她，居然就来自江西洪都航空工业股份有限公司，其前身为南昌飞机制造公司，曾用名国营洪都机械厂。

真是"踏破铁鞋无觅处，得来全不费功夫"啊！我瞬时有了柳暗花明的快乐。

两个月后，许珊将一些厂史资料发给了我。特别感谢这个年轻的、刚工作不久的小女生，有些厂史资料是手写或者油印记录的，因为保密要求不能复印外传，她就用笔将需要的部分一点点抄录出来，脱密整理后发给我。

1951年4月10日，受命迁厂、建厂。

华东空军工程部南京第22厂（配件厂）×××，于4月10日参加了空军司令部与重工业部在北京联合召开的关于空军所辖工厂移交航空工业管理局的会议，接受了有关工厂移交和迁厂、建厂的指示。会后，即派该厂副厂长××到南昌勘察厂址。

4月23日，工厂诞生。

4月17日，中央人民政府人民革命军事委员会和中央人民政府政务院正式颁发《关于航空工业建设的决定》，将空军所辖工厂，包括人员、设备、资材全部移交航空工业管理局。航空工业管理局于4月23日通知南京空军22厂（移交后工厂代号为512厂）迁至南昌，在南昌的原国民党空军第二飞机制造厂旧址上新建飞机制造厂，工厂代号定为321厂（后来改为320厂）。这一天，国营321厂就在抗美援朝的烽火中正式诞生了。

9月21日，321厂开始修理飞机。

工厂恢复性修建工作尚未全部竣工，9月21日，空军待修的第一批飞机就进厂了。送修的首批8架雅克-18型飞机和苏联专家、总工程师、技术人员等的办公室都挤在刚修复的31号大机棚内。在这样的条件下，工厂以南京空军第21厂（移交后工厂代号为 511 厂）支援的 25 名搞过飞机修理的工人为主，依靠苏联专家在现场热忱耐心的指导，传授技艺和解决疑难问题，8 架雅克 -18 于 11 月 6 日修好，12 月初全部试飞合格交部队验收出厂，为飞机修理打响了第一炮。

比国营 321 厂建立略早些，东北沈阳，在当年张学良修建的飞机场的旧址上，代号为国营 112 厂的另一家飞机制造厂也诞生了。这就是后来的沈阳飞机制造公司。

随着新中国航空工业的建立，空军把东北五厂移交给了航空工业管理局。由于战事紧张，这一时期，组装和修复飞机后的试飞任务，由航空工业管理局委托空军从部队抽调飞行员来完成。从这些文字中，我们看到第一批待修飞机的进厂时间是 9 月 21 日，出厂时间为同年 11 月 6 日，这是我见到的新中国成立后最早提出的有关"试飞"的文字。可以确认的是，在 1951 年 9 月之后，来自作战部队的飞行员们作为试飞员已经投入试飞修复飞机的工作了。

历史的云烟尘封了太多的故事，我们至今已经无法查到，那些一夜之间离开作战部队、试飞修复飞机的飞行员们的名单了。我们只知道，那段时间，他们齐心协力，试飞了大批组装和维修出厂的飞机，满足了抗美援朝前线空战的需求。老同志说，起初刚接到命令时，这些满腔热血、决心杀敌立功的空军飞行员，是不愿意离开战场去搞试飞工作的，毕竟试飞这个概念对尚年轻的中国空军飞行员来说是很陌生的。但是在经过一番介绍和说明后，这些可爱的年轻人打着背包就来到了飞机制造厂——试飞可以让受损的飞机恢复战斗力，能为战友们提供更多的消灭侵略者的装备，这项工作足以令他们振奋。

1952 年 3 月，空军一纸命令：在沈阳 112 厂组建空军试飞组。

　　这是第一次有正式任命的试飞员编制，虽然只有三个人。他们标志着新中国空军第一支试飞员队伍的建立。三名空军飞行员几乎是在完全没有任何试飞条件也没有试飞经验的情况下，凭着不惜一死的"拼命三郎"精神，开始了新中国匆匆上马的试飞史——据统计，他们在九个月的时间里，把473架战伤飞机送上战场、飞上蓝天。从抗美援朝战场上下来，披着战争硝烟的空军飞行员，成为新中国第一代自学成才的试飞员。

　　有记录显示当时的试飞组长叫刘光泽，可遗憾的是，我没有查找到他带领的这三名试飞员的名单。

　　历史有时候是很有戏剧性的。虽然人民空军的第一支试飞部队是在沈阳组建的，但在真正意义上把新中国自己生产制造的飞机飞上天空的，却并不是第一支试飞部队，而是在江西南昌的洪都机械厂驻厂的空军试飞。很幸运的是，洪都机械厂的厂史资料里，清晰地记录了这样一个信息：新中国成立后，第一个把新中国自己生产制造的第一架飞机飞上天的，是中国空军的试飞员，他叫段祥录。

　　中国最初开始制造飞机的时间，大约在1922年，在"航空救国"思想指引下，孙中山先生指令在广州兴办飞机制造厂，自行设计制造飞机。1923年五六月间，该厂设计制造出第一架飞机。这是第一架中国人自行设计制造的飞机，意义自然十分重大。试飞那天，孙中山偕夫人宋庆龄亲临现场，并摄影留念。试飞时，宋庆龄戴上飞行帽和眼镜，登上飞机，由飞行员黄光锐驾机升空。飞机在广州上空盘旋两圈后平稳落地，顿时场上掌声四起。当时飞机才问世不久，各国在试飞中发生事故屡见不鲜。孙中山赞同夫人宋庆龄不畏危险亲身试机，确非一般。宋庆龄英勇果敢的行动，一直是中国航空史上的佳话。

1949 年 12 月 6 日，年轻的共和国刚刚成立两个月，着一袭灰色中山装的毛泽东就登上了前往苏联的火车。毛泽东最清楚中国的现状，也最清楚中国未来发展最迫切的需求。对于这个有着 5000 年历史的农业国家，要实现国家和民族的振兴，唯一可走的道路就是工业化。但对于一个饱受灾难和战乱的国家，实现工业化谈何容易。满目疮痍的国土、薄弱的工业化基础、落后的工业生产能力就是共和国缔造者所面对的现实，更不要说西方国家对年轻共和国的敌视和封锁了。对于毛泽东而言，寻求苏联的援助是唯一可以作出的选择。谈判是艰苦的，但最终的成果是丰厚的。随着 1950 年 2 月《中苏友好同盟互助条约》的签署，一系列的经济合作协定相继签订。

对于上了年纪的洪都人来说，1954 年是令他们激动的一年。春天刚过完，时任中国人民解放军总司令的朱德来到厂里，参观了兴建才两年多的洪都机械厂。满面微笑的总司令摸着那些坚硬而锃亮的机械，眼里闪着激动的光芒——这位从红军时期开始"赤脚"走过中国革命整个历程的总司令深深地懂得，一个国家和军队的强盛，将不再只是小米加步枪。参观结束前，总司令满怀希冀与深情地写下了题词：发扬工人阶级的积极性、创造性，增强国防，保卫祖国。

新中国成立时，航空工业只留下一个烂摊子，中国人民多么盼望祖国的航空工业能够迅速壮大！总司令的题词意味深长。是啊，增强国防，保卫祖国，不仅需要积极性，更需要创造性。

总司令的关注极大地鼓舞了洪都人。数月后，喜讯传来，新中国第一架自己制造的飞机出厂了。

正午的阳光明亮而温情，在北京西郊某干休所花木扶疏的小园林里，步履有些蹒跚的段祥录老人注视着明净的天空，脸上是憧憬的笑意，他仿佛又看到 1954 年 7 月的那些热火朝天的日子。

当时的洪都机械厂，飞行保障的设施以及保障人员的业务水平都极有限，只有一块草地机场、一部电台、一块"T"字布和两面红白色的指挥小旗。每到飞行日，段祥录既要检查跑道，又要检查塔台，还得检查飞机、研究气象、定下起飞决心并下达飞行计划，里里外外一把手，天上地下一人抓。他飞行时地面连指挥员也没有，只得叫不懂飞行的工厂干部代替。一个飞行日往往要飞几个机型，任务量大且内容复杂，而那时的段祥录只有 22 岁。正是这种高强度高密度的试飞训练，将他锤炼成了一名经验丰富的试飞员。

以下摘自《洪都机械厂厂史》——

7 月 3 日，试飞员段祥录和刁家平驾驶 (雅克 –18) 零批 02 架飞机首次升空试飞，(至)7 月 11 日完成全部试飞科目，共计飞行 13 小时 16 分钟，14 个起落，试飞结果表明飞机的性能完全符合设计技术指标。

7 月 26 日，在试飞站隆重举行了"国营 320 厂第一架飞机制造成功庆祝大会"，二机部赵尔陆部长，江西省邵式平主席和白栋材副书记，部、局及人民解放军空军、海军领导等参加了大会。赵尔陆部长主持大会，并为第一架飞机起飞进行了剪彩。飞行结束之后，赵尔陆部长、邵式平主席、白栋材副书记讲话，吴继周厂长代表工厂全体职工发了言，厂工会主席周维代表全体职工，宣读了向毛泽东主席报告第一架飞机试制成功的报捷电。

第一架国产飞机顺利升空，对于新中国来说意义非凡。8月1日，国家主席毛泽东亲笔签发了给洪都机械厂全体职工的嘉勉电。

8月26日，时任中央军委副主席的彭德怀批准同意雅克-18飞机成批生产。工厂在1954年完成首批10架生产任务和投入成批生产的生产准备工作，1955年正式转入成批生产。

雅克-18自1954年仿制成功转入成批生产后，为新中国空军建设提供了装备。到了20世纪50年代后期，部队认为数量已满足要求，雅克-18遂于1958年10月在完成它的历史使命后停产。

完成试飞之后，段祥录就返回了空军部队。他因首次将新中国制造的第一架飞机飞上蓝天，而被誉为新中国"蓝天探险第一人"。

1957年7月，沈阳112厂设计室开始设计一种初级教练机，定名为"歼教-1"。1958年初，四局领导考虑沈阳第一设计室已开始设计两种教练机，便决定喷气式的歼教-1由112厂试制，活塞式的初教-1由320厂研制。8月27日，我国自行设计研制的第一架初级教练机红专502(初教-5)原型机，经过此前72天的日夜奋战，完成了设计、生产准备、零件生产、初装、总装和起落架落震试验、静力试验任务。

8月27日，第一架红专502首次飞上祖国的蓝天。首飞试飞员是：吕茂繁、何银喜。

9月，两架原型机飞往北京，向中央、部、局领导做了汇报表演。

1965年6月4日，依然是需要记录在中国试飞史册上的日子。这一天，我国自行设计的第一架超音速喷气式飞机强-5原型机第02架，在江西樟树机场首次升空。

吴国良总师是当年强-5的试飞主管，他也是后来歼-8新机的试飞总师。对于强-5首飞的情景，吴老总至今记忆犹新。他向笔者回忆：

按惯例，新机首飞前要进行预起飞，也就是高速滑行抬前轮后终止滑行，目的是检查飞机起飞时操纵系统工作情况。20世纪60年代的中国，百废待兴，基础设施建设与科研同时从头进行，南昌飞机厂当时甚至没有一条合适的试飞跑道，首飞改在附近的樟树机场进行。但这里的机场跑道条件仍旧不太理想，跑道长度不够，飞机起飞速度达不到，起飞高度也达不到，预起飞的风险很大。

硬件条件就是如此，还要不要实施预起飞？厂里组织科研部门集思广益。国家的科研工作不能等，中国的航空工业发展不能等。他们把意见上报空军。当时主管装备的空军副司令曹里怀在听取了技术人员的建议，又现场观看了歼-5飞机的预起飞后，大胆拍板：强-5不做预起飞，直接首飞。

首飞小组的试飞员们齐刷刷地站在他面前："报告首长，我们保证完成任务！"

"我不要口号，我要结果。"站在跑道边上，看着这一张张年轻的面孔，老军人曹里怀平静地说，"你们好好准备，把困难和问题想清楚，想透，准备好了，就放心大胆地飞，有什么问题，我担着。"

1965年6月4日，南昌这座英雄的城市，天空也感佩英雄们的壮举，从清晨起，细雨霏霏，机场湿滑的跑道异常光亮。中午时分，一颗绿色信号弹穿过蒙蒙细雨，带着燃烧的烟雾，在空中划了一道大大的圆弧后向下坠落。机场上响起了飞机发动机隆隆的轰响。

今天承担首飞任务的试飞员是拓鸣凤，他在绵绵小雨中启动了发动机，强-5在轰鸣声中滑行到起飞线前。随着指挥员邸宝善在指挥塔里下达"同意起飞"命令，强-5开始滑动、加速。当高速滑行到跑道中段时，飞机拔地而起，迅速拉起爬升，转眼间升入云空。强-5在机场上空盘旋了一圈后，开始降低高度，最后平稳地停在了起飞线旁。

飞机还未停稳，机场上已是欢呼盈沸。走下飞机的试飞员与设计师紧紧拥抱，激动的泪水夺眶而出。现场所有人都欣喜呐喊，振臂欢呼，庆祝强-5首飞成功！

吴国良总师对当年的试飞员团队印象特别深刻。首飞试飞员拓鸣凤虽然文化程度并不很高，但艺高人胆大。飞机改动如此之大，首飞的风险很高。拓鸣凤原先是被安排在第二梯队的，由于他对强-5充满信心，又有强烈的求飞欲望，首飞之际，领导临时换将，将他换成第一梯队，实施首飞。当天的首飞指挥员邸宝善是从空军第十一航校挑选的，他有丰富的组织试飞的经验，严谨而细致。每次飞行员上机前，邸宝善都要检查飞行员的准备质量。

强-5是单座双发超音速轻型强击机，自服役以来一直是中国空军的主力对地攻击机，主要用于直接支援地面部队作战，也能执行空战任务。

1968年9月23日，经中央军委和毛泽东主席批准，强-5开始批量生产，70年代初开始列装部队。

强-5的首飞指挥员邸宝善是参加过抗美援朝的空战英雄飞行员。1953年3月6日，时任空军某师42团飞行员的邸宝善，与教员何亚雄双机在青岛外海击落美海军F4U战斗机一架。何亚雄为60年代空军第十一航校复杂气象飞行顾问，曾于1954年赴苏联学习复杂气象飞行。1969年7月16日，已是空军第十一航校副参谋长的邸宝善在驾驶歼-7完成某试飞任务后，在起落航线上突遇发动机压缩器叶片断裂停车的重大险情，飞机在着陆三转弯时停车，空中开车不成功，此时高度不足 300 米，已经低于最佳跳伞安全高度（当时歼-7 的弹射救生系统不具备零高度跳伞的性能）。邸宝善决心迫降，在选择迫降场时，为了避开在田间劳作的农民，飞机最终撞在了土坎上，邸宝善光荣牺牲。

（因为某些原因，烈士邸宝善的名字并没有进入试飞员英烈名单，但他的英名，永久地留存在小汤山空军烈士纪念碑墙的名册上。）

二、一步跨入喷气时代

老实说，当吴克明踏着初冬的落叶兴冲冲地赶到师部时，他完全没有想到他会离开自己心爱的飞行师。

与他谈话的是副师长李永泰："上级指示，调你去沈阳飞机制造厂，搞新机的试飞工作。"

"去工厂？搞试飞？"

吴克明是浙江萧山人，1929 年出生。1949 年 5 月从湘湖师范毕业后吴克明参加了解放军，这一年的 12 月他进入航校学习飞行，在苏联专家的指导下学习驾驶歼击机。两年后，刚刚从航校毕业的吴克明作为一名歼击机飞行员参加了抗美援朝。在抗美援朝战争中，这位二十出头的年轻飞行员，凭着保家卫国的一腔热血和超人的勇气，以及从苏联专家那里学来的技术，与美国佬在空中格斗。他战斗起飞近百次，参加空战十余次，击落美国佬两架 F-86 战斗机。在激烈的空战中他的座机被击落，他跳伞逃生，落进了鸭绿江，是朝鲜群众把他从鸭绿江的急流里救了出来。

他负了伤，虽然伤得不严重，但掉了四颗门牙，这使得他的整个形象有了较大的变化，年纪轻轻的看上去却老了许多。因为参战的优异表现，他多次荣立二等功、三等功。

吴克明一脸的困惑："试飞我可是从来没搞过呀！"

很多年后，谈起当初受命转行的这一幕，吴克明笑着说："那时候，我感觉试飞是一种边角料的工作，作战训练才是主要工作。"

副师长一句话让吴克明没了退路，他说："在朝鲜打美国佬不也是给逼出来的吗？搞试飞也是一样，不懂就学，一学就会了嘛。"

第二天一早，飞行员宿舍院门外喇叭响，军训处的小吉普车已经在等着了。那个时候车很少，部队领导能派出小汽车接一个普通的飞行员，足见这事情非比寻常。吴克明背上背包，坐上车到了沈阳112厂。

这是1955年,沈阳112厂按照苏联的图纸成功组装了米格-17样机。

12月5日上午，吴克明驾驶新样机进行了飞行表演。他知道这是工厂在考察自己的水平，于是使出浑身解数，飞机一升空，他便做了一个上升横滚，然后是半滚倒转、斤斗、低空大盘旋、超低空大速度通场……

落地以后，他觉得气氛很不同，他在人群中看到了沈阳市委书记焦若愚。飞行员的脑瓜子都是够用的，吴克明知道，肯定是有大人物来看他表演了。果然，精彩的飞行表演过后，吴克明受到了首长的亲切接见。这时他才知道，原来在白天看表演的人群中，居然有刘少奇同志和邓小平同志。握着首长们温暖的手，吴克明的心这会儿才咚咚跳起来。

新歼击机还在研制中，吴克明却待不住了，他又回到了部队。

师领导高兴坏了，他们生怕工厂把自己的宝贝飞行员留下。特别是师长邹炎，在此之前，他专门对112厂的厂长说："去表演一下可以，人不能给你。我们师我的几个飞行大队长，你随便挑，就是吴克明不能给你。"因为吴克明不仅是抗美援朝的空战功臣，还是部队的飞行骨干，技术全面，是师里的后备干部。正好这时远在辽西的一个夜航大队要改装一种新的带机载雷达的飞机，吴克明恰好飞过这种机型，于是师领导想了一个办法——以帮助改装为由，把吴克明"支开"，去了遥远的夜航大队。

可到了6月初，师长邹炎的电话又打来了："吴克明你快回来吧，你不回来我就要犯错误了。"

"师长，什么事啊？"

"赶紧回来吧，国防部叫你去工厂。"邹师长的语气中透着只好忍痛割爱的无奈。

原来112厂也聪明，害怕自己到空军要不到人，就直接上报了国防部，国防部指名向空军选调。这下，师长邹炎没法子了：国防部的命令，当然不能不听。这次，吴克明是彻底地到了工厂，不仅是铺盖，关系也一股脑儿"端"过来了。

工厂也是爱才心切，不久，吴克明被任命为空军第一试飞部队大队长，成为人民空军第一试飞部队的第一任领导。

1956年7月19日，沈阳于洪机场。

这位二十几岁的大队长比别人起得早，就要试飞祖国生产的喷气式战斗机了，那种心情是难以形容的。

一架银白色的飞机静静停靠，机身细长，机翼后掠，水平尾翼在垂尾上部，机身上印着"中0101"几个鲜红的大字。这就是中国生产的第一架喷气式战斗机（后来命名为56式飞机，再后来统

称为歼 -5 飞机)。

一张珍贵的照片记录下了吴克明进入座舱的那一刻——他年轻的脸上满是自信与兴奋，头盔的系带飘在一侧，为他增添了几分潇洒和俊朗，那银白机身上的 "中 0101" 清晰夺目。

媒体用热情洋溢的文字描述了当天的试飞盛况："他兴奋，他骄傲，同时也感到责任的重大。他手托飞行帽望着万里无云的蓝天，确实想得很多。"

"这才是我们的飞机！" 一进座舱，吴克明便有心旷神怡的感觉，因为所有的标示都是中文，不再是以前的俄文了，这种标示最直接地向他展示着亲切。

点火，加油，离地。吴克明轻松地驾驶中国第一架国产歼击机 0101 号升空了。

当飞机在空中完成所有试飞动作，稳稳地停在 "T" 字布旁的时候，吴克明的眼前涌现的是鲜花、红旗，听到的是欢呼、喧闹，看到的是闪着热泪的人们庆祝胜利时的拥抱和跳跃。

成功了，中国大地上一片沸腾。当天的《人民日报》在头版头条公布了首飞成功的消息，文中说：

"歼 -5 飞机的成功首飞，在中国航空工业史上，是一个划时代的标志，标志着从这一天起，中国有了自己制造的喷气式战斗机。"

首飞成功并不是定型试飞的结束，接下来的飞行是各种特技、各种故障的测试。吴克明冒着机毁人亡的危险，先后飞出八个过载、一次试飞三次空中停车等极限科目。外媒的报道称：中国人一步跨进了喷气时代。

歼 -5 飞机的首飞是吴克明精彩试飞人生的起点，更是中国空军和航空工业发展的一个关键时刻。毛主席在听到第一架国产喷气式战斗机上天的喜讯后不无感慨地说："过去我们不会造汽车、飞机，今天我们都有了。"因为就在几天前的 7 月 13 日，第一辆国产汽车——解放牌卡车刚刚制造成功。

毛泽东由衷地欣慰，因为中国的航空工业的梦想正在按照他胸中早已规划好的蓝图一步步变为现实。

一步跨进喷气时代的中国航空人，大踏步地走在发展国防航空的道路上，之后，各式新机接二连三地问世。

1958 年 7 月 26 日，试飞员于振武驾驶我国第一架自行设计的喷气式教练机歼教 -1 飞上了蓝天。2004 年，中央电视台播出的纪录片《中国战鹰探秘》中，披露了这一段历史。

在这部纪录片中，空军原司令于振武上将回忆了当年首飞歼教 -1 时的情形："当时国务院、军委确定，任命我为首席试飞员。大家都在关注这一时刻，工厂里包括职工将近十万人在关注着你。这个飞机你搞出来了，能不能飞起来？这对大家是一个问号，对我们科研人员也是一个问号。"

20 世纪 50 年代中后期，我国还没有成建制的试飞员体系，更谈不上专业的试飞员训练，同吴克明、王昂、滑俊他们的情况一样，这个时期参与新机试飞的试飞员，只能从飞行部队经验较为丰富、飞行技术较为突出的常规歼击机驾驶员中挑选。经过严格挑选，最后确定由当时的空三军技术检查主任、打靶英雄于振武担任歼教 -1 的首次试飞任务。

经过一些审查、批准手续之后，开始了试制的生产准备工作。接着，歼教 -1 的设计图纸也下达车间。试制工作正式开始。厂房里日夜通明，工人们热火朝天地工作。歼教 -1 的结构试验机在工厂的静力试验室进行了强度试验，于振武观看了多次试验。他仔细观察，一言不发。在试验加载仅超过 80% 还远未到 100% 的时候，他就在试验现场正式向组织上提交了早已写好的坚决完成试飞任务的决心书。

1958 年 7 月，歼教 -1 完成了试飞前的一切准备，距离王西萍局长来工厂动员正好一百天。据当年的设计师程不时老先生回忆：当设计人员向于振武详细介绍设计中考虑的各种问题，并向他解释了风洞试验所得到的众多曲线的意义和结论时，他对厂方提供的一大堆曲线表示吃惊，因为他没有想到对这架飞机做过如此周密的技术准备。

1958 年 7 月 26 日，是中国航空史上一个难忘的日子。于振武这一天的试飞面临着极其巨大的压力。在此之前，由徐舜寿设计师设计的第一架飞机，在试飞中由于飘摆事故不幸失事，今天将要试飞的，是徐舜寿设计的第二架飞机。国外同型飞机的试飞过程也是风险重重。资料记载，美国的第一架喷气式飞机 F-80 在地面试车阶段，进气道突然被吸瘪了，站在一旁的飞机总设计师差一点被吸到进气道里去。而 F-80 在试飞中前后一共摔过 7 架飞机，美军当时最好的一批试飞员全部殒身在此系列飞机的试飞中。

试飞的所有压力都集中在年轻的试飞员于振武身上。

起飞前，一大群人围着于振武，每个人都在表达着提醒、担忧和期盼。技术人员比他还紧张，不停地向他做着种种提示和叮嘱。就在这时，一个声音说："现在不需要你们再讲更多的话，他需要非常冷静地思考。给他半个钟头的时间。"

于振武如今已经很难想起当年发出这个声音的老者是谁，他非常感激这位内行关键时候的点拨。接下来的半个小时，于振武独自坐在空寂下来的休息室的一角，闭目静心，把试飞的每一个细节在头脑中仔细地过一遍。

试飞登机的时间到了。

曾任上海飞机研究所副总设计师的程不时先生，1930年出生于湖南醴陵，1951年毕业于清华大学航空工程系。他是中国第一代飞机设计师，26岁成为我国第一架喷气式教练机歼教-1的总设计师。程不时先生在回忆录中这样记述道：

7月26日那一天，全体机务人员在检查完飞机之后，在飞机旁列队立正，由组长跑步到身穿皮飞行服走过来的试飞员面前，举手敬礼，报告"准备完毕，飞机良好"。

在人们热切的目光中，于振武走上舷梯，登上飞机。

指挥台升起一颗绿色的信号弹。这是放飞的信号，是对这支飞机设计队伍进行考核的信号，也是祖国航空工业又一次飞跃的起跑信号。大家的眼睛都盯在了新机和新机试飞员身上。在这个历史性时刻，很多人喉头发哽，热泪盈眶。随着指挥员一声令下，于振武目视前方稳加油门，飞机仿佛从沉睡中苏醒过来了，呼啸着转向跑道滑去，尾喷流卷起一片热浪，然后在跑道上加速向前冲去，轻盈地飞上了蓝天，在碧蓝的天空中划出一条优美的弧线。设计人员和工厂工人都聚集在跑道边上观看，随着飞机平稳离地升空，人们揪紧的心渐渐平静下来，继而迸发出热烈的掌声和欢呼，欢呼声在空旷的机场上空汇成巨雷般的轰响。

随着新型飞机的平稳着陆，它向全世界宣告了这样一个事实：新中国自行设计制造的第一架喷气式教练机首飞成功！

当试飞员于振武兴奋地跨出座舱时，在场的设计人员和工人们，一齐拥向了这位开中国自行研制飞机先河的试飞英雄。总设计师徐舜寿眼含激动的热泪与于振武热烈拥抱。欢呼的人们兴奋地一次次地把于振武抛向空中……

八一电影制片厂把歼教–1研制过程拍成了纪录片，这成为记录我国第一架喷气式教练机诞生过程的历史文献。一段珍贵的历史被永久地保存下来。

关于于振武与歼教–1的首飞，还有一段小插曲——

首飞成功几天后，8月4日，时任中央军委副主席的叶剑英元帅和空军司令员刘亚楼专程来沈阳，参加了歼教–1的报捷庆祝大会，观看飞行表演。经过精心准备，试飞员于振武在空中不仅做了常规飞行表演，而且还大胆地做了一些精彩的低空特技动作，新型飞机忽而俯冲跃升，忽而S机动，忽而大速度低空通场，在飞临观礼台时突然又做了超低空大坡度小半径盘旋，动作娴熟精准，惊心动魄，扣人心弦。精彩的飞行表演引起了观礼台上叶剑英等首长的赞叹，更引发了现场观众们的一阵阵惊呼，以至于刘亚楼司令员都不免有些担忧，他立即叫身边的工作人员告诉塔台指挥员，再三叮嘱说："叫他飞高些！飞高些！"

三十年后，于振武，这位中国第一架自行研制的喷气式教练机歼教–1的首飞试飞员，晋升为中国空军司令员，他也是试飞员出身的空军将领中级别最高的一位。

由于我国军工体制的变化，歼教–1后来并没有进入空军装备序列，但是歼教–1的设计成功拉开了中国航空工业自主研发的序幕。更重要的是，徐舜寿带领的设计团队，为未来的飞机设计培养了大量的人才。强–5的总设计师陆孝澎、歼–8的总设计师顾诵芬、运–10的总设计师程不时、轰–7的总设计师陈一坚都是徐舜寿设计团队的成员，歼教 –1 的设计为中国航空事业未来的发展做好了人才储备。

段祥录、刁家平、吴克明、于振武……他们是新中国的第一批试飞员，他们在没有任何试飞经验、没有任何监测技术手段的情况下，凭着对新中国的热爱、对事业的执着追求，和科研技术人员一起，迈出了中国航空事业艰难而饱含激情的第一步。

20 世纪六七十年代，西方敌对势力加紧对我国实行战略包围与经济、技术封锁，苏联政府又雪上加霜，撤走了所有援华专家。为了摆脱受制于人的境况，进一步加快飞机国产化的步伐，满足空军建设发展的需要，空军从飞行部队中选拔了十多名优秀飞行员分配到全国，组成各个试飞部队，其中规模最大的是位于关中平原的某试飞基地。这个基地是中国飞行试验研究院的前身，当时共有四名试飞员，他们是王金生、张洪录、毕云喜和蒋树仁。从这时候开始，我国的试飞机构开始逐步发展。

1960 年 1 月，歼 –6 飞机试制成功，首飞试飞员是王金生。

1959 年，中苏组织联合军事演习，王金生参加了。演习结束后不久，一个中午，已经回到部队的王金生正在吃午饭，师长走过来说："组织上派你执行任务。时间嘛，三个月。"

王金生舍不得离开飞行部队，他问："任务完成了呢？"

师长说："完成任务，当然是再回到部队来。"

王金生高兴了，像那个时期其他所有军人一样，他"打起背包就出发"。还是有小汽车送他，送到车站，不过这回与他同行的还有一名飞行员张洪录。

王金生来到当时还叫作"老八院"的阎良。兴冲冲到来的他到了机场一看，心里凉了半截：简陋的跑道，简陋的住房——说是房子，其实是陕北人的地窝子——不仅没有飞机，甚至连雷达和通信设备也没有。

"哎，飞机呢？"他问。

院领导说："在部队，马上就来了。"

没过多久，飞机倒是来了，是他们亲自从部队开着飞来的。

落了地飞机要加油，王金生说："哎，加油车呢？"

院领导说："在苏联，马上就来了。"

苏联王金生可去不了，他就一天一天地等，从1959年的冬天等到1960年的冬天，也没有见到苏联承诺的加油车的影子。

附近村子里的村民跑来看稀罕，他们还没有见过飞机，不知道这个巨大的铁家伙是怎么上天的。

老试飞人津津乐道的"脸盆加油"，就是这个时期，在王金生试飞时发生的。

按计划第二天要飞行，王金生一大早起来奔向机场，当然加油车还是没有来，机务人员全体出动，一群人排着队，手里提着水桶端着脸盆，给飞机加油。

王金生问："怎么样了？"

领导说："正在加，马上就完了。"

王金生坐在机场边上整装待发（当时飞行员们还没有外场休息室），等啊等，看着面前的机务员队伍来来去去一趟又一趟，从早上6点等到下午3点。终于，机务人员通过用尺子量和目测的方法确定了油箱中的油量，他听到准确的答复：飞机的油加好了。

飞机的翅膀下面全是洒出来的汽油，机务人员用抹布将机身表面擦拭干净，但是汽油味依然很大。

下午 4 时，王金生起飞。

没有雷达设施，只有地面指挥员的无线通话器。王金生冒着危险起飞，成功完成了歼 -6 的首飞。

三个月过去了，王金生没有离开试飞。1974 年 3 月，空军试飞部队成立，王金生成为空军试飞部队的元老，这一干就是 15 年。

歼 -6 成为人民空军服役时间最长的功勋飞机。王金生完成首飞后，又在歼 -6 上完成了最大和最小正负过载试飞。也就是在飞过载时，他的颈椎受伤，从此留下了病根，晚年时时发作，病痛不断。但王金生很少向人提及。

坐在陈设简陋的干休所的居室里，已是一头白发的他慢慢地说："这不算什么，我觉得这一生，干了试飞，有意义，太值了。"

他苍老的脸上有了点点湿润的泪痕，屋里很静，丝丝光线仿佛在跳舞。我知道他那一句没有说出来的话：当年同车到"老八院"的战友张洪录，早在多年前就血洒蓝天了。

1964 年，经过四年的努力，我国试制成功歼 -5 歼击机。这年的 11 月 11 日，试飞员吴有昌驾驶这架被称为"争气机"的飞机完成了首飞。在随后的试飞中，试飞员和科研人员密切配合，仅仅用一年时间就完成了全部试飞科目，并排除了 130 多起重大故障，保证了这型飞机迅速装备部队。

同年 4 月，新中国第一架超音速歼击机歼 -7 首飞成功，首席试飞员葛文墉曾在美国 F-16、法国"幻影"2000 上做过体验飞行，后来还成长为空军副参谋长。

1969 年 7 月 5 日 9 时 30 分，在沈阳飞机制造厂机场上，试飞员尹玉焕进行了一次试飞前的高速滑行，当速度达到 250 千米 / 小时，机头抬起，前轮离地。试飞结束，试飞员报告"一切正常"。

歼-8首飞成功。

之后，试飞员鹿鸣东经过三个月的反复试飞和高速风洞飞机模型油流试验、地面共振试验等，历经空中停车等多次重大险情，解决了跨声速抖、振、剧振等重大问题。

这一时期，好几位在中国试飞史上留下威名的试飞员，都与歼-8的试飞有着密切的关系。

1980年被中央军委授予"科研试飞英雄"荣誉称号的滑俊和王昂，就曾参与歼-8的试飞。

试飞员黄炳新曾参加6种新机的定型试飞，完成了180多项科研试飞任务，其中80多项高风险试飞科目都是他主动要求承担的。1988年，中央军委授予他"试飞英雄"荣誉称号。

1987年7月14日，谭守才驾驶新机歼-8 Ⅱ型试飞时，在高度20000米，双发全部停车，后在高度8500米空中开车成功，安全着陆。

1988年10月，中国开始进行空中加受油技术攻关。面对国外技术封锁，常庆贤、汤连刚等试飞员和航空科研人员用近三年时间，攻克数百项技术难关，成功实现加受油机在高空、中空、低空的"战略对接"，使中国成为世界上第五个掌握该技术的国家。

1993年8月28日，刘刚在执行歼-8B大表速试飞任务时壮烈牺牲。

1996年10月15日，史同洲驾驶教-8进行发动机空中启动试飞时，启动4次均未成功，最后驾驶无推力飞机空滑迫降成功，创造了该型机首次场内迫降成功的先例。

歼-8的试飞过程异常艰难，但也正是我国航空工业"引进、消化、改进、创新"过程的真实写照。这一时期，新中国自行研制的歼教–1、初教–6、强–5和歼–8等一系列歼击机定型试飞的相继成功，标志着新中国的航空工业已从仿制走上了自行设计的道路。在此过程中，空军试飞员们甘冒风险、勇当大任，每一次起飞都是一次超越，为我国航空工业的发展和空中力量的建设打下了良好基础。1984年至1987年间歼–7C、歼教–7、歼–8B三型飞机的定型，在中国航空领域被称为"三机定型"。

一代代从我国自己的生产线上放飞的战鹰在蓝天上划过一道道壮美的航迹。其中，歼–6以击落击伤敌机数十架，自己无一战损的奇迹般的战绩，成为一代名机而彪炳史册。

它服役超过四十年，在近三十年时间里一直担当主力战斗机，曾是我国空军装备数量最多、服役时间最长、实战中击落敌机最多的国产喷气式超音速战机。歼–6退役那天，全世界的航空爱好者自发地在各国的航空博物馆、在网络上为它举行告别仪式。

巴基斯坦空军专门举行了隆重的告别歼–6仪式。空军司令穆萨夫·阿里·米尔动情地说："所有巴空军飞过该机的飞行员都认为，飞歼–6是他们一生中荣幸的经历。我们向这种伟大的机种致敬！"

三、军用卡车上的放牛娃

在滴水成冰的凌晨，赤条条钻过城门的创举，让滑俊及时地赶上并加入了空军的队伍。

1949年的初冬。甘肃兰州城郊外。

薄雾弥漫的凌晨，四周寂静，一辆军用卡车行驶在上了冻的土地上。摇晃的车厢里坐着十几个年轻的战士，他们的脸在冷风中冻得通红，一身崭新的棉袄用军用皮带紧紧地扎在腰间，口中哈出的白气在他们的眉毛、头发上凝成了白霜。他们彼此并不熟悉，但有一点十分相同——他们都有着年轻且充满活力的身体。

滑俊也在其中，这一年，他19岁。

在中国空军试飞员队伍里，放牛娃出身的试飞员滑俊，是个身世颇有些传奇的人。

滑俊1930年出生于陕西省西安市附近的长安县（今西安市长安区）。30年代初，正是军阀混战、民不聊生的年代，和同时代其他孩子一样，少年滑俊也经历了艰苦生活的磨炼。他给人当过放牛娃、打过铁、种过地，其间断断续续上了四年小学。1949年3月，滑俊参加了中国人民解放军。解放战争中，他作为第一野战军的战士，在部队里担任机枪射手，参加了是年7月的扶眉战役，之后，又于8月间参加了解放兰州战役。担任这次战役总指挥的是时任中国人民解放军副总司令、第一野战军司令员兼政治委员的彭德怀同志。年轻的新战士滑俊在两次战役中表现突出，半年后他就光荣地加入了中国共产党。

兰州战役之后，滑俊所在的部队在兰州休整。滑俊在一个黄昏接到命令，让他第二天在指定的时间到指定的地点集合。

第二天天刚亮，滑俊在指定的地点，上了一辆军用卡车。他被告知，要带他们去兰州城里的大医院体检。滑俊的身体一向很好，数月的战斗也没有伤着哪里，为什么要体检他并不清楚。

车子进了兰州城后，停在兰州中山医院。在这里，滑俊接受了平生第一次体检。当戴着大口罩的女护士用纤细的手指示他解开纽扣测量血压和心率时，年轻的滑俊窘得脸都红了。

几天后，他被告知：他被选为空军战士了，要去北京开飞机！这个巨大的喜讯无疑是令人振奋的，滑俊和战友们高兴得互相拥抱——能当一名飞行员，在祖国的蓝天上飞翔，这简直是无法想象的美好。

元旦过后，命令到了，滑俊和一批战友将离开兰州的原部队前往北京。

那个晚上滑俊激动得一夜辗转：北京啊，那是伟大领袖毛主席所在的地方。那个晚上，滑俊一颗激动的心已经飞到了金水桥边。

他们正月上旬出发，由一位营长和一位教导员带队，日夜兼程往北京赶。正月十四下午，队伍到了西安，住进了中原饭店。滑俊跟着营长看地图，发现这里离他位于武新的家只有五十里路。

滑俊的心跳起来：自当兵离开家乡后他就再也没有回去过，眼看家乡近在咫尺，亲人的面容一张张浮现。晚上，想了又想的滑俊找到带队的营长、教导员，嗫嚅地表示：想请假，想回家看看。

营长和教导员挠了半天头皮之后还是同意了。他们想到，这些体检合格的兵已经不是普通的野战军士兵，而是即将在天上飞翔的祖国空军的宝贝疙瘩，可以想象迎接他们的会是紧张的学习和训练。

两个带队干部简单地碰头后决定给假，但是第三天也就是正月十六的早晨滑俊必须归队。因为部队在这里只停留三天，等待办理接转下一站的手续，第三天的早饭后，他们就将继续出发。

滑俊匆匆上路了。他根本不知道，营长和教导员的踌躇还有另外一个原因，他们害怕这个年纪还小、刚刚入党不久的年轻人一旦回了家，就不再回来了。此时全国已经大部分解放，饱经战争创伤的人们都渴望着过上平静安宁的生活。

这个时候还没有长途汽车，滑俊用一双脚踏上了回家的路。思乡心切，他的脚步真是足够快，5个小时后，大约在晚上10点钟他看到了家乡村庄那熟悉的屋顶。

因为第二天就是正月十五，新中国成立后的第一个元宵节，村子里到处欢声笑语，人们欢欣鼓舞。滑俊站在自家敞开的大门口，头上冒着热气。滑俊的父亲见到仿佛从天而降的儿子，大吃一惊，随即一家人喜出望外地哭了。

滑俊的母亲已经去世，他离家后，父亲带着两个尚年幼的弟弟在家，生活很清苦。

一家团聚的欢乐自不必说。快乐的时光总是短暂的。

第二天夜里，滑俊离开了家，向部队所在的西安城赶。

半个世纪以后，一个天空蔚蓝的秋日，新中国第一位被授予"科研试飞英雄"称号的试飞员滑俊向采访他的记者说到自己成为空军战士前一天的惊险一幕：

"（当天）晚上11点多我就往西安赶，我爸不放心我走夜路，就让我叔父一路陪着我。我叔父跟不上我，走不动了，我就让他别送我了，然后我继续往西安赶路。"

滑俊这一路走得很快，在部队几年南征北战，他练就的好腿脚当然是种田人叔父无法企及的。

大约在凌晨时分，滑俊来到了西安市。一路上大步流星的他万万没想到，西安城城门紧闭。

西安是座古城，四周都有高大结实的城墙。曾几何时，高大结实的城门是这个古老城市的骄傲，但这个夜晚，这个古老的骄傲成了滑俊的障碍。天快亮了，带队干部说过，早饭后他们就会出发。中原饭店离城门还有好长一段路，如果等到城门打开再进城，一定来不及了。怎么办呢？

数九寒冬，滑俊急得头上冒出大汗。他围着城门城墙转了大半圈，城墙高近 10 米，翻越是想也别想的事。正在紧张时，滑俊突然发现，厚重的城门下有些光线透过来——原来城门下面取掉了门槛，留下了空隙。

滑俊大喜过望，他立刻趴下，向门下爬，头进去了，身子却卡住了，试了几次都不行。他急了，爬起来，先脱了棉衣，又脱了绒衣，试试，还不行。他索性脱得赤条条，长吸一口气，吸住肚子屏住气，从城门下又挤又蹬地钻，一寸一寸地居然爬了过去。

穿过了城门他就使劲跑，在蒙蒙发亮的天色里，边跑边穿衣。太阳追着他慢慢升起。滑俊的心里十分焦急，他生怕错过了这来之不易的当空军的机会。他大步穿过半个城市，跑到了中原饭店。远远地，他看见营长和教导员正领着十几个战友集合呢。车子已经在预热了。

"报告！"

滑俊这一声喊，让营长、教导员揪了一夜的心放了下来，看着他头上冒着腾腾热气的样子，就知道他经过了怎样急切的长途跋涉。

在滴水成冰的凌晨，赤条条钻过城门的创举，让滑俊及时地赶上并加入了空军的队伍。

就这样，带着战场的征尘，滑俊与一野的 15 名战友一起被选入空军飞行预备学校。这是人民空军自 1949 年 11 月 11 日正式组建后首次招收飞行员。

1951 年 3 月，滑俊以全优成绩毕业，被分配到航空兵部队。

新中国成立初，中国空军的航空兵部队也才组建不久，从部队建制到飞行训练大纲的设定都比较粗。滑俊所在的这个团，还是由苏联空军的教官指导。苏联教官采取一对一带教，带着他们改装拉 –9 和乌拉 –9 型飞机。因为语言不通，每个小组还专门配了一个俄文翻译，但翻译对飞行并不太在行。因为教与学中间隔了一层，所以滑俊时常感到沟通不那么顺畅，特别是在进行战斗科目飞行时，这种隔阂会影响对飞机的操控，因为飞机在空中的姿态是瞬息万变的。怎样才能减小这种隔阂呢？滑俊于是养成了自我琢磨的习惯。他善于观察和模仿，常常是教官刚刚作出动作，翻译还没有完全译完，滑俊就悟出了其中的部分道理。许多年后，滑俊回忆说："拉 –9 飞机非常难飞，飞行时教官的指挥要通过翻译才能传达到我们这里，很不通畅，尤其在起降过程中，时间短暂，指挥不迅速，等到翻译说清时已来不及了。那时几乎每天飞行都要出事故，一出事故就要损坏三大件：螺旋桨、起落架和翼尖。我们是在摸爬滚打中飞出来的。"

当时年轻的滑俊并没有意识到，在摸爬滚打中锻炼出来的这种自主意识对于飞行员特别是之后成为试飞员来说，至关重要。

1951 年，新中国成立两周年。国庆典礼时，滑俊和战友们一起，驾驶飞机编队飞过天安门上空，接受了毛泽东主席、朱德总司令和全国人民的检阅。这也是新中国成立以来，中国空军第一次集体在全国人民面前亮相。

无论过去多少时光，滑俊都会记得那个红旗漫卷的日子，即使身在数千米的高空，翼下天安门广场上五彩绚烂的人潮依然清晰可辨。当机翼掠过天安门上空的时候，滑俊觉得自己分明是亲眼看见了伟大领袖微笑的面容，连同这位伟人微微上抬的手臂。那一刻，热泪和着一股暖流流过胸口。

这是一名新中国的空军飞行员至高无上的荣誉。

滑俊曾参加过舟山战役和入闽作战，战场的硝烟不仅给了他一副古铜色的身板和面容，更将他打造成一名沉稳内敛、技艺娴熟的功勋飞行员。

在50年代末，刚刚开始发展的中国空军飞行员队伍，整体还年轻稚嫩，经历了战火考验的滑俊在同时期的空军飞行员中毫无争议地脱颖而出。

试飞是一项极为艰巨复杂的工作。无论试验新研制的飞机，还是在现役飞机上试验新产品、新技术，都要精心制订试飞计划，安装各种传感器、数据记录和测试设备，试飞过程中随时可能出现新的问题，这些都对试飞员提出了极高的要求。相当长的时间里，中国没有专门培训试飞员的学校（第一所试飞员学院于1994年4月1日成立），选调试飞员的做法是从飞行部队的成熟飞行员中挑选。当时有三条标准：

一是必须具有高度的飞行事业心和责任心；

二是必须具有勇敢机智、沉着坚定、不怕牺牲的品质；

三是必须具有高超的飞机驾驶技术和较高的航空理论水平。

包括滑俊、王昂在内的第一代试飞员们，都是这样被选进试飞员队伍的。

这个时期的试飞员，特别要强调的品质是：勇敢，沉着，不怕牺牲。

二十九年的飞行生涯，滑俊从一名放牛娃成长为空军某部队的副部队长。他不仅热爱自己的飞行事业，而且在不断学习中掌握了多种型号国产歼击机的驾驶技术，共安全飞行1892架次1440小时。从1960年8月成为试飞员，到1980年10月，他共参加科研试飞 369 架次 200 小时，完成科研试飞项目 50 多个，获得了大量准确的科研数据，并提供了仪器所不能记录的空中试飞情况。他先后完成了飞机基本性能、强度检查，机身结构温度测量，进气道工作可靠性检查，导弹和火炮空中发射试验等 16 个重要科研试飞项目，为新机早日定型作出了巨大贡献。他的出色表现为他赢得了二等功 1 次、三等功 2 次。

如今滑俊已经退居二线，但他的名字，如同一个英雄的符号，标志着一个试飞时代。

1980 年 1 月 3 日，中央军委授予他"科研试飞英雄"荣誉称号，颁发"一级英雄模范勋章"。

四、手提箱里的一生

老英雄打开箱子，刹那间，一片灿烂的光芒照亮了整个房间，里面整整齐齐密密地排列着大大小小 40 多件证书、奖章。黄炳新指着这些说："看吧，我的一生都在这里面了。"

2015 年 2 月 2 日。某试飞部队。

偌大的会议室空空的，只有我一个人，屋里没有暖气，空调也没有开。坐了不到 10 分钟，我就站起来，一边来回走动着，一边搓着冰冷的手。

我在等试飞老英雄黄炳新。他今天手上有一个检测的工作，要完成后才有时间接受我的采访。就在我第五次站起来的时候，门开了，黄老英雄进来了，他左手拿着一个文件包，右手拎着一只沉重的小皮箱。

黄炳新一进门就说："对不起，对不起，让作家同志久等了。"

我伸手接过黄老英雄的文件包说："没有关系啊。黄老英雄事情处理得怎么样了？"

"啊，还算顺利。"陪同黄老英雄一起来的干事嘴里哈着白气说，"老将出马总是能转危为安——"

西北的寒冬是那么寒冷，我在毛衣和毛呢制服的冬装外面加了厚厚的羽绒服还是手脚冰凉，可年近七十的老英雄黄炳新只穿着薄线衣，深灰色单夹克外套大敞着，面色红润，神采飞扬。我想起夏天在机场上的一幕：我在地表温度超过 50 摄氏度的跑道上头晕眼花，而穿着厚厚的飞行服走下飞机的试飞员们却闲庭信步、神态自若。这些能在天空中飞翔的骄子对地面上的寒暑有强烈的抗御能力——

其实，他们能够抵抗的，何止气象与风云！

在试飞界，人称"黄老英雄"的试飞专家黄炳新，是一个化石级的传奇。

黄炳新：我是个农民的孩子。去当兵是因为不想在家吃红薯。

在 1964 年冬天快要到来时，少年黄炳新深深地忧虑着。自从 1961 年起，他们家就没有缓过气来，每年从入秋起家里就缺粮，好在秋天地里还能找到野生瓜菜果子，但随着冬季的到来，漫长的忍饥挨饿的日子来了。家里唯一可食的粮食是红薯，还得限量。从秋天要一直吃到转过年的春天过后，红薯烂了发芽了，也舍不得丢。这一年，黄炳新 16 岁，刚上初三。

黄炳新：没办法，家里头太穷了，一天三顿红薯。

乡下孩子黄炳新知道，改变命运的唯一办法是去当兵——当了兵，就算在部队没能提干，复员回家也能分配个工作，这是当年国家对复转军人的优惠政策。

我：所以你就去当兵了？

黄炳新：没有——民兵连长不同意。

我：为什么？

黄炳新：想当兵的人太多了，我们家我哥哥已经报名了，所以他就不给我报名表了。

民兵连长是有些国防知识的，不让黄炳新报名还有一个原因：那会儿黄炳新还是个小孩子，不仅年纪小，长得也瘦小，身高一米五几，体重才 80 多斤。目测一下就知道他达不到部队招兵身高 165 厘米、体重 45 公斤的要求。那几年生活条件太差了，男孩子们大都没达到标准。全村报名参军的 48 人，居然大部分落选，还差了两个名额。这是民兵连长没想到的，于是黄炳新就去替补。

我：民兵连长就让你当兵了吗？

黄炳新：（摇头）不是那个民兵连长，是接兵的连长。

我：噢，接兵的连长是正规军，有眼光。

黄炳新：（一笑）他拿着我的体检表上下打量了下我这个干瘦的小伙子，说，差一点没关系，还长嘛！

黄炳新终生都感激那位接兵的连长，是他慧眼识珠把自己招进了人民军队。可惜这么多年过去了，黄炳新一直没能当面感谢他，只知道这个连长姓王。

没人想得通这位王姓连长是怎样发现身高、体重都不达标的黄炳新是块当兵的好料子的，走进部队大门的黄炳新爆发出了与身高、体重、年龄都不相称的巨大潜力，入伍三个月他就入了团，转过年又入了党。一年后，当了班长的黄炳新成为全师学毛著的积极分子，戴着大红花坐上大卡车去军部所在的吉林市开会。这是他第一次看到大城市，他面对着通衢大道和高楼大厦目瞪口呆——其实那时的吉林高楼大厦的数量和高度都极其有限。

开会回来不久，空军某部到师里来挑飞行员。陆军老大哥的风气就是好，上面的通知一到，团里就积极响应。团领导把全团战士按条件排了一遍队后，决定：人人都去，统一报名。这一下，有700人。

黄炳新的连长（注：此连长非当年招兵的彼连长）不想让黄炳新去，他舍不得让这个表现好、人又机灵的得力班长走，但团里的要求是人人都报名，也就让他去了。连长十分释然地想：这么个干巴小兵，去了也肯定选不上。黄炳新当时所在的部队是著名的Y军113师，他所在的机枪连又是全师的模范连，全连清一色都是精挑细选出来的精干小伙子。

几天后，消息来了，看着名单，连长的嘴巴大张着合不上：全团入选的17个人中，居然就有黄炳新这个干巴小兵。

黄炳新走的那天，连长带着全机枪连的精干官兵坐上吉普车，一直送到了火车站。

黄炳新：车子快开了，连长泪眼汪汪地握着我的手说"到了人家空军好好干，别给我们光荣的部队丢人"！

这是1966年11月，黄炳新18岁，当兵正好两年差一个月。他从一天三顿吃红薯的乡下饥饿少年，成了人民空军吃飞行灶的飞行学员。

航校白米细面的丰富伙食令黄炳新十分开心。这个纯朴的、有良知的乡下孩子咬着牙克服了种种难以想象的困难，一年后，他成了学员大队的支部委员、团支部书记。

黄老英雄记忆力十分惊人，他能把三四十年前发生的事情的时间、地点、细节记得清清楚楚，这不能不说是试飞这个职业锤炼出的特殊能力。

1968年10月，黄炳新与另外19名新飞行员一起来到位于大连的空S师，成为战斗机飞行员。

1969年5月19日，作为全师的"五好飞行学员"和"五好飞行员"，黄炳新来到首都北京，参加空军第一届党员代表大会。

黄炳新入选试飞员的过程与"大哥大"雷强有些相似，只不过时间上早了近二十年。

空J师师长来之前并没有通告飞行员们。他先在师部看了所有飞行员的档案，然后一声不响地走出办公楼，安静地站在操场的一旁，那里，一群飞行员小伙子在打篮球。

只要有时间，飞行员们每天下午三四点钟时都会聚起来打一场球，这在飞行部队是一种沿袭多年的习惯。这场球如同电脑的重启键——一场球下来，整个人的状态都恢复到最佳。干飞行的人都知道，体能考核的成绩只能表明你是不是能够成为一个飞行员，但是不是块好飞行员的料，看你打一场球就知道了——球场上抢球、带球和投球的表现，体现了你的智慧、反应、协调、控制和细微感知能力。

第二天师里举行运动会，黄炳新得了个200米的冠军。运动会一完就洗澡吃饭。列队的时候，黄炳新的师长招招手叫住他说："小黄，明天你不飞了。"

黄炳新并不了解情况，就直愣着说："要飞的，师长，明天我有飞行。"

师长脸上的表情有点无奈又有些惋惜：“不飞就是不飞了。根据空军的指示，你要到西安去。”

顺着自己师长的目光，黄炳新看到了另一个师长——空 J 师的师长，脸上没有表情，却是胸有成竹的样子。

1972 年的春天，黄炳新来到阎良试飞基地——那时叫作“飞行试验基地”。基地干部们热情洋溢地迎接黄炳新以及与他同来的 14 名飞行员——这可是从全空军精挑细选出来的飞行员精英——送到基地宿舍区。黄炳新去了一看，心都凉了——简单的干打垒房子，一间房内就两张光板床。

黄炳新转了一圈，觉得四下空荡荡的，问：“我们在哪儿洗漱？澡堂在哪里？”

飞行员们天天运动量极大，每天至少洗一次澡。

带队干部还是热情洋溢地说：“很快，我们很快就能解决。”

在那一天稍晚些的时候，他听到院子里有动静，跑出去看，就见到了那个“胸有成竹”的空 J 师师长——现在他是试飞基地的主任，正指挥着几个人接水管。其中还有一个人，来自北航的高才生，大名鼎鼎的试飞员王昂。王昂说的话是：“安排一下，明天带小伙子们去买几只缸。”

黄炳新这才知道，这里缺水少电，别说洗澡堂，连凉水都不能保证——水要定时供应，过点没有。所以要买缸，供水时贮存起来备用。

在黄炳新还没有成为“试飞英雄”时，没有人问过他是否有过什么宏图大略或者远大抱负。黄炳新自己老老实实地向我承认说，他当年——“想要向后转”（退出试飞）。

那是 1973 年的 3 月，春天迟迟没有来到阎良这个西北小县城。

在那个清晨，黄炳新一脸沮丧地找到基地主任，就是师长的办公室，进门就说："师长，您不能把我一个人留下。"

在此之前，与他同期的来自各军区飞行部队的 14 名飞行员，陆续都离开了，到昨天为止，只有他一个人还没有接到调离的命令。

师长的房间里没什么摆设。师长从他那张旧旧的木头大桌子后面抬起头来，起身从身后的文件柜里拿了一个文件夹说："他们走他们的，你留下干你的。"

师长盯着他说："黄炳新同志，你还有什么事情吗？"

黄炳新看了看师长面前厚厚的各种文件和图纸，立正站好，说："没有了。师长，您放心，我会好好干的！"

那天黄昏，黄炳新穿着短裤孤独地在院子里洗着冷水澡。飕飕冷风里他把水龙头多开了一圈，水管里的水就流得比较畅快：只有他一个人洗澡了，缸里存的水肯定是足够的。水花四溅，黄炳新对自己又大声说了一遍："师长，您放心，我会好好干的！"

两个月后，歼教 -6 鉴定试飞。

那一天他与王昂同机，作为试飞小组组长，他在前舱。飞机上升到指定高度在完成计划动作时，突然，黄炳新发现大转速时油门杆无法收回。

双发，有两个油门杆，发生故障的是左发油门杆，在 108000 转时突然卡死。在这里我们略去复杂专业的处理过程，只报告结果：

当黄炳新带着飞机落地后，师长走过来，看了飞机又看了黄炳新，说了一句话：

"你这个飞行员，我选对了。"

事后检查得知，是飞机上一颗铆钉出故障，将油门杆卡死了。

黄炳新成功处置险情，荣立三等功。这是他第一次立功。

1978年，黄炳新改飞歼-8。

在一年半的时间里，他完成了两个机型的改装试飞。黄炳新在歼-8Ⅱ战机试飞中，曾先后10次遇到重大险情，次次化险为夷，并飞出该机型最大／小速度、最高高度(升限)等十个"最"。

之后，涡喷-13型发动机，由于地面没有风洞试验条件，直接在空中检验单发停车。

单发，意思是飞机只装有一台发动机，试验空中停车，这是一类风险科目。黄炳新飞了，一共飞了30次。

30次，只要其中任何一次空停后启动不成功，飞机就会变成旋转下坠的巨型铁块。

黄炳新第二次立功。

进入80年代，国防航空业飞速发展，试飞部队成立了。当年院子里用来洗澡的水管已经不见了，试飞员们搬进了新建的公寓楼。

1985年，黄炳新升任试飞部队团长，在团长位置上任职十年。这十年间，他个人和试飞部队没有发生过一起科研试飞事故。这在世界试飞界，都是奇迹。

1988年12月14日，黄炳新、邢彦才驾驶歼轰-7首飞成功。之后，歼轰-7共投入5架试验机，黄炳新历时七年，累计飞行1600余架次，于1995年12月4日，完成了所有定型试飞科目。

2007年在俄罗斯举行的"和平使命-2007"联合军事演习中，我新型战机首次在异国亮相，我空降兵与俄罗斯空降兵同台展示重装空投，创下中国空军与外军联合飞行指挥、实施远程跨国航空机务保障等多项第一。

8月6日，俄罗斯的车里雅宾斯克州。这天，蓝天格外高远，美丽的淡积云点缀其间。中国空军新型战机歼轰-7腾空而起,俯冲、发射,树林前的靶标顿时应声开花。当天,外电纷纷评论,中国空军携国产新型飞机歼轰-7首次全副武装在国外亮相,将在联合反恐演习中承担起维护世界和平的大国责任。

十年里,黄炳新个人完成6种新机的定型试飞,在17种机型上完成科研试飞任务180多项,担任3种新型飞机的首飞:

我国自行设计的首架超音速教练机歼教-6;具有发射超视距空空导弹能力的歼-8改进型高空高速战斗机歼-8Ⅱ;我国第一架自行设计的新型歼击轰炸机歼轰-7。

他飞出了我国自行设计的某型飞机的最大飞行高度——动升限飞行7次,其中4次发生了空停。

他飞出了我国自行设计的某型飞机的最大表速。

他飞出了某型飞机在最低高度下的最大飞行速度,高度只有500米。

500米高度,飞机留空时间极其有限,以当时的最大飞行速度计算,一旦失控,飞机在数秒内就会坠地。

1979年10月,刚刚休假回来的黄炳新在恢复飞行的第一个飞行日遭遇特情:歼-6双发飞机在起飞时突然单发停车,这时飞机刚刚收起起落架,高度只有15米。黄炳新迅速控制飞机的状态,只用单发将飞机平飞拉到100米的高度,然后小半径转弯落地。直到今天,说起当年那场事故,人们都会说的一句话是:15米——只有15米高啊!

采访到中间的时候,黄炳新老英雄的电话响起来,他起初不接,可是电话坚持不懈地响着,于是他站到窗前。

"喂，老吴啊，你好你好——"肯定是老朋友了，黄炳新脸上涌上了笑意。

听着听着，笑容消失了，黄炳新的脸色沉了下来。

对方的声音很大，我听得清清楚楚："钱好说，肯定让你们单位满意。你开个价。"

黄炳新说："你给多少钱？"

"500万一个人，怎么样？够意思吧？"

黄炳新的脸色很难看了："这忙我帮不了。"

狠劲地挂了电话，黄老英雄还是愤愤的。

黄炳新：一个航空公司的老总。他们总惦记着我带出来的这几个试飞员。

我：航空公司啊，怪不得这么气粗。一人500万，价钱不低嘛。

黄炳新摇头：不卖！不能卖！他们都是我们的宝贝，要用在国家的国防试飞上。

1999年10月1日，早上8点刚过，黄炳新就端坐在电视机前，收看中央电视台直播的庆祝国庆特别节目。今天是中华人民共和国成立五十周年大庆，电视台直播国庆阅兵。

地面上一个个方阵走过，空中编队来了——第一架通过的是歼-8，之后是"飞豹"，再之后是歼-7和强-5……黄炳新捏着烟的手指有点颤抖，他的眼睛有些湿润了——

小女儿一下子跳起来：

"爸，这是你飞的——

"爸，这也是你飞的——

"这也是，这也是——"

"是的。"黄炳新说，"是的，是我飞的。"

他的目光随着这些心爱的银白战鹰抵达无垠的天空："是我飞的，这些著名的飞机都是我飞的！"

采访结束前，黄炳新说："作家同志，我按你的要求把个人简历带来了。"

他把随身带来的那只箱子放在桌子上。箱子很旧了，人造革的，看得出是 70 年代的物件。

黄炳新老英雄打开箱子，刹那间，一片灿烂的光芒照亮了整个房间，里面整整齐齐密密地排列着大大小小 40 多件证书、奖章。黄炳新指着这些说："看吧，我的一生都在这里面了。"

黄炳新，男，汉族，河南南阳人，大学文化程度，空军大校军衔，特级飞行员。1948 年 10 月出生，1964 年 12 月入伍，1966 年 3 月入党。曾担任中国飞行试验研究院副院长、中国试飞员学院院长、中国飞行试验研究院高级顾问等职。安全飞行 3658 架次 1722 小时，先后荣立二等功 2 次、三等功 13 次。1987 年 7 月出席了全军英模代表大会；1988 年 4 月 27 日，被中央军委授予"试飞英雄"荣誉称号，并获"一级英雄模范勋章"；1991 年 4 月荣获"空军功勋飞行人员金质荣誉奖章"。第七届全国人民代表大会代表、主席团成员。

在一份获奖证书中有这样一段话：

"黄炳新同志从事科研试飞工作二十八年，牢记肩负的光荣使命，刻苦钻研，顽强拼搏，不畏艰险，奋勇攻关，在科研试飞中，先后遭遇 19 次重大险情，临危不惧，正确处理，均转危为安，挽救了亿万元的国家财产和珍贵资料，为发展我国的航空事业作出了贡献。"

第十一章　一诺一生

一、桥的那边好姑娘

多少年过去了，王昂他们这一茬试飞员都清楚地记得研究所的那幢104楼，更记得"三色书"。

阎良、阎良，一片荒凉，

找不到对象，闻不到米香。

走路黄土飞扬，住的干打垒平房。

20世纪60年代，当身背背包、怀抱手风琴、满脸青涩的北航毕业生王昂站到渭河边准备北上时，当时的阎良流传着的，是这样令人心凉的民谣。

今天的阎良，以"中国飞机城"的美誉名满世界，被称为"中国的西雅图"。但是，新中国成立初期的阎良却颇为荒凉。新中国成立初期，飞机城为何选址在阎良呢？

《阎良区志》上是这样记载的：新中国成立初，根据毛泽东主席"要建设强大空军"的指示，政务院"决定加快发展航空工业，筑起万里碧空的钢铁长城"。1952年，政务院总理周恩来提出"建设轰炸机厂，早日生产出我们自己制造的轰炸机"。

根据毛泽东主席的指示和周恩来总理的提议，1955年，国家决定建设轰炸机制造厂（代号172厂）和飞行研究院，并将其确定为苏联援助中国建设的重点工程之一，也是我国第二个五年计划重点建设项目之一。1955年3月至1957年3月进行了勘测选址工作。国家先后4次组成选址小组，对十多个地区进行了踏勘。在苏联专家的协助下，选址小组认为阎良在自然、地理、经济、政治、交通等方面具备发展现代化航空工业的优越条件。

从1957年9月起，一批批航空科研人员带着祖国的重托从四面八方会集到阎良，组建起新中国的尖端试飞机构。那时的阎良，完全没有现在的繁华和别致，两条土黄色的道路，偶尔还有拖拉机跑过。为了保密，本来就不起眼的单位大门上挂出的门牌是——

国防部第六研究所。

这就是后来的中国飞行试验研究院。

从这个夏天到转过年的冬天，不时有一些打着背包的年轻军人乘着各种运输工具进入这个不起眼的大门。也正是从这时起，融飞机设计、制造和试飞于一体的"中国飞机城"正式诞生了。

那个时期，关于这个新成立的飞机研究所，有不少小故事。

对于大多数年轻人来说，对陕西阎良这块荒僻的渭北土地，他们几乎是一无所知。于是，在招人的时候，一些20岁左右的士兵与负责人有这样的对话：

士兵问：你们那里冷不冷？要不要多带棉被？

答：不用，我们会发的！

士兵问：你们那里蚊子多不多？要不要带蚊帐？

答：放心，我们会发的！

士兵认真地想了一下后问：那里有没有女的？我的意思是，如果我提了干，对象……发吗？

答：你们放心，这些政府都考虑好了。我们院附近有一条小河，河上有座铁索桥，铁索桥那边就是一家纺织厂，纺织厂里有的是漂亮的好姑娘。星期六的晚上放假，你们这些年轻小伙子可以过铁索桥和你们看中的姑娘跳舞、约会……

不管是传说还是演绎，当初听到这些故事时，年轻的王昂哑然一笑。

棉被当然是有的，蚊帐也不缺，但纺织厂和姑娘却没有。接兵的负责人并没有说谎。他们承诺的一切本来是应该有的，50年代中后期国家制定的阎良城市发展规划中，确实有纺织厂，但是后来因为种种原因，这个规划被削减了。

我第一次认识陕西，是到一个叫作"三原"的小镇上大学。同样是因为保密的原因，我们这所军事学院，对外称作"空军第二高射炮兵学院"。学院四个系中三个系都招有女学员，但人不多。我们系女生最少，只有九位。节假日的时候，学员们可以请假按比例外出。尽管穿着便装，当我们三个两个地出现在三原清寂安静的街头时，还是被当地人一眼认出是来自那个"神秘的军队学院"，他们因此十分惊奇：女孩子也能开高射炮？

当然，我们的专业，与高射炮半点关系也没有。

1987 年，改革开放的春风早就刮起来了，不过这个三原小镇依然"民风淳朴"。那个年代，军校的学员是配给制的，我们的主食至少 35% 是粗粮：玉米面和荞麦面。一周吃一次炒鸡蛋，一次肉。星期天休息，这一天食堂只供应两顿饭：早上 9 点一顿，下午 4 点一顿。每周一次的肉就在这天下午就餐时上桌——雷打不动的大包子。偌大的学院除了食堂再没有第二个地方会有饮水热食，小卖部里只有有限的几样粗糙果，连饼干也没有——那个年代这里没有面包，没有方便面，连瓶装矿泉水也没有。我们从学院出来后要走一段漫长的简易公路去镇上，有十来里吧，没有公交车，更不要说出租车，小卧车极难遇到。我们搭过拖拉机、三轮车、小蹦蹦（一种改装的电动小三轮），以及单身男子的自行车——女人的不行，她们劲小，载不动人也不愿意载。最理想的是能搭上拖拉机。一路风尘到了镇上，我们首先要做的是痛快淋漓地吃上一大碗面条——真正的白面面条，不加玉米面和红薯粉，浇上一勺用各种调料拌过的剁得细细的肉末，还撒了剁碎的香葱和细细的芝麻末，价格是 5 角。这就是我们当年的生活。

三原距阎良约 20 公里。我到三原时已经是 1987 年，距王昂初到阎良已经过去了二十多年。二十多年后的情况尚且如此，不难想象，王昂他们这一代试飞员刚刚走上试飞之路时，条件是多么艰苦。我至今记得，当年坐在拖拉机上一路颠簸，沿途经过的地方，一些村子里的人还住在窑洞里。甚至 80 年代后期李中华和徐一林他们那批试飞员初到阎良时，也曾经住过类似于窑洞的干打垒的房子。

60 年代初，全国的经济都很困难。王昂来到时，飞行研究院的干部口粮标准每人每月只有 29 斤，蔬菜和副食是限量配给，不仅数量极少，且常常无法正常供应。配给的口粮里还有一半是粗粮，王昂是上海人，吃不惯。在这样的情况下，他们还每人每月节省出1斤粮食支援国家，实际只有28斤。王昂经常是在半饥饿状态下飞行。机场的休息室没有恒温设备，也没有开水炉，更别说加餐点心，他们唯一能做的就是用军大衣把装着温水的军用水壶紧紧包起来。

现在的飞行员营养餐食中有一条要求是：如果连续飞行4小时，中间就要加餐，叫作"间餐"。在当年，一个飞行员却连饭都吃不饱，这让现在的年轻飞行员听来，绝对是匪夷所思的。

但所有的困难都不会让王昂们退缩。

王昂对航空的热爱缘于他童年的经历。

王昂生于上海，出生时正值抗日战争最残酷的时期，日军占领下的上海，终日被血腥笼罩着。日军的飞机常常飞临轰炸，警报一响，四处狼烟，断壁残垣与血肉残肢横飞，全城人乱作一团，人们扶老携幼纷纷逃难。幼小的他蜷缩在大人怀里，眼前、耳畔是硝烟、血肉和悲怆的哭泣、绝望的呼喊——童年时悲惨的一幕幕深深地长久地刻在他幼小的心里。终于盼到了解放，但是国民党又派飞机轰炸，王昂亲历了上海"二六轰炸"。

那是1950年2月6日中午时分，一阵凄厉的空袭警报声响彻上海上空，退守台湾的国民党空军分四批轮番轰炸了上海电力公司、沪南及闸北水电公司等地。上海再一次硝烟四起，同样的悲呼与惨号，同样的绝望与无助，到处是烧焦的房屋、巨大的弹坑和血肉模糊的尸体。当日的轰炸造成军人和市民伤亡人数超过1400人，损毁房屋1100余间。飞机炸毁了上海水电厂，全市停电断水，夜晚到来后偌大的城市陷入巨大的黑暗。王昂永远记得那些个黑暗而沉重的夜晚，冰冷、惊恐、饥饿，他长久地缩在床角，紧紧揪住被子的一角，窗外的任何一点动静都会令他毛骨悚然、惊惧不已……

那段可怕的生活令少年王昂刻骨铭心。

轰炸后的第二天，时任华东军区司令员兼上海市市长的陈毅就亲临遭到严重破坏的杨树浦发电厂视察、指挥抢修工作。数日后，陈毅亲自题写了《华东防空》报头，又写了"要以最大的防空努力，把祖国的天空切实保护起来"的题词。中国政府与苏联政府达成协议，苏联派遣由莫斯科防空军巴基斯基将军率领的一个混成航空兵团3000多人支援上海防空。

在王昂的印象中，自从第一次听到喷气式飞机的声音后，上海的天好像从此晴了、亮了，他们再也没有"跑警报"的凄怆，可以在街上从容地走来走去，这是一种多么大的幸福啊！同样是飞机，有了安全的天空才有正常的生活，飞机能带来如此巨大的差异，王昂感受太深了。王昂有一个远房亲戚，就住在王昂家楼下，他喜欢画航空画，无论是什么飞机，他只要看一眼，就可以很精确地画出飞机的三维视图来。那些空战频繁的日子里，王昂经常跑去看他画画。

在天空中飞行的武器对一个国家的影响如此巨大，这一点令王昂感同身受。没有强大的航空就没有国家的安宁，这个理念早早地根植于少年王昂的心中。于是，中学毕业考大学时，他毫不犹豫地选择了北京航空学院。

大学四年是王昂最快乐美好的时光。王昂不仅学业优秀，而且长得玉面修身，风姿翩然，拉得一手好手风琴，在学院时就是众人瞩目的白马王子。大四时，他与一位美丽娟秀、能歌善舞的姑娘互生情愫。1958年，年轻俊秀、风华正茂的上海小伙子王昂毕业了。

客观地说，只要他同意，以他的个人条件和成绩，他完全可以留在上海这座人人向往的大城市，获得一份令人羡慕的工作，不仅可以守在父母身边尽孝，还可以与心爱的人在每一个假日漫步花前月下……命运已经向他展示了锦绣的前景。但王昂选择了从军，并且远赴荒凉的渭北。

在毕业选择的决心书上，年轻的王昂决定：为了祖国天空的安宁，他要为新中国的航空事业奋斗终生。这一句誓言重如泰山。

他用一生履行了自己的诺言。

新中国成立后，经过十余年艰辛的努力，国防航空工业有了长足的进步，而这个过程是非常艰难的。

新中国航空工业的历史很短，试飞员队伍的建设时间就更短了。当时我国虽然已经能够仿制出飞机，但在试飞领域却没有任何经验。尽管王昂不畏惧生活的艰苦，但是，他面临的现实还是很严酷——比饥饿、寒冷与蚊虫叮咬等生活条件更严峻的是科研状况。

20 世纪 50 年代中后期，在苏联的帮助下，我们仿制出了战机。但是，设计和制造出来了飞机，并不代表这型飞机就能装备部队使用。能否使某种型号的作战飞机批量生产形成战斗力，试飞这个环节至关重要。试飞工作越来越复杂，对试飞员的要求也越来越高。为了检验飞机性能、评定飞机品质，在苏联顾问的帮助下，我国开始注意培养试飞员。但建立一支合格的试飞员队伍尚需时间，当时的做法是从部队里挑飞行技术好、文化水平高一些的飞行员来当试飞员。王昂就是在这种形势下来到试飞部队的。在此之前，他于 1958 年 9 月从北京航空学院毕业后，即应招进入第三航空学院学飞行，毕业后任飞行教员。有意思的是，尽管他知道空军在全国各大院校招收这批学员是为了培养空军试飞员的，但他在北京航空学院学习的这几年，还只是个"老百姓"，并不是军人。1962 年 6 月，王昂正式参军，成为中国人民解放军空军部队的一员。

有着扎实的飞行理论基础，王昂发挥了专业优势，再加上良好的悟性，他在很短的时间里参加了数型飞机的改装——对于一个成熟的飞行员来说，涉猎的机型越多，说明经验越丰富，技术越成熟。当时的歼 -5、歼 -6、歼 -7 以及它们的几种改进型飞机，王昂都一一熟悉了。

60 年代初期，有着高等航空专业知识背景，又有多种机型历练的飞行员凤毛麟角，王昂是其中的一员。1966 年，王昂成了一名试飞员，来到尚在初始建设中的阎良。尽管王昂是航空专业毕业的高才生，又在飞行部队工作数年，但在来到飞机研究所之前，他从来没有接触过飞行试验这门学科。研究所不仅没有自己的试飞教员，甚至连飞行试验教材也没有。

许多年后，王昂、滑俊这一茬来自部队的试飞员仍旧清楚地记得研究所的那幢 104 楼，更记得在这楼里他们使用过的手工装订的"三色书"——

在 104 楼里，苏联专家马尔高林与希达耶夫用手工油印装订的黄皮书（试飞技术）、蓝皮书（测试技术）、白皮书（试飞指南）给大家传授了试飞方法和测试方法，不过这段时间的学习一共只有三个多月，那正是中苏关系的"蜜月期"。

不久，短暂的"蜜月期"结束，中苏关系恶化，苏联撤走专家后，飞机研究所与襁褓中的新中国航空工业一道遭遇了空前的困难。王昂、滑俊等空军试飞员与试飞科研人员携手顽强拼搏，在科研设备严重缺乏的条件下，艰难又义无反顾地行进在中国航空试飞业的道路上。

命运仿佛在冥冥中给了王昂特别的眷顾，王昂在到研究所之前就与试飞有缘。那是王昂从北航毕业那一年，他的实习单位是沈阳飞机厂的试飞站，在那里，他结识了试飞员吴克明——中国第一个喷气式歼击机试飞员。

王昂敬佩战功赫赫的试飞部队大队长吴克明的勇敢顽强、经验丰富，吴克明也打心眼儿里喜欢王昂这位年轻大学生的聪慧、勤奋与上进，两人很快成了朋友，在工作、生活中交流很多，相处甚欢。尽管当时王昂对飞行和试飞知之不多，但吴克明身上那种坚毅勇敢又智慧严谨的品格令他十分敬佩。那一段忘年的交往对王昂影响很大，王昂至今仍然对吴克明念念不忘，心存感激。他认为，吴克明对他走上试飞之路影响很大。

尽管缺了几颗牙齿的吴克明说话有点漏风，但这丝毫不影响他准确和敏捷地表达。一有机会，这位被大家尊为元老级的试飞员就会将自己多年的试飞经验毫无保留地传授给后来者。王昂清楚地记得，老大队长跟他们讲过的"老三条"：做试飞员，有三条必须牢记——

第一，遇到险情不要慌张，一慌就会手忙脚乱，空中不像地面，短短几秒钟就可能出现一等事故；

第二，一旦遇到情况，按地面预想的紧急处置方案去做；

第三，抓紧时间采取行动。

世界上其他国家对试飞员的要求与普通飞行员是不同的，首先要求驾驶技术出类拔萃，其次还要有丰富的航空理论知识。英国对成为试飞员的要求是在部队服役15年，飞行时间在700~1000小时。

新中国的航空事业没有时间等待。虽然年轻的中国试飞员们无法达到这个条件，一脸青春的王昂并没有因此就停下探索试飞领域的脚步。

二、他飞出了中国第一个时代机：歼 -6

"在技术上我们还是学生，在生活上大家饿着肚皮，但在精神上人人都充满着丰沛的激情。"

2010 年 6 月，国内各大新闻媒体在并不太醒目的位置发布了一则消息：一款有着卓越战功的飞机——歼 -6 战机，从中国空军的装备序列中退出。歼 -6（ J-6），即歼击 6 型战斗机，前称 59 式战斗机，是沈阳飞机制造公司以苏联米格 -19 为原型仿制的单座双发超音速战斗机，是中国第一种超音速战斗机，也是国产第一代喷气式战斗机。它曾是解放军空军和海军航空兵装备数量最多、服役时间最长、战果最辉煌的一种机型。

在歼 -6 的定型中，以王昂为代表的中国年轻的试飞员们发挥了巨大作用，用汗水、智慧和鲜血将一代战机送上天。王昂十分怀念那一段艰苦却充满挑战的岁月。

"在技术上我们还是学生，在生活上大家饿着肚皮，但在精神上人人都充满着丰沛的激情。"王昂说。

在歼 -6 性能定型试飞的攻坚阶段，飞机俯仰摆动问题成了前进路上的一只拦路虎。

这一天，王昂驾歼 -6 进行飞机性能试飞，做完半滚倒转，退出俯冲后，他拉起转入上升。

机头半仰，窗外碧蓝的天空中，一朵白云擦窗而过。

突然，飞机产生了剧烈的纵向俯仰摆动和左右摇晃。地面指挥员从耳机里听到嘭的一声巨响。

"××××（代号），怎么了？"地面指挥员呼叫着。

耳机里刺啦声一片，没有回答。

没有人知道，此刻座舱内险象环生——

飞机猛烈的摆动甩掉了王昂同飞行指挥员联络的耳机的插头，由于剧烈的晃动，座椅上固定人体的安全带绷断了，他的身体被反复弹起，头部多次与座舱盖重重地撞击。同时，飞机因正负过载交替迅速又突然，他的眼睛从"黑视"到"红视"难以转换，眼球胀得几乎要蹦出眼眶。有什么液体顺着额头流到脸颊，他知道，这是撞伤的额头流出的鲜血……随着摆动频率的加快，他已有些不能自制，牙齿咬伤了腮帮，身体剧烈的疼痛和阵阵的脑震荡使他几乎昏迷过去……

尽管什么也看不见，尽管疼痛使他几乎晕厥，但是，一个优秀试飞员的潜质让他用仅存的一点意识，以惊人的毅力控制着一只手在盲视中牢牢抓住驾驶杆，脚踩油门，上升高度，采取一系列紧急处置措施，让飞机恢复状态。

振动和摇晃减弱了，王昂的眼睛恢复了些视力，他看到了机翼下越来越清晰的山峰。这时飞机的高度已由5500米下降到2500米，下面是连绵的群山。

他操纵飞机不断上升，同时用双腿夹住驾驶杆。来不及擦去脸上的血，他腾出手来快速接好耳机插头，与指挥员取得联系。他的话音还没落，飞机再一次发生了相同的摆动。这一回，王昂意识到：

是飞机的操纵系统出现重大故障。他立刻伸左手去够关闭液压操纵的电门。但他的手连续几次努力都被剧烈的摆动打了回来。

飞机在逐渐下降，大片的云朵从窗前飞一般地上升而过，他已经能看见翼下的山峰露出的尖顶。情况越来越紧急，驾驶舱内的弹射救生把手近在咫尺，他只要用手一拉或一握，在1~2秒钟内就可以脱险，但他没有这么做。这是歼-6，我国第一架整机试飞的飞机，它的身上，凝结着航空人全部的希望。

王昂迅速调整姿势，在飞机剧烈的晃动下关闭了液压操纵的电门，改用电动操纵。改为电动操纵后，飞机的驾驶杆会很重，因为飞机反应迟钝，操纵更加困难，已经受伤的王昂每一次操纵都要付出很大的体力和精力。终于，飞机的摇摆俯仰停止了，他操纵着飞机飞回了机场。

当地面人员打开变形的座舱盖，把王昂扶出来的时候，脸颊肿胀、艰难地睁着渗血的眼睛的王昂语气平静地说："查一下操纵。"

一缕血沫顺着他的嘴角流下来。

王昂安全着陆，他不仅挽救了飞机，而且为改进歼-6的操纵系统提供了宝贵的资料。

地面的彻查迅速展开，机务和技术人员将飞机打开，在这架试飞员用生命换回的飞机里，他们的每项检查和每个程序都变得意义非凡。数日后，故障鉴定结果出来：飞机力臂调节器故障。

技术人员投入攻关。之后的歼-6，操纵系统进行了改进。

对于中国航空武器装备的发展来说，歼-6是一个伟大的台阶。正是通过对米格-19的仿制，中国的航空工业才初步具备了设计和制造能力，才有了后来的强-5、歼-8、歼轰-7的研制成功。

对于空军的作战训练体系而言，歼–6作为当时的主战飞机，对空军的战斗力提升起到了关键性的作用。在60年代，中国空军的很大一部分战斗机飞行员有幸驾驶超音速战机，这对中国空军整体作战能力的提升是意义非凡的。歼–6尽管不像米格–21和F–104那样具备高空高速的优越性能，但在中空近距格斗中，歼–6不愧为二代机中的佼佼者。中国空军航空兵在国土防空作战中的大部分战功都是由歼–6创造的，这就是最好的证明。对于曾经飞过歼–6的飞行员而言，歼–6就是他们飞行人生的一个坐标。

空军某部大队长邵文福，在歼–6飞行中遇到单发停车，他机智果敢地利用单发安全返航，飞行员们因此对这种双发飞机的安全性印象深刻。

徐一林谈起歼–6时有一种独特的情感。距王昂试飞歼–6长达二十年之后，又一个传奇在歼–6的飞行员身上发生——1987年2月19日，徐一林在战机无法操纵的关键时刻跳伞逃生，正是歼—6当时最新型的弹射救生系统挽救了他的生命。由于弹射系统设计合理、性能良好，徐一林在高空跳伞落地后几乎毫发未伤。

尽管歼–6已经退出空军现役装备序列，但在科研试验工作中，作为一个试验平台，歼–6还会在未来的很长时间里继续为空军装备建设发挥作用。试飞员张旭在新型弹射救生系统的试飞中，冒着生命危险驾驶歼–6弹射试验机弹射假人。试飞总师周自全在歼–6飞机的平台上设计制造了我国第一架变稳飞机，获得了国家科学技术进步奖特等奖。歼–6的退出意味着中国空军告别了一个时代。但对于每一个曾经飞过歼–6的空军飞行员，歼–6情结永远也不会磨灭。

歼–6作为中国空军曾经的主战飞机之一，在长达半个世纪的服役期内，无数飞行员操纵过它。年轻的新飞行员们鲜有人知道，那根看上去并不特别的飞机驾驶杆，曾经是一名试飞员用生命试飞出来的。

人们常说，搞科研试飞必须有"不入虎穴，焉得虎子"的精神。王昂就有这样一种能入虎穴、得虎子，而又不被虎伤着的本领。

这一年，科研部门提出要在高速歼击机上进行低空大表速试验，要求试飞出这个飞机在低空的最大速度，这是飞机定型前的一个关键试飞科目。

这个试验不仅难度大，而且十分危险。飞机在大速度飞行时，会产生颤振。对飞行员来说，出现颤振是可怕的，当颤振达到某种程度时，飞机会在瞬间解体。这项试验就是要试飞员既飞出飞机的最大速度，又不能让飞机因颤振而解体。

但颤振的极限值是多少，由于飞机动态状态的不同，在地面试验室中很难作出理论上的定论。如果地面设计计算不够精确，或者飞行员在空中有丝毫疏忽，超过了飞机的极限速度，飞机就会在一瞬间全部散架，造成严重后果。国外在进行这项试飞时曾发生过机毁人亡的事故。

王昂清楚地知道这一切，但他还是坚决地向党委请求："我来飞！"

党委批准了他的请求。

王昂很勇敢，但他从不蛮干。接受任务后，他同科研人员一起详细地讨论了任务的内容和空中的要求、实施的具体方法。白天，他请科研人员上课，讲如何辨别颤振和其他振动，到资料室借了大量的书，了解颤振的原理；晚上，他自己到计算机房看颤振的波形曲线，增加感性认识。他研究了图书馆中所有国外进行颤振试验的例子，分析过程，总结结论。一切应该做的准备工作他都做了。

正式试飞开始了。根据科研人员的安排，王昂采取循序渐进的方法，一点点向最大速度抵近。尽管每前进一步就面临更加困难的情况，但每一次王昂都顺利地完成了试验指标。

最后的冲刺开始了！

万里晴空的试验区域内，一阵轰鸣声里，在快如疾风闪电的飞行状态下，王昂驾驶飞机先是冲向高蓝的天空，继而俯冲向茫茫的大海。机舱内，王昂全神贯注地驾驶着飞机，他用镇静而锐利的目光密切观察着座舱内的每一个仪表、信号灯。

飞机加力，再加速，马上就要接近试验预定的最大速度了！

但是突然，一只发动机加力绿灯亮了——这表明，一侧发动机的加力已经断开。这是架双发飞机，两侧的两个发动机，一个有加力，一个没有，机身一倾，飞机急剧偏航。

王昂立即向地面指挥员报告："右发加力自动切断，飞机自动侧滑。"

指挥员马上回答："情况不行就返航。"

胆大心细的王昂此时非常冷静，他注意到这时候飞机的右发动机加力虽然断开，但速度还在缓慢地增加。于是他一边用一只脚使劲蹬左舵，修正偏航，一边迅速调整飞机的姿态。

塔台上的指挥员听到了他平静的声音：

"飞机状态平稳。我再试一次。"

王昂继续推加力，飞机的速度继续加大，速度仪表的指针渐渐上升，在到达预定的最大速度时，王昂发出了火箭（这是利用火箭产生的气动力，让飞机产生颤振的一种试验方法）——

飞机安然无恙。试验成功了！

在地面人员的欢呼声中，王昂驾驶飞机胜利返场。

参与歼-6试飞的试飞员作为国防和航空工业的功臣，他们的名字被列入历史的一页：歼-6于1959年9月30日首次试飞，首席试飞员是吴克明。试飞员的代表人物是滑俊、王昂、王冠扬、王金生。

一架歼-6静静地停在航空博物馆的草坪上，每一位经过它身边的老飞行员都会默默地向它行注目礼。对于飞行二十年以上的老飞行员们而言，歼-6就是他们飞行人生的一个坐标。望着蓝天白云下机场上它静静停靠的美丽身影时，他们会由衷地对当年那些参与定型试飞的先驱驾驭者肃然起敬。

三、死神的手叩到了舷窗

尽管从空中传回的他的声音很平静，但在地面指挥所的人们听来，无异于惊雷。

科研试飞，是在浩渺的天空中进行的。试飞员要飞别人没有飞过的飞机，做别人没有做过的科目。许多情况下，他们没有教材、资料作为参考，也缺乏条令、规范作为依据，更多情况下，靠的是他们经验的累积和知识的贯通。其间，风险与困难总是如影随形，是他们随时必须要面对的。

王昂是理性的，更是勇敢的。

6月是阎良最好的月份之一，也是试飞员们最繁忙的日子。

王昂坐进了驾驶舱。他今天的科目是加力边界试验。

升空了。天高云淡，空气澄明，能见度很好。当飞机爬升到预定高度时，左发动机开始使用加力。就在这时，突然嘭嘭两声，两个发动机同时停车。

王昂第一次遇到这种情况，但他没有惊慌。他迅速把油门拉到停车位置，转向机场，并报告地面指挥员："双发停车。"

指挥员当即命令："到 12000 米，重新开车。"

高度到了预定位置，王昂一次、两次、三次轮番启动左发和右发，但都没有成功。

"启动不成功。"王昂报告。尽管从空中传回的他的声音很平静，但在地面指挥所的人们听来，无异于惊雷。

包括王昂在内，所有人都十分清楚：双发停车，飞机失去动力，如同一只陀螺。

指挥员适时地下达命令，如果高度再掉，就跳伞。

尽管死神的手就要叩到王昂的舷窗，他的头脑依然冷静、清醒：双发空停这种异常情况，平时无法试飞，地面上亦完全不可能模拟，现在正是掌握这个资料的好机会。凭着一个试飞员特别的眼力和特殊的快速记忆本领，他记录下此时飞机每秒钟的下滑速度。他要为这种高速歼击机积累极为宝贵的科研资料。同时，他一面做好迫降的准备，一面继续启动发动机……

飞机的高度在不断降低，地面上，监控报告：高度 3000 米。

这是最后的机会——如果飞机再无法启动，就只能跳伞了。

在这千钧一发的时刻，王昂声音清晰地报告："右发启动成功。"

指挥员马上命令："右发油门加上去！"

"明白。右发加油门。"

接着，王昂又一次报告："左发启动成功。"

此时飞机离地面只有1500米了。

"保持速度。拉起来……"

飞机重新拉起，盘旋一圈后，对准跑道安全着陆了！

在这次飞行中，王昂不仅挽救了飞机，而且取得了这种高速歼击机在高空、中空和低空的准确下滑率，为科研人员提供了靠仪器等其他手段不能取得的极其宝贵的资料。闻讯赶来的科研所领导握着王昂的手，眼里含着泪水："你是用自己的生命给我们飞出了数据。"

大学毕业，加上多年的飞行，王昂具有较丰富的航空理论知识，同时也练就了一身过硬的本领，能飞我国现有的各种型号的歼击机，在试飞中多次立功受奖，但他从不满足，不断对自己提出新的要求。他说："作为一个试飞员，经常面临的是新的机种、新的技术、新的科目，如果不努力学习新的东西，就会在一些试飞任务中束手无策，就会延误航空技术现代化的进程。因此，试飞员应该具有丰富的知识。"

多年来，他坚持不懈地刻苦学习国外航空科学技术资料，精心攻读飞行原理，研习外国先进飞机试飞和有关驾驶等问题的资料。他自学了英语、日语，加上在大学学的俄语，能够借助字典，阅读国外航空专业方面的书刊，他还把一些资料翻译出来，供其他试飞员参考。

这一天，王昂驾驶某型高速歼击机做检验飞行，按预定计划完成12500米高度上的试飞任务后，准备在8000米高度上完成马赫数（即音速的倍数）1.5的检飞动作。当他打开加力，马赫数增至1.24时，意外的情况发生了：整个仪表板都抖动了起来，而且随着马赫数的增大，抖动也越来越厉害。王昂立刻想到是飞机有故障。他果断地切断了右发动机加力，抖动才停止了。他一面观察飞机的工作情况，一面收油门，放减速板，下降高度。

果然，当下降到 4000 米时，他听到进气道声音似有些粗糙，发动机不正常振动。王昂迅速作出判断：飞机发生了严重的问题，必须尽快落地，一分钟也不能耽误。

指挥员同意了。

但此时飞机刚起飞不久，载油量很大。王昂坚持不再进行空中耗油，他操纵飞机，在着陆油量超过规定、顺风每秒 2 米的困难条件下返场准备落地。

飞机落在跑道上后，又出现了新的情况：减速伞放不出（已被烧坏）。他当机立断，一边用刹车，一边关闭发动机，但速度仍很大。眼看距离保险道口只有 400 米了，只得使用应急刹车。

在刹车扳下的一瞬间，一个令人意想不到的事情发生了：跑道尽头居然有一个老乡骑着自行车，车后还带着一个人，沿着机翼右前方同向前进。

此时，巨大的飞机呼啸着，眼看离自行车越来越近。老乡吓慌了，不知道躲避，扶着自行车跳下来，傻了一样呆呆地站着。

千钧一发之际，王昂的手准确地伸向应急刹车，在用力拉动下飞机的左轮胎当即爆破，飞机斜着庞大的身躯从自行车边上一擦而过，停在了跑道尽头。

飞机刹住了，两位老乡的性命保住了。

王昂来不及等机务人员到场，就自己跳下飞机，这时机身下方已冒出滚滚浓烟和通红的火苗。

消防车呼啸而来，水枪对着火苗喷射。火很快被扑灭了，但飞机已严重烧伤。

事后，科研人员分析事故时发现：飞机发动机发生故障。

如果不是王昂在高空中敏锐且准确地发现，并作出正确判断；如果他不是紧急降落，而是判断不准，犹豫不决，或返场着陆时不采取应急措施，延误时机，必然导致严重后果。不仅对事故原因的分析会有很大困难，而且会使这种高速歼击机的试飞定型受到严重影响。

王昂，靠着他的丰富经验和敏锐判断，加上娴熟的技术和大无畏的精神，又一次挽救了党和人民的财产。

一晃几十年过去了，当年渭河河畔的稚嫩青年，经过无数天际风云的打磨，已经华发上头。组织上调整了王昂的工作，让他到航空工业部担任领导，继续为发展中国的航空事业做贡献。

身居高位的王昂更有了远瞻性的思考。进入新时期后，世界军事风云的变化说明，强大的航空工业是支撑一个国家和军队强大的重要命脉，对位于"宝塔"顶端的试飞员的需求从数量到质量都将有一个较大的变化，自学成长的过程远不能满足要求。他着手抓试飞员队伍建设，为航空工业培养阶梯式试飞员队伍。从选拔试飞员着手，他的标准是：必须要高起点，既要有理论基础，又要有工作实践和精湛的技术。在他的直接主抓下，航空部与空军联合，在航空工业系统的大学里，先后四次选拔出一批试飞员苗子。这批学员先在试飞员学院学习，后来又被送到国外培训，包括学习变稳飞机。

头发花白的王昂亲自登上讲台给这些年轻的新试飞员上课，他结合自己的经历，用最朴素的语言告诉大家怎样才能成为优秀的试飞员。像当年吴克明教给他"老三条"一样，王昂认为，入选试飞员的飞行员，必须具备"新三条"：

有理想，有梦想;有崇高的荣誉感、责任心;有强烈的职业精神。

梦想从事这项工作的人肯定会是优秀试飞员的料。荣誉和职责会让他懂得并且做到，在试飞的过程中如果遇险，第一个想到的不是保全自己的生命，而是保全飞机。

经过王昂等人的共同努力，对这批经过专门挑选的试飞员的培养获得巨大成功，他们中的很多人，在新型三代、四代机的科研试飞任务中发挥了很重要的作用。其中就有后来成为空军试飞员队伍中主力干将的李中华、张景亭等人。

第十二章　老常的空中往事

空中加油的成功，彻底打破西方的技术封锁，结束了国产飞机不能进行加油的历史，为我军航空兵远程作战提供了技术保障，对增强空军、海军作战能力具有重要的战略意义。

——摘自试飞员常庆贤在"加油工程"庆功会上的发言

有些声音注定要在天空中留下回音，就像有些日子会永远铭刻在史册上。

1991 年 12 月 23 日就是这样一个日子，这一天中国人首次实现了空中加油——完成这一壮举的是特等功臣、特级试飞员常庆贤，试飞晚辈亲切地称呼他"老常"。

一、一张手绘纸片

> 两机在空中相距 0.6 米。这个数据让我目瞪口呆——
> 这样小的距离，不要说在空中，就是在地面汽车行驶中也
> 是不可想象的。

老常，不怎么活跃的一个人，属于低调型，每天飞行完了，就自己提着飞行帽匆匆回宿舍。

老常不言，但老常所做的工作已载入史册。

老常珍藏着一批军功章和各种试飞资料，一张夹在活页中的手绘纸片引起我的注意。图上画的是空中加油时加受油机之间的关系位置数据，受油机与加油机机翼之间距离最短时只有 0.6 米。

两机在空中相距 0.6 米。这个数据让我目瞪口呆——这样小的距离，不要说在空中，就是在地面汽车行驶中也是不可想象的。

话题就从这张纸片开始了。老常说，0.6 米的距离就是当年压在所有试飞人心上最大的石头。

老常如今依然非常感谢当年第十一航校的飞行员。1990 年 5 月，王铁翼和第十一航校的几名飞行员来到阎良，他率领的团队在领先试飞中首先摸索了加受油机近距离编队的可行性，这无疑是一个巨大的突破。在此之前，部队训练中最小的编队距离是 5 米，而加受油机加油编队时彼此之间是互相"咬合"的，从严格意义上讲距离是负值。国外的加油编队队形虽然也较小，但由于国外加油机的加油软管较长，加受油机之间的队形相对宽松。也就是说，在加油试飞中，中国试飞员遇到了比外国飞行员更大的困难。

在没有任何经验可以借鉴的情况下，开展加油编队的训练，试飞部队团长黄炳新亲自挂帅，成立由常庆贤、汤连刚等试飞员组成的空中加油试飞员团队，常庆贤任首席试飞员。试飞员小组1990年9月成立，在黄老英雄——当年的黄团长的带领下开展了密集队形编队训练。但是，他们训练用的飞机还没有——加油机还在生产线上。

黄炳新说："没有加油机，我们就用歼击机吧。"

老常说："没有教员，就采用同乘编队飞行吧。"

汤连刚说："我和老常一起飞。"

他们一起在歼-6、歼-7上进行了几十架次的密集编队训练，队形从10米×10米到5米×5米，最后飞到两架飞机几乎贴在了一起。

"超密编队的距离有多近呢？"我问。

老常想了想说："我能看到飞机身上的铆钉，还能看到长机飞行员脸上的胡子——"

老常微笑着说："那天他没有刮胡子，所以被我看见了。"

老常云淡风轻的描述令我心惊肉跳——两架巨鹰在空中用这样一种亲密的方式接触，考验的不仅是技术，更是胆量和胸怀。

经历过密集编队的试飞员都有一种体验：试飞员面临着巨大的心理压力，甚至恐惧。仅仅学会掌握操纵要领是远远不够的。

那是一种超越生死、超越自我的忘我状态——不亲身体验，无法言明。

对于试飞员来说，技术与经验都不是唯一的，更多的是心理素质的历练。

老常慢悠悠地笑着说："练到后来，恐惧变成了兴奋——突破了心理障碍。"

汤连刚说:"还有一点,我们抢到了时间。等加油机下线的时候,我们的团队已经准备好了。"

老汤后来接替黄老英雄做了试飞部队团长,真可谓"强将手下无弱兵"。

二、老常拍了胸脯

> "一个成熟的试飞员,不光要能争取成功,更要能够面对失败。"

接受"加油工程"任务时,老常已经年满42岁,原是航校的高级教官。1983年因试飞需要,老常到试飞部队参与歼-8的试飞工作,他是参加过歼-8Ⅱ、歼-8B、教-8等国产机试飞的老试飞员。总部领导选择老常,看中的就是他高超的飞行技术和丰富的飞行经验。空军规定飞行员43~45岁就该停飞了,也就是说,老常不仅开始向高技术、高风险挑战,更要与时间赛跑。因为留给老常的时间最多只有三年。

一向低调的老常接到任务后给领导拍了胸脯:一定在停飞前拿下"加油工程"试飞任务。

1991年7月,试飞工作出现了有利的转机,上级调来了轰-6,老常们终于可以进入与轰-6的实际编队飞行了。

这一飞,新的问题来了:之前他们训练的是和歼击机同型机编队,现在换成了与轰-6编队,轰-6是个大个头,飞机巨大的机体给编队试飞员带来很大的压力。尤其是进入模拟对接位置(轰-6

没有加油管）飞行时，试飞员真正体验了夹在大飞机"胳肢窝"底下飞行的感受。

老汤锁着眉头说："得加快训练进度啊！"

老常的脸黑了下来："必须赶在加油机到来之前掌握加油机编队的驾驶技术。"

那些日子每天的飞行计划量很大，飞行后还要和科研人员一起研究技术问题，老常每天忙到很晚。

这一天傍晚，老常居然早到了。老常进门的时候，连妻子都有点诧异——自从飞加受油机后，老常从来都是摸着黑回家。妻子看了看表又看了看他，说："怎么这么早？"

老常换着鞋子嘀咕了一句："早吗？"

妻子点点头说："当然早，中央台的《新闻联播》还没有播完呢。"

妻子又看了看电视说："噢，完了。播完了，你看不成新闻了——"

没有人搭理她。老常已经歪在沙发上睡着了。

他们争分夺秒，终于赶上了时间。一个月后，经过加改装的受油机到了，老常带着试飞员们一边对受油机进行调整性试飞，一边继续进行加油机编队的训练。他们一个月里飞了几十架次的编队训练。

8月正值酷暑，老常的黑脸更黑了，在机场一天下来，衣服上汗得结出了壳。

9月底，他们完成了受油机与轰－6的模拟加油编队飞行。万事俱备，就等加油机的到来了。

11月初，千呼万唤的加油机终于姗姗来到。

11月24日，真正对接的日子来了。

　　清晨，为了赶在气流平稳的时段起飞，试飞员早早来到了机场。老常和加油机长申长生再次进行协同，然后沉着地爬上了飞机的悬梯。

　　关舱门之前，老常向场外看了看，跑道外面站满了人，空军的、总部的、航空工业部的、飞机公司的、试飞院的，还有自己试飞部队的。人人都直勾勾地注视着。

　　加受油机对接试飞，行内俗称"干对接"，也就是只对接不加油，试飞的目的是熟悉对接加油技术，考核加油对接系统的工作可靠性和效能。"干对接"的成败对于"加油工程"关系重大。尽管有了近一年的编队和模拟加油训练，但真正的对接今天还是第一次。部队指战员翘首以盼几十年、航空工业战线奋战两年多的"加油工程"今天就要见分晓了。老常不愧是老常，飞行 2000 多个小时了，他晒得黑黑的脸上看不出任何风云变幻。事实上，老常的心里也是风平浪静的。

　　起飞、会合、编队，一切顺利，老常很快进入了预对接位置。

　　老常：请求加油机长进入对接。

　　加油机长申长生立刻回应说：可以对接。

　　老常轻轻推点油门，受油机缓缓地向前靠近了，5 米、4 米……随着距离缩小，平日里稳定的伞套此刻却不听话地跳起了舞，尽管在地面的研究中老常已经了解气流扰动的原理，但要在空中高速飞行时用加油探管对上飘忽的伞套却异常困难。

　　第一次对接不成功。

　　老常又做了第二次、第三次……

　　但是连续五次对接，都没有成功。必须稳定情绪退出加油编队了。老常平静地向加油机长报告：停止对接，返场着陆。

飞机停靠在跑道一头，机场上所有的人都看到，走下飞机的老常提着飞行帽低头走着，目光不和任何人交汇。

"你当时想了些什么？那么多人那么多双眼睛，压力很大吧？心情很复杂吧？"那天之后，有个记者采访老常时这样问道。

老常淡淡地说："不复杂，有什么复杂的？"

老常当时想说"我喝我的水，上我的厕所"，但他看对方是个年轻女性，就没有这样说。

老常说的是实话。低头进了飞行员休息室，老常没和任何人说话，他喝了水，去了洗手间，然后对迎着他走过来的总工程师张克荣说了句："让我想一想。"

张总工点点头，闪开了。

老常走到休息室的角落，放下飞行帽，靠在椅背上，一个人静静地坐着。他的脑海中飞速回放着空中的飞行动态。

汤连刚站在门口招了招手，所有的战友和技术人员都轻轻挪动脚步离开了休息室。

"安静。"老汤说，"现在需要安静。"

老汤当然非常明白场外所有人的盼望与失望，他更知道，此刻老常最需要的，是安静。

半个小时后，老常走出了休息室，他的脸上依然风平浪静。张克荣和战友们都聚了过来，他们重新研究了一遍技术。末了，老常不徐不疾地说："再飞一个起落，我相信可以成功。"

太阳已经升起很高了，阎良果然是飞行的好地方，天空一片湛蓝。

媒体后来这样说：“在全场人热切殷殷的目光注视下，常庆贤毅然再次登上了飞机的悬梯。”

起飞、会合、编队，一切照旧，老常又一次进入了预对接位置。他轻柔地、细细地推点油门，受油机缓缓地向前靠近了，5米、4米……

再次来到距离伞套1米的位置上，老常异常冷静，速度差，吊舱，驾驶杆稳住，眼看着受油探头慢慢地延伸、延伸，缓缓地、稳稳地插进了加油伞套上的加油口。

“噢——”加油机上的加油员激动地喊了起来，声音通过耳机清晰地传进老常的耳朵，传到地面指挥台——

对接成功了！

老常稳稳地坐着，只是飞行帽下的眼睛闪了一下。

当天老常共成功对接了3个架次，最长的一次对接后稳定保持达6分钟之久。

团长汤连刚后来是这样回答媒体的：“一个成熟的试飞员，不光要能争取成功，更要能够面对失败。”

汤连刚的话，真是一语成谶。对接成功的喜悦还没有散去，老常又面对了新一轮的失败——

在12月初的三次加油试飞中，连续出现加油探头折断的故障，尽管没有危及飞机的安全，但加油试飞遇到了严重的挫折。

为什么“干对接”能试飞成功，而加油试飞会导致探头连续折断呢？

现场会开到了深夜。加油试飞副总师侯玉燕，是项目组中唯一的一位女副总师，她对加油系统技术的研究尤为深入。她以女性的敏锐和细致，在分析国产加受油系统与国外同类系统的差别时，发现了软管刚度、弹性和探头强度的差别，于是她提出导致探头折断的主要原因是探头强度的问题，另外加油时软管内有油使软管刚度发生变化也是导致探头折断的重要原因。

候玉燕果断作出结论：改进探头设计。设计单位的老总王复华立下军令状，一定在12月20日前将改进后的新探头送达阎良。

研制厂所在48小时内就完成了探头的改制工作。12月18日，王复华亲自押车连夜翻越秦岭，夜里汽车开至秦岭群山间时不争气地抛锚了，一行人在寒冷的秦岭冻了7个小时。经过连夜抢修，汽车终于又上路了。第二天也就是12月19日的早晨7点15分，盼望已久的探头终于如期送达阎良试飞现场。

三、万事俱备　只待天气

走下飞机那一刻，老常终于还是激动了。

离年底已经不到半个月了，而12月份基地的天气不争气，通常这个月能飞的日子只有3~5天。

在等待的日子里，老团长黄炳新来了，试飞英雄王昂来了，航总领导也来了。老英雄黄炳新主动提出担任空中伴飞摄影，副团长谭守才担任指挥员，为了年底拿下加油首飞，试飞部队派出了最强阵容。

12月19日，改进后的探头装上了飞机，万事俱备，就等好天气的光临了。气象预报说12月下旬有一股冷空气，搞飞行的人都知道冷空气降临就意味着好天气的到来，试飞部队提前做好了周密的计划，将冬季通常下午进场的飞行计划改为上午进场。

1991年12月23日，被阴霾笼罩了近半个月的阎良，天空豁然晴朗。试飞队伍按计划上午进场，航总负责加油的祈玉祥主任、西飞的老总王秦平、加油系统总师王复华、试飞院院长葛平都来到了现场。随着一发绿色信号弹打响，加受油机分别开车滑出。承载着航空人的期盼，两架战鹰轰鸣着腾空而起，紧接着伴飞飞机起飞，"加油工程"最惊心动魄的乐章奏响了。

4000米高空的气流异常稳定，加油机长申长生知道加油机飞行得越平稳，受油机的对接条件就越充分。根据规定，加油飞行不能使用自动驾驶仪，整个加油航线足有12分钟，申长生稳稳地操纵飞机，保持了整个航线的稳定飞行。常庆贤驾驶着受油机按部就班地操作着，编队、加入加油队形、预对接编队、对接，受油机来到了距离伞套1米的关键位置。

历史性的一刻来到了：11点24分，随着咔嚓一声响，加受油机对接成功，加油软管轻轻晃动一下后，稳稳地将加受油机连接在一起，老常慢慢加油门向前推进，进入加油区域，加油灯亮了，加油成功了！

试飞现场沸腾了。

走下飞机那一刻，老常终于还是激动了。他看见了欢呼的人群，看到老专家、老领导热泪盈眶的表情。

空中加油的成功是我国航空技术发展史上的一个里程碑，是中国航空科技的重大突破。在没有外国技术支持的情况下，中国人完全靠自己的力量，在加油机投入试飞的第十四个飞行日实现对接，紧接着用四个飞行日实现首次空中加油，创造了试飞史上的奇迹。

　　故事讲到这里时，老常的眼睛红了起来。他揉了一下，又揉了一下……
　　"不要忘了申长生。"老常说。
　　他突然泪水盈眶。

第五部

碎片的光芒

——化作碎片也闪耀在祖国的天空

试飞之路上并非只有光荣与梦想，还时刻伴随着风险与危险。中国空军试飞员们把大无畏的英雄气概和科学精神、科学态度结合起来，把航空理论与科研实践结合起来，"忠诚、无畏、精飞"，靠高超的技艺、扎实的知识、丰富的经验和过人的胆识去控制并战胜危险。他们不仅在试飞场上为国铸剑试剑，而且在精神高地筑起一座时代丰碑！

> 仿佛梦魂归帝所。闻天语，殷勤问我归何处。我报
> 路长嗟日暮。
>
> ——［宋］李清照《渔家傲》

我在他的墓碑前放上一束菊花。

新鲜的花朵上带着的不是露珠，而是我的泪水。战友们说他是一个特别温暖的人。之前我没有见过他。我见到他时，他已经静静地躺在这里，四寸见方的照片中，脸盘上都是笑，暖暖的笑。

6月2日是他的生日，晚餐时妻子做了好几个菜，他倒是按时回家了。吃饭的时候，他望着忙里忙外的妻子说："等完成了这次任务，我就可以好好陪你了。"

妻子说："这话说了多少回了。你们的任务哪有个完呢？"

他暖暖地笑着说："55岁啦，到龄了，让给年轻人干啦——"

他想说，他已经达到最高飞行年限，可以光荣停飞了。退休的命令这几天应该就会到团里了。但他想，等明天飞行完，结束了任务回来再告诉她。这回是真的有空陪她了。他能想象得到她会有多高兴。他在天上飞了三十多年，她跟着担心了三十多年。

第二天一早他就出门了。走前，他对她说："晚饭不用做了，昨天剩的菜热一下就行了。"

她答应了。她的确没有做晚饭，因为他没有回来吃。

他再也不会回家吃饭了。那是他试飞生涯中最后一个起落。

也是他生命中最后一次飞行。

太阳静静地照着这面山坡，绿草如茵，松柏青青。中国空军首席试飞员申长生烈士就在这里静静地躺着。

第十三章　球队少了一个人

"生，还是死，这是一个问题。"这是莎士比亚《哈姆雷特》中的名言。

对普通人来说，生死固然是重大的问题，但主要是一个终极问题；而对试飞员来说，生死则是一个时时要面对的现实问题。就职业而言，飞行员牺牲的概率显然要高于常人。而试飞员，为了人类航空事业在探索前行中取得突破与进展，更是一次次以付出生命为代价。

一种新型战机的飞天之路，往往是一条"血路"。20世纪80年代末，法国研制了4架"幻影"战斗机，在试飞中全部摔毁；在美国，每一个风险试飞科目，飞机生产厂家都要给试飞员投巨额保险；在俄罗斯国家试飞员学校，有一处世界上独一无二的公墓，墓碑上镌刻着一个又一个蓝天探险者的名字……战机亮晶晶的铝合金碎片、试飞员殷红的鲜血，洒满了新型战机的航程。

一部航空史，就是一部挑战自然、挑战自我、挑战极限的历史。

人类航空事业的每一次进步，都是一次与死神的对话，都伴随着巨大的风险和难以避免的牺牲。

一、从烧得焦黑的地面起飞

他停下，就那么抱着提着行李，站着看。

沈晓毅来到试飞部队，是在冬末的一天。半下午，自由活动时间，没有飞行任务的试飞员们聚在操场上打篮球。

沈晓毅跳下车，左手拎箱子，右手提背囊，腋下还夹着个包，一摇一晃地向试飞员公寓走去。在经过操场的时候，正看见几个老试飞员穿着背心短裤在场上热火朝天地争抢，他停下，提着行李，站着看。操场上其中一方的争夺看上去力不从心——后卫老史去外区执行任务了，所以球队少了一个人。

场上的队长是王文江。王文江是个小个子，他从对手的封锁中突围出来后，看到了站在场地边上观望的年轻人。王文江抱着篮球，说：

"哎——打不打？"

"打！"

沈晓毅答应了一声，把行李朝公寓门口的台阶上一放，两把脱下上衣，露出里面的短袖 T 恤。他把外衣俩肩膀头一对折，一裹一卷叠好放进背囊里，再从背囊的侧袋里抽出运动鞋换上，站起身时顺便把皮鞋摆整齐立在箱子上，然后三步两跃跳进操场，等他行头整齐地站在大伙面前时，总共才花了十几秒。小伙子的一举一动，大家尽收眼底。

王文江上下看了看他："新来的？"

沈晓毅笑了一下说："新来的。"向大家拱了一下手。

王文江点点头说："来吧——"

几分钟后，当时还是副大队长的梁万俊提着头盔、图表袋走来，他刚飞行回来路过操场。他一眼就看到操场上多了一张陌生面孔，于是站下来，看了一会儿。

那天散场后，王文江从水房出来，在走廊上碰到梁万俊。王文江说："新来的那个小沈，不错。"

梁万俊说："是的，我也看了几分钟。"

只有资深干飞行的人，才听得懂他们的话。

搞飞行的人都知道，是不是飞行的料，不是看你书面上的航理成绩，而是看你在运动场上的表现。航理得一百分，只能证明你理论过关。可飞行员是离开地面在天上的运动员。一个好的飞行员必须是一个好的驾驶员，而要成为一名优秀的试飞员，仅仅做一名飞机驾驶员是远远不够的。

"看他的打球动作就感觉到他非常灵活。"梁万俊后来对我说。

经过一段时间的准备，熟悉飞机和空地环境，一个月后，沈晓毅可以飞品质飞行了。第一个架次是梁万俊亲自带飞的。小伙子精湛灵活的空中技术令这位资深的试飞副大队长十分满意。那一次飞完，落地以后，王文江对兴致勃勃的梁万俊说："捞到宝了？"

梁万俊笑着说："回答正确。"

进入三月就进入了春天，这个位于温带的南方城市，每到春天绿意盎然，满城鸟语花香。

按流程规定，品质试飞通过后，沈晓毅可以进入单独执飞。他果然飞得不错，尽管还没有进入复杂科目，但是从两个起落就能看出他手上的功夫。小伙子头脑清醒，动作干净。

"如果没有那次意外，他现在一定是我们大队非常优秀的试飞员。"梁万俊说。

事故报告：

2001年4月12日，试飞员沈晓毅驾驶某型号飞机，在本场执行训练任务时，起飞过程中飞机发动机吸入鹰类猛禽，导致发动机空中停车，飞机失去动力，高度无法提升。飞机冲出了跑道，冲过拦阻网后撞上了旁边的一座民房。飞机起火爆炸，试飞员牺牲。

出了宾馆的门，外面站着的司机对我说："王队让我来接你。"

我点点头。事故发生后，在经过差不多一周的等待后，试飞部队终于有时间接受我的采访了。

司机说："请你直接去机场。"

我有点意外："去机场？他今天还没有空啊？"

司机说："他说你去了机场一看就明白。王队今天确实还没空。"

我点头："走。"

车子进了机场，我跳下车，看着跑道上飘动的信号旗："今天还飞啊？！"

"为什么不飞？"王文江穿戴整齐大步流星地走过来。

我问："事故原因确认了吗？"

"一只鸟撞进了发动机。"王文江说。

"飞行员为什么不跳伞？"

他看了我一眼，没说话。

"我研究了你们的报告，高度够，也许可能会受伤，但以小沈的技术，及时弹射出舱保全生命是完全可能的。试飞员的生命这么宝贵……"我说。

牵引车退下了，飞机停在跑道上。

王文江说："我马上要飞，不过还有二十几分钟。你，跟我走。"

太阳很大，预报午后的温度会上升到 37 摄氏度。我没有戴帽子——在机场，任何零碎都要少带，如果风把帽子吹进了发动机通风口，那可不是闹着玩的。曾经有一位来访者在参观完飞机后离开机场时被发现掉了一颗扣子。没有任何证据证明纽扣掉在哪里，是飞机上还是飞机下，只知道他在进场下飞机时纽扣是在的——有照片为证。机务出动两个小组 15 个人，整整找了 5 个小时，把那天这位参观者碰过的飞机座舱内外全部检查一遍，终于在一架飞机座舱地面的夹缝里找到那粒小小的"害人精"，这事才算罢休。飞行部队有一条明确规定，一般情况下，不允许参观者进入飞机座舱。在机场的参观者，也一定要戴好帽子、围巾，尽量不要佩戴胸花之类的小物品。

随身物品可以加以管理，但天空中自由飞行的鸟儿没有安全观念。

一般人认为，体型小、质量轻的鸟类与钢筋铁骨的飞机相撞，应该是以卵击石，可又为什么能把飞机撞坏？这是因为破坏主要来自飞机的速度，而非鸟类本身的质量。根据动量定理，一只体重仅 0.45 千克的鸟与时速 80 千米的飞机相撞，就会产生 153 千克的冲击力；一只体重 7 千克的大鸟撞在时速 960 千米的飞机上，冲击力将达到 144 吨。所以，高速运动使得鸟击的破坏力达到惊人的程度，一只麻雀就足以撞毁降落时的飞机的发动机。

飞行器的导航系统大多位于前部，由于导航的需要，这些设备的防护罩包括挡风玻璃的机械强度大多较其他部位差，更容易在受到鸟击后损坏。飞机发动机的叶片很薄，工作时以巨大的力量将周围空气吸入，因此飞鸟只要处于发动机附近，就很容易被吸进去。发动机在高速旋转时吸入鸟类，叶片会被瞬间打碎，立即失去动力。

由于鸟飞行的高度有限，飞机撞鸟概率较高的是在飞机刚起飞或快着陆时。

那一天，听到话筒里小沈报告发动机撞鸟停车了，塔台的人们迅速站起来，透过四面落地的大玻璃窗清楚地看见，那架失事飞机跌撞地倾斜着，贴地而飞，像一只折翼的大鸟。小沈显然在努力控制飞机试图拉起，但失去动力的飞机翅膀抖动着，向跑道尽头冲去。此时飞机刚刚离地，尚在近场上数十米的低空。

如果沈晓毅跳伞，失控的飞机随时可能冲上公路，而几十米外的公路上，车辆与行人来往穿行。

沈晓毅仍然试图拉起飞机。但飞机拉不起来了，方向也难以控制，他能做的，就是让飞机继续前冲，冲过马路，冲过人群密集区——

飞机刚越过跑道头的拦阻网就下坠，落地时跳了几跳，起落架蹾断了，飞机仍然继续倾斜着向前，撞上一座民房——

现场所有人都目睹了轰的一声巨响后那一团冲天的烟火。

沈晓毅壮烈牺牲了。

听到这里，我仿佛被人突然狠狠捅了一刀。我捂着胸口一下蹲在地上，眼泪哗地流出来。

能到试飞部队的，都是各飞行团里最拔尖的，以个人技术而言，是不应该出现问题的。但飞机在天空中，危险的事情太多了。有时候，试飞的任务就是要试飞出飞机的缺陷和边界，在这种情况下，虽然有风险，但风险是预知的，可以事先作出应对方案。但也有时候，危险是不可预测的，比如飞机突然撞鸟。

一直走着的王文江站住了，用下巴朝一个方向轻轻指了指，说："喏，就是这里。"

我低头。我面前 3 米远的地方，小半个操场大的一块黑色地皮赫然在目，能清楚地看到有一些深色的印迹深入泥土。

这就是数日前，年轻的新试飞员沈晓毅坠机之处。

我蹲下来，尽量低地蹲着，双手轻轻抚摸这片渗透了烈士血肉的土地，仿佛抚摸他青春俊秀的脸。一个年轻试飞员，灿烂的试飞生涯还没有真正开始，就结束了。

我问王文江："你怕不怕死？"

王文江目光炯炯："怕死当不了试飞员。但是，试飞要的是科学，仅仅当一个不怕死的英雄肯定不合格。"

是的，一名优秀的试飞员，当他进入座舱的时候，飞机，只有飞机——动力、润滑、传导、电磁、任务内容、目的要求、预置方案等，他看飞机和飞机看他，都应该是清晰的、完全透明的。其他的，生与死、荣誉与耻辱，都置之度外。

太阳很大，能看到跑道上空的空气抖动着。王文江觑着眼睛看了看天空，又看看那片黑色地皮，将目光收回，冲我一笑："走了！"

王文江把头盔戴上，大步向一架银色的飞机走去，风鼓动着他的蓝色飞行服。我看着他登上了飞机，站在座舱旁，回首向我挥了挥手。

风从高远的天空猛烈地刮来，他站得很直，目光清亮，胸怀坦荡。两个机务跟着站上舷梯，舱门关上，他回身打了个手势，舷梯撤下，几秒钟后，我的耳边就响起了发动机熟悉的轰鸣。空气在这巨大的轰鸣中颤抖，目力所及的景物开始颤抖，我忽然觉得我看到了沈晓毅，那个我从未谋面的年轻小伙子。他此刻就端坐在机舱里，带着他受伤的战鹰，呼啸着，从我面前一掠而过。

飞机滑行、加力、起飞、腾空、飞翔，天空如此广阔、辽远、清澈，他整个人和整架飞机，都在阳光下闪闪发光，像一只晶莹剔透的鹰。

那天后半下午的时候，我和完成了飞行任务的王文江一起从机场返回。经过操场，我们同时看见操场上有一些试飞员在打篮球。

王文江站下了，看见梁万俊也在，便向他走过去，两个人一起站着、看着，不声不响。过了半天，梁万俊说：

"球队少了一个人。"

附录：

2001 年，时任空军某试飞部队副大队长的王文江领受了某新型飞机的定型试飞任务。自 2000 年 12 月 20 日王文江完成该机的首飞任务以来，定型试飞如果顺利完成，就意味着该机可以交付了。定型试飞前，王文江把已经十分熟悉的飞机资料又认真看了一遍，特别是与定型试飞相关的重点内容以及特情处置预案。

定型试飞当天，王文江与战友们像往常一样进场，召开试飞准备会，听取了地面试飞站对飞机相关准备情况的报告。一切就绪后，王文江爬上飞机，按照程序例行检查。接到地面塔台的起飞命令后，随着发动机的轰鸣，王文江驾机升空。起飞不久，王文江即发现液压系统压力骤降。不一会儿，后机身就冒起了滚滚浓烟。王文江迅速作出了故障判断：液压系统故障。他一边向塔台指挥员汇报，一边果断地迅速掉头返航。对于依靠液压系统进行机械传动控制的第二代战斗机，液压系统故障意味着飞机将无法操纵，无法迫降，只能选择跳伞。而一旦跳伞，新机坠毁，故障原因将很难查找，定型很可能将遥遥无期。

王文江没有考虑太多，他通过仪表密切关注飞机姿态及高度，集中精力操控飞机返场降落。当飞机着陆滑跑时，驾驶杆已经完全不能操纵。后来机务人员检查时发现，液压油已经漏完。如果再晚几秒钟，飞机就将在平衡失去控制的情况下落地，本就十分危险的"黑色时刻"，将变成"血色时刻"，后果不堪设想。王文江迅速及时正确地判断处置，避免了一起很可能发生的严重飞行事故，并帮助地面技术人员很快查出了故障原因，避免了类似问题再次发生，为国家挽回了巨额财产。

二、寒食节

今天别理我。我不想说话。

作家同志，您请坐。

作家同志，您请喝水。

作家同志，您请问吧。您说让我随意？那我就想到哪儿说到哪儿了……

作家同志，您今天来我们队来得是时候。要是昨天来了，您可能啥也问不到，啥心情也没有。起码我是不会说什么的。您今天来，我就知道，您肯定知道昨天是我们队的特别日子，我挺感动的，看来您还是了解不少关于我们的情况的。

每年寒食节这天，我们都会不自觉地寡言少语。

在 QQ 签名和微信朋友圈上，我这一天写的是：今天别理我。我不想说话。

寒食节，是一个人的忌日。

他叫卢军。在中国试飞员队伍中，他是一个少见的天才型试飞员。

他戴着头盔，骑着红色本田 125 一路疾驰而过的画面，绝对是试飞学院无人能够忘怀的一景。试飞员卢军，小个子，精瘦，修肩窄背，四肢柔韧，小腿坚硬，浑身上下每一寸皮肤都紧而结实，每一根线条都紧绷绷的。他敏捷得像只猴子，眼睛小小目光敏锐，这显然是通过多年严格训练获得的。

提起英年早逝的卢军，没有人不唏嘘伤怀。一位将军对我说，中国的空军试飞员中，说谁是勤奋型的、胆大型的、智慧型的、稳重型的都会有争议，但要说天才型的，谁都认为卢军是一个。

但是很遗憾，我只在照片上见过这个传奇般的人物。不知道为什么，每次去采访试飞部队，总是与他失之交臂。关于他的所有印象，都来自他的战友们的讲述。

徐一林：卢军给我的第一印象就是帅气。每天上课的路上，他总是昂首挺胸走在我们学员队伍的头里。每天放学后，在我们换装准备运动时，学员宿舍大楼门前就传来了摩托车的轰鸣声，那一定是卢军在摆弄他那辆进口的红色本田 125，卢军骑车时的那份帅气一点都不亚于他飞行时的样子。

第一次和卢军一起飞行，飞的是阶跃科目。阶跃是飞行品质试飞中最简单的动作，就是拉杆推杆一气呵成。看似简单的动作做起来却是最难的，动作时间只有短短的 3~5 秒。我们学员做的动作曲线，不是高度升了几十米，就是时速减小了几十千米，我们阶跃动作的台阶也是五花八门，不是像一个倾斜的大坝，就是像一把破锯子。而卢军的阶跃动作曲线看起来就像一个端端正正的板凳，上沿平平的，两头绝对对称。

干飞行的人都知道，这样一手绝活不是三年五载能练出来的，多少飞行员飞了几十年，也只能飞出锯齿样的曲线。这本事不能只靠练，更重要的是经验和悟性——说到底，就是手腕上的功夫。也许是为了练手腕上的功夫，凡是与手腕有关的事物，卢军都操作得十分了得：写书法、开摩托、钓鱼……

小个子往往有惊人之处，这话一点不错。身量小巧的卢军体内蕴藏着巨大的能量。真正令新试飞学员们佩服的是，他们队长不光长得帅，技术好，而且特别勤奋和专注。李中华在谈到这一点时用了一个词，他说卢军的专注"无人可比"。试飞学院所有课程中英语最难，比起数理逻辑和操作，语言通常是男人的短板。经过航校几年的高强度飞行训练，在大学学的那点英语早还给老师了。刚开始上课时，卢军连英语的 26 个字母都念不全，但仅仅过了三个月，他竟成为可以用英语抢答的学员。

卢军是年轻试飞员中的佼佼者，是首席试飞员小组中最年轻的成员，他一个人身兼三个机型的试飞任务，这在那一批试飞员中，简直是令人景仰的。

歼 -10 进入详细设计阶段，卢军被确定为首飞试飞员的第一人选。在中国的试飞员中，他和雷强是第一批被送到国外专门进行培训的试飞员，学成之后，他们成为中国首批具备三角翼飞机尾旋和三代战机试飞能力的超一流试飞员。在俄罗斯国家试飞员学校，卢军是院长康德拉钦科最欣赏的中国试飞员之一，被俄罗斯试飞专家誉为中国当时几个试飞尖子之一。他在米格 -21 比斯（Y 型）飞机上飞过大迎角、失速尾旋等世界航空界公认的高难度科目，从而填补了我国航空事业的空白。他飞"飞豹"时起飞迎角达到了 80 度，几乎是在 500 米滑跑后立即垂直升空，然后再倒飞改平。飞机大迎角飞行的意义在于：飞机因大迎角飞行获得了更良好的低速机动能力和更好的操控稳定性。最重要的是大迎角飞行保证了飞机的机头指向性，使得飞机更容易锁定与反锁定。所以现代战斗机都比较重视大迎角飞行的能力。

看他飞行的轨迹，我只能用"叹为观止"来形容。

那时"飞豹"试飞处于攻坚阶段，垂尾断裂的重大险情刚发生不久，卢军就遇到了最危险的油管断裂。

"飞豹"在空中加速，以每小时 2000 多千米的速度飞行，当进入预定空域时，卢军习惯性地看了一下油量表，心中一惊：油量下降的速度过快。有着丰富飞行经验的卢军马上意识到，飞机在漏油。他立刻采取了空中应急措施，可油量表的指示还在急剧地下降。他立即向地面报告：

"报告 1 号指挥员，××号出现漏油，要求返航。"

听到呼叫，机场指挥员立刻意识到这是严重的空中故障，当即回答：

"××号立刻返航，注意安全！"

指挥员的命令一下，机场同时开始应急动作，机场净空，所有飞机避让。地面各种应急救援车辆、人员也随即到位。考虑到事故的具体情况，机场警务队和场务班调集了足量的沙袋和化学喷雾灭火器。各部门严阵以待。

"飞豹"终于在跑道尽头的天空中出现了，呈直线俯冲而下。通常，飞机归航时须做一个小航线动作，即绕场转一圈，平缓地降低高度和速度后再落地。但眼前的飞机显然没有做这个动作的意思。为节省油料，卢军没有任何迟疑，机头直接对准跑道，降低高度，一个大斜线直直落地。飞机像一辆洒水车，在后部拉起一道浓浓的油雾，在蓝天绿地间看得一清二楚。半分钟内，"飞豹"安全落地了，经查，飞机油箱里只剩下30多升油。这样的油量，即使不考虑漏油的情况，也只够支撑数秒钟。

这真是命悬一线。再晚上哪怕数秒钟，就是机毁人亡的惨剧。

事后查明，飞机上一个输油软管脱落，造成了飞机漏油。

"飞豹"在整个定型试飞过程中无重大安全事故，这份了不起的成绩中有卢军非凡的贡献。

1994年4月4日，那一天在本场进行飞行表演，许多人慕名来看卢军的飞行。试飞院和试飞学院的许多人都来到现场，包括卢军的妻子在内。卢军在进行一项特技动作时，飞机突然失控，众目睽睽之下，摔落在近场。

他的牺牲，震动了整个试飞界。

对于他的死，有一些其他的议论。有人说，一个优秀的试飞员，没有在科研任务中牺牲，而是殉命于飞行表演，可惜了。

我理解发言者痛惜英雄的心情，但对这样的观点不敢苟同。就像我们不能认同，一个优秀的司机只能驾驶一辆固定的车行走在固定的路线上一样，我们不能简单地把一个试飞员的工作只理解成单一的某个科目的科研试飞。试飞员们身上需要承载的，除了本职任务，还有帮助、影响、传播、召唤更多同道者并行，继承使命。正如苏联的加加林没有倒在通往太空的航路上，而是不幸殉命于普通的带教训练一样，卢军虽然不是因试飞某个具体科研项目而牺牲，但他依然是为了祖国试飞的大事业光荣捐躯。他最后一次飞行所要完成的动作，是世界飞行领域公认的高难危险科目，这一点，从当年他与雷强一同在俄罗斯国家试飞员学校学习时就十分清楚——但他们依然要求去飞，并且写下生死状。能否飞出这个动作，不仅仅是个人飞行技能、心理品质的体现，更是一个国家、一支军队试飞水平和能力的标志。试飞就是探索，试飞就是探险。"每一次飞行都是用生命博弈"，这句话并不是一句虚言。

卢军是一名伟大的试飞员，他用最宝贵的生命证明了一个试飞人彻底的无私和纯粹的大无畏。他的名字，镌刻在了中国航空博物馆飞行员烈士纪念碑上。

卢军魂归长空那一天，是寒食节。

之后，每年的这一天，中国航空博物馆飞行员烈士纪念碑黑色的碑石下，都会摆放着一束束鲜艳的鲜花，仿佛他曾经灿烂的青春，绚丽绽放。

三、在父亲墓前跪下

> 爸，你从那么高的天空摔下来，该有多疼啊……爸，你教教我，怎么才能让妈妈不哭……

到试飞部队采访那天，我乘坐的民航飞机因故延误了，接机的小刘干事在机场足足等了3个小时。但见到我的时候，他笑盈盈地说："没关系。"小伙子二十出头，身材细高，相貌清秀，白净清爽，像株小白杨。这笑容让我释然了。

已经是傍晚6点，因为与受访者约好了时间，所以我决定不吃晚饭，直接去对方处。

　　等我结束采访走出来时，已是星光满天，小刘坐在副驾驶座上睡着了。部队驻地的超市和食堂早就关门了，我们只好饥肠辘辘地往回赶。下车时，我歉疚地说："让你跟着挨饿了。"小刘从前排座上转过身来，笑盈盈地说："我没关系，就是没照顾好作家姐姐。"

　　到了营地，已是夜里 11 点多了，我十分疲倦，但还是坚持把采访录音和笔记整理到电脑里保存。正在这时手机响了，看看表 12 点过了，小刘说，东西放在门口了。我打开门，门把手上挂着一个打包袋，里面是一盒热气腾腾的面。这个时间，在这种地方，不知道他跑了多远才弄到这碗面。之后的几天，小刘一直跟着我。每天一早我开门出来，他已经站在门口，笑盈盈地点头说："我们可以走了吗？"

　　采访进行到周末那天，气象预报说当日阴雨，有雾，这种天气是不飞行的，部队放了一天假。考虑到试飞员们难得有一天假期，不便打扰，我就向部队长提出，去烈士陵园祭奠。我看出部队长似乎迟疑了一下，就赶紧说："领导们就不要陪了，让小刘跟着给我指个路就行了。"烈士陵园在山间，去山里的路有一些岔道，我这个人记路的本事很差。

　　领导转向小刘。小刘点了下头："行，我陪作家姐姐去。"

　　领导再一次迟疑了一下，然后拍着他的肩头说："你这小子，长得越来越像你爸了。"

　　出门时，我问："小刘，你父亲也是干试飞的吗？"

　　小刘没看我，只顾低头把手上的工作记录本装入随身的文件袋，说："以前是。"

　　半个小时后，我和小刘坐着车出发了。我们先去买了一些鲜花。大捧新鲜的菊花放在车后座上，一束一束扎好的，白的黄的。我数了两遍，还是确定多了一束。我想一定是那个卖花的数错了。

烈士陵园在城外的一座山上，从营地过去还有挺长的一段距离，通常我们把那里叫作"北塬上"。每次到试飞部队来，我都要过去看看。

山道弯弯，没有人，两边的丛林一晃而过。塬上很安静，松柏株株静立，只有风吹树响的声音。沿着陵园的青砖小道一路往里，不多时，就能看到两头威武雄壮的石狮子守护着墓群。石狮子后方，迎面是一座纪念碑，上面端正地书写着"中国飞行试验研究院烈士公墓"的大字。纪念碑顶部是一只雄鹰的雕塑。几十名为我国航空工业发展而在试飞中献出宝贵生命的英烈静静地睡在这里。

天还是阴着，起了一些风，我觉得身上冷冷的。这个季节本来是不该有这么冷的风的。想来是烈士们住在这里，有点冷清。一排接着一排的烈士墓，我一个接着一个走过去，扫扫碑上的浮土，摸摸烈士们的坟头，再一一读下那些冰凉的文字。照片中的人沉默地面对着我，他们一律微笑着，仿佛要张嘴说些什么，却久久不能说出。心隐隐作痛，我的眼睛被泪水浸得酸酸的，那些照片开始模糊了。我慢慢地蹲下来，把菊花一束一束地放在每个墓前——

突然，我的身旁，一个人影扑通一声跪了下来。

"爸爸——我来了——我来看你了——"

是小刘。

低低的呜咽声里，他的头沉沉地低下。他的手上，捧着一大把菊花。

我下意识地看了一眼石碑上的名字：刘普强。

两束菊花放在烈士刘普强的碑前，对于小刘来说，刘普强不仅是英雄，还是父亲。脑袋嗡了一下，我这才明白，自己无意间犯了一个残忍的错误——

　　"又有好些天没来了——我和妈妈都想你——"

　　我轻轻地走开了，留下小刘一个人独处。我走得远远的，站在一个我们彼此看不见的地方，隔着数十米的距离，隔着郁郁葱葱的松柏。冷风拍打着我被泪水浸湿的脸，我听见一个年轻人长久的、撕心的哭泣。

　　父亲刘普强是突然走的。那一年小刘还在上高中。

　　最开始的几天，家里人来人往，进进出出，他总是恍惚着，他总是不相信，好像在梦里一样。父亲常年执行任务，常常一连数日甚至一两个月不在家，他总是觉得，这些人在说的事，并不是真的。那些日子他没上学，连续几天，他都站在门口，他把门大开着。等他们走了，他就想，都错了，他们都错了，父亲只是出差执行任务去了，过不了几天，父亲就会像以前一样，手提飞行图囊，迈着大步走来，走进门，会大声说："儿子，作业写好没有啊？"

　　小刘是独子，学业优秀，相貌俊秀，性格平和，在学校、在家里都是让人省心放心的孩子。做父亲的在任何场合都不掩饰对这个独子的喜爱。

　　他不相信，那么疼爱他的父亲，就这么走了，一声不响，一句话也不交代地走了。但是，一周以后，哀乐低回的灵堂里，那个躺在鲜花丛中被白色纱布缠满全身的人，还有墙壁上那张巨大的挂着白纱镶着黑框的照片，让他终于明白，这一切都是现实。

　　遗体告别仪式上，母亲一进灵堂就昏过去了……

　　父亲和母亲感情极好，他们结婚这么多年了，小刘都是上高中的大孩子了，父亲称呼母亲，还是叫小名。

外公来了。

外公一夜之间就老了，老得腰都弯了，声音都哑了，他把小刘的手抓得那么紧，那么疼。

外公说："宝啊，这个家就指望你了。你是男子汉。家里就只有你这个男子汉了。你必须挺住。"

小刘哭着抱着外公说："外公，怎么挺？我挺不住——"

外公说："挺不住也要挺。咬牙，咬紧牙。"

小刘咬着牙，可眼泪还是不听话地流："外公，我咬了，还是不行——"

外公搂着他，泪水滴落在他的头上。外公说："孩子，这样就行。记住，咬牙，别出声，一定要跟紧你妈，她去哪儿你去哪儿，跟紧她，一定别在你妈面前哭。"

他咬住牙，他听见牙齿咯咯地响，他听见被压回自己胸腔的破风机一样的哭泣声。很多天里，他的牙酸得不能吃任何硬的东西，哪怕稍稍硬一点的都不能碰。但他一夜之间懂事了。

他咬住牙，天天寸步不离地守着母亲。母亲一病多日，醒来后人脆弱得像一张薄而脆的纸片，他无数次担心一阵风会把他的母亲吹折，或者吹走。他坐在母亲床前，一遍一遍地说："妈，我在，我还在这呢！"母亲散了的目光就会收回来，停在他的身上。

放学后，他绝不在外逗留。一进门他就大声地说："妈妈，我回来了。"

他大声地念书，做饭、洗衣、写作业，他都尽量作出动静。他大声和妈妈说话，大事小事都说，努力地找各种话题。他要让家里有声音，有动静，像爸爸在家时那样，有热乎乎的动静。他不能把任何忧伤的影子带到妈妈面前。

只是，只是在深深地暗下来的夜里，少年小刘用被子蒙住头，咬着牙无声地流泪。

妈妈的房间，灯一夜一夜地亮着。他知道，妈妈也在无声地流泪。

再到父亲墓前时，他把所有的克制释放出来，他彻底地放下一切。他长久地跪着，抱着冰冷的碑，放声号啕，任泪水长流。

他说："爸爸，你好吗？"

他说："爸爸，你教教我，怎么才能让妈妈不哭？"

不知道过了多久，也不知走出多远，阴郁的天空渐渐放明了。我回首望去，那一排排掩在青青松柏中的墓碑看不见了，但我看见那只鹰，站在高高的纪念碑顶端。展翅欲飞的雄鹰，它曾经像英雄一样翱翔天际；如今，虽然不再飞翔了，但它炯炯的目光，依然冷峻而深情地守望着那片他们为之献出生命的蓝天。

那天，我改变了采访计划。下午，我和小刘坐在窗前。我给他泡了一杯自己带的茶，那是我心爱的安徽岩茶，他要站起来道谢，我无言地摇摇头阻止。放下茶杯，我在一旁坐下。

我把脸转向窗外。

之后的时间，我和这个年轻人，静静地坐着。

窗外能够看到北塬的山顶，天空放晴了，一朵白云轻轻地悬在塬顶。

茶水缓缓地冒着热气，茶叶在滚烫的水中慢慢绽开，透明的青翠布满雪白的茶杯，清香在寂静的房间里缭绕。我想告诉他，这茶产自金寨3000米以上的高寒山顶。安徽金寨是著名的革命老区，这里是仅次于红安的中国第二大将军县，这里更是无数先烈的家乡。我在金寨红军纪念馆看到，密密麻麻地刻着小四号字的烈士姓名的黑色石墙，高2米，长度足足有十数米。

我想告诉他，我文件袋里装着他的个人档案，中午拿到的，里面有个人简历、家庭情况。我知道一个二十出头的年轻人的人生，不是这张薄薄的纸能写尽的。其实我很想问很多话，比如他父亲的性格脾气，比如他母亲现在的身体情况和生活状况，这么多年过去了，母亲已经不再青春，她独自带着儿子，有过怎样的艰难和辛酸……

预计的采访并没有进行。整个下午，从头到尾我没有问一个字，小刘也没有说一句话。小刘就那样坐着，军装仪容严整，指甲和衬衣的领口干净清洁，手机调在静音状态，身边带着的笔记本上，一行行小字秀丽工整。对于这样一个经历了与至爱亲人生死离别的年轻人来说，所有的理论和说教都是苍白的。我们就那样坐着，从下午，到黄昏；我们就那样坐着，看着空空的天际，看着青绿的塬顶渐渐被黛色的暮霭笼罩。

告别前，我对着空无一字的采访本，对小刘说："跟你爸爸说句话吧。"

小刘握着笔的手抖了一下，他轻轻地说：

"我心里总在想，爸，你从那么高的天空摔下来，该有多疼啊！"

四、追着梦想而去

> 如今，我只有在这短短39秒的视频中，才能再看见他了。

这是一盘转自中央电视台《新闻联播》的视频录像。经过多次播放，带子已经有些花了，但画面中的人物和声音，还是那么清晰、熟悉和亲切。与他有关的画面，从 1 分 22 秒起，至 2 分 01 秒止，一共有 39 秒。去掉主持人的插入提问和音乐空镜，出现他的声音和图像的地方，合计有 21 秒。对于我和战友们的怀念来说，这短短的几十秒，已是一生。

画面中的他，年轻，生动，快乐，自信，英姿飒爽。是的，他就是这个样子，他以这种永恒的形象，活在我们的心中。录像中最后一句话是："用我们的努力和牺牲，圆强国强军梦。"

在关于中国试飞员的视频中，余锦旺是第一个说出"中国梦"的人。

他追着梦想而去了。

余锦旺籍贯是江西萍乡，幼时在湘潭长大。余锦旺在学校并不高调，每个人都能和他说得上话，他话不多，却很有主见。在同学彭宇光看来，余锦旺并不是个按部就班的乖学生，他喜欢玩电游，玩得最好的是当时流行的打飞机类游戏。

他的另一个同学王洪涛对打游戏这一点有另一种解读。王洪涛与余锦旺住隔壁，是最好的朋友。他说，余锦旺从中学起就对飞机产生了浓厚兴趣，家里贴满了各种飞机海报。听说每年都会在高中毕业生中招收飞行员后，余锦旺从进入高中起就开始准备。比如他打听到在飞行员考试中，打飞机游戏是考试项目中的一种，因此他经常去电子游戏室玩打飞机的游戏。同学胡鹤宇在回忆时讲道，高中时期余锦旺每天都跑步上学，冬天洗澡都用冷水。显然，如果不是有特别的需要，一个中学生坚持做这些，是解释不通的。有一点同学们的认识比较统一：尽管余锦旺上课经常迟到或者早退，但学习成绩一直优良。

1991 年，湘潭市三中有两名学生被招为飞行员，余锦旺是其中之一。

我提出想与他的父母联系，希望能去他的家乡看看。但是，我的请求迟迟没有得到有关部门的答复。

我也没有再催问。我知道，从 2011 年余锦旺飞机失事牺牲，到如今，数年过去了，如果我走上门去，那些好不容易才被时间渐渐抚平的创伤，会再一次被无情地撕开，这终生不愈的伤口，疼痛无以复加。

2011 年，对于余锦旺来说，是一个空前绝后的时间段。3 月 12 日和 4 月 9 日，他在不到一个月的时间里，遭遇了两次空中停车。

飞机发动机空中停车是飞行安全的大敌，特别是对单发飞机而言，如果空中启动不成功，会给飞行员和飞机带来极大的风险。每一次空中停车对飞行员来说都是生死考验。就算是最理想的状况，飞机在机场进行空滑迫降，由于在停车状态下不能调整飞机油门，目测过低飞机会掉在跑道外，目测过高飞机则会冲出跑道，无论哪种情况都是致命的。降落作为飞行最复杂的环节，正常情况下都会产生误差，更何况是停车状态。因此，处置空中停车不但是对飞行员驾驶技术的挑战，更是对飞行员心理素质的严峻考验。

3 月 12 日下午，余锦旺按照飞行计划，进行某型新机一类风险科目颤振试飞的第二架次。15 时 33 分，飞机爬升至指定高度。就在余锦旺操纵飞机改平的过程中，飞机的发动机转速突然自动从 85% 下降到 80%。同时，座舱屏显上出现了故障显示，发动机启动指示灯也开始不断地闪烁。大约 10 秒后，这些故障就像突然到来时一样，又突然消失了。余锦旺凭经验判断，可能是发动机出现

了问题。他一边立即报告地面指挥员，一边停止试飞科目动作，驾机掉头返场。

在返场过程中，同样的故障又像幽灵一样多次出现，而且越来越严重。在随后10分钟时间里，发动机竟然连续出现30余次自动切油，发动机不断地发出超温告警，并连续7次自行空中启动，几秒钟后又自动切油。这是一个连环险情，事后分析得知，这也是空军和中国试飞史上首例"综调故障导致多次切油空停"的重大空中特情。这是新装备，试飞部门没有相关的处置经验和方法。也就是说，试飞员要想保住飞机，只能靠自己的胆识和技艺，在巨大的风险中孤身摸索并破译解锁生命之门的密码。

按预案的要求，应当采用滑翔的方式，下滑至本场。但此时飞机的高度只有2000米，飞机推力不足，这个高度是根本不能滑回本场的，备降机场的跑道较短，不宜进行迫降。怎么办？

险情发生时，保持冷静是一名优秀试飞员的首要素质。余锦旺深深吸了一口气，大脑像高速运转的计算机一样，对面前所有现象进行综合分析判断。他将突破的焦点集中在发动机上。在发动机启动后转速上升的阶段，他先试探性地柔和加油门，在观察飞机反应的同时，密切注视着急速变化的各种仪表和数据，他想根据眼前不停变化的各种信息掌握飞机的状态和趋势。十几秒后，奇迹出现了——发动机转速短时间上升至90%以上。他抓住这难得的机会，立即操纵飞机爬升至3000米左右的高度。高度就是生命！余锦旺抓住了这稍纵即逝的宝贵机会，为飞机赢得了1000米的高度。

迫降场上，地面指挥员、副团长李吉宽紧急调离余锦旺迫降航线内的所有飞机，并提示他可以直接操纵飞机进行对头着陆，以缩短滑翔距离和空中滞留时间，尽快落地。500米、300米、100米……

飞机距跑道越来越近，高度越来越低，地面上人们的心却在不断地往上提。15时48分，飞机终于贴着地平线以优美的姿态安全着陆。

从险情发生到成功返场，前后共15分钟，整整900秒，每一秒都暗藏着巨大的风险。余锦旺以他坚强的信念、无畏的精神和过硬的技术创造了中国航空史上又一个奇迹。

险情发生后，调查组专家一致认为：此次特情处置非常正确，特别是试飞员及时发现并果断返场，缩短了滞空时间。如返场不及时，很可能导致发动机最终无法再次启动。试飞员挽救了飞机，挽救了型号。

不久，余锦旺第二次遭遇了空中停车事故。

4月9日12时08分，余锦旺驾驶国产新型高级教练机——高教-9（"山鹰"），执行飞机性能试飞任务。

飞机很快跃升至11000米的高空，在这个空域，天空呈现出最动人的蓝色，机身下的白云层层叠叠。12时35分，飞机刚刚改平，突然，飞机发动机发出一声像打雷一样的爆响。随即，发动机转速、温度指针瞬间下滑，飞机推力迅速下降，无法维持高度。

余锦旺此时的第一反应就是"发动机停车了"！

对于一架单发的飞机，一旦在空中失去了动力，情况会非常危险。此时飞机距机场还有80多千米，按滑翔比计算根本不可能飞回去。更复杂的情况是，由于这是一架还未定型的新机，飞机设计不完善，驾驶舱内的"停车""断电""液压压力"等各种红、黄色告警灯全都闪烁着刺眼的光芒，语音告警系统的"女中音"也不断地用"温柔"的语调和"平缓"的语气提示他各个系统发生了故障。这些光源和这种声音分散了他的精力，严重干扰到他和地面指挥员的联系。他只能靠自己了。他先推杆下降高度，尽量将飞机表速控制在 450 千米／小时左右，并一直保持 7000 米的高度。最佳的启动时机到来后，他毫不迟疑地拨启空中启动电门。终于，转速表开始慢慢上升，发动机也发出了"嗯嗯"的启动旋转声，空中启动一次性成功！接着他轻缓地（这个操作方式很重要）推油门至慢车位，最后将油门保持在 85％ 左右的控制量。状态稳定后，余锦旺在地面指挥员的准确引导下，于 12 时 48 分安全降落在机场跑道上。

事后，各方专家对飞机和飞行参数进行了全面分析，得出的结论是：问题是飞机系统意外突发故障所致，试飞员处置准确及时有效，不但有效化解了风险，还发现了飞机设计中存在的部分缺陷，提供了对飞机相关系统进行改进的直接依据，为型号飞机的发展作出了重要贡献。

高教 -9 是中国航空企业自筹资金研制生产的新一代高级教练机，一旦飞机空中启动不成功，后果将不堪设想。若弃机跳伞，摔掉的不仅仅是上亿元的装备，更可能是一个型号的命运！

一个月内连续正确处置两次重大事故，余锦旺表现出了一个成熟试飞员卓越的品质——机敏智慧、沉稳冷静、勇敢无畏、头脑清晰、操作精准。也就是在这两次事故发生后不久，中央电视台制作《红旗飘飘·空军试飞员——我们都是共产党员》节目，记者在试飞现场抓拍了一段余锦旺的镜头。视频中的余锦旺，穿着深蓝色制服，短短的头发，在面对镜头的时候，朴素、淡然、自信而帅气。

命运在 2011 年的后半段显露出其不可捉摸的凶险。

2011 年 10 月 14 日上午，"2011 中国国际通用航空大会"召开，在陕西省蒲城县内府机场举行飞行表演时，意外发生了。一架国产"飞豹"飞机在飞行表演完成通场任务返航途中发生意外，突然失控，坠毁在陕西省蒲城县党睦镇董楼村二组一块盐碱沼泽地中。据中国国际通用航空大会执委会相关人士介绍，飞机失事时离地面很近，后舱飞行员弹射出舱，降落伞打开，没有大的问题；前舱飞行员确认遇难。

余锦旺就是前舱飞行员。这一次他没有跳出死神的大口。

噩耗传来，战友们泪下如雨。

得知我在做中国试飞员的采访，一些朋友和战友，包括不少关心航空的军迷网友，小心地，但却是明确地问我，现在的航空救生系统已经有巨大的进步，现在的火箭弹射座椅不是都号称零零弹射吗？为什么飞行员还会遇难？如果说一个成熟的飞行员是以等重的金子铸成的，那么，一个优秀的试飞员已经无法用金钱衡量，他的经验与技术，是经历了数十年、多种机型与数以万计的飞行后累积而成，每一个人的经验和技术都不可复制，国家失去了这么一个优秀的试飞员，是多么大的损失啊！

为了回答这个问题，在这里，有必要讨论一下现代飞机的救生系统——弹射座椅。

从人类开始在天空中飞行，弹射座椅就一直起着非常重要的作用。在螺旋桨时代，由于飞机飞行速度较低，飞行员甚至可以自己打开舱盖翻出来跳伞，也可以让飞机倒过来飞行，自己打开舱盖，头朝下靠重力自由落出飞机。但是这些方式在喷气式飞机出现以后已经不可能采用。喷气式飞机速度远远超过螺旋桨飞机，而且经常在人类无法靠自己呼吸的万米以上高空飞行，强烈的气流和稀薄的空气随时可以杀死离机的飞行员。进入喷气时代，随着飞机的速度越来越快，开始采用弹射座椅保障飞行员的安全。如今的弹射座椅，已经从最早期的压缩空气或者是火药式弹射，演变成火箭式弹射。火箭式弹射推力输出变化较小，不会像其他方式在开始弹射阶段有一个巨大的加速，会损伤飞行员的脊椎，而且火箭式弹射推力充沛而持久，在穿盖（座舱盖）时力量更足。同时，由于火箭发动机持续工作，还可以把飞行员弹射到一个较高的高度，使飞行员不容易被处于失控状态的飞机的尾翼和机翼所挂到。这些都极大地提高了飞行安全性。

零零弹射，是当代航空救生领域的标准，也就是说在飞机即将坠地的状态下也可以让飞行员安全离机，但这个标准在实践中是否完全可靠？答案是否定的。

无论多么先进的救生系统，都无法100%地保证飞行员的绝对安全。

零零弹射试验，是采用程序控制的自动化装置在弹射试验平台上的理论测试结果，而不是实机测试，更不是真人操作。真人操作与电子装置控制有本质的区别：

第一，理论上的弹射试验，仅仅需要让电子装置给出一个脉冲信号来启动弹射器，所花时间不超过百分之一秒。而在实机操作中，驾驶员要弹射，必须将手从操纵杆上移开，挪动到弹射手柄处，然后扳动手柄，而且为了防止误操作，手柄上还设有一定的保险装置，这些极大地延迟了操作反应时间。从反应时间上来说，二者完全没有可比性。

第二，双座飞机的弹射更为复杂，为了防止前、后舱飞行员同时弹射，造成空中相撞，一般是先弹射后舱飞行员，延迟一定的时间后再弹射前舱飞行员。所以在后舱飞行员跳伞后，留给前舱飞行员的时间就更短了。

第三，弹射是需要飞行员作出反应的。当飞机在几十米低空失控时，下一步怎么处理？是跳伞还是挽救飞机？这需要飞行员在第一时间作出判断，而这个决策时间就算只有 0.1 秒，也足以让他失去弹射的机会。

事故调查发现，当时飞机离地高度在 100 米左右，后舱弹射成功，飞行员安全着陆，而前舱的余锦旺并未进行弹射。余锦旺很可能是一直在努力使飞机改平以挽救飞机——数月前，余锦旺在两次空中遇险的情况下，都曾成功处置。以余锦旺的飞行经验来说，如果飞机完全没有挽救的机会，他的判断就会迅速得多，反而能提高获救的概率。但显然，他没有放弃，他要做最后的努力，这是一个试飞员最令人敬仰的职业操守——可他也因此失去了弹射的最佳时机。

采访中我发现，几乎所有牺牲的试飞员烈士，在他们生命的最后一刻，都在努力争取，直到再也无法挽回——他们要用宝贵的生命换取型号飞机的生存。

轰然倒下的英雄，依然是英雄。

余锦旺牺牲一周后，战友们将他安葬于阎良北塬的烈士陵园，同那些先他而去的试飞烈士在一起。那一天是 10 月 20 日，阴天。上午 10 时，装载着烈士灵柩的灵车在警车车队的庄严护送下，缓缓地上路，穿过试飞路，穿越人民大道后驶出，就在即将离开这座飞机城的时候，突然下起了大雨——仿佛是英雄不舍他的事业，更是战友们为他的离去而悲伤。

大雨中，一路跟随的人们痛哭失声。

写到这里，我又一次打开这段珍藏的视频录像，画面中，那个穿着蓝色飞行服的帅气小伙子，用漂亮的男中音说着：

因为它那个停车跟打雷是一样的，嘣噔……飞机像要冲向地面似的，对人的心理压迫……确实挺大的。

男主持：这时，飞机距离起飞机场 50 公里，不具备返场条件。保住战机，是余锦旺的第一个念头。

余锦旺（同期声）：……你一旦摔了，不仅仅是装备，还可能摔掉重要的数据，更有可能一旦摔掉了，找不到原因，这型飞机以后就很困难了。

男主持：生死关头，余锦旺没有选择跳伞，而是拼命稳住战机，终于在无动力的情况下成功迫降。

……

余锦旺（同期声）：用我们的努力和牺牲，圆强国强军梦……

我让画面定格，让这张微笑的脸停留在记忆中。

余锦旺走了，他追梦而去。我在战友们给他开设的网上纪念馆里，看到这样两段文字：

你离开我们已 1592 天。

许久没有联系你了，我是"魔法皇子"，你一定还记得我。希望你在天堂快乐！

战友余锦旺，希望你在天堂快乐！

五、被压瘪的头盔静静地躺在那里……

故乡年年梨花雪，不见旧时故人归。

在试飞部队的荣誉室里，两个被压瘪的头盔静静地躺在那里，那是杨晓彬、唐纯文烈士的遗物。

悲壮的一瞬定格在 1996 年 8 月 12 日。

这一天，试飞员杨晓彬和唐纯文共同驾驶"飞豹"085 号原型机，在某沿海机场进行海上科目试飞。飞机突然发生故障，尽管他们做了最快的处理，但飞机失控，10 时 57 分，两人壮烈牺牲。

四川南充，坐落在群山环抱的四川盆地东北部。我们的英雄唐纯文烈士，就来自南充市高坪区溪头乡七村一组。

这是南方常见的乡村院落，简易的数间民房，四周农作物茂盛，院落里一株高大的梨树枝繁叶茂。正屋迎面就是堂厅，墙壁正中悬挂着烈士身穿军服的大幅遗像，旁边是国家民政部颁发的革命烈士证书。

唐妈妈 90 多岁了，她现在每天都会对着遗像久久地看。倘若有人来到她面前，她会对着来人仰起头，扳着枯瘦的手指，目光散着，说：

我的大儿子走了。

心爱的大儿子走了快二十年了。

老迈的她眼睛里已经流不出泪水了。

1968年春，梨花胜雪的时节，村子里炸开了锅似的热闹——唐家大儿子唐纯文当上兵了。当兵，在这个不起眼的小乡村里，算得上大事了。

送别那天，唐家小院里聚集了好多人，梨树下乡亲们你一言我一语地叮咛嘱咐，搞得唐妈妈都没有时间多跟儿子说些什么。

温暖的春风吹过，梨花片片飘荡，唐纯文穿着崭新军装的身影，渐渐离开了亲人的视线。

入伍第二年，优秀士兵唐纯文被部队保送到空军第十六航空学校，学习领航轰炸专业。也就是说，唐纯文从"陆军小兄弟"变成了"空军老大哥"——这个消息再次让村子轰动，梨树下，唐妈妈对着前来祝贺的乡亲们乐得合不拢嘴。

1986年2月，为了试飞当时尚处高度机密状态的"飞豹"，试飞部队领导到空军各单位选调优秀人才，唐纯文从数百名应征者中脱颖而出。

得到这个消息时，组织上和他的老战友都找他谈了话。内容很简单也很直接——唐纯文已接近退役年龄，如果不去搞试飞，他完全可以有另外几种选择：去航校任教，或者退役后去当民航飞行员。前者安全，后者收入丰厚。从事试飞，的确是光荣的事业，但伴随着巨大的风险。唐纯文，这个朴实的农家孩子说："只要是空军需要，我服从组织安排。"

村里上点年纪的人都记得这个老实肯吃苦的孩子。家中并不富裕，作为长子的唐纯文从小就帮父母劳动，上学时他一周回来一次，每逢周末回家，总是抢着做家务。家乡的冬天寒冷，体贴的儿子在上学之前，总要帮母亲洗好几大筐红苕，然后才搓着冻红的手跑步去学校。

唐妈妈浑浊的眼睛，仿佛又看到她那个矫健的、总是憨厚微笑的大儿子笑眯眯地挥手离开，背上的布口袋里背着一周的粮食和柴火。

儿子是个孝子。1988年8月父亲去世，他作为长子回家守灵，正值盛夏，他坚持戴着孝帕，再热也不肯取下来。

父亲去世后，唐纯文担心母亲一个人在家里孤单，每年都会接母亲到部队住一阵。老人不习惯城里的生活，又放心不下乡下家里的鸡鸭菜园，住上一段时间后就想回来。每次返程，唐纯文不管多忙，都想办法调休几天，亲自送母亲回家。

唐妈妈昏花的眼睛，又看到儿子一手抱着鼓鼓的大袋子，一手挽着自己的胳膊，走在回家的路上。儿子每次送她走，头几天就开始让媳妇准备。那袋子里装着的，全是给母亲准备的吃的穿的用的。

她每次都说："不用送，这边上了车，那边你弟他们接就行。"每次儿子都摇头："妈耶，不行的，我不放心。"

她想起，是哪一天呢，儿子在送她回家的路上说："妈耶，我现在干的这个工作，早上吃了饭，就不知道还能不能吃午饭。如果哪一天我出了事，你可千万要想开些啊！"

她那时没有在意这话。自从儿子在天上飞，这话她不是第一次听见，她从来没有想过，有一天，儿子真的没有回来吃午饭。而且，再也不会回来吃饭了。

活蹦乱跳的儿子，贴心贴肝的儿子，再不会出现。

故乡年年梨花雪，不见旧时故人归。

1996年8月12日早晨，领航员唐纯文与重庆籍试飞员杨晓彬一起，驾驶"飞豹"战机执行一项科研试飞任务。任务完成后他们返航，10时50分左右，飞机已经对准跑道开始下降准备着陆时，飞机后侧的一处起落架打不开。当时，指挥塔台里的飞机制造公司代表抢过话筒，大喊："跳伞！飞机我们只要一个月就能生产出来！"可两名试飞员拒绝跳伞，试图靠机腹迫降挽救飞机。

但因为飞机故障严重，无法进行操纵，迫降时未放出降落伞，未完全对准跑道，机腹贴地滑行一段后完全失控，飞机反扣，驾驶舱与坚硬的跑道摩擦，座舱全部被磨平，两名试飞员壮烈牺牲，遗体仅留存下大腿以下的部位。现场异常惨烈。战友们捡回了烈士被压瘪的头盔，永久地陈列在部队的荣誉室里。

不懂行的人每每会问，为什么不跳伞？为什么不跳？

哪怕只有一线希望也不放弃，这正是试飞员应当具有的特殊品格。通常进行试飞的都是未定型的飞机，飞机在遇到险情时究竟有什么特异表现，谁也不清楚。如果遇到特情就弃机跳伞，飞机摔了，试验数据连同故障原因一起摔掉，小而言之，潜在的危险依然存在；大而言之，一个型号的飞机可能就宣布不存在了。但是如果能处置成功，转危为安，飞机的设计完善就会大大跨越一步。而这种进步与完善，每每需要以巨大的风险为代价。生与死，跳伞还是坚持，完全只在一念之间。可能是在飞行员作出判断的前一秒，飞机还可控，但后一秒，飞机情况逆转，无力回天。

关于唐纯文和杨晓彬同志的牺牲，有关领导是这样说的：

"中国空军试飞员队伍蒙受了巨大的损失——我们优秀的试飞员唐纯文和他的战友杨晓彬在执行科研试飞任务时不幸以身殉职。他们是为祖国航空事业而光荣牺牲的，他们的英名连同他们的业绩将永远铭记在航空试飞史册上。"

牺牲前，唐纯文是当时空军试飞部队里军龄最长、军衔最高的一位。

在"飞豹"长达八年的定型试飞中，每次试飞平均每 17 分钟就出现一次特情，试飞英雄们无时不在死神出没的云雾中拼搏。空军试飞部队的黄炳新、杨晓彬、唐纯文、史同洲等 15 位试飞员先后驾驶 5 架原型机共试飞 1600 多架次，完成试飞项目达 82 项，完成飞机颤振、强度、武器发射、外挂物投放等风险科目试飞 11 项。他们的名字已同"飞豹"一起镌刻在中国航空史的丰碑上。

我到达那里时，那条跑道还在。笔直的跑道，在蓝天下泛着灰白的光。这是条历史悠久的跑道，见证了一代代飞行员的成长和牺牲。

时间将过去的一切痕迹抹去，俊鸟飞离，英雄远去，跑道上当初触目惊心的黑色焦痕早已荡然无存。两边的青草还是那么茂盛，那是英雄的血肉滋养的重生的生命。

唐妈妈说，儿子牺牲后，她和儿媳、孙女一道赶去部队，很想到出事地点看看，但没有得到批准。

我向试飞部队领导说了这一点后，部队领导沉默了许久之后才抬起头说，老唐和小杨人太好了。因为是近场，那天有太多人目睹了失事的全过程，他们牺牲得那么惨烈悲壮，之后，机场所在的飞行部队，整整半年没有放过音乐——而在此之前，试飞部队每天早起床、晚熄灯以及三顿饭开饭时都是固定要放音乐的。

政委红着眼睛，几乎冲着我吼起来："试飞有风险，这风险我们做军人、做儿子的担了，吞了，可唐妈妈那么大岁数了，我们怎么能让她老人家去现场再体验那种撕心裂肺的痛苦？！怎么能？！"

虽然没有人敢对唐妈妈说起细节，但母亲与儿子同心连体。开追悼会那天，儿子的遗体从海边空运回阎良，只是个用纱布包裹的人形，唐妈妈刚看一眼就昏死过去了。

儿子走了，故乡院里的梨树依然年年繁盛。年年梨花雪，不见故人归。

唐妈妈说："都说亲人死了就看不见了，可我为啥子还是看见我儿子了呢？"

梨花盛开的时节，唐妈妈做了一个梦，她梦见刚刚会走路的儿子，揸着白白胖胖的小手，一边摇摇晃晃地走，一边咯咯笑着，扑向自己。

战友的牺牲非但没有吓倒试飞员们，反而激发了他们投身试飞的豪情壮志。在两名试飞员牺牲后的第二年，1997 年 6 月 19 日，试飞员谭守才驾驶"飞豹"从试飞院机场腾空而起，呼啸着直刺云天。机舱内，谭守才手握驾驶杆，目光坚毅。

今天，他将在空中查找该型机座舱失密的原因，如果发现不了故障产生的原因，此型飞机将无法进行设计定型。而带着问题驾机上天，意外的情况会随时出现，死神也将随时向他发起攻击。

飞机平稳地飞行于蓝天上，一切都是那么平静。突然，飞机的告警灯闪出可怕的红光，不好，险情出现了！随着飞机发出一声怪叫，驾驶舱立即失去了密封性，谭守才顿时感到浑身胀痛难忍，但他马上镇静下来，操纵飞机迅速下降高度。

当高度表指向 1540 米时，只听嘭的一声巨响，飞机前座舱盖被抛到了九霄云外。强大的气流伴着死神的凄泣呼啸着将他紧紧压在座椅靠背上，眼睛睁不开，耳朵听不见，浑身被吹得冰凉，他与地面指挥员也完全失去了联系。

由于飞机座舱盖被抛掉，弹射系统失去了保险，试飞员随时面临着被突然弹离飞机的危险。此刻，如果他正常跳伞，可以轻松脱离险情，但谭守才只有一个念头：飞机是党和人民的财产，是几代科研生产人员智慧和心血的结晶，自己只要还有一口气，就要把它飞回去。

座舱内已是浮尘遮眼，阴风怪叫，谭守才脸部的肌肉几乎要被撕裂。他艰难地拉下头盔风镜，护住眼睛，同时咬紧牙关，双手紧握驾驶杆。他知道，此时任何一个微小的错误都会导致机毁人亡。他将身体一点点移向仪表板，尽量减少强气流对身体的冲击。强大的气流下他浑身冰凉，握杆的手已经不听使唤了。他狠狠咬着嘴唇，让自己保持清醒，嘴唇被咬出了鲜血，他浑然不知，他要拼着性命去挽救战机。

1400米、1300米、1200米……带着没有前座舱盖的飞机，经过16分钟的空中搏杀，谭守才终于成功着陆。中国试飞员又创造了一个试飞奇迹。

谭守才是被战友们抱下飞机的，强冷风、高压和缺氧，使他脸上和身上的皮肤都变了颜色，身体僵硬得像块石头。没人知道这样的他是如何把飞机操纵回来的。在去医院的路上，航医和战友们不停地搓着他的各部位关节。刚刚缓过气来的谭守才眨着他的小眼睛，对围在身边的众战友说："我的妈，真够凉快的。"

某年初，东海某海域传出一条爆炸性新闻：我军"飞豹"以排山倒海之势，对某海域中的数十个目标进行了毁灭性打击，100%命中目标。

六、包子，是你吗？

　　看到那摇晃着的树枝，我激动极了，我使劲地喊，
包子——包子——是你吗？

　　叙述者：老李、大杨、小朱。

　　老李：作家同志，关于牺牲烈士的这个问题是比较难受的，也
是回避不开的。

　　小朱：要说难忘，试飞员生涯中很多个片段都是终生难忘的。
不过，最痛彻心扉的还是事故。

　　大杨：其实，从当试飞员那天起，就知道干这一行有风险，自
己也经历了多次大大小小的风险事件。但是，真正面对战友的离开，
还是很难接受。

　　我：请你们说说包子吧。

　　他姓包，战友们都叫他包子。

　　那年老李从国外受训回来，打羽毛球时脚的跟腱断裂，休息了
两个多月，脚上的力量还是不好，复杂科目一时还不能上，便担任
指挥员。马上要进9月，试飞任务松了些，团里就安排试飞员们抓
紧时间疗养。

　　老李：本来安排包子去疗养的，但当时他儿子高考完，他跟队
里说，他不去了，孩子要报志愿什么的，事情非常多。中国孩子上
大学是大事，你知道的，这个时候家长肯定走不开。

　　没有疗养的同志就参加正常飞行。那天老李是指挥员，包子有

4个架次，飞的是某国产新型战机。第一、二架次都顺利完成了，中午吃完饭，飞第三架次，他上去了。

老李：然后就失联了。雷达波突然消失了，无线电喊不到。我还对当时在邻近空域的大杨喊话，让他也帮着喊。

大杨：我听到指挥员让我喊包子的代号，就喊了，喊了三四声，没有回答。

没有听到包子的回答，大杨觉得不对头，驾驶飞机沿空域盘旋掉头回来后继续喊，但耳机里还是没有听到熟悉的应答。

大杨：我的心一下子就空了。

没有当过飞行员的人，不太懂这个感觉。飞行员们朝夕相处日夜相伴，彼此十分熟悉，谁是什么语气、什么音色、什么说话风格，都十分了解，在天上飞的时候，只要在耳机里听上一两个字，哪怕只报个代号，就知道是谁在说话。

在正常飞行状态下，连续喊了数声都没有应答，这是非常不正常的现象。不安的大杨立即向指挥员老李询问包子的起飞时间和飞行情况。

大杨：我一算，包子……包子已经起飞一个多小时了。我的脑袋一下就大了。

飞机的油量是按科目情况配给的，会有一定的富余量考虑。包子的科目在空中连续飞行的时间应该在半小时之内，可时间已过去了一个多小时，现在喊他又无应答，不管是大杨还是老李都意识到，可能出事了。

在得到准许后，大杨中止了当天的任务，立即返航。他着陆后跳下飞机，头盔来不及取就直奔塔台。大杨跑进塔台，在楼梯上遇到团长张景亭和老李。老李捏着一张纸条，瘸着伤腿说："来了，走！

快走！"

大杨拦住了老李："我去！"

纸条上标记着雷达监控记下的目标航迹，一个黑色的圆圈标出了最后丢失目标的地域坐标，大杨默然揣起纸条。团长张景亭带人带车已经停在塔台门口了，他们直奔出事地点组织搜救。

能动员的力量都动员起来了，试飞院和试飞部队的人立即出动，同时致电当地派出所请求协助，还动员了附近的村民。空军某部在附近有一个司训大队，两百名官兵全数出动，加上消防、武警一起，连夜搜山。

小朱：山西那里的山不是很高，但很险。我们想着他可能跳伞了、受伤了，早一点找到他就早一点背回来。

到了出事地域已经是晚上6点多了。有个放羊的老人说在山的那边听到一声巨响，随后看到一股烟，他们判断那个地方应该就是出事地点，便找到老人立即出发了。天黑以后开始下雨。他们冒雨赶路，一直走到一个悬崖边上，这里就是飞机最后的雷达点。老人不让再进去了。天完全黑了，视线不好，下雨导致地面湿滑，路侧又是悬崖，他们只能停下来，先在山脚下休息，等待天亮。山里的夜间，下了雨十分寒冷，大家走得急，什么厚衣服也没有带，就穿着一件单衣。但没有一个人肯回去，也没人愿意离开去其他避风处，大家揪了些湿茅草堆成堆靠着。熬到天蒙蒙亮，刚有了些许的能见度，大家赶快起身进山，向出事地点靠近。

中午过后，他们在绕过山的地方发现了四散的金属块，这说明出事地点就在附近。山一座挨着一座，众人分几路，包围着一座山搜寻，一座山头找完了，再转向下一个山头。突然有人大喊：

"那边发现了伞！"

大杨：那一刻大家和我一样都兴奋起来，心想是不是包子跳出来了。

所有人的头都转向那个方向。大杨拔脚就朝发声处跑，刺丛湿泥遍布的山坡，又黏又绊脚，大杨的奔跑变成跌撞，他的心呼呼跳着。

跑到跟前，大杨一把捞起伞一看，却是着陆用的减速伞，飞机跌落时掉出来的。

已经是下午4点多了，在雨里走了大半天，大家的衣服早已湿透了，大杨随身带的军官证都已经被雨水泡得看不清字了，可撞击点还没找到。大杨又急又累又伤心，下山的时候脚下一滑滚了下去，至今他的腿上从膝盖往下还有着一连串的伤疤。

腿和脚鲜血淋漓，但是大杨并不觉得疼，只是心里堵得难受。张景亭要帮他检查伤处，大杨粗暴地拒绝了：哪有时间管这个啊！

天色暗下来，再找不到，夜色将上来了。众人越来越焦虑。张景亭在又一次的张望后突然有了发现，他用变了声的声音喊："那边有个伞！"

张景亭是老试飞员了，眼睛当然特别好。众人顺着他指的方向看过去，果然，对面半山腰确实挂着个伞。这回看得真真的，肯定是救生伞。

再定睛一看，伞的旁边还有树枝在不停地晃。

大杨：看到那摇晃着的树枝，我激动极了，我使劲地喊，包子——包子——是你吗？

热泪迸出眼眶，大杨一下子跳起来，像只猴子一样，跳着直往那里蹿。一路上树枝、棘刺胡乱刮着他的身体，他全然不顾，一边狂奔着，一边声嘶力竭地喊着：

"包子啊——包！听到没？坚持住啊——哥来了——哥救你来

了！"

他的身后，战友们一个接一个，喊着、叫着，以各种近乎狂欢的姿势朝那只伞奔去。

大杨第一个跑到，到了那里一看，伞是在，挂在树上一半，飘着一半，可里头是空的，周围什么也没有，一只鞋、一片衣服也没有。他不死心，不相信，把伞拎起来里外前后都看遍了，确实没有。张景亭细心，又仔细检查了周围的树干、树枝，没有任何刮擦或者人工留下的痕迹。大杨在四周来回跑，一边跑，一边抬头低头树上地上地到处找。

"包啊——"他喊。

"包子啊！你在哪儿？"

众人跟着喊："包——包子——"

山谷中有了声音，但那是山间的回音，他们想听到的战友熟悉的声音，没有出现。

没有。

树枝再一次晃动起来，谁都看清了，是被风吹的。

大杨一下子坐在地上，控制不住地抽泣起来。他用脏兮兮的手捂着脏兮兮的脸，眼泪哗哗地从指缝里流出来："包啊，你在哪儿啊？你快出来！哥在这儿——哥来了——哥来救你了！"

大杨的声音变成了嘶哑的呜咽，他跪在地上，头深深地扎在泥地里。

张景亭忍住泪拉起他："走，继续找，现在不是难过的时候。一定要找到他。"

小朱：其实我们也知道，跳伞的可能性不大。咱们试飞部队的烈士有几个生前跳伞的？每一个试飞员不到最后关头，绝对不放弃

361

飞机。他们都抱着最后的希望，都想挽救装备。

但往往到了最后，已经失去了跳伞的时机。

那一天的晚些时候，他们找到了撞击点，在山头接近山顶的地方。飞机是大速度撞山的，超音速的撞击把山头撞出了半个足球场那么大的一块平地。

面对现场，数百人鸦雀无声。人人都明白，这样大的速度下，飞行员生还无望了。

一片呜咽。

老李：对这种飞机滚转时出现的情况，连设计师也是没有预想到的。还有就是天气的影响，做滚转的时候，对云顶的高度预计不足，第二圈就入云了，飞行员在云中丢失状态，飞机以大速度撞山，酿成了事故。

小朱：其实我们都知道，这样的速度，就算是弹射出来也没有生存的可能……可我们就是希望……就是希望……（忍不住低头掉泪）

第三天中午，他们终于找到了包子的遗体，是已经炭化的部分遗骸。他们用全球定位系统定了点。大杨呜咽着，脱下身上仅有的一件上衣，把战友的遗体包起来，抱在怀里，一路抱着下山。

追悼会上躺在花丛中的包子，是战友们用买来的木制模特代替的。用医用棉纱把头部和上半身全部包裹起来，用松木枝做腿，穿上军装，戴上军帽、墨镜，再用鲜花覆盖。

烈士的家属都接受不了这一现实，见到亲人躺在那里，都会扑上去，想最后抱一抱摸一摸亲一亲，可是不行——

老李：不能让烈士家属靠近。只能远远地看一眼。

包子的儿子哭着要扑上去，被小朱一把拉住了。

小朱说:"儿子,你现在是家里唯一的男子汉,妈妈需要你照顾,你要懂事。你就站在这里看一眼,看一眼马上走,把你妈妈也拉走。一定要拉走,明白吗?"

小朱:这个儿子真懂事,他知道我在说什么。

歼击机出事,遗体能有一块完整的那都是万幸。我们老说奉献啊、牺牲啊,在这里,大家都有特深的感受,都是刻骨铭心。

出事后,大家都很难过,很伤心,但擦干眼泪后,拿着红旗还得继续前进。一般情况下,大家都不谈论死亡。但真正遇到了牺牲,为了国家的利益,大家都没有什么说的,从来没有胆怯过,因为我们这个事业就意味着牺牲。

小朱名叫朱传军。这位试飞部队的年轻政工干部是70后,长着一张可爱的娃娃脸。他是山东长清人,研究生学历,有着丰富的管理经验和良好的协调能力。在担任教导员期间,他所在的大队多次被评为先进党支部和基层建设先进单位,荣立三等功2次。

"在我们空军试飞部队,这么多年来,从来没有一个人,因为害怕出事,主动要求离开。从来没有。"

朱传军说。

七、一下空了两个房间

两个哥们儿在塬上躺着呢。天挺凉的……

在试飞部队的采访都是插空进行的。

试飞部队不同于一般的作战飞行部队。飞行部队的计划一旦确定，一般没有变化。但在试飞部队，科目确定后，实际执行时，根据当时飞行的情况，会有增减更改的调整。所以，我总是根据他们的任务计划提前作出采访计划，提出受访人，在采访中，根据情况随时调整谈话内容。

2013 年 7 月 17 日上午，采访未能按计划进行。舰载机指挥员邹建国休假不在，陆智勇连续一周都有飞行任务，试飞学院院长张景亭去试飞研究院开会了。于是我临时提出想与几位年轻试飞员座谈。

早上 8 点半，我坐进了试飞员公寓小会议室，朱传军政委来了。朱政委告诉我，年轻试飞员们的座谈时间只有一个多小时，因为临时调整，他们 10 点以后有堂模拟课。

我问："他们现在在哪里？"

"都在宿舍准备功课，也没啥准备的，可以过来先谈。"

我说："一个多小时的座谈时间虽然短，但可以先接触一下，需要进一步详细了解的再约。"

朱传军说："我也是这个意思，所以让他们都在宿舍等着了。"

这栋楼的整个五层都是试飞员宿舍，宿舍与会议室在同一层，几分钟后，年轻试飞员们陆续到了。

谈话热烈而轻松。没有录音，也没有领导在，年轻试飞员们敞开了说，一个小时很快过去了。这期间，先后进来五六个小伙子，先进来的还没有说完，后来的就接上了茬。试飞员们脑子就是好，后来的人坐下后只消听上几十秒钟，就能迅速跟上主题。

有一个小伙子中间去给我们大家接了两回水。他手脚麻利，两手端杯子时，用脚尖将门开合。

他第二次端水回来时，我说："你叫易建国吧？你这个姓稀罕。"

他嘻嘻一笑："也不稀罕，咱家还有个易建联不是？"

我也笑起来："不错不错，你肯定是他哥。"

我面前放着一本打开的花名册，我指着其中的一个名字说："温——伟——民。姓温啊，这个姓也少见的。"

最后进来的刘志刚说："小温啊，就是，他怎么没来？他今天在的，刚才我还见他在宿舍里呢。"

门被敲响了，一个干事站在门口说："作家同志，他们要去上课了——"

我赶紧递上采访本，请他们留下名字和电话。刘志刚正在系鞋带，一只脚放在凳子上，嘴里报着自己的手机号，报完后抬起头来指着干事身后的人对我说："喏，他就是小温。"

一个年轻人站在门口的走廊上，身材不高，他向我转过脸来，一张白净的脸，眉目疏朗。

"今天你没来座谈哟。"我说。

他笑笑，没吱声。

"下次吧，下次你第一个说。"我又说。

他还是微笑着，不点头也不摇头。

"小温这人呀，是秀才型的，一肚子墨水。"是谁说了这么一句。

温伟民只是笑，一言不发。

哨音响起来，要集合了。我站在长长的宿舍通道上，目送着他们一个个蹿出会议室，走廊里响起一阵橐橐的脚步声和一阵哗哗的钥匙声。通道两边的门一扇扇打开，他们进门去，三两秒钟后又蹿出来，人人手上多了个蓝黑色的文件提袋。他们回身，嘭嘭地关上门，嘻嘻哈哈、你呼我唤的，勾肩搭背地一起下楼。

转过天的上午，采访完张景亭院长已近正午，我们一起向试飞员食堂走。路上，小刘干事说，按照国家航空工业部和空军的要求，舰载机方面的情况目前尚未全部放开，近期内暂不能安排对舰载机试飞员陆智勇等人的采访。

他说这话的时候，一阵很清晰的飞机声响起，我抬头，看到天空中有飞机掠过。

小刘干事说："今天陆智勇有任务。这一周都有。没准这就是他在飞呢！"

我抬头看着天空，我能看见远去的飞机在天空中留下的轨迹，当然，我看不见陆智勇。

"好吧，那就等下次吧。"我说。

几天后，我离开了这支试飞部队，转场到另一支试飞部队。我那时并不知道，我错过了什么。

经过又一次漫长的申请和等待后，终于，在2014年即将过去的最后几天，我得到了批复，可以去采访，而且有关舰载机的内容也部分放开了。就在出发前的那个夜晚，22点45分，我接到了负责联系的小王干事的电话，在本书的《序章》中已做了讲述。

2015年2月3日，阴天。我又坐在那间会议室里，今天的年轻试飞员座谈会，他们来得很齐。小刘、小董、小宋、小郑，还有"兄弟"是易建联的小易，我能一一叫出他们的名字。

但是，有两个人没有来。

他们永远不会来了。

2014年12月22日15时30分许，隶属于国防工业部门的一架歼轰-7在执行科研试飞任务时，在陕西渭南坠毁，首批航母舰载战斗机编队飞行员之一、空军上校陆智勇以及试飞员温伟民牺牲。

失事过程被附近的一位网友用手机拍摄下来。从视频中可以看到，飞机坠毁前，从房顶上空飞过，尾翼燃着火焰，呼啸着，拼尽最后一丝力量，避开人口稠密区，坠落在了沙王大桥附近的麦田里。有关专家对事故过程分析后认为：

两名试飞员驾驶严重故障的飞机穿越渭南经济开发区时，完全可以弃机跳伞，但是军人的使命感促使他们未选择在密集的厂房上空弃机。如果此时做逃生弹射的话，很容易就给飞机一个低头力矩，飞机会一头栽到工业区里。而当飞机在即将穿过开发区时，因前方就是村落及公路，试飞员此时应该是想尽力控制飞机偏离前面的人员密集区，也许就是这次操作，导致飞机开始严重解体并起火坠落，两名试飞员也牺牲在事发现场。

三天后，在国防部举行的例行记者会上，国防部新闻发言人杨宇军正式对外公布了这一事件，他充满深情地说："对于所有为国防事业献出生命的勇士，我们将永远怀念他们！"

飞机是机器，人也不是神仙。飞机的各系统要经过成百上千次试验，人只能在飞行中经受试验和考验……汽车的速度达到每小时200千米时，人的神经和肌肉的紧张度你是可以想象的，飞机一般的速度都是超过每小时1000千米的，人的各系统需要多久才能适应？作为试飞员，对于风险他们每个人都很清楚。但是，一个真正的试飞员，不会在风险和牺牲面前退缩。

陆智勇是河北人，1995年考入中国人民解放军空军长春飞行学院保定分院，2006年调入空军试飞部队。他生前累计飞行3344

架次 1960 小时，荣立二等功 2 次、三等功 1 次。2013 年，陆智勇与戴明盟等五人通过了航母资格认证，成为堪称海天骄子"梦之队"的航母舰载战斗机编队飞行员。作为我国首批舰载机飞行员，他们的选拔培养堪比航天员，甚至更为苛刻。首批舰载机飞行员年龄在35 岁以下，至少飞过 5 个机种，飞行时间超过 1000 小时，其中在第三代战机上的飞行时间超过 500 小时。

我终于知道温伟民那天为什么没有参加座谈会。事实上，这个温和的、文质彬彬的小温是特殊系统试飞员，像试飞部队中某一部分试飞员一样，他从不接受采访，也不允许画面镜头曝光，因为他所担负的，是高等级的国家机密工作。

这一天的座谈会，还是那几个人，却不见了之前的生动。沉默了许久之后，他们还是开口了：

作家同志，上次你来的时候，我是在这，跟你说，小温站在门口那块……

怎么说呢？事故发生了，我们现在坐在这里，讨论、总结、检查，更多的是谨慎，更多的是自查、学习和反省，隔壁家失火检查自家灶房。

头几天真是难受啊，喘不过气来。后来政委把我们拉到机场，啥也不说，就让我们在机库边上来回走。走着走着，往左边一看，歼 -10、歼 -11，往右边一看，歼 -20、歼 -15，心里一下子松了。再听听飞机声，感觉舒服了。再回来，又有劲了。

国家和军队需要我们，我们自己必须有所担当，一味地悲痛没有意义。

那天我也在飞，也是飞出厂（鉴定试飞）。听到耳机里在叫他们的代号，前后叫了有一分多钟，我就赶紧对其他人说："弟兄们先别出声，听无线电……"

早上出来一块儿上的车，一块儿进的场，一块儿进的空勤休息室，飞机准备好我们就各自去接收飞机了，这就成了最后一面。

要过年了。想着两个哥们儿在塬上躺着呢。天挺凉的……

我悄悄地把刘志刚叫出会议室，对他说："我想去看看他们的宿舍。"

刘志刚赶紧四下里看了看，轻声说："这个……钥匙在领导那里。"

"我知道，你们领导肯定说了，不让人随便进去。"

刘志刚不吱声。

"我不进去，我只在门口站着看一下。"我内心酸楚地说，"让我看一下，我保证，我只在门口站着。"

"就看一下，一小下。"我的声音颤抖了。

刘志刚的眼睛红了，他不敢看我，点点头轻声地说："我去想办法。"

等了不到三分钟，刘志刚回来了，手里拿着一串钥匙。试飞员们的家安在院外，这里每人一间宿舍。钥匙一共三把，队里一把，每个人自己有两把，一般是自己带一把，家里放一把。

长长的走廊静悄悄的，两侧都是试飞员们的宿舍。每个房间门口的墙壁上都挂着一个玻璃框，框里是一张精选的个人飞行照片，下面是个人简历、飞行时间、立功受奖情况。

烈士离去了，但是照片框还原样挂着。

518房间是温伟民，522房间是陆智勇。两个房间中间隔着另一位战友，相隔 6 米。

门锁清脆一响，又一响，门慢慢地打开了。房间迎面是窗，右侧正中一张床，左侧临墙一个衣柜、一个书柜，窗下一张书桌、一把椅子。

小刘说，这是温伟民的房间。小温平时最爱干净，每天飞行回来都要拿抹布擦桌子。烈士走后，他的家属来整理过，照样把床铺得整整齐齐，床单、枕套拍得没有一丝褶子，被子叠成豆腐块。现在，战友们隔几日还会进来，把桌子擦擦、地扫扫，再在床边坐坐，摸摸桌子、椅子、床头、枕头。床上还摆放着大中小三只军绿色军用背囊，里面满满地装着飞行装具，拉锁严密拉好。三只背囊一个挨一个立着，仿佛还像从前一样等待着，主人一旦需要，拎起就走。

陆智勇的房间，朝向与摆设和温伟民房间的完全相同。我看进去的时候，正好太阳来到窗外，阳光从洁净的大玻璃窗射进来，在屋子正中形成一片彩色的光区。细微的尘埃如同无数精灵，缓缓地、无声地在这片光区里飞舞。

去年准备采访陆智勇时，我就做了功课：河北人，头脑聪明，反应佳，心理稳定。闲时喜欢把玩小件玉石。喜欢穿明亮净色的 T 恤。每次飞行完回家后总要换上轻便的运动鞋。总是斜背一挂包。运动型身材，细腰健背，有发达的上臂肌和胸大肌，腰、腿和腕的力量非常好。

墙边的小鞋架上摆着一双制式皮靴，很新，很亮。那一天，小陆的爱人来收拾遗物，临走，把这双鞋仔细擦好后，又放回原处。陪同的战友说："嫂子，这鞋不带吗？"

女人平静地说："回家都是穿便装，这是他平时在队里穿的，他回来了还要穿的。"

没有人再说一句话。

多少个日子过去了，这双鞋还那样放着，鞋头冲墙，沉默地等待着，主人归来后，一脚蹬入就可以穿上，再赴千山万水的征程。

我站在门口，轻轻地摸着门把手，那上面，仿佛还能感受到烈士的体温，我好像又听到他们关门的嘭嘭声……

政委朱传军不知道何时来的，他悄无声息地站在我的身边，把门开得更大一些，一言不发，带着我走进去。站在窗边，他拉拉窗帘绳，再用手摸一下桌面，凑近了看看手指，然后熟练地从门后拿起一块帕子，把桌子连同椅子细细地擦了一遍。我知道，在此之前，他已经无数地、无数次地在这里这样做了——作为试飞部队的政委，他是怎样把这些弟兄当作眼珠子一样天天地照看着、呵护着、疼爱着，又管束着。什么口味什么习惯什么爱好，什么脾气什么情绪什么毛病，他甚至比他们的妻子父母更了解他们，甚至他们中的谁今天多上了两趟厕所或者少盛了半碗饭他都要了解清楚。他一定不能相信，好像刚才还在房间里与他叽叽咕咕淘气的两个活蹦乱跳的兄弟，转眼一去不返，人去屋凉。

末了，他长长地叹了一口气，用手揉着心口说："一下子空了两个房间……"

我忍了一上午的眼泪再也忍不住了，我用手捂住了脸，却捂不住呜咽。泪眼模糊中，我久久地注视着墙上的照片，照片中那两张熟悉的笑脸。

"作家姐姐你不能这样，"朱传军说，目光移开我的脸，"你不能这样进去谈话吧，他们一会儿还有进场的任务。"

我努力擦干眼泪，恢复平静。走出房间的时候，我恍然看到一个白净的年轻人在走廊上站着，一言不发地冲我笑；而头顶上正有一架飞机掠过，一身蓝色飞行服的陆智勇坐在座舱里，目视前方……

518 房门在我面前轻轻地关上了，锁上了。

522 房门也关上了，锁上了。

这两间房，都关了，锁了，它们的主人，再也不会、不能回来。

他们再也不会哗哗地掏出钥匙，把门打开……

女人们花枝招展

第六部

——好男人和好飞机都是飞出来的

作为试飞员的爱人，她们明白，试飞事业是国家的事业、人民的事业，找试飞员做丈夫，就意味着他首先属于祖国的天空，然后才是属于自己的。她们以丈夫令人骄傲的事业心和成就为荣，同时也把伟大而崇高的使命感和奉献精神融入自己的生命，为男人们营造温馨而舒畅的港湾，为他们的飞行增添了信念和力量，也使自己的人生变得鲜亮和庄重。

吾令凤鸟飞腾兮，继之以日夜。飘风屯其相离兮，

帅云霓而来御。

——［战国］屈原《离骚》

当三个女人像三朵鲜花一样出现在酒店门口时，我着实吃了一惊。她们笑着，彼此亲热地打着招呼。她们的笑容明亮开朗，衣着与发式修饰得十分漂亮精致，中航格兰云天大酒店的大堂突然亮了。

她们都是试飞员的爱人，用部队的话说，叫作试飞员的家属。

在那一刻，我有了一个很好的主题——所以，也就有了第六部的标题。

第十四章　一日胜过十年

找试飞员做丈夫，就意味着他首先属于天空，然后才是属于我的。天空中不全是蓝天白云，还有风云变幻。只有试飞员的妻子，才能真正懂得这句话的深刻含义。

一、我把我儿子揍了

"妈妈，谢谢您！这么多年了，您的养育之恩大于生育之恩，您太辛苦了！"

项目分析会定在下午 3 点，但那一天雷强晚到了几分钟。这可是很不寻常的。试飞员们的时间观念强到以秒计算——所有人都知道，飞行这么多年，大事小事上，"大哥大"雷强从来没有误过事。

副总师拿起电话准备打的时候，雷强跑着进来了，头上还冒着热气。

散会了，我一溜小跑地跟着雷强："到底什么事？你也会迟到？"他瞪了我一眼，不吱声，兀自朝前走。"大哥大"雷强永远来去一阵风。我迎着他的恼火："你不说，我就一直跟着你。"

雷强无奈地站下了，双手一摊："我把我儿子揍了。"

和雷强见了两次面后，介绍人问她："怎么样？这人不错吧！"

李蓉心想：怎么你们都这么说？

年轻美丽的女医生李蓉就职于某部队医院，生活平静。但是，自从那个叫雷强的试飞员来住了一次院后，接下来的数周里，总有人要给她"介绍介绍"，所有人对这个雷强的评价都不约而同地相同——那人不错。

这让她不能不对这个小个子男人重视起来了。

一番接触下来，李蓉倒也挺满意。试飞员嘛，思想品德之类的不用说，组织上都是严格审查过的；至于技术，只要稍稍一打听，谁都知道他飞得好，这说明聪明悟性才干也不在话下，专业能力这一点也满意。剩下的，就是脾气性格和个人素养了。这么个能力强、品性超群的男人，会不会是个脾气刚硬之人呢？

周末再见面的时候，雷强带了儿子来——周末幼儿园放假，儿子没地方放。

雷强没想到，就是这一天的相处，让李蓉对他有了转变性的认识——一个能对孩子如此耐心与尽心的人，定会是个厚道的男人。这是李蓉的判断。

平时雷强上班，儿子大部分时间都被独自锁在家里，这回出来，淘气的小家伙风一样到处跑。雷强跑前跑后地跟，一会儿送水，一会儿脱衣，一会儿擦汗。中午吃饭的时候，雷强安顿了小的又照顾大的，面面俱到。看着忙得满头大汗的雷强，善良的李蓉心里感慨：这个男人非常不容易，既要带孩子又要飞行，是个有责任心的人。

李蓉自己是干业务的，看到雷强在飞行上非常认真专注，自然欣赏。女人的心又是软的，得知雷强经常是忙了一天的飞行，累得不行了，还要去幼儿园接孩子，陪孩子玩，把孩子哄睡着了，还要洗衣服、整理房间，夜深了才坐下来，准备第二天的飞行，她心里就有了感动。没多久，他们就结婚了。他们的结合一点也谈不上浪漫，都是再婚，也没怎么操办。李蓉就带着女儿进了雷强的家。两个孩子正好同年同月生，这似乎是天缘。

从把家门钥匙交给李蓉的那一刻起，雷强就迅速地完成了从单身汉到有老婆的幸福男人的转变。从此他一门心思将全部精力投入试飞工作，把他的这个家，连同儿子，全权交给了李蓉。

那一天我走进他们家，看着这个手脚麻利的女人进进出出几分钟就收拾好客厅及两个孩子的房间，并且把自己修饰得漂漂亮亮地坐在我面前。她的皮肤很白，头发微鬈，用黑色的小发卡在耳后别成一朵花形，声音低而婉转，语速缓慢。茶几上的大口玻璃瓶里插着一把从机场野地里采来的小花，蓝色、紫色、黄色都有。李蓉整理了一下花束，轻言细语地说，昨天晚上带孩子们去机场边上散步，两个小家伙采的。

"结婚这么多年，你们家雷强好在哪里就不用说了，你说说他有什么缺点吧。"我提出这样的开场白，李蓉显然有点吃惊。她努力地想了半天，才说：

"一个毛病是喝酒。我是学医的，特别不喜欢他喝酒抽烟。可是喝酒和他的职业有关系，很多飞行员都是抽烟喝酒的，他们可能把这当成缓解压力的一种方法。他个性还特别直，酒量不太好，容易喝多，有时我在场还替他挡酒。另一个是对孩子特别溺爱，可能是因为他平时工作忙，陪孩子的时间少。基本上孩子要什么，他能满足的都满足,从来不会和孩子说'不'字。恶人从来都是我来当的。"

——噢，对了，今天雷强做了一回恶人。这么多年，这还是第一回。

事情的起因是儿子。男孩子几乎没有不捣蛋的。

上午，李蓉被儿子的班主任"请"到学校。班主任客气却愤愤地历数了小雷同学的种种不乖行为：玩游戏、不完成作业、打架、逃课。

末了，老师不无深意地说："我知道你们忙，也很爱孩子，但是这个年龄的孩子，要引起重视，光提醒教育恐怕不够，该严格管理就要严格管理。"

回到家,李蓉决定先和儿子谈谈："老师说你不写作业,玩游戏。"

儿子一副满不在乎的样子："就不想写作业。那些生字，老师动不动就让我们写五十遍，我都会了，干吗还要写？玩游戏怎么了？我爸还玩游戏呢，玩得比我还好。"

李蓉想说，你爸玩游戏是练习反应力，也是放松。但她知道这样的解释对儿子无效，就换了一个问题："那为什么逃课呢？"

"我不喜欢他的课，我自己看书都看明白了，老师还在讲台上讲来讲去的。"

儿子蹭过来，亲热地抱着她的腿说："妈，星期天你带我们出去玩吧，我不等爸爸了，他老说带我们出去，老没时间。你带我们去，好不好吗？"

李蓉一点也生不起气来。她坐在床上想了半天，只好给雷强打电话。

中午，雷强饭也没吃就跑回来了，进门对李蓉说的第一句话就是："都是你平时太惯着这小子了，看，惯出毛病了吧！"

雷强后来告诉我说，其实他进了大院一路上就向路两边看，想找个树枝、木棍什么的，作为教训儿子的工具，但是这院子被打扫得太干净了，地上连片树叶也没有。到家了，雷强在屋里转着圈找可以动手的"武器"，末了，从厨房拎了把扫帚出来。

李蓉一见紧张了，一把抢过扫帚说："我来，你手劲太大。"

雷强说："好，你来，你来！今天非好好教训这小子不可！"

李蓉拎着扫帚向客厅走，一副气势汹汹的样子。走到淘气包儿子跟前，她板着脸大声说："站起来！"

小雷同学乖乖地站起来，眼睛眨巴眨巴地看着李蓉，他还从来没见过李蓉这样的表情，所以还是一副不明白的样子。李蓉把扫帚高高地举起来，却迟迟打不下去。

雷强在一边着急地说："打啊，打啊！"

李蓉把脸转向丈夫："打——打哪儿？"

雷强指点着说："打屁股，打他屁股！"

李蓉的手还是举着，打不下去。

自从进了这个家，李蓉承担了全部的家务，对两个孩子百般呵护，很多情况下，对男孩子还要偏爱些——私下里她对女儿说，哥哥以前一直没有妈妈照顾，所以现在妈妈要多疼他些。孩子的心灵是最简单透亮的，两个孩子相处友好，几年下来，儿子比女儿还会撒娇。

李蓉心又软下来："儿子知道错了，下次注意吧——"

"不行，不给他点教训，他记不住。"雷强在一边嚷着，"臭小子，趴下！"

儿子梗着脖子对抗："凭啥？"

"凭我是你老子！"

"你天天都不在家，凭什么管我？"

雷强火了，挽着袖子说："真让老师说着了，这孩子简直不知道天高地厚，今天我非要教训教训你。"

雷强夺过扫帚，冲着儿子的屁股啪啪用力打了两下。

身边哇的一声——不是儿子，是李蓉。李蓉上前抱着儿子，大声哭起来。

那一天雷强对儿子的惩罚没能进行下去。雷强把妻子扶起来，他看到她脸上摔伤落下的青乌还没有完全消退。

雷强进入歼-10首飞小组后，有一段时间是封闭式训练，尽管训练基地离他们家只有不到300米，但他常常两三个月都不能回家。两个孩子的教育管理和全部家务都压在李蓉身上，李蓉还要上班，每天早出晚归，时间一长，劳累过度导致严重贫血，数次晕倒，摔得脸上、胳膊上都是伤。几天前，李蓉带空勤人员去体检，小伙子们还没体检完，她先倒下了，立刻被送去急诊。一检查，血色素还不到5克。大夫叹着气说："你这个医生是怎么当的？你这种情况可以下病危通知书了。"傍晚时分雷强跑来了，脸像李蓉的一样苍白，握着她的手说："可不能有事啊，你可别吓我。"

"你当试飞员的，飞过那么多风险科目，怕过什么啊？"李蓉说。

雷强眼睛一红："天不怕地不怕，就怕你出事。"

上班时间快到了，下午有会，雷强站起来，他必须跑步前往了。儿子缩在妈妈怀里，用愤怒的小眼睛瞪着他亲爹："你走，你赶紧走！我不要你！"

雷强把儿子拎到卧室，让他面对自己站着。儿子吓得大喊："妈妈，妈妈——"

雷强用手指制止了儿子的求救："儿子，爸爸不打你。听着，爸爸跟你说几句话。爸爸有很重要的工作要做，你要听话，不仅要做个好孩子，还要照顾好妈妈和妹妹。在家里，只有你一个男子汉，明白吗？"

儿子有点明白了，点点头。

"如果你再不听话，妈妈再病倒，就只能送到医院去，那样你回家就没有妈妈了——"

没有妈妈在家是不可想象的。儿子这回真哭了："爸爸，我听话——"

雷强出门的时候，李蓉说："你快走吧。放心，孩子们我一定带好。"

雷强握了一下妻子的手。他想说，谢谢。他还想说，难为你了。但雷强最后说的是："我一定能飞出来。"

歼 -10 首飞那天，李蓉也去了。到了现场，她不敢上前面去，不想让丈夫看到，怕他分心，可又想看到他，就躲在一个不起眼的地方，远远地注视着。

穿着橘红色抗荷服的雷强出现了，他向主席台上的领导敬礼，试飞局长和总师走过来，几乎是挽着他的手，把他送上了飞机。舱门关上的那一刻，李蓉的心都要跳出嗓子眼了——她想看着他走，又怕看见他离地……

李蓉：一直到现在，参与这个"型号工程"的人，谈起当时的情景，都还是很感动。但还是有一些业外的人不理解，不就是一个飞机首飞吗？为什么那么多人要哭？我知道他们的艰辛、所付出的辛苦。有时雷强在家，深夜一两点钟接到电话，要去做试验，不管天气怎样，他军大衣一披，马上去机库。那些工人、设计师，都守在那，都不休息，真的非常不容易……

首飞那天，飞机在空中盘旋四圈，留空18分钟。没有人知道，这18分钟里的每一秒，对李蓉来说，是怎样胆战心惊的煎熬。飞机落地后，雷强走下飞机时，看见那个橘红色的亲切熟悉的身影终于出现了，李蓉再也控制不住，她冲出人群，向丈夫跑去——

结婚十数年，无数的困难，无数难言的折磨，无数次无奈而揪心的等待，都如潮水般在心头澎湃而至，她抱着他大哭起来……这令人感动的一幕被现场记者用摄像机记录了下来。

儿子的痛哭是在几年后。那一天，儿子动身离家上大学。一早，李蓉特地做了丰盛的早饭，又把准备了又准备的行李放在门口，她一直在不停地叮嘱。

时间到了，儿子不舍地嗫嚅道："妈，我走了。您答应了要去看我的哟！"

"要去啊，当然要去。"李蓉说，"你到了学校好好学习，还要照顾好自己，有空多打电话。"

走到门口，儿子突然手一松，行李落地，他转过身，一把抱住了李蓉："妈——"

18岁的高大小伙子哭出了声："妈妈，谢谢您！这么多年了，您的养育之恩大于生育之恩，您太辛苦了！我不在家，您一定要保重身体！等我毕业了，我好好孝敬您！"

李蓉：雷强每次做成功了一件事情，我都特别为他感到高兴，也经常会送他一些礼物什么的，比如说他喜欢的打火机啊、皮带啊，他很喜欢这些小玩意，其实他还是很有情趣的一个人。但印象中他好像从来没送过我什么东西，都是给我钱让我自己去买。他这辈子对飞行事业的热爱和执着，真的是一般人比不了的，也许是他从小受到了他父亲的影响。我真的很崇拜雷强。记得有一次我们和研究所人员乘民航飞机去某地执行任务，碰上许多明星，好多人找他们签名。大家看我不去，就问我。我跟他们开玩笑说："我最崇拜的就只有雷强，他是我心中的明星，我是他的粉丝，要签也只会找他签。"

雷强只给李蓉过过一次生日，这是李蓉记忆中雷强唯一的一次浪漫之举。那天他买了个蛋糕，请了几个同学、同事，一起去K歌。雷强唱功一般，但胆子大，声音大。歌厅里温情的光线摇曳，喝了些酒的雷强拉着妻子的手，一连唱了好几首歌。那天雷强说了很多感谢的话，感谢她对他的支持，对他飞行事业的帮助，帮他把家里打理好，让他没有后顾之忧……"没有你，我很多事情都做不了。"雷强一直在絮絮地说着，这样的表白平时很少，雷强不是个擅长表达情感的人。

李蓉说，那天，在吹生日蜡烛的时候，她许的愿望是——希望他能够平平安安地结束飞行事业。

"大哥大"雷强对我说："你李蓉嫂子，她才是我们家真正的'大哥大'。"

二、太太就是太太

　　我能成为今天这样的人，太太给我的精神力量是很重要的。她给我一种暗示：一个如此完美的女人能嫁给你，你一定要配得上。

　　一个试飞员的自述——

　　我的初恋是我大学班上的一个女同学。

　　我高分进的北航。到大学报到那一天，新生们在学校体育馆前办手续，人很多，挤挤挨挨的。我是一个人去的，自己提着大包小包，就在这数百人中，突然看见了一个女生。她的个子不高，但不知道怎么的，在一群高个子同学中，她突然跳了出来，因为她的脸——怎么说呢？粉嫩粉嫩的，吹弹可破。一个男孩子，刚刚发育成熟，又刚从高考的黑色高压下喘过气来，突然面对这样一张脸——我一下被这张脸迷住了。

　　那一年我19岁。我不知道她的名字，没法打招呼，也没法打听。总不能上去拍人家肩膀吧！我就提着行李跟着她，她走到哪里我跟到哪里。转了几个圈，跟丢了，那天人太多了。我就想，这女生要是能分到我们班就好了。结果——哈！居然，她被分到我这个班！当然，是班花。

　　我从此开始了长达两年的单相思。

　　白天上课在大教室，上晚自习在小教室。小教室32人，她坐在我前面，她的脸就在我前方侧面的位置，我只要抬头就能看到她的侧影，线条美妙的脸形。但只要她在，我就只能一直埋着头，直到下自习她离开，我才恢复正常。这样持续了一年多。一天晚自习，小教室里居然没有人，我刚坐下，她就进来了。她看见我，脸也是红的，我就知道，她肯定知道我喜欢她。这是一个绝好的机会，我准备表白了：我刚刚叫出她的名字，教室的门咣地开了，一个单恋我两年的女生进来了，一看见我们俩的状态，立马脸就变了，生气地把门狠狠一摔，走了。

完了，这一下气氛被破坏了，她站起来走了，我什么也没能说。

我是班干部，负责分发报纸。终于有一天，我在她订的报纸里夹了一张纸条："今天晚上8点，绿园见。"绿园是我们学院里的一个小花园。

晚上，她真的来了。

那时年轻的我多笨啊，每次约她，她都出来，我们也不吃饭，也不喝咖啡和茶，就在花园里的冷风中站着、走着。我们从大三开始约会，直到大四，我们之间没有任何进展——她对爱情的所有憧憬可能都被这冷风吹没了。两年里，我除了拉过一次她的手——第一次见面时的握手，没有其他任何甜蜜亲昵的举动，她肯定以为我并不十分爱她，而班上狂热地爱她的男生可不止我一个，加上我，共有三个。

毕业时，班上那两个哥们儿都跑到我面前哭："告诉你班长，我喜欢她，现在大学毕业要分别了，十分痛苦，因为还没有表白就要失去她了。"班长就是我。我说："你们还在我面前哭，我应该哭得比你们还惨，两年了，不过是一场空。"果然，毕业后我一到部队就给她写信，每周一封信，但她从来不回。直到有一天，她回了，信上说："对不起，我们分手吧，我已经有男朋友了。"

我的初恋就这样结束了。那时候我的人生，除了飞行以外还没有别的目标，难过得呀，想着从此不再爱女人了。

但是在飞行部队我遇见了第二段爱情。

那天我在街上走，看见一个年轻的女人推辆二八自行车，身高有一米六五，自行车前面放一个小孩，后座上还放着一个小孩。她引起我的注意不是因为有两个孩子，而是因为她的相貌——重庆是出美女的地方，但这个美女又美得不同，我再一次有了怦然心动的感觉。小镇地方不大，我很快就知道，她是幼儿园的老师，我们部队许多飞行员和干部忙着飞行，不能按时接孩子，下了班她就把孩子们一个个送回家去，所以她跟我们飞行团的领导和干部们都比较熟悉。

过了几天，团里放电影，家属群众都来看，我们是发票，群众是买票，她的票是部队长给的。那天她正好坐在我前排右侧的位置，与初恋女友在教室的位置一样，我可以看清她脸的侧面轮廓，那么完美的脸形，震撼住我了，我再一次傻了。那晚电影里说了什么我根本不记得了，我一晚上都在看她。这个人是不是和我有缘呢？

结果缘分来了。

到年底，我们飞行团和镇上的军民搞共建联欢会，她是晚会女主持人。我有一招很厉害，我记性特别好，大学时代为了锻炼记忆力背英语词典、背台词。背英语词典肯定没人听，但背台词有效果，尤其是我还会模仿。我的声音也不错。有一部法国电影里面有一段主持人向男主人公介绍飞机掉地上的过程，这一段台词有 6 分多钟，我就表演了这一段。

晚会上我和另一个战友在表演时，宣传干事拍了一张照片，她也被拍进去了——这张照片我现在还留着——她"放肆"地坐在边上，正在嗑瓜子。宣传干事说："那天晚会上的男主持追这姑娘两年多了，人家一直没点头。这天仙一样的人，你肯定没戏。不如我给你介绍幼儿园另一个老师，也很漂亮，就是那晚跳新疆舞的，你追她可能差不多。"

7月1日建党节，参谋长说："晚上到我家里来。"

我这个人脑瓜好使。我一听就知道，领导是要给我介绍对象，又一想肯定是那个跳舞的姑娘，自己觉得和对方条件差不多，就高兴地去了，穿着件半新T恤。但我一进门，看见是她坐在那里，心想：这不行，肯定成不了，差距太明显了。这样一想，我反而放松了，状态自然。走出领导家，我像对战友一样随意地说："去我宿舍看看呗。"

她爽快地同意了，她说，还没进过飞行员公寓呢，听说修得很漂亮。

她只在屋门边看了看，当然我房间很干净。其实那天我出来之前，特别有心地整理了房间，采了兰花，插在桌子上的玻璃水杯里，还在蚊帐上别了枚剪纸。她走时我送她到团部机关门口，该分手了，我礼貌地问她："握一下手可以不？"她大大方方地说："可以。"

这是我人生中第二次握心仪的女人的手。

然后她就走了。我看着她的背影，那么好看的背影，但她头也不回——我知道，其实她根本没把我当回事。你想啊，这么个出色的姑娘，不知有多少人介绍过对象给她，于她而言，我不过是其中之一罢了。我长得当然不能说是其貌不扬，但也太普通了。

第二天是周日，我上街闲逛，路过一家发廊，居然看到了她——这也太戏剧化了。我站下和她聊了两句。我想她家肯定就在附近，就随口说："有机会去你家里看看？"

这姑娘性格真好，立刻就接话说："去呗——"

她家果然就在附近，我这一去，故事来了。

我后来才知道，头天晚上一回家，她就跟她妈妈讲了相亲的事。当然，她给妈妈描述了我的形象，相貌她说记不住，个子不高，学历高一点，又是军人。后来我岳母对我说，说者无心，她是无所谓的，但是做妈妈的听进去了——人不要太帅，太帅的容易花心；学历要高，学历高说明个人修养好；要有正式工作，不找经商和从政的，稳定性差，最好是军人，有组织，能吃苦。而我的条件，完全符合她老人家的期待。

那天我受到了热情而隆重的接待，她妈妈看我的眼神，那叫一个欣赏。她妈妈给我做了糖水蛋：两个荷包蛋，加猪油，加糖。这是当地人待女婿的规格。她妈妈还一遍一遍地说，有空多来家里玩啊！

我们不冷不热地交往了大半年，虽然离得近，但是我飞行任务多，只有周末才能请一天假出来，平时都是信件来往。突然有一天，她给我写了一封信，说她要调到另一个大地方去了，进教委机关。教委啊，对于一个年轻姑娘来说，不得了的事情。她说我们结束吧。

那天，我哭了整整一晚上。真的，觉得天都黑了，这是我从来没有过的感觉。

第二天没有飞行。我找她，问能不能再见她一面。她说："你要来就来，反正我的意思已经说明白了。"我进了她的家，家里没有其他人，我第一次进了她的闺房，闺房里有风琴，墙上有她的照片。她是个好老师，美貌而善良，会跳舞，会弹琴。我这辈子没见过这么完美的女人。可她就要离开我了，我心酸得要命。

她的表情淡淡的："你想说什么就说吧——"

我就跪下了。我说："我跳过伞，已经死过一回了，死而复生。但如果你拒绝我，等于我又死一回。"我说完，眼泪已经控制不住了。

我不等她答话，走出闺房门，门一摔，再走出大门，第二次摔门。

我一路在街上狂走，眼泪哗哗的。

我想我真的是不会谈恋爱。在跟她交往的时候，我总在想，这么好的一个女孩，我能给她什么？我只是个飞行员，一名军人，我没有钱，没有房子，飞行又是充满危险的事业。我们的交往，平静而平淡，她肯定不明白，对我来说，她有多重要——在昨天晚上之前，我也不明白。

转天她给我写了一封信，信中说："我不去教委了，我们重新开始吧。"

我们的恋爱这才算真正开始。她说："在结婚前，我不收你的礼物。"我说我明白，我保证我们保持绝对纯洁的恋爱关系。

转过年，1月9日，那天我们去领过结婚证后，我就赶回部队了——有任务。第二天，我去了她家，我们结婚了。

婚假只有半个月。然后我就转场执行任务去了外地，半年后才回来——因为我接到了调令，我要去当试飞员了。要离开重庆，离开她，去阎良，按规定，三年内不能带家属，因为当时阎良没有房子，还住干打垒。你可以想象她哭成什么样子。她为了我连教委都没去。但我还是走了。我走那天，太太送我，说："如果你想我，就写信吧，告诉我你每天都干了什么。不过，你的字太难看了。"

我一走七年。这七年里我平均两天一封信，告诉她我的工作（当然保密的除外）、我每天的所思所想，直到我进入首飞小组，封闭训练。

我用毛笔写的信。写毛笔字需要人进入禅定的状态，写信的过程，也是我回头梳理我的思考和工作的过程。所以我养成了每天分析思考的习惯、稳定从容的心理素质，不管多么嘈杂的环境，我都能在两秒钟内进入忘我状态，不受外界干扰。写信还让我练就了一笔好字、一手好文章。后来我在一些航空杂志上开专栏。现在老战友们还经常向我索字。

太太是个特别律己的人，结婚十八年了，从我们结婚开始，只要我回家，出现在我面前的太太，总是神清气爽，衣衫整洁明丽，化着淡淡的妆，就连怀孕的时候，也穿着漂亮的孕妇服。我从一个飞行员，到试飞员，到后来成为功勋试飞员，成为空军试飞专家，她从来不说你要进步，要好好干，要注意安全，要怎么怎么样。她只说："我知道，嫁给你没嫁错。"后来有了孩子，她说："你又当爹又当老公哟，你想做什么，应该怎么做，你肯定知道。"

她这么说的时候，我就在心里感慨：太太就是太太。

这么多年了，在我的眼里，世界上只有一个美女，就是我太太。我喜欢给她照相，每当她在镜头里向我转过她花一样的脸蛋时，我就在心里感叹：太太就是太太。

人说大难不死必有后福，这就是吧！上帝给了我一个这么好的女人，成就了我。这是一个很重要的原因。我能成为今天这样的人，太太给我的精神力量是很重要的。她给我一种暗示：一个如此完美的女人能嫁给你，你一定要配得上。

三、十年只见过五次面

日思夜想的丈夫站在面前，她竟然没法一眼认出……

1960年8月的一天，参加完入闽作战的滑俊刚刚飞回部队，就被师长召见。征尘未洗的他接到的命令是：赶赴西安担负试飞员的重任。

"有什么意见和要求吗？"师长问。

试飞员是个什么职业，当时的滑俊并不完全了解，作为一名经历了战争的老军人，他的回答是："没有，我服从组织安排。"

"你对组织没有要求，组织对你有要求——"师长板着脸说，"多久没有回家啦？车票给你买了，放你两天假，回家陪媳妇去！"

滑俊黑红的脸一热，心里哗啦一下，笑了。

结婚十年了，他和爱人只见了五次面。

还记得那个大步流星地奔走，然后在滴水成冰的凌晨，赤条条钻过城门的创举吗？

1950 年农历正月十四那天，滑俊在到空军报到之前和战友们在西安集合。当天他请假到位于武新的家中探望，走了 5 个小时的山路，晚上 10 点左右才到家。

看到滑俊历经战火完完整整回到家，家里人都万分高兴。一番热泪盈眶的倾诉之后，父亲拉着他的手说："俊娃儿，仗打完了，也解放了，你就别再回部队了，留在家里吧。"看着父亲布满皱纹的脸、泪光闪闪的眼，滑俊心里也很难过。父亲老了，母亲去世了，弟弟还小，自己出去当兵后，全家里里外外的重担全压在父亲一个人身上。他能想象父亲对远走他乡去当兵的长子的百般牵挂。

夜深了，滑俊挨着父亲的床边打了个地铺睡下。

第二天一早，他起床时父亲已经不见了。滑俊刚担起水桶，父亲从屋外走进来，拦着他说："娃，你今天别出门，等过晌结了婚再走。"

结婚？滑俊蒙了："爹，部队明天一早集合，我今天就要赶回去。

结什么婚哪？"

父亲说："我替你算过了，你娃儿今儿白天结婚，傍黑以后你赶路，到明天天亮还有10多个小时，不会耽搁你部队上的事。"

滑俊哭笑不得地问："这大半天的工夫，我跟谁结婚？新娘子在哪里呢？"

父亲说："人在哪块不消你娃操心。夜黑里我已安排下了，马车一早就去拉人了，这会子新媳妇已经在路上了。"

这是真正的包办婚姻。原来父亲黎明时分就出门找媒人，媒人动作更快，立刻找到了个姑娘。父亲这边也紧着行动，上亲戚、邻居家借了些家具锅什，屋里一会儿倒也堆得满满的了。

滑俊至今也不知道那位能说会道的媒人用什么方法说通了妻子的二老，总之，晌午时分，门外就响起了媒人响亮的大嗓门。一辆马车停在他们家院子外头，车上果然坐着一个穿着半新花衣裳的垂着头的年轻姑娘。媒人大着嗓门说："姑娘叫王凤英，是好人家的女儿。"

现实真是像唱戏一般，一切都太突然了，太仓促了。尽管并没有看见姑娘的脸，但看见她低垂的头和盘起的乌黑发髻，看着院门口拥过来的乡亲，滑俊就知道，既然人家姑娘已经进门，自己就不能再说什么了。

没有丝竹鞭炮，没有大碗喜宴，这个没有女主人的家里也没人能做出像样的菜。两个邻居大婶帮忙做了几道菜，看着是大大的海碗，下面全是腌菜，只在上面盖着薄薄几片肉。父亲赶紧催着众人吃，吃了饭就把一对新人朝屋里一推，关上了门。

墙上贴着新鲜的红喜字，糨糊还没干透。滑俊抓了半天头，也不知道该对坐在炕沿上一动不动的新媳妇说些什么——天黑下来了，他要准备出发了。上午才过门，夜晚做丈夫的就要走，这个婚结得实在是对不起人家。滑俊狠了狠心，说话了：

"本来我不打算这么早结婚，路过家乡顺便回家看看。可左右四邻都说，爹一个人带俩弟弟，带不过来呀，我就同意了。"尽管这是憨厚老实的小伙子滑俊的心里话，可这话说得实在不是时候。

但王凤英这个有着中国女性传统美德的可爱的新娘，只是点点头，什么也没说。

看着红烛下新娘温顺低垂的头，滑俊心里涌上酸酸的温情："我要走了，也没有什么话，就说三句吧：一是我不在家，你凡事小心；二是咱家穷，苦就苦一点吧，好在解放了，日子会好起来的；三是咱们俩结婚了，订婚、结婚，都没给你买东西，以后有条件了，我给你补。屋里的这点摆设全是借的，明天你把它们还了。"

停顿一下，他又说："我走了，我把家交给你，家里的担子也全交给你了——凤英——"

一句"凤英"叫出，一直端坐的新娘抬起头，泪莹莹地点点头，轻声说道："俺懂，你放心走吧，家里的活儿俺干得了。"

"那天我离开家时，流泪了。"滑俊后来对我说。

滑俊对新媳妇说完了话，站起来打开屋门的时候，王凤英在他身后说了一句话。新娘子认真地说："俺这身衣服，明天还不了，得三天后回了娘家才能还。"

就是这一刻，站在门外的夜色里，滑俊的眼泪流了下来。

滑俊一走就是四年。部队规定，为了飞行学员们的安全考虑，在毕业分到部队前一律不准休假，因此，滑俊四年没有探过家。1953年，滑俊从航校毕业了，分到新部队，到了部队，家属就可以探亲了。因此，一到新部队他就给家里发电报，要妻子来探亲。

做父亲的考虑到女儿从没有出过远门，再加上也想知道女婿的真实情况——毕竟四年没见，王凤英的父亲陪同女儿一起来了。汽车加火车，几天后，父女俩风尘仆仆地来到部队。

父女二人到部队那天，正赶上滑俊飞夜航，负责接待的参谋把父女俩接到滑俊的宿舍，安排了饭后就离开了，父女俩就坐在屋里等。

屋里有两张床——飞行员们是两人一间——床单雪白，被子叠得整整齐齐，两张桌子，桌上搁着书和笔记本，陈设一模一样。

午夜时分，门突然开了，滑俊和两个战友说说笑笑地走进来——他们是飞完夜航准备一起聊天的。因为还不知道妻子、岳父已经到了，所以一进门看见屋里坐着的父女俩，滑俊一时怔住了。

三个穿皮飞行服的棒小伙儿齐刷刷地站在自己面前，都盯着自己看，王凤英的脸一下红了。更要命的是，结婚那天，她压根儿就没敢正眼看丈夫，此刻才发现，四年了，日思夜想的丈夫站在面前，她竟然没法一眼认出，想再仔细分辨，又不好意思抬头，惶恐与幸福、激动和慌乱交织在一起……

还是滑俊先喊了一声"爹"，她才偷偷用眼角的余光瞟了一眼，这一眼，锁定了丈夫。

"对于飞行员来说，祖国天空任来回，为什么你们十年只见过五次面？"

"对于我们第一代试飞员来说，夫妻长期分居两地是再正常不过的事情了。一是任务高度保密的要求；二是当年的情况不比现在，试飞基地条件不允许；还有，任务一来，全部投入，工作地点也不固定。"

滑俊的回答淡然而平静。他历经岁月风云的脸庞上，无怨无悔。

滑俊的话，让我想起试飞部队政委丁玉清给我讲过的一个故事。

那一年，入夏后天气就一直比较热。有那么一个多月的时间，每天下午，成飞设计院招待所门口的马路上，就有一个年轻妈妈，左手一男右手一女地牵着两个孩子在散步。他们只在招待所大门口附近流连，一遍又一遍，来来回回地走。

她是试飞员雷强的妻子李蓉。雷强参加歼-10首飞小组，每天要进行大量的新机品模学习训练，首飞小组的成员们集中在设计院招待所进行封闭式训练。这个招待所，离雷强的家，只有不到300米。

歼-10的试飞，对中国空军试飞员来说，是跨世纪、跨时代的变化，试飞员们面临新科技的巨大挑战，压力大、任务重。雷强已经连续三个月没有回过家了，孩子们想爸爸。李蓉被缠得没办法，便在孩子们放学后带着他们在雷强住的招待所门外散步，一边走路，一边给孩子们唱歌、讲故事。首飞小组的试飞员和技术人员们从招待所到试验室，这条路是必经之路。李蓉盼望着，雷强他们出来的时候，能够"正巧遇见"。

有一天，天气实在太热，孩子们走了一会儿就满头大汗。李蓉让两个孩子站在路边的树荫下等着，她跑到马路的那一头去买水。也就两分钟的时间吧，当她拿着水回来时，远远地看见雷强他们试飞小组的车子出了招待所，她赶紧跑起来，一边跑，一边挥着手上的矿泉水喊。

但车子径直走了。雷强他们在车上讨论着什么，没有人注意到车外，浓重的树荫又挡住了两个孩子的小身体，车子一眨眼的工夫就走远了。

李蓉和孩子们只看到车子远去的影子，三个人都哭了。

大队领导知道了这件事，要求雷强必须放下工作回家一趟。雷强回了趟家，只待了一个小时。

雷强对妻子说："弟兄们还在等着我呢。他们都和我一样。"

两个孩子上前抱住了他的腿。雷强蹲下来对孩子们说："爸爸要飞中国最高级的飞机，等爸爸飞出来，带你们到飞机上看看！"

采访徐一林的时候，他说过一件小事：长达大半年的西线试飞新型歼击机任务结束后，他回家探亲。下午到的家，吃过晚饭，他兴致勃勃地给妻子讲试飞中的故事，快5岁的女儿一直躲在自己屋里。后来，女儿把门打开一条小缝，冲着母亲招招小手。妻子走过去，女儿踮起脚在她耳边说了句什么。

妻子回头看看他，眼睛红了。

"咱闺女说什么？"徐一林问。

妻子说："她说，她困了，这个叔叔怎么还不走。"

徐一林瞪起眼睛向女儿走过去："闺女，我是你爸爸——"

女儿一下用手捂住眼睛，哇地大哭起来。

"三十多年前，我母亲从乡下姥姥家把我接到我父亲身边，我见到我父亲时也是这样，一边哭，一边用手捂着眼睛。"徐一林说。

四、一日胜过十年

> 她收起了全部的花容月貌。所有的春风秋雨，在她这里，波澜不惊。

【女　儿】

爸爸出事那年，我11岁，暑假里，马上就要开学了。记忆中，爸爸只要不加班的话都是下了班就回家，回来就在厨房忙碌，做饭烧菜什么的——我妈身体不好，类风湿，不能沾冷水。可那天回家家里好安静，周医生在我家——她和我爸是同事——然后大队的其他一些家属来了。大人们在议论飞机的事，我不太明白。妈妈上班还没回来，到了晚上，妈妈也没有回来，我还发现试飞大队其他叔叔都没回来。我们那时都住在一个楼里。

那两天里我就没怎么见到我妈，我和姐姐住在周医生家。两天后开学了，我去上学，姐姐本来也到大学报到的时间了——姐姐考上了辽宁大学。之前，爸爸还跟妈妈说，等忙完这两天就送姐姐去大学报到，可是爸爸一直没回来，姐姐也没有去报到……

确认爸爸出事的那一天，组织上来人说这事。那天，我和姐姐去了大队其他人家里。那时姐姐要大一点，懂事一些，姐姐就坚持说要回去，我们俩回到家后就……（哭泣）

回家后见到了妈妈，当时妈妈状态挺不好的。爸爸出事之前，妈妈就已经得了严重的类风湿病，周医生一直叫妈妈去住院治疗。妈妈平时就要强，考虑到爸爸要飞行，姐姐又要高考，她要是住院还得有人去照顾，她就一直没去……我感觉到妈妈垮了……一夜之间头发就全白了……（哭泣）那天是组织上正式来找妈妈谈话。当时大队领导在一个房间里单独和我妈说，我和姐姐在隔壁，一些家属、工作人员、医生、护士啊，他们都来了，感觉那气氛……

那天妈妈没有哭。

妈妈晕倒了……

1993 年 8 月 28 日，空军某试飞部队试飞员刘刚驾歼 -8 某型飞机进行大 M 数试飞。到达预定空域和高度时，他按试飞程序开加力增速。随着仪表指针的变化，飞机就要接近最大 M 数了，突然听到嘭的一声——地面指挥员收到了他的报告：左发空中停车。

这是刘刚留在人世间的最后一句话。当指挥员再次询问飞机状态时，听筒里却没有了声音，之后，雷达信号消失，刘刚与地面失去了联络……

最初的几分钟里，没有人太过焦虑，因为无论是指挥员还是战友们对刘刚的飞行技术都是深信不疑的。刘刚是老试飞员了，飞行时间近 1800 小时，他曾试飞过歼 -6 及各种改型，以及歼教 -6、歼 -8 等各种型号的飞机，有着高超的飞行技术和丰富的试飞经验，曾多次以自己的机智、勇敢、无畏，排除了重大空中险情，化险为夷。

正因为如此，作为优秀的试飞员，他多次被选为国家重点科研项目的主要试飞者。1987 年，他被国家派往国外学习考察先进的 ACT（飞机主动控制系统）技术，回国后便成为我国研制 ACT 技术的主要试飞人员。1988 年 11 月至 1989 年 2 月，作为首席试飞员，他仅用 28 个试飞起落，就使这项新技术获得圆满成功，不仅为国家节约了大量科研经费，而且使我国的 ACT 技术一跃跨进了世界先进行列，填补了我国在该技术领域的空白。由于刘刚在科研、生产试飞和保证飞行安全方面作出了特殊贡献，部队党委曾先后给他记二等功 2 次、三等功 5 次，航空航天工业部为他记一等功 2 次、二等功 1 次，他多次被评为优秀共产党员和先进生产工作者，还荣获了国防科学技术进步奖二等奖。就在前不久的一次新型战机的极限科目的试飞中，他也突然遇到左发动机空中停车事故。当时由于飞机满载，转眼间就从万米高空掉到了几千米，情况十分危险。他沉着冷静，在合适的位置果断实施空中开车，一次启动成功，平安返回，保住了宝贵的试飞数据。无论从技术还是经验上来说，刘刚都是极其优秀的，所以大家相信这一次他仍能化险为夷。

然而，时间一分一秒地过去了，无论塔台指挥员怎么呼叫，人们再也没有听到刘刚那熟悉的回答。

紧急营救程序立即启动。几个小时后，最不愿意听到的消息确认了：试飞员刘刚英勇牺牲。

事后查明，这是由于发动机涡轮叶片疲劳断裂而导致的一等飞行事故。

【女　　儿】

爸爸突然就这么走了。

我不知道妈妈是怎么挺过来的。当时爷爷奶奶还在世，年纪大，身体也不好，妈妈想了又想，一开始没有告诉他们。他们都在四川自贡老家。爸爸在的时候比较忙，给老人写信、寄钱的事都是妈妈去做。爸爸走了以后，妈妈还是那样，每个月写信、寄钱，就当爸爸仍在世一样。这样一直寄了十年，直到我爷爷奶奶去世。

那时没有手机，但能打电话。有时候爷爷奶奶来电话了，妈妈就说爸爸出国了，联系不上。

爸爸出事后，四川老家的姑姑来了。姑姑也帮着妈妈对爷爷奶奶说爸爸去美国了，要好几年呢。因为爸爸在80年代去英国学习过，他们就信了。但从那以后，爷爷奶奶就特别关心外国新闻，特别是听到报道有关美国的一些不太平的事情时，就挺担心爸爸的。我听姑姑讲，当时老家也有人知道了爸爸的事情，特别接受不了，跑到我爷爷奶奶家说："勇儿（我爸的小名）死了！"爷爷奶奶就生气地说："胡说八道，人家在美国呢！"

可是出国总是有期限的，总不能老编这个理由。后来妈妈没办法，就另外编了一个理由，说爸爸在机密单位工作，就像以前那些搞原子弹的人一样，不让对外说的。每次，妈妈放了电话都会躲在房间里哭。

2000年，爷爷去世了，我姐姐回去了。我妈身体不好，没回去，还有一点是她没法回去面对老人。

对爷爷奶奶来说，爸爸是他们的三个儿子中最令他们自豪的一个，是他们的骄傲。可儿子那么长时间不回来，又有那么多传闻，他们心里其实也很纠结，也有不好的感觉，既想知道，又怕知道。妈妈说，总要给老人心里留一点念想，所以一直都没有捅破那层窗户纸。我每次回老家看爷爷奶奶的时候，姑姑、妈妈就会跟我交代，要说爸爸在国外工作很忙，在执行一些任务，至于是什么任务，家里面也不知道。反正我们全家的口径是一致的。

奶奶临终时，家里人才将爸爸牺牲十年的事情告诉她，是我姑父跟奶奶说的。他对奶奶说："你是烈士家属了，这回你想见的人，你都能见着了……"

那时候奶奶清醒着，却说不出一句话，只是眼角流下两行泪，轻轻点了点头，就走了。

【战友老付】

出事那天下午，消息传得很快，刘刚家属也知道了，因为她的单位就在我们跑道边上，一出啥事一下就传过去了。其实飞行员的家属都知道，天这么好，机场上突然听不到飞机响，突然不飞，肯定是有啥事。

事情发生后，是我去的现场。回来以后，对她讲事故情况时，说得比较简单，也没把现场报告给她看。我不敢说啊，等时间长了才慢慢地跟她说一点。如果当时就把现场情况直接告诉她，她肯定受不了。

刘刚爱人身体不好，家里的事基本上都是刘刚做。他们两口子感情特别好。听说黑蚂蚁能治类风湿，只要不飞行的时候，刘刚就去院子里的湿地上抓黑蚂蚁。那时候我刚来大队不久，我和刘刚走得比较近，出事那天，吃过午饭，我和他还在一起抓黑蚂蚁。那天中午，他们两口子还见面说了一会儿话。刘刚出事后，她有几个月都下不了床，生活都不能自理，头发全白了。

事后那么多年，她一直对家乡的老人家保密。其实老人家后来也感觉到有些不对头，今年出国不回来，明年还不回来？但老人家对部队、对试飞员了解得也不是很清楚，一听说执行任务去了，出国了，也就不说什么了……

她房间里摆着刘刚的相片，这一摆就是好几年。房间也一直那样，没动，只要是刘刚的东西，她死活都不让动，一直维持了好多年。我和她说过一次，说这房子要收拾了，不能老摆着这种东西，要不24小时见到这些场面她都很难受，都这么多年了，一定要走出这个阴影。出事那年她才44岁，我们也和她探讨过组建新家庭的事情，她始终不肯。因为她和丈夫的感情特别特别深。

【妻　　子】

窗子开着。她倚着窗前的桌子站着，一点一点仔细擦着相框。照片中的刘刚，温和地笑着，眉目清晰。她想着他就是这样一副样子，下了班开门进来的样子，从厨房里端出炒好的菜的样子，一边翻着本子一边和战友们讲述情况时的样子……

这是他的办公桌，还有办公柜，收拾遗物的时候，她把它们带回了家。这么多年里，它们一直那样摆放着，上面还有一样东西：他的手表。每天，她都要为它上弦，夜深人静的时候，她听着它沙沙沙地走着，像他归来的脚步。

怀念充满了她全部的记忆。

组织上来看望，他们缓缓地说："有什么困难和要求，尽管提出来，我们尽量解决。"

她羸弱地躺着，轻轻地、坚定地说："只有一个要求，希望查清楚事故的真正原因，不要让这种问题再在第二个人身上出现。"

他们结婚一二十年，大部分时间他都在飞行。他飞得好，她知道。近几年，他有很多机会去地方航空公司工作，他的战友有一些都去了，但是他说，民航虽说经济收入更高，但只是从事一个简单而重复的工作。他喜欢试飞。她支持他。钱当然重要，但多少才算是多呢？做自己追求的事情，这才是有质量的男人。他也有机会调回四川老家，但他也不愿意，因为西南地区阴雨天多，云厚，飞行时间少，不像这边，天气晴朗，飞行时间总体比那边多一倍，更利于搞科研飞行。她支持他，她爱他的执着，还有他的才干。当然她也知道，试飞是有危险的。她不止一次听到他和他的战友们遇险的消息、兄弟单位传来的噩耗，但是她从来没有想到，有一天，他会以这种突如其来的方式，决绝地离开，一句话，甚至一个字也没有留下。数小时前，他们还在厂区的院子里见过，他手里拿着个广口罐头瓶子，里面有几只黑乎乎的小东西，是黑蚂蚁。他不知道从哪儿听说这小东西泡酒能治类风湿，到处都没有卖的，他下了班，有空就到院子里的湿地上去捉。

"今天捉得不多。"他说，举着罐头瓶子晃晃。

"孩子就要去大学报到了，这几天做几样她爱吃的，你别动了，等着我回来收拾。你就想想还有什么事不，特别是女孩子的事，该叮嘱的你多叮嘱。今天飞完后，我向队里请假，到时候送她去……"

他不是个善于表达的人，轻易不做承诺，这一次，他承诺了，却失信于她。他说了要送孩子上大学的，但他突然走了，走得那么干脆彻底，一等事故，机毁人亡。战友们几经搜索，只捡回来小半块没烧尽的肩章和肘下一块皮。

她在空空的骨灰盒里放了一架飞机模型。她说："刘刚他一辈子爱飞行，生为飞行，死为飞行，就让飞机陪着他吧——"

她收起了全部的花容月貌。所有的春风秋雨，在她这里，波澜不惊。她说心里再也装不下别人了，一个男人在她的心中永驻，再苦再难她也要把两个女儿抚养成人。

这是人世间最彻底的爱情、最纯粹的坚贞。

他们曾经共有的岁月，一日胜过十年。

五、三喜同志

三喜是他的名字。他说爹妈给他起这名字起得太好了，因为他这辈子，就是有三喜。

三喜是他的名字。他说爹妈给他起这名字起得太好了，因为他这辈子，就是有三喜。

第一喜是当了试飞员。第二喜是当了试飞员还飞上了三代机。第三喜是当了试飞员飞上了三代机，老婆还那么漂亮。

三喜说："有些女人是阶段性漂亮，我老婆是越长越好看、越看越耐看。不谦虚地说，我当年还是有眼力的。嘻嘻嘻。"

翻开有眼力的三喜同志的个人简历，安全飞行 4000 多小时的经历使他荣获了从中航集团到空军、从军队到国家的各级各项荣誉，房间一角的大纸箱里装着的形形色色的奖章、证书，足以彰显他辉煌的试飞功勋。他却谦虚地坦言："和试飞群体中其他任何一个人比，我都是小巫见大巫。"三喜也有过忧愁的时候，那是他即将满 48 岁的时候，老婆阿兰张罗着要给他庆生，他少见地虎了脸。一番审问下来，三喜同志说了实话："空军规定到了 48 岁就得停飞。可我飞了这几十年，一下子不让我飞了，好不习惯——就好比，老婆你天天都在，突然你不在了一样。"

试飞院的人都知道，三喜同志是最黏老婆的。在家里，阿兰太能干了，连出门开车都是阿兰，所以落了地的三喜同志一切都太无能了。三喜同志每天飞行完回来，在家里就是老太爷，只管跷着腿喝茶看电视看报——万事都有阿兰。年轻的时候，三喜同志忙飞行，阿兰一个人又上班又带孩子，现在孩子大了，阿兰又退休了，她每天的主要任务除了上网、健身、打扮，就是侍候试飞员三喜同志。三喜同志是经常连钥匙都不带的。三喜同志说："她在家，有人给我开门。"有时候阿兰不在家，三喜同志一分钟都不在家里待，立刻出门，"阿兰阿兰"地寻找。

"阿兰你不在家，家里又黑又冷清。"三喜同志找到老婆后，一般都会这样可怜巴巴地说。

三喜同志爱老婆，夫妻二人的兴趣爱好却迥异：三喜同志钟情于电子方面，阿兰则是文学小资。有时候讨论飞行或者电子方面的事情，三喜同志说几遍阿兰总讲听不明白，三喜同志就会居高临下地对老婆说："你这个文盲，不跟你说了，你啥都不知道。"

一旁的女儿便哈哈大笑起来。

女儿是研究生，毕业于西北工业大学航天学院。三喜同志认为女儿是家里最有学问的。

三喜同志在即将满48岁时却说"生日都不高兴过了"，阿兰明白三喜同志这是在敲打她。在此之前，从三喜同志满45岁时起，她就天天等着盼着这一天——盼望着三喜同志能够平安地从试飞岗位上退下来，他们好好享受二人世界。那时她常常与他一起憧憬未来——

"等你退了休，到时候我们做点生意吧？"阿兰问丈夫。

"哎呀，算了吧。你会干什么？"三喜同志立刻否定。

"要不开个小店也行。"

"你这个急性子，你能天天坐店里吗？"三喜同志继续否定。

现在想想，阿兰明白了，三喜同志的种种否定是另有所想啊！老实人说起话来是让人动心的。阿兰同意了三喜同志的潜台词：选择"延寿"（试飞员到龄后，经空军有关部门批准，经过严格的身体及业务审查后，可以放宽年限再飞两年），从48岁延长至50岁。

在试飞部队，三喜同志一直都是普通试飞员，但在妻子眼里，他是了不起的。那天下午，在格兰云天的大堂里，衣着美丽的阿兰在我面前聊起她亲爱又可爱的丈夫时说："他的飞行技术就和他的人品一样让人放心，他心特别细、特别认真，而且他能很踏实地去学、去琢磨，院里很多人也都知道他。我对丈夫既放心又自豪，毕竟他的技术就摆在那儿！"

三喜同志从内心里感激阿兰，因为阿兰在关键时候支持了他——

2002 年秋天的一个周末，已是飞行团领导的三喜同志突然约阿兰去郊游，并且带上了相机。阿兰喜滋滋地跟着他出门。到了郊外，东看看，西望望，三喜同志手上拎着相机，眼睛却不怎么聚焦。阿兰多聪明啊，她盯着三喜同志的小眼睛说："有事吧？"

三喜同志很老实地说："是有点事，想听听你的意见。"

"说呗。"

"领导告诉我，想选我去试飞部队。"

阿兰的眼珠转了转，然后盯着三喜同志看，三喜同志的表情是诚恳的，眼睛是诚实的。

试飞部队的领导对当时已经是团副参谋长的三喜同志说："我们这儿就是一个团级单位，你想要当官呢，就不用来了；你要是想接触一些更前沿的高科技的东西，你就来吧！"

阿兰先问："为什么选你？"

三喜同志很不谦虚地说："我各方面优秀。年轻，技术成熟，全面发展。"

阿兰点头，三喜同志是这样的，"选你去干什么？"

三喜同志说："去飞某型发动机。国家发动机研制立项了。你知道的，我们国家的航空发动机一直是弱项。这也是航空工业的软肋，空军就缺一个涡扇的、大推力的发动机，所以我们老受外国人限制。"

"你怎么回答的？"

"我说，当什么官啊，能学到很多东西，干自己喜欢的事，当一个普通的试飞员就可以了。"

"你去了，那我怎么办？"

三喜同志毫不犹豫地说："我当然要带着你。"

阿兰问了最关键的一个问题：“去哪里？”

三喜同志眨了眨眼，不吱声。

阿兰说：“上有天堂，下有苏杭，除了北京，就是阎良。对吗？”

三喜同志笑嘻嘻道：“我老婆就是聪明。”

阿兰不说话了，她看着远方，慢慢地，眼泪一点一点地溢出了眼眶……三喜同志慌了。三喜同志说：“哎哎，不要这样吧，这事还没有最后定呢，现在只是征求意见——”

阿兰说：“我知道你的，你想做事，你刚才说到发动机，小眼睛都闪光。你去吧，做自己喜欢的事。我不在乎你当不当官。”

光天化日之下，三喜同志抱着老婆亲了一口。

三喜同志后来对我说：“看看吧，这就是我老婆，多么大气，多么明事理。”

“其实我一开始并不真正了解试飞，但我相信我们家三喜。”

阿兰说起一件事：一次飞行结束后，三喜同志浑身渗着血回来了，特别是两条腿，把阿兰吓哭了。三喜同志还能笑，说，任务单上写着需要飞7个大载荷的架次。一般情况下，如果试飞员身体受不了，少飞几个架次也可以，三喜同志却老实巴交地飞满了。望着全身红彤彤的丈夫，阿兰直叹气：“怪不得人家都说你特别老实，你怎么那么傻？”

三喜同志仍然笑嘻嘻地说：“没啥子，休息几天就好了。”

另一次特情处置，阿兰是从同事那里得知的。同事的爱人是某个项目小组的，某天对她说：“哎呀！你们家三喜可真是的，我老公还说了，要是换别人的话说不定这个飞机就报废了，肯定得跳伞了嘛！可他还真把飞机原样开回来了。”

三喜同志不太愿意讲这事，他无所谓地一挥手说，那都是过去的事儿了。

我找到了当时宣传部门写的一个简要材料，写作者应该是个生手，文字有些生涩，但事件原委倒也描述得清楚。文中括号内文字是我加的注。

空军试飞员勇敢沉着征服"脱缰的野马"

在一次试飞中，某试飞部队副师职试飞员三喜驾驶的歼XB刚收完起落架就出现俯仰摆动（故障）。在高度七八十米的时候，飞机就好像失去了控制，大幅度地摆动，当时整个人就像骑在一匹脱缰的野马背上，一颠一颠，随时都有被摔下来的危险。

塔台指挥员见状立即询问："你怎么了？"

"飞机操纵杆失去阻力，异常灵活，无法操作控制。"三喜回答。

"完了，平尾坏掉了。"（此处次序似乎不对，应该是先有此感慨，后有与指挥员的对话。）他立即判断出故障原因，（是）因为失去了阻力，整个飞机操作变得异常灵活。由于故障发生时飞机起飞刚离地，高度只有七八十米，他的操作也变得尤为小心。

小幅度地压操作杆，（是）他作出的第一步，然而故障没有消除。此时飞机升到了100多米，他下定决心压了个大坡度，故障被制止，紧接着将飞机慢慢改平。"当时是一种特殊的电传故障，失去控制力的飞机只要稍微地一

操作就荡了起来……"回忆起当时的险情,他激动不已(不
应该是激动吧?)。

"后来我就沿航线,保持一定的高度,缓慢地操作飞
机,刚开始不适应,一操作(飞机)就咣地跳起来,赶紧
稳住,一点点地改变下降力,很柔和很柔和地改,慢慢地
慢慢地推,横推也是。下降就慢慢地慢慢地下降,上升就
慢慢地慢慢地上升(精彩!),整个操作过程一定要稳着,
不能急,一急飞机就要荡起来。"三喜用双手慢慢地比画
着当时的操作动作,讲述的语气和语调也柔和了下来,仿
佛在向自己临睡前的孩子讲述一段险象环生的故事(此句
改成"仿佛在哄自己临睡的孩子"更好)。

三喜介绍说,这种平尾出现的电传故障从飞机设计、正常品质
来说是不允许的。随后他柔和地驾驭着这"脱缰的野马"旋转了两
圈,放油、放起落架,十几分钟后终于安全着陆。

"出现这种状况时不能紧张,如果不能沉着,一弹射跳伞走了,
这是不应该的。"三喜激动地说,"特情面前,你随便一跳,不仅扔
了飞机,扔了国家财产,更重要的是你把试飞的数据也扔了,这是
最大的损失。"

那天听了同事的话后,阿兰很愤怒,她不是气丈夫冒险,而是
气他对她隐瞒。三喜同志回到家后,见阿兰在沙发上正襟危坐,一
脸严肃,就问:"怎么了?炒股票亏了?"

阿兰拍拍沙发说:"你过来。"

三喜同志就听话地过去了。

阿兰说:"坐下。"

三喜同志小心地坐下，问："出了什么事？谁惹我媳妇生气了？"

阿兰用好看的大眼睛盯着老公说："你有事瞒着我！"

三喜同志立刻否认："不可能！绝对没有！"

阿兰眼睛水汪汪地质问："你说，那天你是咋飞回来的？你不会选择跳伞吗？"

三喜同志老老实实地说："没想到跳伞。那是我的飞机，我得把它带回来。"

"飞机失去平衡了，你知道是什么概念吗？"

三喜同志笑嘻嘻地说："乖乖，有水平了，连'平衡'都会说。你都知道的我当然知道。不过呢，飞机有事，你不能慌，不能强行操作，得哄着它，它才能回来。"

三喜同志的回答很正确，阿兰找不到破绽，但阿兰的气还是没有消："你不肯告诉我，就是不相信我的承受力呗。"

阿兰把这个问题上升到了感情的高度："夫妻之间要坦诚，要透明。以后，像这样的大事一定要告诉我。"

三喜同志使劲点头说："好好，大事一定要告诉你。"

背着阿兰的时候，三喜同志笑眯眯地对我说："你看我老婆，像不像个小姑娘？大事要告诉她？告诉她管什么用？她这个文盲，什么都不知道，还瞎紧张。"

我一下子笑出声来。

"我是不想让她担心。"过了一会儿，三喜同志突然又说了这句话，并且叹了一口长气。

我笑不出来了。

三喜同志的"延寿"申请书是老婆阿兰帮助修改的，里面很有点文学小资的味道：

　　"空军领导：虽然本人已接近飞行最高年限，但考虑到本人热爱试飞工作，且身体健康，希望能够延长飞行年限，为国家的试飞事业继续贡献力量。"

　　因为三喜同志优秀的试飞经历，"延寿"顺利地获得了空军领导的批准。三喜同志喜滋滋地说："我还算是为国家航空事业做了一点事，没有白走试飞这条路。"

　　采访结束前，阿兰突然问我："你看我们家三喜黑吧？"

　　这话太跳跃了，我一时摸不着头脑，只得呵呵地敷衍。但阿兰明显是有一些忧虑的，她对我说：

　　"其实本来他是很白的，可是只要飞一飞，他就晒得黑乎乎的。"

第十五章　好男人和
好飞机都是飞出来的

一、嫂子骗腿儿上单车

初次见面那天，煞费苦心穿上的新衣服却大煞风景，差一点令他被淘汰。

差 5 分 16 点，他准时站在这家咖啡厅门口，衣服笔挺，头面整洁。16 点整，她来了，骑着一辆单车，略施粉黛，长裙飘逸。他拉开门，将她先让进去。

二楼，临窗。老位置。他拉开椅子让她坐下，然后转过来坐在她对面，向服务生挥手："老规矩，两杯摩卡。"咖啡上来了，四溢的芳香里他们开说，说近期的工作，儿子的学业，也说新闻八卦。其间，他突然说："老婆，今天你真漂亮。"

她飞快地还嘴："我哪天不漂亮？"

他嘎嘎地笑起来："客观些啊，老婆大人，毕竟咱们年过四十——"

他凑近一些，直直地盯着她："我喜欢你骑单车的样子。那些弟兄都说：'别看40多岁的人，咱嫂子骗腿儿上单车的样子，真是风采不减。'"

今天是他们结婚二十五周年纪念日。自从儿子上大学后，五年前，他和她约定，每个月，至少每个季度，都要选一个周末的下午或晚上出来坐坐，聊天，就他们两个人，像恋爱时一样。

当初第一次见面的时候，她对他印象很一般。

飞行员都是封闭式管理，他们的婚恋一般是经人介绍，成功一对后男女双方会互相发展周围的朋友。他们就是这样认识的。他已经27岁了，却是第一次谈恋爱。初次见面那天，他特意穿上了一件新买的白衬衣。但这件煞费苦心穿上的新衣服却大煞风景，差一点令他被淘汰。

新衬衣样式老套，他还古板地从上到下扣得严严实实——包括第一个扣子。新衣服的领子浆得太硬，他就那么直着脖子，好像戴着颈箍，土气又窘迫。更要命的是，本来他就身材瘦小，却带着一个一米八米的高大英俊的帅哥战友做伴。

之后介绍人问她对他的印象，她是有教养的女孩，遂客气地说，也没有什么特别深的印象——本来这话隐藏了些微婉拒，但介绍人领会错了意思。介绍人是了解他的，坚持认为他"是个难得的好小伙子"。

他却是较真的。他是飞行员，她是部队医校的护士学员。那是80年代末，在那个时期，穿着军装的小护士，几乎是所有未婚男军人的理想老婆。况且这个姑娘秀气又文静。他开始给她写信，一天一封。这些信渐渐改变了她对他的印象。后来她对他说，信比人出色。

几个月后，他外出开会，路过她的学校所在的城市，自然奔去看她。他请她出来吃饭，她谨慎地带了女伴。过马路的时候，他自然地站在两位女孩子前面，伸手护着她们。到了饭桌前，他先轻轻拉开凳子，请两位女士入座——他不知道这不起眼的细节令他顺利通过了这天的"审查"。女伴是她有心安排的，她最相信这个女伴的眼光。女伴评点说，心细，对人好，就他了。

他们从此开始了认真的恋爱。他只是个蹲山沟的普通飞行员。她家境好，人长得漂亮，又在大城市工作，他用他的真心实意感动了她。

东北的冬天漫长而寒冷，她转至外地学习，离家远，想家想得要命。女孩子想妈妈，主要是想妈妈做的美食。他出差经过她家，上门去看了她的父母。中午，他看着表说，给兰儿包点羊肉饺子吧，她喜欢吃妈妈包的饺子。

饺子滚烫地出锅了，他用铝饭盒装好，包上大毛巾，再用军大衣裹紧，一声"再见"就奔了火车站。开惯了飞机的人总觉得火车慢，本来嘛，这段距离，要在天上，不够一杆加力的。两个小时后他下了火车，继续大步流星。当他顶着满头热气站在军医学校大门口时，他正好听到熄灯号在响。

军校有规定，吹了熄灯号，学员们就不准出宿舍了。他在冷风里走到她的宿舍楼外，数着数字敲了敲一扇紧闭的窗户——万幸她正好住在一楼。

屋里已经熄了灯，姑娘们起初听到声音吓了一跳，还是她立刻听出了他压低的声音。她光着脚丫子跳下床，扑到窗前，拉开窗帘就看到一个熟悉的身影。她立刻将窗子打开，一双手将一只带着体温的饭盒送进来。片刻之后，他听到屋子里面一片脆嫩的欢腾。

此刻她坐在他面前，修眉入鬓，合体的军装下她的身姿依旧窈窕挺拔。说起这段二十多年前的往事，她面带微红，眼若秋水，宛如少女。冬夜的一盒饺子虽然已远，但那份体贴与温馨令她终生难忘。

正当他们感情升温的时候，他决定去当试飞员，这意味着，他将要离开她，远赴数千里之外的西北。对于两个热恋中的年轻人来说，这是一次意义重大的考验。

那天晚上她没有上晚自习，拿着放大镜在中国地图上找阎良，找啊找，半天，放下放大镜，她哭了——她居然没有找到，可见那是个多么偏远的小地方。

女伴们也开始叽叽喳喳：找个飞行员就够担惊受怕的了，还要当试飞员，还那么遥远！

部队对飞行员的婚恋问题极为重视，试飞部队专门派了政工干部去给她做工作。政工干部都是游说的行家里手了，在她面前把阎良夸得天花乱坠：大名鼎鼎的航空城，在全世界都著名，人称"中国的西雅图"。俗话说，上有天堂，下有苏杭，除了北京，就是阎良！——诞生中国最先进航空飞行器的地方，能差吗？

于是她辗转给他打了个电话。

她说："那里精英荟萃，是吗？"

他说："被选入试飞部队的，都是空军航空兵中最优秀的飞行员。"

她说："可你不一定非要飞行，做技术搞研究也一样能发挥你的专业特长。"

他说："我喜欢飞行，没有哪一样工作能像飞行一样让我充满激情。"

她说："可是——那是西北。西北的气候我不适应——"

他说："飞行靠的是天，选择那里做航空城，环境、天气一定是适合的。请支持我，我会成为一名优秀试飞员。再说，外在的气候不重要，重要的是，心里有爱，就总是春天。"

最后这一句打动了她。

毕业的时候，她约了女伴一起旅游，首选地当然就是西安，这是离阎良最近的城市。他早早站在站台上等，手里捏一枝蔫了的玫瑰花——阎良小城那时还没有花店，这仅有的一枝还是他向一位养花老人要来的。

他们一起坐上了小公共车。从西安到阎良，那时还没有高速，小公共是那种乡间小巴，不仅挤满了乘客，还挤着嘎嘎叫的鸭子和叽叽喳喳的鸡。小路颠簸，车上又臭烘烘的，她忍了又忍，不断地问怎么还没有到。他就一遍一遍地说，快了，快了。

终于到了阎良，仅次于天堂、苏杭、北京的阎良，灰扑扑的小城，黄风漠漠，她哭笑不得地看着他，却发现他居然更精神了——

两人一间的宿舍收拾得干净整洁。领导和战友们嘘寒问暖。招待所虽然简陋，但她感受到了大家庭的温暖。

转过天，他笑嘻嘻地说："通知说下周天气不好，一周都不飞行，不如我们结婚吧！"

她看着他，说："反正我毕业了。行，结就结吧。"

半年前，因为组织上安排他去 Y 国培训，按照有关要求必须已婚，他和她匆匆去领了结婚证，然后就各奔东西，他回部队，她回学校继续上学。

他们把自己口袋里的钱全掏出来，每人买了套新衣，又买了一些瓜子、糖果，战友们送了些锅碗水瓶。买的唯一的大件物品是婚纱，小城的婚纱算不上奢华，但在部队，算得上足够惊艳了。

结婚那天，他骑着自行车，后面坐着她，两人叮叮当当从招待所去部队。路上穿过一个农贸市场，她看着那些嘎嘎叫的鸭子和叽叽喳喳的鸡纷纷让路，觉得心里充满了安宁和快乐。

但快乐与安宁很快被打破了。结婚后他们一直分居，到了儿子一岁多时，她来到了试飞部队。数年的两地分居结束后，一家团圆的板凳还没坐热他又要出国培训，这一去一年多。她一个人带着儿子，要上班又要照顾孩子，每天骑着单车，风里雨里，忙得人仰马翻。忙碌是一回事，心里沉重的压力更是日日挥之不去——

那个春意浓浓的日子，一起严重的一等事故猝然发生。因为就在近场，许多人连同牺牲者的亲人目睹了机毁人亡的情景，惨烈的现场，很多人号啕大哭。她也惊呆了。牺牲者是她的邻居，他的好技术和卓异的飞行天分在试飞部队是人所共知的。他们太熟悉了，昨天下班前，她还在路口与他打招呼。一转眼，天人永隔。追悼会上，扶着那位悲痛欲绝的遗孀，她几乎站不住了。在部队长大的她虽然对飞行并不陌生，知道飞行有风险，她也不止一次对丈夫说注意安全，可是这一回，她才切切实实地感受到原来死亡竟然离自己如此之近。她不知道自己是怎么回家的，头重脚轻地进了门。幼小的儿子还在咿呀学语，她倒在床上，一整夜噩梦连连。是夜大风，风从没有关好的窗户刮进来，窗台上的一只小飞机模型被刮到地上，摔得粉碎。她惊醒了，望着拾不起来的碎片，她失声痛哭。模型是他最喜欢的收藏之一，她将这个意外认作了不祥的预兆。

一夜再无眠，辗转到了天明，一上班，她就跑去找政治部主任，央求主任给正在俄罗斯国家试飞员学校培训的他打电话。那个时候部队与国外的通话是严格禁止的，他出国数月，他们一直靠通信联系，而国际信函往返需要数周。一向稳重的她惊慌失措，主任诧异，出什么事了吗？

她欲言又止，只是坚持说，要和他通话。看着主任一副为难的样子，她失态地一下子哭出声来："我要知道他现在在做什么！我要知道他好不好！"

整个部队这几日都被事故的阴影笼罩着，主任似乎明白了，他安慰她说："好好好，我去飞机公司想办法。"

她终于辗转得到了外办的回复，说这几日那边天不好，只做地面准备，培训的课程进展顺利，人人安康。

远在异国的他了解了她的担忧，在给她的信中写道："你要相信我。人生道路上的坎坷是每个人都绕不过去的，需要我们理性、客观地对待。不经历风雨，怎么能见彩虹？不能让坎坷削弱了你的斗志。"

她在跟我说到这一段时，有些赧颜，似是看到当年那个青涩的年轻妻子，一腔爱情，却少不更事。

他培训结束回国后，正值三代机紧锣密鼓地上马，试飞任务越来越密集，他承担的高风险科目越来越多。她每天一听见飞机响就紧张，听不见飞机声了更紧张。

就在这期间，部队又发生一起一等事故。处理后事是要求试飞员家属们回避的，但她是分管空勤家属的干事，她从头到尾参加了所有工作，接待亲属，谈话，小心翼翼一点一点说出情况。她目睹了烈士亲属们从惊愕焦虑到震惊绝望的过程，他们揪住她的袖子，求她让他们去见亲人一面，就最后一面，她只能无奈地摇头。她能让他们看什么？他们能看到什么？高速冲击下，飞机巨大的金属躯体都变成了碎片，何况人的血肉之躯？他们悲痛欲绝，泪水汹涌，鲜花一样的妻子晕倒在她怀里，原本柔软的身子那么沉重……她感同身受，心力交瘁。她请求他放弃高风险科目，列举说谁谁谁都转民航了，他已经作出了许多的努力，他对得起国家、军队了。他不光是试飞员军人，还是她的丈夫，是孩子的父亲。他不争执，但一口就回绝了。

她何尝不知，让他放弃是没有任何可能的。可她的焦虑和担忧与日俱增。她无法表述，无处表达，因为只要他还在飞，她就只能保持平和，用如常的微笑送他上班。那阵子正值新机定型，飞行任务极重，他每天忙到很晚，又常常转场异地。她夜夜失眠，只能在电脑上看看影片，以此打发长夜。三个月下来，她消瘦、苍白，头晕、头疼频发。他从外场执行任务回来，惊异于她的变化，带她看医生。医生语重心长地说，她得了焦虑症，压力太大所致。

终于有一天，她骑上自行车，狂奔出门。他不喊也不叫，另骑一辆车跟着她，穿大街过小巷，一直跟到郊外。空旷的原野秋风阵阵，她终于力竭倒地，号啕大哭。

那天下午，他陪她在野地里漫无目的地走，谈他们的相识、相恋，谈儿子出生和成长的片段，苦口婆心。当他指给她看美丽的夕阳时，他终于又在她的脸上看到美丽的笑容——虽然只有短短的一瞬。他突然明白，以前，因为怕她担心而什么都不说的做法是不恰当的，不清楚内情的妻子只能凭空猜测，越猜越担心。

他慢慢地对她解释，试飞是风险与激励同在，选择风险并不是不珍惜生命。与其他行业相比，试飞风险是大，但从工作中获取的快乐与成功价值更高。在生命面前，大家都是平等的，走着同样的道路，如何走得更远，是需要深思的重要的问题。并不是遇到风险就必须选择放弃，现在的飞机装备有完备的救生设备，且每一种故障几乎都有对应的处置预案和处置原则，我们无法保证试飞时飞机不出故障，但我们可以选择故障后的正确处置。

生活要继续，飞行也要继续。

他并不指望靠一两次谈心就能解开她的心结，但他开始有意识地加强夫妻间关于业务的交流。他用行动让她看到，试飞是科学，是一项十分严谨的科学。试飞行业会聚着一支坚守执着、从容淡定的试飞员队伍，一支素养高、追求完美的工程师队伍和一支技艺精湛、责任心强的专业维护保障队伍，这样的团队能够将失误降低到最小，把风险控制到最低。

每隔一段时间，他就陪她出门，骑着单车，去郊外，或者在这个小城的大街小巷转悠，每一处新鲜的景致都令他们乐不可支。

他很清楚，他需要放松，她更需要。只是他能够自我调节，而她，需要他帮一把。单车骑游的时候，是他们交流的最好时机。在那条被称作"试飞大道"的路上，到处都是与飞机有关的标识、雕塑，或者人。看吧，他和她，他们和她们，这么多人的辛勤努力，最后的成果都要靠他一飞冲天的试飞来做鉴定。

好飞机是飞出来的。

好男人也是。

他说，要有把风险转化为平安的智慧，而不能只是胆怯和退缩，所以要加紧学习，提高化解风险的能力，用科学求实的态度，既胆大又心细。他坚持学习，每次接受任务后，他都会拿出充足的时间，进行充分而周密的准备，预想可能发生的各种问题和意外，手上资料不够就上图书馆，上网。他习惯做卡片，案头上日益增多的卡片令她感佩，他脸上不断增加的自信和从容也一天天地感染和鼓舞着她。她开始渐渐地真正认识她的丈夫，她的爱人。

　　她开始懂得他的严谨和一丝不苟：家里常用物品在收藏前他都要编上号，放在固定的地方；周末上街，也写个购物清单，把目的、方位做个流程。

　　他饮食有节，只要到了定量，一定放下筷子，再好吃的东西，一口也不再尝。只要有飞行，滴酒不沾。她认识他这么多年来，他的体重变化从来不超过一公斤。他按时作息，即使是世界杯来了，到点也一定上床休息。他每天早晨6点准时起床跑步，雷打不动；每天打球，保持体力的同时提高肌体的协调性、灵活性；滑冰——没有冰就滑旱冰，有时太忙了就穿着冰鞋上食堂。他保持充沛的精力，在大过载高机动和复杂科目的试飞中，也始终能保持清醒的头脑、敏锐的反应和有效的操纵。

　　她能够和他同步了，不仅从情感上，更从业务上。以前她觉得他"死板"，现在她明白，这种严谨与板正，正是职业的要求、责任的约束和自我素质使然。因为试飞要求有严格的操纵程序和流程，严谨的作风能最有效地保证在空中飞行时避免错忘漏，保证每一次飞行的安全和高效。在危险面前，重要的不是害怕，而是最大限度地展示智慧与勇气，转危为安。

　　家是他温馨而舒畅的港湾，她给他的飞行增添了信念和力量。2007年2月27日，北京人民大会堂，鼓乐齐鸣，鲜花绽放，2006年度国家科学技术奖励大会在这里举行。"歼十飞机工程"被授予国家科学技术进步奖特等奖，在名列前茅的获奖人员中，飞行员只有两名——他和雷强。这是中国科技界最高奖，是无数科学家毕生追求的目标。他，一名普通的中国空军试飞员骄傲地拥抱了这一崇高的奖项。

　　同年6月，国家主席签署命令，他被授予"英雄试飞员"荣誉称号。

转眼，他的生日到了。这一天都有飞行，下午落了地，夕阳已经泛红了，他打开手机，在一串的祝福短信中，他首先挑出了她的，是一首小诗：

"老公今年四十三，脸上河流漫山川。挣得不多也不少，老婆爱你不爱钱。如果还能有进步，我和儿子没意见。"他大笑，所有的紧张和疲惫，如烟消散。

事业成功的同时，爱情更加醇厚。

他们约定，每年带她逛街至少两次，与她像恋爱般约会至少四次——骑车去他们熟悉的那家咖啡厅，无拘无束地聊天。

他们的儿子已经大学毕业。当年填高考志愿时，儿子在所有志愿上只填一个选项：北航，发动机设计和制造专业。儿子说："爸，咱们中国现在的发动机不行，等我给你设计好用的发动机。"

她面色红润，肌肤光滑，腰身依然纤细，她骗腿儿跨上单车的姿态，果真是楚楚动人。

我问她："作为试飞员的家属，你怎么评价你的爱人？"

她说："好男人和好飞机一样，都是飞出来的。"

二、我的十项全能

她为试飞员家属定义的十项全能是本职工作、妻子、厨师、保姆、家庭教师、家庭医生、采购员、水电工、秘书兼司机，最后一条，也是最重要的一条——丈夫的安全监督员和精神疏导员。

音乐会是晚上 7 点半开场，他们 6 点钟吃完晚饭就开始打扮。

"你帮我穿好看点，别让别人又认为我是孩子的爷爷。"他说。

她给他打着领带，看着他脸上纵横交错的"沟渠"，说："那你别笑，一笑脸上就有皱皱了。"

其实，在她眼里，丈夫一点不显老，身体挺拔，头发乌黑，举止文雅，谈吐斯文，不知道的以为他是研究员或者教授什么的，完全看不出是叱咤长天的试飞员、空军试飞专家。

这已经是十几年前的事情了，那天他休息，难得抱着孩子去打牛奶——

"他穿着飞行服，那会儿飞行服是很简易的布夹克。"她对我说，"可能是因为工作比较辛苦，人瘦一些，又没刮胡子，卖牛奶的农村大姐不认识他，就指着孩子说：'这是你孙子吧？'"

试飞员们都有个习惯，如果第二天要飞行，头一天，不理发，不刮胡子。

那天回来以后，他在镜子前面站了半天，说："我有这么老吗？以后我不去参加家长会了。"

此刻他又说起这个话题，显然，他在刻意营造轻松的气氛。

她想：既然他不想让我知道，那我就装作不知道好了，不要让他为我分心。

董源是个美丽活泼的女人，在试飞院新闻中心任主播，丈夫张景亭是某试飞部队的部队长。

上午快下班的时候，她遇见同事，同事见了她就说："哎！董源，你老公飞的那个一类风险科目，因天气不好今天撤了，明天再飞。"旁边的人想制止已经来不及了，同事的话让董源心里咯噔一下。她知道这是一个填补国家空白的一类风险科目，之前已经通知影像室要留好资料，只是当时还没有确定试飞员。对此，董源一直在回避，她想问又不敢问，怕给丈夫增加负担。

试飞员们有个不成文的规矩：几乎所有的试飞员在飞高风险科目时都不会提前告诉家人，一是因为保密要求，二是不愿家人担心。

进家门的时候，她平静了一下：他明天还要飞，越是在关键时刻越不能给他增加负担。

董源进了门，见他已经回来了，正在翻腾衣柜找东西，床上放着找出来的西装和衬衣——他正在找领带。

"你穿什么颜色的衣服？"他问。

"什么？"她一下子没明白。

"音乐会啊，今天晚上的音乐会。"他用下巴指指桌上的票。

她恍然大悟，想起来，前几天托人好不容易买了三张音乐会的票，正好是周末，可以带儿子一起去看。

然后他说："你帮我穿好看点，别让别人又认为我是孩子的爷爷。"

她看着他手上的领带，说："正好，我穿这个颜色的裙子——"

她仔细化着妆，他在一边评点着，他还是那么温和体贴，声音缓慢而低沉，从容有致，没有大战前的紧张，更没有生死未卜的悲壮。这就是自己的丈夫，她怎能不为他骄傲？她配合着他的平静，专心致志地勾着眉毛。从镜子里她看到他正悄悄地取下身上的电极片——在试飞重要而且高风险的科目时，试飞员需要佩戴动态心电图监控心率。

她替他打上领带，他们站得很近，她清楚地听到他平和的心跳、均匀的呼吸。

她回头喊："儿子，准备走了。"

18 点 50 分，他们出发了。她把手自然地插在他的臂弯里，向他转过美丽的笑脸。儿子在他们前面雀跃："噢，走了——"

丈夫英俊，妻子柔美，儿子阳光，令人羡慕的一家三口，任谁也看不出明天他们将面临怎样的生死考验。只有他们自己知道，为了这份爱、这份安详，互相对对方隐瞒了什么……

张景亭毕业于西北工业大学。这所院校在整个西部地区乃至中国都很有名气，它的许多专业与上海交通大学的齐名。那个蝉鸣盈沸的夏天，已经是硕士研究生的张景亭在他毕业的那天下午听说了招收空军试飞员的消息。

招生的人特别说明，要从有工科背景的毕业生中招收飞行员，目标是培养试飞员。

张景亭的专业是飞机发动机。那天下午，导师对他说："你可以试试，如果能飞上几年回来再搞科研，你既懂发动机原理，又懂飞行，对你将来的研究大有神益。"但谁知，他这一去，从此就和飞行结下了解不开的缘分。

嫁给张景亭是董源自己的主意，漂亮的四川姑娘董源几乎是在遇到他的当时，就"找到感觉了"。

那时候张景亭还只是试飞学员。结婚后，董源也是听了做思想工作的试飞部队领导关于"上有天堂，下有苏杭，除了北京，就是阎良"的宣传，离开舒适富饶的四川成都，跟着丈夫到了这个位于西北小城的试飞部队。甜蜜的新婚生活还没过多久，一纸命令，张景亭被派往俄罗斯国家试飞员学校学习。董源不承认与新婚丈夫分别时自己掉了眼泪。

"我那时候忙得要命，哪里有时间婆婆妈妈的？"董源说。

董源说的忙，其实在时间上是稍后些的事——单位给他们分了房子，董源忙着搬家。

女人们在家庭建设上都有着蜜蜂筑巢般的美好品质，董源也不例外，看着娇滴滴的她做起事来还真是麻利。

本来，张景亭说："我不在家，你就先别张罗了，就拣你自己的日常用品什么的先搬过去就行，其他的，等我回来。"但是不久，试飞院的人们就看到，她骑着辆到处响的自行车，车前一个大包，车后一个大包，胸前挂个小包，背后还背着一个大个的，一路叮叮当当走过去，引得无数路人侧目。

她日日期待着爱人归来，一等就是十三个月。艰难是一个人成长最好的课堂，柔弱的董源在这一个人的新婚岁月里学会很多——她学会了坚强，学会了在别人眼里只有男人才会干的活，更学会了一个人在空荡荡的家里忍受着无尽的孤独，她甚至以为自己已经变得很坚强。

她与他的第一次通话是在他出国四个半月后。

当时试飞院有个项目，从俄罗斯过来了一架飞机，高个子灰眼睛大鼻子的机组飞行员就住在试飞院的招待所里。董源就动了心思。她有点羞涩地和外事办的人商量："我和我丈夫四个多月没有通过一次话，都靠写信，可不可以帮我打个电话？"

电话很快接通了，就在招待所里，当着外事办的同志和大鼻子机组人员的面。

"喂……"当听筒中传来丈夫的声音时，才听到这一个字，她就突然愣怔了，所有的艰辛与委屈刹那间奔涌，内心翻江倒海，嘴却颤抖着发不出声。

外事办的同志着急，悄悄地拉拉她的袖子说："说话啊，快说话啊，这可是国际长途，按秒收费的——"

话音刚落，董源放声大哭……

第二次搬家的时候，张景亭因为有任务，直到最后搬家那天他才来到新家。当时他穿着工作服，在地下室帮着收拾，董源雇的工人来了。看到有陌生的男人在干活，工人不干了，生气地说："嫂子，你不是雇了我吗？你咋又雇他咧？"

董源正在擦家具，一张旧报纸做的帽子遮挡着她的一头秀发，她用戴着手套的手指着蹲在一边积极表现的丈夫说："噢，你说他啊——那是俺家的长工。"

近午时分，眼看着天空放亮，董源人坐在办公室里，心却忽上忽下的。她竖着耳朵听着窗外的声音：她在等待飞机起飞发动时那一串振聋发聩的轰鸣。

仿佛有感应一般，果然，一阵轰响由远及近，她一下子站起来，快步向外奔。长长的走廊上此刻无人，她听着自己的脚步无序地慌乱——15楼有监控室，她不由自主地向那里走。

监控室的门紧闭，她顾不上敲，推开就进去，里面居然有这么多人，看她的眼神都有点愧疚——他们肯定也是了解这个科目的。按规定，监控室是不允许无关人员随意进入的。有个同事在监控室主任耳边悄悄说了句什么，主任站起来，招呼她："来这里看吧——别担心！你看你家老张多沉着。"

董源的眼睛一眨不眨地盯着屏幕，丈夫沉稳地坐着，手上的动作看不太清，但脸上的表情一览无余。她忽然觉得，他真的是不老，还是那么目光敏锐，明亮的眼睛里闪烁着智慧的光芒。

做部队长的张景亭是中国顶尖试飞员、中国首批 15 名双学士试飞员之一，他是第一个驾驶米格 -23 和米格 -29 的中国试飞员。张景亭试飞过歼 -10、歼轰 -7 等各类战机，是目前国内试飞机型最多的战机试飞员。在多年的科研试飞中，张景亭创造了我国飞行、试飞史上的 50 多项纪录。

"现在我觉得我基本上是十项全能，什么事都交给我，他也比较放心。"最后董源自信地说。

董源为试飞员家属定义的十项全能是本职工作、妻子、厨师、保姆、家庭教师、家庭医生、采购员、水电工、秘书兼司机，最后一条，也是最重要的一条——丈夫的安全监督员和精神疏导员。

那一年董源所在的新闻中心年终工作会的汇报总结，做了一个专题片，就是这个科目的精彩剪辑。

片子在大会上播放的时候，董源悄悄地从座位上站起来，借着暗下来的灯光向外走，走到会场最后一排，这是个昏暗的僻静角落。屏幕上，随着声情并茂的解说，他的形象一遍一遍地跃出，近景、中景、大头的特写——他脸上的皱皱看得清清楚楚。

温热的泪水，无声地滑落在她的脸上。与其说是心酸，不如说是自豪。

三、共同成长

> 我们是爱人也是朋友，是青春的见证人、事业的共渡者，共同经历苦难，也共同分享荣耀，所有一切互相去见证。

"贺兵有任务在身，他的工作涉及保密，所以只能和你们泛泛聊天，不谈任务，只论风月。"我对贺兵和他的爱人陈娟开门见山地说。

贺兵中等身材，比起一般的歼击机试飞员，他的身量要稍稍魁梧些，宽额，长眉，线条硬朗，浑身上下透着胸有成竹的沉稳和自信，是那种从外形上看就令人心仪的男人。陈娟，三十出头，穿着考究的正装，化着淡妆，有着南方女性美好的姿态和肤质，按时下的说法，是那种典型的"白骨精"类型。

这一对真是好般配。

陈娟先说话，果然是做经理的，思路敏捷，条理清晰：

"刚开始，我感觉试飞员不过是一种职业而已，谈不上理解，就更别说支持了。"

这一代年轻试飞员与老试飞员们的情况有些不同，他们的另一半以知识女性居多，而且多半事业有成，身居要职。陈娟就是某大型投资公司的财务经理。

陈娟与贺兵认识的时候，贺兵只是个普通飞行员，而硕士毕业的陈娟已经在部门负责人的位置上了。陈娟总结他们的婚姻时，用了一个词：成长。

爱情与事业共同成长。

"一开始，我们老是争执，他总是强调他的工作，我就很不赞同。你有工作，我也有工作，为什么我一定要服从你？你是试飞员，但同时也是我的丈夫、孩子的父亲，在一些关键时刻和关键问题上，为什么你就以工作为由，投入那么少？比如，家庭长远规划问题和孩子成长进步的事情，为什么都是我的事？老是强调他的那些科研试飞项目，不就是工作吗？

"当时我觉得他的魂、他的精力不在家里。只要在工作，他就一定会对我视而不见，即使在谈恋爱的时候也是这样。"

那年，陈娟婚后第一次来探亲，到试飞部队这天，接她的，是个不认识的女干事。女干事把她安排在部队驻地之外的一个小宾馆，放下她就走了。贺兵打来电话，说忙完了就过来。陈娟就在宾馆里等。

一等就是三天。

第四天，贺兵来了，但他面色青白，头发凌乱，胡子拉碴，样子好像老了十岁。他站都站不住，进门就倒在床上，睡到天黑，陈娟才发现，他是昏睡，怎么也摇不醒。她吓慌了，赶紧打电话。不一会儿来了几个战友，七手八脚地把贺兵弄进医院。医生里外检查一番，却没有发现问题。后来还是政委明白，政委说："别闹腾了，让他睡吧，睡醒了就好了。"

陈娟这才知道，丈夫三天三夜没合眼。

"执行什么任务这么紧张？"她问。

战友们支吾着，躲闪开了。

她扭住政委问。政委看着她年轻无邪的脸，叹口气说："特殊情况，特殊情况。"

陈娟心里很委屈，是什么特别的事情？自己那么远地来了，他三天都没露面，露了面却睡得像个死人。话一出口她就看到政委的脸色变了。陈娟再粗心，也看得到政委眼里含着的泪花。她是个聪明人，心里咯噔一下——飞行部队是忌讳用这个词的。

好几年以后，一次偶然的机会，她才知道，她初来探亲的那次，部队发生了一等事故，贺兵忙着搜救战友、分析现场、安抚牺牲战友家属，等等，忙了三个昼夜。

初来乍到就面对这样残酷的场面，对年轻的妻子肯定会有巨大的心理冲击，贺兵成功地隐瞒了事实，并且瞒了数年，直到她开始一点点真正地进入试飞员家属的角色。

他们结婚后两地分居长达十年。家庭刚刚组建不久，孩子小，陈娟的工作又处于上升期，公司考勤严格，陈娟负责的又是财务方面的大事，一点不能马虎不说，还常常加班加点。贺兵一年的假期有限，那几年，家里、单位的事情，常常令她精疲力竭。不知多少个夜晚，她抱着高烧的孩子哆嗦着站在路边打车去医院；不知多少个风雨交加的日子，她在风雨中狂奔，一头秀发在风中乱舞，为了尽快去学校接孩子。美丽、学业优异的陈娟，大学时曾是男生们心中的女神，但她千挑万选选了当试飞员的贺兵，结果，却是过着这种独自打拼的日子。

因为工作需要，也因为贺兵出色的飞行技术，他被派往国外参加培训，一走数月。终于打通了电话，陈娟在电话里大哭："我真的怀疑这辈子是不是嫁错人了。"

陈娟挂断了贺兵的电话，但她到底也没有跟丈夫说，孩子生病，检查发现血液指数不好，血小板低，不能再用西药，好不容易看了中医，孩子在服用中药后却开始哮喘。哮喘发作时是很危险的，孩子食不能咽，夜不安枕，必须 24 小时监护。看着孩子喘息不已的痛苦样子，做母亲的心如刀绞。

陈娟低下头，散开盘着的发髻，一头黑发水一样泻下。她用手指拨开，指着头顶的一个位置说："我的白头发就是那时候长出来的。"

我赫然看到了一头黑发中几缕惊心动魄的白发。那时候，陈娟刚刚 30 岁。一个美丽的 30 岁的女人，长出了白发。

有段时间，贺兵与科研人员一起研究项目，虽然在同一座城市，但他常常一周都不能回家一次，有时候晚上 12 点还在做试验分析。有天晚上，陈娟去单位给他送换洗衣物，看到他在办公桌前一会儿快速地写下什么东西，一会儿激动地站起来用手比画着。在门外的陈娟站住了，看了好一会儿，然后悄悄地放下东西走了。"那个时候，我感觉认真工作的他，是全世界最帅的男人。"

新型战机亮相那天，她带着孩子去了试飞现场。丈夫一身笨重的试飞服，抱着头盔走下飞机，被鲜花和掌声、欢呼声包围。她看到了他的战友，也看到他身旁那些白发苍苍的老总工，他们孩子一样地激动，又像女人一样哭泣。那天晚上她听见女儿说："妈妈，我在《新闻联播》和《新闻会客厅》上看见爸爸了，我为这样的爸爸感到骄傲！"

她被深深地震撼了：如此崇高伟大的事业，丈夫是其中重要的创造者。丈夫虽然没有时间对女儿说教，但他对待事业的责任感和态度潜移默化地影响着她和女儿。

"我有时特别羡慕他们，因为他们这个团队是在忘我地工作。其实人在一定的时候有一个实现社会价值的冲动。我有时候嫉妒地说：'你们这个团队一起努力工作的时候，你们真的很幸福。'他打趣我说：'领导，我拿钱回家，工资全交，你还不幸福啊！'"

　　贺兵是个率性的人，他是试飞大队公认的聪明人。但这个聪明人，也有没办法聪明的时候。

　　那一天，他们执行送飞机任务，贺兵是长机，那时他还是副大队长，僚机是大队长王文江。那天天气不好，飞机起飞后不久，贺兵的飞机出了故障，整机断电，除了发动机还在响，其他的仪表设备屏幕一片沉寂。

　　地面叫不到贺兵，但从雷达信号上看得到轨迹，判断是飞机出了问题。天气不好，贺兵看不到跑道，于是他就紧跟僚机王文江。但不久后王文江的飞机没油了，不能再做引导，只能离开编队赶快找机场先行降落。失去通信的贺兵并不知情，还一直紧跟着王文江。那天的能见度实在太差，近场的云底高度不足 200 米，仪表又完全没有导航，等贺兵看到机场的时候，跑道都在眼皮子底下了。但此时他的飞机还有三个满油的副油箱，他肯定不能降落。他丝毫没有犹豫，立刻把飞机拉起，离开机场——他必须找一个地方先把副油箱丢了。

　　飞机一路爬升，厚厚的云层在窗外弥漫，贺兵没有高度，没有方向，只能凭着感觉控制飞机的状态，情况万分紧急。他很清醒，机场周围的环境他还是熟悉的，他在心里算了下时间，必须爬升到足够的高度，以避开机场周边的高山。如果在云中丢状态，那结果会非常可怕：如果飞机是反扣状态，他动作中的爬升就变成了下坠，云底高度这么低，等出云看见大地已经没有时间再调整飞机姿态了。

　　地面上，指挥员头上大汗淋漓，大家都为贺兵捏着把汗，但他们都一筹莫展。后来才知道，那一天，地面紧急通知了民航，所有民航飞机全部让出了附近的空域。

　　想象一下，一架仪表全无，没有任何指示，没有方向、速度、高度、地平仪，没有雷达通信的飞机，在茫茫无际的云海中穿行，掠过窗外的除了灰云还是灰云，飞机如同一个又聋又哑又盲的人在无边的黑暗中摸索，又像一只失去方向的小船在茫茫大海上漂泊。

一个人要有怎样的心理素质，才能在这样的情况下保持清醒和镇定！

他努力寻找机会，努力根据云层的运动盘旋寻找。果然，云层出现了一小片缝隙，他迅速飞进去，修正好飞机状态，并且保持住，然后凭着感觉判断飞机的速度，靠手表的时间推算飞机的大致高度和位置。凭着对周围环境的记忆，他把飞机带到一片山区，丢下了副油箱。

没有人知道，贺兵是怎样返回，怎样找到机场的。当飞机声在近场天空中响起来的时候，地面上的人们都惊喜交加。

惊喜过后，新的危险出现：降落机场的能见度依然很差，飞机高度降低到一定位置后，贺兵约略能够看到些地面的轮廓，但是，他没有办法精确量化地掌握飞机的平衡系数和落地速度——

通常，飞机起降时，飞行员都需要仪表和指挥口令的帮助，特别是在云底高度如此低的情况下。但眼下，贺兵一无仪表，二无指挥，只有他孤家寡人，独自完成。

飞机起飞和落地时是风险较大的时候，统计表明，超过70%的飞行事故都发生在起降阶段。此刻，贺兵面临的最大问题是速度：没有速度或者速度快了，都会发生严重问题。

贺兵驾驶飞机一落地，等候已久的王文江就从指挥室里跳出来，一路向飞机跑。等他跑到时，下了飞机的贺兵已经被众人围住了。小个子王文江费了些劲，才把众人分开个缝隙，挤到贺兵面前。

"你总算回来了！"王文江说，"把人急死了！"

贺兵还笑得出来："你急啥啊？你差点把我带到沟里去！"

王文江急了，说："你电都没有，我又没办法联系你。我那时就想，咱咋不在座舱盖上安个天窗，我好把手伸出去向你招招手呢！"

"在那种情况下，你是怎么把飞机给开回来的？"

事后，这几乎是所有媒体都问的一个问题。面对年轻的记者，骄傲的贺兵眼皮都不抬，说："就那样开回来的。"我能感觉到贺兵的回答有些应付的成分——他不想多说，对于不懂飞行不了解他的人，说了也白说。

私下里，在陈娟问起丈夫这个问题时，贺兵狡黠地说："凭感觉呗，抱着操纵杆就像抱着爱人一样。"——我明白，他的意思就是试飞员们常说的一句话，叫作"人机合一"。

四、每人讲一个最难忘的故事

"女人们，丈夫在天上，风云万千，我们能给丈夫的，应该是美丽的形象和比形象更晴朗的笑脸。想一想那些躺在北塬上的战友，和丈夫在一起的每一天，都要好好珍惜……"

每人讲一个最难忘的故事吧。

我刚向她们提出这个话题，她们就笑起来，她们说，这个不好讲。

在一起那么多年，难忘的事情太多了，哪个算"最"呢？

我说，不管最不最的，想到哪个就说哪个吧。

【潘冬兰讲的故事】

中校干事潘冬兰与试飞员李中华，是一对人人艳羡的和睦夫妻——说和睦还不够准确，在许多人看来，他们都这个年纪了，未免有些黏糊。

2005年10月×日，是潘冬兰的生日，那一天，李中华远在西线飞行，中午时分刚落地，他就特意打来电话，语气缠绵地祝"亲爱的老婆大人"生日快乐。李中华去西线执行新机试飞任务已经两个多月了，按计划，他们还要有两个月才能完成预定科目的飞行。尽管夫妻俩每天通电话，但今天的这个电话显然是意义不同的。

正是周末，放下电话，潘冬兰哼着歌更衣，上街。她买了些熟食和点心，约了两个女伴一同回家。老公不在，自己还是要小乐一下的。

女人们饱肚的食物主要是水果、蔬菜，姹紫嫣红的一桌。灯全开了，音响也打开，音乐刚刚调好，门铃响了。

女友甲说："谁啊？"

女友乙说："你还约了别的客人？"

潘冬兰说："没有啊。这个点来的人，估计是收水电费的——"

女友甲跳起来说："我去看看。"

门开了——迎面是一大捧玫瑰花，花束稍稍移开，露出一张男人的脸。风尘仆仆的李中华站在门口，左手拿着一大束花，右手拎着盒蛋糕，身上还穿着飞行训练服，一脸得意的笑。

女友们一起惊呼："天啊！你从天上掉下来的？"

李中华的确是从天上下来的。

中午李中华挂了电话准备退场，听说有一架飞机要回阎良拉器材，第二天一早返回，他一算，真是天赐良机。他衣服都没换，跟带队领导请了假就登上了飞机。

天空中的一脚油门当然是快的。千里之遥，两个多小时就到了。飞机落地是下午 4 点多，他没回家，跳下飞机就向城里跑，直奔商场买了东西，再叫辆出租车一路驶回家属院。等他微喘着气站在家门口时，他听见了熟悉的声音。

巨大的惊喜！潘冬兰的激动和感动可以想见，最受刺激的是两个女伴。

目睹这一切的女友甲说："哼，怪不得你要嫁给飞行员呢，祖国大地任来回啊！"

女友乙深刻地思考着，半天才说："等我女儿长大了，也要她嫁给飞行员。"

【李翔征讲的故事】

李翔征是飞行试验研究院技安环保处的工程师，丈夫匡代想，副师职试飞员，大校军衔。

1949 年 8 月，当著名的衡阳宝庆战役正紧张筹备之际，在湖南祁东县一个偏僻的小山村里，一个男孩子于午夜时分呱呱坠地。

李翔征是个很会表达的人，她以这样的讲述开头，像一篇流畅的文章。

那天清晨，天一亮，新生儿的父亲就起来了。对于 38 岁才喜得贵子的他来说，这个巨大的喜悦让他等待得太久了，所以他要按乡间的隆重的风俗，在太阳升起时在家门口燃放一串响亮的炮仗，以此宣告他们老匡家香火有继了。就在他打开屋门的一瞬间，他吓了一跳：院子里、屋檐下，密密挨挨地躺满了扛着枪的兵！

准确地说，兵们的枪不是扛着，而是枕着或者抱着，他们席地而睡，头足相抵，露水打湿了他们的衣服。他们都很年轻，不过十七八九，二十出头。老匡悄悄地撤回屋，关好门，收起鞭炮。他知道，这些秋毫无犯的兵是老百姓自己的队伍，他们叫人民解放军。

他去侧屋的厨房烧了一大锅水。等他端着滚烫的开水再一次出来时，集合号响了，随着一阵急促的脚步声，那些兵纷纷跑出来，过了一会儿，他们排着队喊着口号沿着村前的大路离开了。老匡看到了码得整整齐齐的稻草，还有水缸里加得漫边漫沿的水。

大路上烟尘弥漫，短短几分钟，那些生龙活虎的年轻军人长了翅膀一样，消失了：村子重归寂静。老匡坚信一定是老天爷给了他暗示。十七年后，当年那个在兵临村子的夜里出生的小男孩，走入了人民解放军的序列。后来，他成了试飞员，真正有了能飞翔的翅膀。

那一天，1986年6月3日，按计划，他们两日后将起飞，执行某导弹轰炸机转场的试飞任务。傍晚，飞行计划会结束，他刚走出会议室，政委在门口把他叫住。一向亲切的政委此刻的神情忧虑纠结，他的心没来由地跳起来："出了什么事？"

政委不吱声，拉起他的手，一封电报无声地落在他手里。

经历过七八十年代的中国人都知道，在那个时期，通信主要靠信件，没有极端特别的事情不会使用电报。

他的手哆嗦着，不敢拆。"出了什么事？"他问。

政委缓缓地说："小匡，你要冷静，电报上说，你父亲去世了。"

晴天霹雳。

匡代想是匡家的长子，忠厚老实的农民父亲38岁才有了他，说来也巧，他出生之后没几年，弟弟妹妹相继到来，家里人丁兴旺。对这个给全家带来好运的长子，父亲视若至宝，给他起名"想"。他离家当兵，当了试飞员，当了军官，成了家，也做了父亲，但每次回家，父亲还是总叫他的小名：想来。一个"想"字，凝结了多少父子深情。可是突然地，父亲怎么就走了呢？

"小匡，你是知道的，这个出口任务很急，如果重新换人再政审一次需要半个多月的时间，可是出口合同的时间是确定的，命令都下达了。怎么办呢？你回去考虑考虑吧。"

当领导的只能这样说，在飞行部队做管理干部的人，对每位飞行员的个人及家庭情况都了如指掌。

出口飞机的交接，事关两国的政治、军事、经济，稍有差池，会引起国际纠纷。何况计划和任务下达之前，他和战友们已经做了各种准备，临时换人，先不说政审程序是否来得及，就是飞行任务的实施准备，也需要相当长的时间。

第二天一早，眼睛红红的匡代想没等政委开口就说："保证把任务完成好。"

政委的眼睛也一下子红了。

6月5日早上8点，飞机起飞，过黄河，跨太行，飞过波光粼粼的渤海湾，上午10点，准时降落在指定的机场。下了飞机，匡代想没有吃饭，一个人一路小跑来到一个公园里。夏日的正午，公园里寂静无人，12点整，他在一棵参天大树下下跪，向西南方向深深叩了三个头。

他知道，此时此刻的湖南祁东老家，山坡的某处高地上，他慈爱的父亲正在缓缓下葬。

他放声痛哭。

【李玲玲讲的故事】

那天家属委员会开会，出的题目是：如何去爱老公。

女人们一个个笑得花枝乱颤。三个女人，抵得上一百只鸭子。

她不笑："谁昨天和老公嚷嚷了，说不管家不顾家，孩子要中考了也不帮忙？孩子中考男人能帮什么忙？让他带着情绪走，孩子成绩不好的问题就解决了吗？"

人群中的一个女人低下头。

"你们能说自己都会爱老公吗？男人要上天，不要拿地上的小事烦他。家里有情况，小事自己决定，大事上咱们家属委员会，再不行，找政治处。三个臭皮匠还抵上个诸葛亮，咱们有这么些臭皮匠……"

她是试飞员的家属，她们管她叫"老营长"。在很多事情上，她是这群"鸭子"的主心骨。

她对年轻的试飞员妻子们说："我们不光要在生活上搞好后勤服务，更要从精神上、行政上把好关。业务上'三摸底'（思想、技术、身体）、'五把关'（思想、技术、身体、机务、气象），咱们不懂，可是，思想、身体咱们能管理好——比如，不该缠绵的时候就不能缠，不能沾酒的时候就不能沾，不能发脾气的时候就不能发，再大的事情，不该说的时候坚决不说，天大的事情大不过男人的飞行。

"不要天天喂好吃的，吃了空勤灶回来不要加餐。谁谁谁的老公，看着肚子起来了，体重关乎安全。

"谁谁谁，不要老提要求接送孩子。男爷儿们下午打球、跳沙坑不是玩，是体能和协调锻炼，这点道理都不懂吗？

"女人嘛，周期性有点不舒服多大的事？不要让男人陪着做家务，他们有他们的工作计划，不能跟着你的周期走……说的就是你！

"要学会主动献好——不要笑，不要想歪了。飞行压力大，老公回来沉着脸，你得有笑脸。男人也要哄，主动点，哄一哄，男人的情绪就化解、分解、转移了。

"谁没点小病小痛？不要哼哼，谁有病找家属委员会，我们带着去看。找老公没用，他不是医生。等完成了任务去疗养，他带着你去海边，想怎么埋怨怎么埋怨，想怎么收拾怎么收拾。

"女人们，丈夫在天上，风云万千，我们能给丈夫的，应该是美丽的形象和比形象更晴朗的笑脸。想一想那些躺在北塬上的战友，和丈夫在一起的每一天，都要好好珍惜。女人是男人的天，天空如果阴转多云，对丈夫的影响不只是心情，还有生命。"

没有人再笑。飞行员的家属，都能听懂。

"老营长"的真名很美丽，叫作李玲玲，正式的称谓应该是李参谋，她是大队长、著名试飞员李国恩的妻子。

"老营长"可是河南农业技术学院的高才生，二十出头的年纪，就是省里某大型企业的工程师。后来，正当妙龄的工程师认识了尚在航校学习飞行的李国恩。航校是不支持学员们谈恋爱的，他们便以"朋友"名义保持联系。待李国恩毕业后，按一句老话说，有情人终成眷属。

2002 年，优秀飞行员李国恩被选入试飞大队，她夫唱妇随跟着来了——工程师是当不成了，她特招入伍，成为正营职参谋。因编制所限，正营职岗位成为她职务晋升的上限，也就是说，不管她怎么辛苦地干，"入团"（指职务晋升为团级）是没戏的，但她每天还是东奔西忙。她的口头禅是："只要部队需要，我的工作就是有价值的。"

"老营长"人前乐观，其实自己也有人后辛酸的时候。女人嘛，哪个不巴望男人时刻把自己放在心上！可是她的他，心中满满的全是试飞：他自己要飞，还要管理整个大队。特别是舰载机首飞那段日子。

有一年冬天来到的时候，"老营长"脸色蜡黄，手捂着腹部来到医院，超声检查结果——胆结石。这是要住院的。她一个人，左扛右挎地把一应用品带到医院。同病房的女病友有个黏黏糊糊的丈夫，一天到晚陪着，跑前跑后端茶送水不说，两人还絮语不休。"老营长"看得眼热，有时候在孤独的晚上悄悄地蒙在被子里掉泪珠。胆结石是个痛苦的病，发作起来疼得像刀绞，她咬牙忍着。每天在电话里，她都声音清脆地说："好多了。你忙你的，不用过来，女病房你来也不方便……"

正值某新型战机批量生产出厂，试飞任务繁重，虽然是在同一个城市，但丈夫已连续28天都在出厂试飞一线，连家都没回。一天又一天，女病友看她总是一个人孤零零的，艰难地上下楼打饭打水，自己去做治疗，就问："你老公呢？"她说，他忙。

女病友黏黏糊糊的丈夫很正义地说："你这都住院二十几天了，再大的事，有老婆重要吗？"

她笑了，她想说，试飞大过天，她老公肩上担的可不是一个小家，而是关乎国家的大家。她想说，许多试飞员一辈子也飞不上一次新型飞机的首飞，她的丈夫，一个人首飞了5种新机型，其中最著名的是歼-15舰载机。不过当时这个型号没有完全解密，还不能对外说。不当试飞员的妻子，他们不会懂得，她以丈夫令人骄傲的事业心和成就为荣。

这天下午，李国恩终于倒出半天假，直奔医院：进了病房，见到她如花的笑脸，紧张数十日的神经突然放松了，"老营长"一杯热水还没有放下，他上下眼皮一合，居然倒在床上睡着了。

女病友的丈夫说："什么人啊，来了就睡觉，到底谁是病人哪？"

女病人看出点不凡："你老公忙成这样，他是做什么的？"

"老营长"轻声地，但是骄傲地说："他啊，试飞员。"

【胡晓宇讲的故事】

胡晓宇的故事，我来帮她讲。

胡晓宇是我的同事，她来单位报到那天，我在走廊上看到她的背影，笔直挺拔，脑后一把墨黑的刷子似的头发，晃啊晃的，怎么看都不像是个上中学的孩子的妈，倒像高中生。

领导介绍晓宇时说，别看人家是试飞员家属，能写一手漂亮的好文章呢！

因为试飞员工作的特殊性，组织上一般同意他们的家属做全职太太，可以不用上班，或者只安排相对轻松的工作，但晓宇在单位却是个独当一面的好手。她的试飞员老公叫油林，这个名字太可爱了，而油林同志人比名字更可爱。

1990年4月乌鲁木齐至和田的紧急转场任务，是晓宇印象最为深刻的。那时油林还在号称"天山第一团"的航空兵某师109团，此前他还没有执行过转场任务。因为任务十分紧急，有些探亲休假在家的老飞行员来不及返回，油林作为唯一的年轻试飞员被择优选中。当时领导问他有没有信心，他说了句："感谢领导信任，我特别有信心！"

下达任务是4月6日，要求4月8日转场，任务结束时间待定。而油林手上捏着4月8日回家探亲的火车票，因为晓宇的预产期是10号。因为任务保密的要求，油林临时退票不能按期回家的事没能及时通知晓宇。晓宇到底是试飞的妻子，明白油林肯定是有重要任务走不开。

虽然心里满是牵挂，但一进机场，飞机就成了油林的唯一。执行任务的 8 名飞行员分成两个四机编队，油林最后一架。在和田机场降落前，因为天气不好，有三架飞机复飞，油林一次性降落成功。

4 月 12 日，晓宇生下了一个女孩。油林所在团收到一封"母女平安，重 4200 克"的电报，从乌鲁木齐辗转传递到和田已经是 4 月 15 日，油林捏着电报哇哇大叫："生了生了！"一个月后，任务结束：5 月 8 日，油林回到部队。5 月 13 日，风尘仆仆的油林终于赶到家，见到了日思夜想的妻子和女儿。

这一天，女儿已经满月。

"如此重要的时刻，他没有陪在身边，不能倾听孩子的第一声啼哭，不能抱一抱孩子……这是人生中多么遗憾的事情啊！"晓宇说。

因为工作关系，晓宇需要经常下部队采访。晓宇说："我们家油林笨死了，我要是不在家，三天之内可以，三天之后他就乱套了，袜子都找不到。"晓宇下部队一走数天，三天不回来是常事，油林就打起背包去试飞员宿舍住。

油林是个"老飞"了，试飞业务上所有的事都处理得井井有条。因为试飞多年经验丰富，加上技术稳定，第一次"延寿"后，他希望再一次"延寿"。晓宇说："你自己的事情你自己定。"私下里，晓宇揪着头发对我说："油林他一天不停飞，我的心就一天不落停。"

但是第二次"延寿"，晓宇还是同意了。油林同志对老婆说："我就是喜欢飞行，我不飞我干什么呢？"

晓宇痛快地答应说："好吧，你想飞，就继续飞吧。"

油林说，地上的事，全是她管。

晓宇说，天上的事，她全不用管。

【王秀霞讲的故事】

结束了几年的两地分居生活，终于调到一起了。王秀霞来部队那天，领导、同志们都来看望，嘘寒问暖的。

当试飞员的丈夫名叫杨步进，是个文质彬彬的人儿。热闹了两天之后，第三天，他上班去了。下午下了班，他对她说："天还早，我带你出去下。"

王秀霞很高兴，以为爱人要带自己去哪个好地方玩玩，就兴致勃勃地跟在后面。

院子里停了辆三轮车——她前天来的时候，杨步进用这车拉过他们的家什用品。杨步进先骑上，让她坐上来。她也没想啥，三轮车也是车嘛，他们那时候，别说汽车，连自行车都没有。

骑着三轮车，到了操场上，杨步进停车，对她说："下来。"

"到了吗？"

"到了。"

"操场啊？这有啥看的？"

杨步进认真地看着她说："谁说来看风景了？我教你骑三轮车。"

王秀霞说："久别重逢的夫妻，刚结束两地分居的生活，我以为从此要过舒坦幸福全家团圆的日子了，结果刚到一起，他要办的第一件事，竟然是教我学蹬三轮车。这人干啥都是一本正经的，态度很严肃，教骑车也是，很认真，先讲要领，然后让我上车实践，他在一旁指点。我就在车上，一会儿撞树，一会儿撞篮球架，有一回还翻到操场边的排水沟里。每次，他把车子正好，检查一遍，对我说：'再来。'"

这样学了差不多一周吧，有一天，王秀霞骑着三轮车从操场一直把杨步进带回家。下车的时候，杨步进对老婆说："行了，你可以放单飞了。"

王秀霞很快就知道他为什么教她骑三轮车了。在那个冬天到来之前，家里买米，买油，买大白菜，买烤火煤，甚至拉水，全是她自己骑三轮车解决。那半年来杨步进一直在任务中，三天两头要飞，就是不飞行，也是不断地开会和学习理论，每天都很忙。

她骑在车上汗流浃背的，说："怪不得教人家骑车子，敢情家里的事情一点也指望不上。"他对这抱怨的回复是淡淡的："不管怎么说，三轮车比自行车安全多了，虽然速度慢一点。"

那一天是12月4日，天有点阴，但是能见度还好，他有科研飞行任务，头一天做飞行准备，住在试飞员宿舍没回来（那时候飞行部队有要求，如果第二天要飞行，当天都不回家的）。那天下午3点钟后，天上乌云越来越厚，一整天轰鸣不已的机场突然安静下来——飞行员的妻子们都知道，在飞行日的中间突然没了声音，十有八九是出事了。

王秀霞心开始猛跳。她走出办公室，看见几位参加科研试飞的师傅回来了，各科室门口都站着三五个人，小声地说着什么，看见她出来了，立刻不说话了。她的心揪紧了："出了什么事？"

人人都看着她，噤若寒蝉。血液一下子冲上了头，她大喊了一声"步进——"就冲出了办公室，在门外随便拉了一辆自行车——自从学会骑三轮车，她就无师自通地学会了骑自行车——一路狂奔冲向部队机关。早已迎出来的部队领导告诉她："杨步进被迫跳伞。"

"被迫"是什么意思，她不知道，她也没时间知道，她只是追问："他在哪儿？他怎么样了？"

领导说："我们已经派人去寻找了，试飞院和部队的人都派出去了。"领导和同志们没有说的是，弹射逃生也是危险重重——飞行员离机前飞机的状态直接影响弹射成功率，当时飞机正在失速翻滚，如果飞机是座舱倒扣，或者机内电力系统断电，或者飞行员出舱时动作受限，比如已经受伤昏迷，又或是降落地点地理地貌异常，等等，那么……

看着不声不响地独自坐在房间一角的王秀霞，领导和同志们什么都没再说，也不能说。

王秀霞想起一年前杨步进说过一件事，兄弟部队的战友在飞行时因飞机故障被迫跳伞，却没有成功，一位领导和一位优秀的老飞行员同时牺牲了。

一个半小时后，好消息传来：杨步进跳伞成功，搜救人员找到了他，万幸，他只受了轻伤。

当领导飞跑着进来告诉王秀霞这个消息时，她已经站不起来了。她努力地想笑，却发现，整个人手脚连同脸上的肌肉都是僵硬的。

事后，根据黑匣子的记录得知，杨步进的飞机在空中突发故障，失去操纵的飞机进入失速尾旋，他整个人在座舱里也失去平衡，能够弹射跳伞成功是万分幸运的——事故报告的分析显示，当时的高度有限，哪怕再迟缓数秒，他就逃生无望了。而且，从弹射的瞬间到离机到最后落地，他连续完成了几十个复杂的动作，这些动作中哪怕做错一个或者迟做一秒，他都不能安全落地。事后，杨步进把他这次跳伞的经历写成了论文《一次被迫跳伞的技术分析》，发表在航空杂志上。

王秀霞说，很多年里她都不愿意提起这件事，不愿意更不敢回想这一天下午的时光，那个阴云翻滚的天空在她眼里凶险莫测，诡异非常。那一个半小时的每一秒，于王秀霞都如同炼狱般煎熬。可以想象夫妻劫后余生相见时的悲喜交加，王秀霞紧紧地揪着丈夫的衣服，她害怕下一秒钟他又离她而去。

那天晚上回到家后，她对丈夫说："不知道队里那辆三轮车卖不卖，要是卖，我们买下来。以后，你只管飞行，家里的事情什么都不用操心，我有三轮车嘛。"

她还是要买米，买油，买菜，还要拉煤拉水，到后来，接送孩子上下学。几年以后，他们分了新房子，装修、买东西全是王秀霞骑着这辆三轮车忙活儿。

比起自行车，是慢一点，不过安全。她用他的话说，地面上的几分钟算得了什么？在天空，一秒钟之后，就可能是天人永隔。

五、山道上走着一个女人

> 试飞员烈士的遗孀几乎没有再婚的，因为在她们眼里，曾经用生命叱咤蓝天的那个人，无与伦比。

采访完试飞员的家属，临走前，我再一次去了试飞烈士陵园，看望并向那些无言的战友告别。

那天离开烈士陵园，车子沿着盘山路而下，在拐过一道弯后，突然减速，靠边，然后停了下来。司机熄火，悄无声息地坐在驾驶座上。

远远地，我看见，山道上走着一个女人。

她一身素服，头发用纱巾扎起，如是，山上的风还是把她一头的青丝连同纱巾一起吹得飘起来。她沿着山路，一步一步向上走，四下很静，只有山风吹过林木的声音。这是通往山顶唯一的一条路，这条路的尽头只有一个去处：试飞烈士陵园。一个素服的女人，神情落寞忧伤地走在这里，她的身份，一望便知。

这是一个楚楚动人的女人，修颈玉面，肌肤白净，眉如漆画，发如墨染。

她是四哥的爱人，我们平时都叫她嫂子。他们结婚那天，大家一起喝酒吃饭。席间，看着一直低眉浅笑的美丽新娘，有淘气的年轻试飞员问：

"四哥，嫂子叫什么名字啊？"

四哥说："嫂子的名字是你们能叫的吗？那只能我叫，你们叫嫂子！"

四哥和嫂子感情很好。嫂子在家娇生惯养的，结婚后跟着四哥到了部队，四哥怕嫂子不习惯，时时事事都叮嘱交代。平时飞行忙，四哥就把各种交代连同嘘寒问暖的亲热话一同放在短信里，发给嫂子。四哥牺牲后，嫂子的手机里还有许多条短信。

嫂子去电信厅，把之前与四哥的短信来往记录全部恢复后打印出来，一条一条抄在一个小本子上。抄出来的短信，有一千多条。

抄有短信的小本子，嫂子放在手包里，每天都看。上面密密麻麻的小字，以及其中的许多暗语谐语，只有嫂子自己看得懂。看着看着，嫂子的眼泪就叭叭地掉下来，模糊了字迹。

她是个非常有才华的女性。四哥的事情处理完之后，她依旧按时上班、下班，在单位，她的业务能力人人称道。她衣着得体，举止轻盈，与人交流依然低语浅笑。只有熟悉她的战友们，才能感觉到她唇边那常在的一缕微笑多么令人心痛——四哥在她的心里，从没有离去。

她常常到他的墓地去，休息天或者节假日，一个人沿着山路慢慢走，在他的墓前，一坐半天，直到天色将晚才离开，再沿着山道，一个人慢慢下山。领导有次说："下次再去，别一个人走，要车送你。"

她浅浅地一笑，说："我要慢慢习惯一个人走。"

她才三十出头，领导和战友们都关心她，希望她能再觅新缘，她轻轻地摇头——没有人能代替他。她指着心口说："他已经长在我这里了。"

我们都坐在车里，不动，不说话，静静地看着她走近，再走过。

我相信她一个人在山道上慢慢行走的时候，满脑子都是对四哥甜蜜的回忆。

若干年来，试飞员烈士的遗孀几乎没有再婚的，因为在她们眼里，曾经用生命叱咤蓝天的那个人，无与伦比。

第七部

汇集起我们的青春和热血

——千金不求，万死不辞

一代代中国空军试飞员，胸怀强国梦，矢志强军梦，放飞蓝天梦，为国防和军队现代化建设做作出了重大贡献，一批批具有世界先进水平的航空武器装备列装部队，我国国防力量开始逐步实现以空固土、以空强海的华丽转身。在"建设一支空天一体、攻防兼备的强大人民空军"的征程中，他们忠诚使命，攻坚克险，勇于搏击，无愧于"英雄"的称号！

出身仕汉羽林郎，初随骠骑战渔阳。孰知不向边庭苦，
纵死犹闻侠骨香。

——［唐］王维《少年行》（其二）

试飞员面对的通常是全新战机，他们的工作，就是在实际驾驶
中探索战机的品质和性能，敏锐地感知其机动能力和驾驶感，熟悉
其武器系统和操控环节，对战机进行反复检验，使设计的缺陷逐一
得到暴露，然后帮助设计者完成对战机的调试、改进，直至最后定型。

中国空军试飞员们不断追求完美、激情超越，他们逐梦蓝天的
步伐从未停歇。他们的技术和品质，代表了中国航空业发展的速度
和高度。

第十六章 惊天一落 彩虹飞翔

你必须每时每刻做好，并且尽量做对，因为你不知道生命中的哪一个时刻，会成为对你一生的评价。

一、在最危险的时候保住最重要的东西

试飞员要把成功地、完整地带回试飞数据当成"最重要的东西"，关键时候要像抱着自己的孩子一样"保得住"！

我们每个人一生中都会遇到决定自己命运的关键时刻。对于全美航空公司 1549 航班的机长切斯利·萨伦伯格来说，这个最重要的时刻就是 2009 年 1 月 15 日 15 时 27 分，当时他驾驶的飞机从拉瓜迪亚机场起飞 1 分钟左右，在他的眼前突然出现了排列成"V"字形的鸟群。萨伦伯格事后在回忆这个惊恐瞬间的时候说，当时的

恐怖情形让他想起了希区柯克的影片《群鸟》——那是一部表现鸟群疯狂地啄食驻岛居民的惊悚电影。

萨伦伯格只来得及看到一些黑压压的东西撞向飞机座舱头部，飞机的前挡风玻璃顷刻间就被鸟的尸体糊满了！彼时飞机刚刚起飞，正加力呼啸着高速冲向天空。紧接着，飞机发动机高速旋转所产生的巨大气流将飞鸟吸入发动机的心脏，骤然间飞机上的两台发动机全部停车。

飞机为全美航空公司空中客车 A320，航班号 1549，原计划从纽约拉瓜迪亚机场飞往北卡罗来纳州夏洛特。

之后的事情全世界都知道了，萨伦伯格机长依靠他笃诚的专业精神、顽强的自我意志、高超的飞行技术，将这架负伤的空客 A320 平安地降落在哈德逊河面上，机上 155 名乘客和机组人员全部幸免于难。

丁玉清一直咳嗽着，这使他的叙述断断续续的。这位试飞部队的政委长身修面，语调从容，如果不是长期在机场露天工作，脸上留下了块块太阳斑，他应该算是比较英俊的。

丁玉清不知道自己从何时起患上了这个令他不爽的咳症。他有两样东西永不离手：一个是工作笔记本，另一个就是一只大容量茶杯。在相当长一段时间内，这只茶杯里装了各式各样千奇百怪、匪夷所思的药水。从总部大医院的医生到民间小郎中，至少有 20 名医生看过他那不争气的喉咙，每位医生看后都会提出一堆建议，再开出一堆药方，于是他的办公室里就飘着一种奇怪的味道。妻子每天早晚将煮好的药水装在保温桶里送来，再灌进他的大茶杯。但在差不多三年的时间里，我每次见到他，都不得不关上录音笔——他的咳疾没有任何好转。

除非休假，去气候干燥的北方，一个月内禁烟，禁茶，禁说话。有医生这样说。

烟和茶是早就禁了。一个月？他怎么有时间丢下大队自己去休假一个月？还有，禁止说话是不可能的。一个试飞部队的政委一天要说多少话，不在试飞部队干的人，不可能明白。

丁玉清拍拍他的笔记本说："说吧，想问什么，我这里面都有。"

一名飞行员一生当中会经历成千上万次的起飞着陆，其中绝大多数犹如过眼云烟，但总会有那么一两次特殊的飞行令飞行员面临挑战，给他以经验，或者让他改变，从而使他对这一两次飞行的分分秒秒永生难忘。对于试飞员梁万俊来说，虽然那一次的飞行只持续了短短的几分钟，但所有的细节仍然在他的脑海中清晰而鲜活地闪动。

2004 年 7 月 1 日，西南某机场。雨过天晴，碧空如洗。

13 时 09 分，一发绿色信号弹腾空而起，梁万俊驾驶着某型国产科研样机直冲九霄。

这是一次新机定型试飞，梁万俊驾驶的是一架多用途科研样机，价值上亿元。

12000 米高空，梁万俊刚做完一个预定动作，突然发现油泵指示灯闪烁，紧接着油量表指针开始下跌。他向塔台报告了现象：供油箱油量输油比较快。地面监控也随即发现，油泵指示灯亮得偏早。

正在塔台休息的雷强听到监控说耗油大，立刻过来，拿过指挥员话筒问："油量多少？"

监控回答了。雷强一听就明白，与标准有差距。

发动机漏油，仅仅 2 分钟，油量表指针就指向了"0"刻度。没有了油，发动机就完全失去动力。

这是一级空中特情！

指挥塔台里的空气凝结到了冰点。

按照空军相关条例规定，此时梁万俊可以视情况作出不同选择——跳伞或迫降。

梁万俊和雷强都明白，面对如此险情，跳伞无可指责。以现在飞机的高度和状态，放弃飞机跳伞，只需 0.01 秒，生命就得以保全，但是，凝聚了科研人员无数心血的战鹰就会坠毁，不仅故障原因难以准确查找，新机型的推进也可能因缺乏依据而延宕……

没有任何犹豫，梁万俊便作出抉择：我要滑回去，尽一切可能把样机保住！

在一般人的眼里，如果不是穿着那身特制的飞行服，相貌清瘦、为人谦和的特级试飞员、空军某部部队长梁万俊怎么看都像个儒雅的教书先生。

梁万俊是四川广汉人。广汉有个民航飞行学院，他的两个高年级的中学学友在那里学飞行，所以他对飞机并不陌生，但是他当年从没有想过自己会当上飞行员，而且后来又做了试飞员。高中毕业时空军来学校招飞，校领导和老师召集了一车的学生去体检，身材瘦削的梁万俊自然不在其中。他看着同学们一个个兴奋不已呼呼啦啦地上了车，就一路小跑跟着车去看热闹。

脚丫子当然没有车轮子快，他连走带跑地进了武装部大院的时候，正看见同学们又在上车。原来目测已经结束，同学们将要返回，只有三两个被选中，参加明天的体检。

上了车的同学们明显都不像来时那样兴致勃勃，梁万俊看见了，也不好上前打招呼。跑了挺远的路，还没有看上热闹，梁万俊有点沮丧。

命运的阿拉丁神灯就是这个时候闪亮的。负责组织招飞工作的武装部部长从屋里出来送同学们，一眼就看到了安静地站在一旁的梁万俊。

武装部部长是军人出身，眼光不同于旁人。他又瞄了一眼后，对工作人员说："这个小伙子也可以嘛，让他明天来参加体检。"于是，一个肤色白净的工作人员就对梁万俊交代了注意事项、时间，要求明早空腹。

喜出望外的梁万俊一路小跑回去。

他一进家门，母亲就说："下了学这么久了，你这娃儿跑哪里去了？去把红薯洗了，明天早上煮稀饭。"母亲的声音虽然带着埋怨，但仍然温和。

梁万俊兴奋地说："部队来招飞行员，我被选中去体检，明天早上不吃饭了。"

"哦——"母亲平静地回应，脸上依然是风平浪静。母亲说："去把红薯洗了，再把皮削了。"

那一年招飞，广汉一共有五人被录取，梁万俊是其中之一。离开家那天，父亲取下大儿子腕上的表，郑重地戴在小儿子腕上。那是一块旧的上海表，也是全家唯一的一块表。

从那时起直到今天，这块表梁万俊一直珍藏着，时常拿出来看看，上上弦，贴到耳边听听它清脆而熟悉的走动声。

后来，梁万俊终于得知了武装部部长的姓名，在一次探家时专门去看望他。老部长已经退休，他完全不记得面前的这个小伙子了。

看着这位玉树临风的年轻试飞员，老部长说："试飞这个职业很有风险的，你后悔吗？"

梁万俊说："有风险，更有挑战。当试飞员是我一生中最正确的选择。"

1998 年，梁万俊从某飞行团副团长的岗位上来到试飞部队。

梁万俊所在的试飞部队是一个英雄辈出的群体，承担着我国自行研制的新型战机科研试飞重任，曾有多名试飞员壮烈牺牲。梁万俊向老一辈试飞员看齐，每次执行高难度高风险试飞、参加飞行表演等重大任务都主动请缨，迎难而上。几年间，他圆满完成了国产最新型战机火控系统定型、某型系列战机鉴定、国产某新机首飞等数十项重大科研试飞任务，先后荣立二等功 2 次、三等功 4 次。

在中国空军试飞员队伍中，像梁万俊这样的人比比皆是，由于职业特点及工作性质的要求，他们虽然担负着现代人类社会中最具挑战性、最崇高的工作，却又都是默默无闻的。如果不是那一次惊天之举，梁万俊也会像大多数中国空军试飞员一样，并不被人知晓。

成年后的梁万俊很好地秉承了母亲沉稳内敛的性格，按照妻子的话说，"他性格沉稳，心理素质好，反应灵敏，应变能力强，善于控制自己的情绪，很少见到他大喜大悲，别人十分激动的事，他往往只是一笑而过"。正是这种良好的心理品质，使他在试飞时始终保持沉着冷静，这也是他成为一名优秀试飞员的重要保证。

现在我们回到梁万俊遇到特情那天的现场。

几秒钟前，梁万俊向指挥员报告，他要把飞机带回去。

但是，飞机的高度在下降，机上的梁万俊和地面监控都看到：

油量表的指示在异常迅速地下降，但油却输不到供油箱。情况越来越严重。

雷强迅速查看着各种监控数据，人们从他拧紧的两眉间看到了步步临近的危机。同在塔台的研究所老总眼里含着泪，声音颤抖地说："雷头，跳伞吧——"他哽咽着，没有说出下半句。

雷强的眼睛血红，一向刚烈的他声音很大地吼了一声："听我的！"

巨大的飞机向机场上空逼近。机场上，所有应急车辆全部到位，所有人的心都悬到了嗓子眼。指挥塔台里的气氛令人窒息，只听见指挥员下达指令的声音："保持好飞机状态，控制高度、速度，做好迫降准备。"

失去动力控制的飞机在下一秒会发生什么问题，没有人能够预测得到。

梁万俊心里很明白，要想将飞机空滑回去，必须准确地通过高度来换取速度，用势能来换取动能。但这一切必须十分精准，百分百准确。正常的飞机降落，可以修正方向和速度，实在不行，还可以拉起来复飞。但此刻，失去动力的飞机没有可控余地，稍有差池，没有任何挽回的可能。

蓝蓝的天空中，隐隐传来一阵空气撕裂声。转瞬，一架失去动力的飞机蓦然闯来！霎时，机场上、塔台里，数百人仰头瞩望，一双双眼睛焦灼地盯住飞机！

在所有人心跳如鼓的当儿，雷强的声音听上去还是那么正常："保持好状态——"

梁万俊冷静沉着地调整飞机的状态，在指挥员的指挥下，小心地修正速度和高度偏差，为迫降争取每一秒钟。

近了，更近了……转眼间，梁万俊驾驶的飞机俯冲直下。下落航线与跑道呈70度夹角，但此时飞机的速度在400千米／小时左右，远远大于正常值，大速度落地，飞机冲力过大，操作上但凡有丁点失误，飞机就可能冲出跑道，翻滚坠毁。

飞机设计师、生产人员、试飞指挥员、地面保障人员一起屏住了呼吸。

13时44分，战鹰陡然降落，在进跑道450米处接地。接近跑道的一刹那，机头一昂，咻——轮胎下飞出两股白烟。

"放伞！"雷强及时喊话，声音加大。

他的话音未落，一朵伞花在飞机尾部猛然绽开。然而，飞机冲势只是略减，依然朝跑道尽头狂奔。

"拉应急！"雷强的指令一连串跟上。

"刹爆！"随着一阵刺耳的尖啸，轮毂在水泥跑道上激起两条刺眼的火龙！巨大的速度下，一侧轮胎爆破。

500米、800米、1000米……飞机一气冲出1700米，在距离跑道尽头300米处戛然停住。跑道上，留下两道长长的黑色擦痕。此时距飞机出现故障整整8分钟。

"好着呢——"这次，梁万俊从雷头简单的一句话里听到赞许。

"成功了！成功了！"闻讯而来的人们欢呼着向机场冲去。

梁万俊走下座舱，飞机总设计师与他紧紧拥抱，激动地说："你创造了世界航空史上的奇迹！"

梁万俊成功处置国产某新型科研样机重大特情，荣立了一等功，军委首长称赞他是"思想、技术双过硬的优秀试飞员"。

特情发生后，空情处置时的录音，后来作为特情分析播放。在对梁万俊做事迹采访时，有关方面把这段现场原始录音向所有媒体公开了：

1号：按迫降航线做。到三转弯位置，高度保持2500。

×××：明白了。

1号：保持好下降速度420。

×××：现在速度410。

1号：对的，保持好。把油泵的电门关闭一次再打开。

×××：现在发电机故障。

2号：主交发报故。

1号：保持好速度，保持好高度，保持好下降率，距离不要远，位置不要超过三转弯。

1号：检查一下电源电门是不是都在打开的位置。

×××：都是打开的。

1号：明白了，你可以把交发关一次再打开。

×××：好的，我把直发关一下。

1号（雷）：可以，把直发关了打开以后可以把交发关一下。注意检查液压，检查应急泵电门是不是打开的。

×××：打开的。

1号（雷）：尽量少动驾驶杆，注意用应急放起落架。

×××：明白。

1号（雷）：注意检查液压，放起落架的时候驾驶杆不要动，你电源出故障了，电压不够。

×××：不行了，已经停车了。

1号：正常放起落架，赶快把起落架放下来。你现在高度？

×××：高度1800。

×××：距离11公里。

1号：可以稍下降点高度。

×××：我再向里面转一点再说。

1号：好的，我看到你了，稍向里面转一点。

×××：我现在速度380。

1号：速度不要再小了。可以转，可以下降，保持速度400，你进场没问题。

×××：明白。

1号（雷）：保持好速度，看到跑道转。很好，没问题。带住，柔和，柔和，好，放伞！好，伞好了，不行用应急——

1号（雷）：拉一把应急。

1号：保持好方向。

1号：注意方向，轮胎爆了。注意保持直线——保持直线。

×××：好了，停下了。

1号：把所有的电门都关了。

×××：明白了。

从头到尾，梁万俊的语气平平静静，话筒里的声音高低大小几乎没有变化。一般情况下人在紧张的时候会呼吸急促。指挥员们都听到过从话筒传来的呼呼的喘气声，但梁万俊没有。

一声也没有。我有点不相信地把录音音量调到最大，我甚至捕捉到了雷达波扫描屏幕的吱吱声，也没有听到梁万俊任何的喘息声。

当初，一位同我一样惊诧不已的记者见到神情淡然的梁万俊，二人有了如下的对话——

记者：试飞样机价值上亿元，出现险情精神压力可想而知。可是我们反复听当天你和地面指挥员的对话录音，好像跟平时没有什么区别，为什么？

梁万俊：(微笑着)给你们讲个小故事吧。我儿子才几个月时，有一次我抱着他下楼梯。可能是当了爸爸太高兴了吧，不知怎么我一脚踩空，和孩子一起从楼梯上滚了下去。那一瞬间，我心里一惊，下意识地把孩子紧紧地抱在胸前，然后收腹、低头、顺势一滚……结果，孩子一点事也没有，还在我怀里睡着。我的胳膊、膝盖都摔破了，血肉模糊，把我爱人和岳母吓得够呛。事后我和她们开玩笑说，作为试飞员，关键时候就要"保住最重要的东西"。用这个小例子回答你的问题，试飞员在关键时候肯定什么也来不及想，你如果非要问我那个时候想什么，那就是这句话——"保住最重要的东西"。

记者：你所说的"最重要的东西"在试飞中是指什么？

梁万俊：一架科研样机是无数科研人员心血和智慧的结晶，是中国几代航空人的梦想，一旦被我在试飞中摔了，摔得面目全非、七零八落，要准确分析事故原因就很难。如果分析不准，就容易忽略真正的问题，投产装备部队后就不知要出现多少危险。到那时候再来改进，代价就难以估量。退一步讲，就算安全飞回来了，但是由于惊慌失措，应该取得的试飞数据没有拿到，一个起落十几万元的科研保障经费就损失了。所以我认为，试飞员要把成功地、完整地带回试飞数据当成"最重要的东西"，关键时候要像抱着自己的孩子一样"保得住"！我上天之前，飞行高度有两个选择：一个是1.2万米，另一个是1.1万米。当时我征求大队长雷强的意见，他考虑了一下说飞1.2万米。他这个选择实际上为我在出现特情的时候赢得了1000米的高度，这样我才有足够的高度空滑回来。

　　记者：你成功处理发动机空中停车特情，从 20 多公里外空滑着陆，无意中证明这种飞机具有较好的滑翔能力。这不仅让设计师感到意外，也为战友们日后处理类似特情增添了信心。可是，这毕竟是你冒着巨大风险得来的。你怎样看待冒险和成功的关系？

　　梁万俊：你的提问让我想起我们的一位同行——普加乔夫。他有一次试飞苏 -27，飞机出现了大仰角失速。按理说，这个时候他如果把飞机扔了跳伞也是无可非议的。但是，他没有放弃，而是在大家都认为不可能挽回的情况下把飞机改成了平飞。这个动作就是大名鼎鼎的"眼镜蛇机动"。普加乔夫的了不起，就在于他不仅战胜了风险，而且证实了苏 -27 卓越的机动性能。可见，作为试飞员，要把飞机的潜力挖掘出来，风险是不可避免的。

　　我不止一次目睹身边的战友牺牲。当年被烧焦的那片土地现在又是绿油油的一片。可是我常常觉得，战友的眼睛在看着我……

　　梁万俊惊天一落驾机返回，落地后只是像平常飞行回来一样给妻子打了个电话，说："飞机没油了。发动机停了。我飞回来了。今天飞完了。"语气平静得像什么也没有发生过。直到三个月以后，荣立一等功的梁万俊被各路媒体包围采访，有不少记者提出要采访"站在他背后的女人"时，妻子才知道。

　　这个站在梁万俊背后的女人叫王文敏，是成都一家医院的护士长，苗条修长的身材，开朗活泼的性格，与沉稳安静的梁万俊站在一起，怎么看都是有趣。这一对是人人皆知的恩爱夫妻，只要有空总是出双入对，王文敏永远在不停地说话，而梁万俊是一副成竹在胸"任尔东南西北风"的姿态。

　　王文敏曾经在我面前说："以前他挺会说的啊。我有时候问他：

'怎么你老不说话？'他说：'好听的都在结婚前对你说完了。'实在问急了，他居然说：'要不，我给你念一段小说吧！'"

他们相识是文敏姐姐帮的忙，她和梁万俊的姐姐是好朋友。经过她俩的共同谋划，当年还是小王的文敏姑娘和还是小梁的梁万俊认识了。小王姑娘是文艺女青年，还有些小资情调，医院又是男小资美小护们集中的地方，有个翱翔蓝天的飞行员男友，甭提有多神气和带劲。

那时，文敏在成都，小梁在云南，两人大部分时间靠书信往来。小梁虽然嘴上功夫不行，可文笔不错，字也漂亮，在信纸上没少说好听话，这样就把小王姑娘给吸引了。

等到谈婚论嫁的时候，小王姑娘提出不能两地分居，小梁同志很轻松地回答说，结婚后转业就可以回成都。小王大喜，本来嘛，成都当时有两家大的航空公司，早就盯上了技术出众的梁万俊。但结婚后，当小王再一次提出转业的事时，小梁同志呵呵一笑："我们部队不让我转业。再说，你不是因为我是飞行员才喜欢我的吗？"

这是文敏记忆中梁万俊唯一的一次"耍滑头"。

文敏刚怀孕时，有一天收到一封厚厚的信，打开一看，全是梁万俊利用业余时间一笔一画抄下来的孕育指南。孕妇应该注意什么？哪些东西能吃？如何调节心情？孩子尿布要叠多大？怎么抱新生儿？……不仅有文字，旁边居然还画着图解示范，铅笔勾画的大人、小孩生动可爱。这件事被文敏反反复复夸了好多年。

得知梁万俊成功处置了一级空中特情的那天晚上，文敏失眠了，睁着大眼睛想心事。夜深了，她突然对丈夫说："我特别巴望我快点老——"

梁万俊很奇怪："人家都盼着永葆青春，你怎么还盼老？"

她说："你比我大，我老了你肯定也老了，你一老就能退休了。你退休，我就彻底踏实了。"

梁万俊沉默了片刻，他当然知道试飞员的妻子们对丈夫的特殊担忧，看上去乐天派的妻子内心也深深藏着同样的牵挂。

"傻啊你呀——"他轻轻地说，"不能这么想，在一起的每一天，我们都要快快乐乐的。"

2005年2月，万众瞩目的"感动中国2004年度人物"颁奖仪式隆重举行。当主持人念到梁万俊的名字时，一个身穿飞行服的年轻清瘦的人走向前台，他神情安详，脸上带着一缕清风般的微笑。

主持人深情的声音在偌大的大厅里回响，这段堪称经典的授奖词多年之后仍然被人们反复提起：

"鹰是天空中最娴熟的飞行家，但是他却有比鹰还要优秀的飞行技能。万米高空之上，数险并发之际，他从容镇静，瞬间的选择注定了这次飞行像彩虹一样辉煌。生死八分，惊天一落，他创造了奇迹。为你骄傲！中国军人，钢铁是这样炼成的。"

试飞事业不会因为风险而停滞，总是在风险中前进，在失败中崛起。谁能把风险变成机遇，谁就是成功者。梁万俊题字：

"你必须每时每刻做好，并且尽量做对，因为你不知道生命中的哪一个时刻，会成为对你一生的评价。"

二、两个亿的屁股

试飞员们屁股下面坐的飞机，随便拎出来一架，至少都价值一两个亿。

随着国防航空工业的飞速发展，越来越多、越来越尖端的型号飞机频频问世，同一型号的飞机也在通过不断的研究和实战出现改进型、增强型，定型后的飞机的每一次改变依然需要重新鉴定试飞。最新的高精尖航空武器都出自试飞员之手。试飞员们屁股下面坐的飞机，随便拎出来一架，至少都价值一两个亿。所以试飞员们常常开玩笑地说："我们的屁股值两个亿。"

只有最优秀的飞行员，才能有这样的荣幸。这是骄傲、自豪，更是使命和光荣。

如果把空警 -2000 的风险科目试飞的过程记录下来，不需要加工，就是一部惊心动魄的悬疑剧。这句话，是空警 -2000 试飞小组的试飞总师说的。

试飞小组成员们说的是："我们是一步一步拼过来的。"

不要错误地理解这个"拼"字。试飞的"拼"，与普通意义上的对峙、较量完全不可同日而语——试飞的道路上有太多未知因素，试飞员必须时刻保持如临深渊、如履薄冰的警觉，随时要与风险共伍，与死神对垒。试飞是科学，是比一般意义上的科学更严谨、更严密精确的系统工程，仅有信仰和勇气，是完全不够的。

今天是 2008 年元旦前最后一个飞行日。早晨出来的时候，所有试飞员的老婆几乎都交代了同一句话："今天飞完了早点回家吃饭。"

对于试飞员们的家属来说，全家人一起吃个饭是件很难得很珍稀因而很重要的事情。

起飞线上，联合试飞机组在完成起飞前的最后检查后，向指挥员报告。随着一声令下，驾驶员打开加力，加大油门，空警－×飞机发出巨大的轰鸣，开始滑跑。

今天要飞的科目是地面最小操纵速度，要求试飞员在试飞中关闭飞机关键的右翼主发动机，以检验在这种人为制造的极端状态下飞机的性能。在飞行计划表里，它的等级标记是一类风险。

飞机滑动了，迅速加速。发动机喷口喷出的巨大尾气令整个机场的空气都在震动。

在滑跑加速过程中，仿佛一个趔趄，飞机突然产生了剧烈的偏转角，忽地向右侧跑道外的草地冲去。左座驾驶员此时正手把驾驶盘，脚蹬左舵，没有操纵飞机改变状态的能力，眼看着飞机以巨大的速度向前偏离——

在此千钧一发之际，右座驾驶刘学岩伸手准确地将舵控电门迅速扳到脚控位置，机头唰地一下向左转去，在跑道上留下了一个半圆形的轮迹。随后，两名试飞员通力合作，将飞机控制住。

事后，媒体在形容刘学岩完成这个动作的快速性上，几乎全都用的"以子弹出膛般的速度"这几个字。

的确经典。

事后，在现场，人们看到，飞机离跑道边线的距离不足半米。这意味着，如果刘学岩的反应晚上 0.01 秒，飞机肯定就会冲出跑道了。

当时除了机上的两位试飞员，现场观察到飞机发生这次严重险情的还有试飞院的 GDAS(地面实时监控系统)，由于时间太短，其他人根本不知道飞机险些就回不来了。

机场上还是一如既往地平静，两位试飞员走下飞机回到战友们中间时，还像平时一样与大家有说有笑。但是那天团圆饭是吃不成了。随即召开分析会，当技术人员将判读出来的参数呈现在大家面前的时候，人人都向他们投去赞许的目光。

重大险情被成功处置，激动之余，来不及庆祝，试飞总师朱增科在问题分析会上提出要求：“现在必须中断风险试飞，立即着手清查问题。”

那个元旦没人休息，来自全国的专家云集基地，就出现的问题进行集中分析研究，随后组成了攻关组。当然，最终他们找到了问题所在，并有效解决了问题。

但是新年早已悄悄地溜走了，等他们终于可以轻松地走出试验室时，发现树叶绿了，春天来了。

这个忙碌的冬季里，刘学岩还有一本难念的经。原来，他 90岁的母亲刚做完手术，他爱人也患有严重的心脏病，这样，一个有病的老母亲只能由一个有病的妻子照顾。无奈之下，他只能请保姆看护。

好事的确多磨，在此之前，空警 -2000 的试飞曾数次出现状况。

2006 年 12 月 15 日，由试飞员张海担任机长的机组执行试飞任务。

10 时 08 分，飞机从 D 机场起飞。12 时 55 分，机组接到指挥员"浩海"的指令：

"飞机直接返航。"

张海驾驶飞机转向，同时通知机上科研人员关闭雷达，停止试验任务。此时，距机场尚有 360 千米，飞行时间约为 6 分钟。

但是，13 时 01 分，机组接到降落机场的指令，由于空域气象原因，D 机场无法降落，又要求他们备降 Y 机场。

他们再次调整航向，转角 110 度，雷达指示，他们到 Y 机场还需大约 5 分钟。

3 分钟后，13 时 04 分，他们临近 Y 机场时，再次接到指令："紧急备降 Z 机场！"

原来，之前他们要求备降的两个机场因大风先后关闭。此时，飞机高度 9000 米，距 Z 机场 215 千米。飞机油量有限，这是他们可能备降的最后一个机场了。

但很快，机组又接到 Z 机场的通知："本场有大风，30 分钟后机场关闭。"

"我 20 分钟内到本场。"张海机组回答。

"本场跑道厚度只有 0.16 米。"Z 机场塔台通报机场跑道情况。

"我可以在草地机场着陆。"机组回答。

Z 机场的降落条件立刻报了过来：场压 640 毫米汞柱，风向 280 度，风速每秒 8~10 米。

这个落地风速偏大。张海机组迅速确定着陆方法，决定采取应急程序。由机长张海操纵飞机，飞行员对外与指挥所、机场保持联系，领航员利用全球卫星导航系统领航确定加入航线方法及着陆方法，空中机械师检查油量，兼顾飞机状态——一切应急工作分工明确、有条不紊！

"油量告警！"突然，红色告警信号灯闪烁，显示飞机余油数只有 8 吨。

"电子航图周边键工作不正常，无法正常输入航线！"

"机场编码错误，无法调用机场数据！"

一连串意想不到的特情瞬间井喷式凸现。

"按照无线电罗盘飞向备降机场！"张海果断下令。

13 时 25 分，在机组密切配合下，飞机一次性着陆成功。由于跑道长度限制，着陆后张海迅速启动四发反推，飞机安全滑回停机坪。

在这次险情频仍的飞行中，机组全体人员没有一个人慌乱，在最危险的时候，也没有人动议弃机而去。

"我们屁股下的飞机，随便拎出来一架就是好几个亿。不仅如此，一架飞机还凝聚着成千上万航空人员多年的心血，那么多的数据、资料、程序，一旦我们没有处理好，没有保住，可能这一型号的飞机就没有了。"张海如此解释他们的选择。

2009 年 4 月 10 日，是试飞院五十周年院庆前的一个飞行日，本来是个喜庆的日子，但这一天，联合试飞机组所有成员又一次"与死神接吻"了。

试飞中，当以接近抬前轮速度的速度在跑道上滑跑时，飞机的主轮突然同时被抱死（轮胎转不动）。由于飞机巨大的重量加上几百千米的时速，瞬间，机下浓烟滚滚。面对突发险情，机组成员们没有惊慌失措，他们必须立即作出生死攸关的抉择。如果中断起飞，由于速度过大，飞机必然会冲出跑道。这时如果将飞机拉起，只有三台发动机工作（该试飞要求关闭一台发动机），加之速度不够，可能会导致飞机拉不起来，就是拉起来，飞机也会因为舵面效应不足，离陆后状态难以控制。

此时，机场上的人都清楚地看到了拖着浓烟的飞机，大家的心都提到了嗓子眼，时间仿佛一下子凝固了。现在，没有人能帮助他们，生与死、成与败，全掌握在他们自己的手里。

不拉起飞机，飞机一定会冲出跑道；如果拉起，飞机还有一线生机。"拉起！"机组成员们下定了决心。机组成员们当下最希望的就是飞机能够增速，他们推动油门，但此时飞机增速非常困难，因为地面与飞机轮胎的摩擦力实在太大了。

飞机硬是拖着轮胎在跑道上蹭出 130 多米远，巨大的摩擦力下，轮胎在坚硬的跑道上划出几道深深的黑印。突然，机组成员们听见飞机腹部传来嘭的一声闷响，是轮胎爆了！

没有时间了，拉起——

试飞员刘学岩飞快推杆，尝试着抬起前轮。飞机总算艰难地抬起了机头，轮胎与地面的摩擦力减小了一点，飞机的速度略微增加了一点，刘学岩果断再推杆，将飞机拉起。

飞机的速度毕竟不够，升力不足，机头虽然抬了一下，但庞大的身躯又落在了地面上，两个后机轮蹾在了跑道上。刘学岩还是保持着拉起动作，由于飞机与地面的摩擦力进一步减小，飞机再次离地，但随即后机轮第二次蹾在跑道上。就这样一上一下，飞机在跑道上来了个"六级跳"，颠了 6 次才终于顽强地在跑道尽头处爬上了天空。跑道上，留下了 6 道深深的痕迹。飞机在跑道上的这个"六级跳"，令机场上所有目睹者都惊骇得说不出话来。试飞员持续果断的、不屈不挠绝不放弃的正确操作，不仅在最大限度上挽救了飞机，减少了机体损伤，而且挽救了他们自己。

由于飞机只有三台发动机工作，加之舵面效应不足，机身虽然腾空而起了，但操纵起来仍非常困难。起飞后，飞机又产生了大坡度，向右偏去。面对险象环生的情况，机组成员们齐心协力，终于稳定住了飞机。

随着高度的增加，飞机的状态越来越稳定了。

其实，飞机从刹车抱死到离开地面，一共才 10 秒钟，然而，机组成员们感觉这是有生以来最长的 10 秒。其间任何一个操作失误，都会导致机毁人亡。同样，如果机组成员们有任何的恐慌，都会导致难以想象的后果。他们的飞行服早已被汗水浸透了。

飞机一离陆，机组立即启动四发，准备着陆。此时，刚才似乎空气凝固的塔台一下子像是被引爆了，大家迅速分头行动起来，为飞机着陆创造最佳条件。地面指挥员大声通知空中和地面立即启动应急程序，并要求飞机低空通场两圈，让地面观察飞机的状态，特别是轮胎的情况。

第一次通场，飞机的高度为 100 米，但地面没有看清楚，要求再通场一次。

第二次通场，刘学岩下了狠心，飞机离地面的高度只有 11 米。地面终于看清了，通过无线电告诉刘学岩：左侧机轮爆胎。

这种险情，在中国飞行史上也是绝无仅有的。

鉴于飞机当时近乎满油，按照降落要求，指挥员指示机组先进行空中耗油。

刘学岩通过无线电明确地告诉塔台："不耗油，马上落地。"

作为一名经验丰富的试飞员，刘学岩此时清楚，虽然空中耗油可以减轻飞机重量，对着陆更加安全，但现在最重要的是大家的心态，在空中多停留一秒，就会增加一分不可预知的风险。飞机对准了跑道，准备降落了……地面上，消防车、急救车等应急车辆已准备到位。

飞机以轻柔的姿态滑向跑道。不愧是一个老到的机组！由于左侧轮胎爆胎，他们以右侧机轮先着地，并保持飞机2度的坡度。飞机上，两名驾驶员齐心协力，共同保持住飞机姿态，领航员报速度，空中机械师报发动机状态，配合得相当默契。当飞机稳定后，他们才将飞机的左轮轻轻地放下。

飞机"软着陆"成功，飞机安全了，他们拼回来了！

当机组走下飞机时，大家的手紧紧握在了一起。此时，大家已没有更多的话语，就这么紧紧地握着，好像一松开就会失去彼此一样，大家的眼中全都噙满了泪水。他们就那么牵着手，互相紧紧地牵着，回到跑道上查看情况。

阳光很明亮，灰白的跑道上那条130多米的拖痕和6道深深的黑色印迹，一览无余。他们久久地站在那里，看着，风从他们身边吹过，4月暖暖的阳光，跑道两边返青的碧草，预报有飞行的黄色标志旗——这一切是那么熟悉、那么亲切。

试飞员们都不擅长抒情，过了一会儿，不知是谁先说了话："要我说，今天的降落动作可以给咱们打5分。"

"反应也可以打5分。"

有人带头吹起了口哨，于是大伙吹着口哨往回走。

春风将这优美的哨音吹送得很远。

那一次特情的发生完全没有预兆。张海机组进行的是加油机的出厂试飞。

本来试飞的科目完成得很顺利，他们顺利返航，向指挥室报告高度、速度后，他们已经看见跑道那条灰色带子了。飞机加入着陆航线，放起落架，降低高度。高度降下来了，但起落架只放一半就停了。此刻飞机保持着下降速度，转眼间，飞机的高度越来越低，跑道越来越近，眼看着灰色的带子升起，迎面而来，着陆点就在眼前了，但塔台指挥员发现前起落架只放下了一半，还是没有完全放到位。

"加油门带杆！"危急时刻，张海果断选择了复飞。

复飞通场进行第二次着陆，然而起落架还是放不到位。眼看天色越来越暗，问题还是没有解决。

张海意识到，问题一时是解决不了了。

弃机跳伞还是尝试着陆？一番考量之后，张海选择了尝试着陆。

"最后，前起落架放了一半，没全部放下来，没上锁，就是随时可以收起来，就这样落地了。"张海轻描淡写地说道。

"当时喇叭叫得也挺吓人的，如果机头直接触地，我的腿就没了，因为我坐在前面。"最后这一句，他轻声说的，在我却如同雷震。

落地后查明，起落架装置中一个胶管里塞了颗铆钉。这小东西像蘑菇一样来回滚转着，最后被卡住了，造成了起落架放不到位。

一颗小小的铆钉，却可能成为一起惊天事故的隐患。听到这个故事，我倒吸一口凉气。

试飞员面对的特情，千变万化，千奇百怪。

试飞部队长陈章给我讲过一件事——

那一次，陈章大队长是在地面遇到的危险。那天他试飞歼教-7，开车滑出时，他发现飞机的挡板推起来比平时费劲——这完全是一种手上的感觉，必须是对此型飞机极端熟悉的手才能感觉出来，因为你没有现实可比性，只能与自己记忆中的状态比较。

陈章毫不犹豫地报告指挥台，要求重新检查飞机，终止起飞。

然后他把飞机滑回来，直接进库，说一声"飞机有问题"，就头也不回地走了。

后来在他的描述、指点下，机务人员没花多少工夫就找到了原因：原来飞机在安装时有块挡板没放到位，位置差了一点，挡板就把推杆顶住了，出厂检查又没能查出来。

看似一点小小的位置误差，却是巨大的隐患，如果陈章忽略了这一点感觉，继续起飞的话，这架飞机绝对飞不回来了。

对于陈章来说，飞行中遇到特情是常有的事，这件小事他只是按习惯记录在飞行记录本上，回家并没有提起。到了年底，飞机公司召开全体员工大会，厂家出于感激在会上提起这件事，要求地面各部门人员一定要细心谨慎，尽职尽责。

陈章的爱人就是这家公司的员工。她坐在会场里听着听着，当场就哭了起来。

试飞员邹建国给我讲过这样一件事——

有一年的8月，他和试飞员张贻来驾歼轰-7执行出厂试飞前的滑行任务。前舱张贻来，后舱邹建国。得到起飞命令后，飞机开始滑行，塔台里的指挥员目测就能看到飞机在滑行中渐渐右偏，前舱的张贻来看来是在修正，但飞机依然侧偏。后舱的邹建国用无线电呼叫前舱，没有听到回应。他立即切换操作，一边呼叫前舱，一边减速，并对飞机进行纠偏。在这短短十几秒的操作中，他感到了头晕、呼吸急促。

邹建国毫不犹豫地一把扯下了氧气面罩。

他沉着地向指挥员报告，同时操作飞机回转，并继续呼叫前舱。他看到，前舱张贻来的身体已倾向一边，处于侧倒状态，他判断张贻来昏迷了。在飞机返回途中，他迅速将张贻来的情况报告地面。飞机停稳后，来不及将张贻来送下飞机，医护人员和设备直接抵达舷梯下，座舱门一开，立即进入座舱施救。

后来的事故调查发现，飞机氧气系统错误地储存了工业氮气（氧气含量低于 1%），张贻来吸入过量氮气，造成急性缺氧而昏迷。脑缺氧昏迷时间越长，对人脑损害越大且不可逆。邹建国及时发现报告，地面救助及时，为抢救张贻来提供了宝贵的时间，避免了一起重大事故的发生，挽回了国家财产，挽救了战友的生命。

这起匪夷所思的事故，很长时间后还被试飞员们常常提及，工厂方面更是对当事人做了严厉的处罚并警醒全厂。如果不是邹建国快速反应，再过十几秒，他也会陷入昏迷，而此时飞机已经离地，他们绝无生还可能。

作为资深的优秀试飞员，邹建国的名字真正为世人所知，是在 2012 年 11 月 24 日。这一天，中国航母舰载机歼 -15 一举突破了滑跃起飞、拦阻着舰等飞行关键技术，降落在辽宁舰甲板上，由海军飞行员戴明盟首降成功。这一惊世之举受到全世界的空前关注。邹建国就是这一次的着舰指挥员。

2013 年 7 月 1 日，邹建国顺利通过航母资格认证，成为我国首批舰载战斗机飞行员和着舰指挥员行列中的一员。同年 8 月 23 日，中央军委主席习近平签署通令，给邹建国记一等功。

与在陆地机场起降相比，战机在航母平台上起降难度要大得多。即使一艘排水量达 10 万吨的航母，其飞行甲板面积有三个足球场那么大，但在空中的飞行员看来就像一张小邮票。而且，航母飞行甲板跑道长度仅为陆地机场的 1 ／ 10，面积只有其 1%。虽然航母甲板总长有 300 多米，但供舰载机起飞着舰使用的距离只有百米左右，仅为陆上跑道的 1 / 15。而且海面上没有参照物，海天一色，同时风向、风速复杂多变，不规则的气流会严重扰乱飞行轨迹，加上航母行进时运动要素复杂，在涌浪的作用下，飞行甲板可能会沿着前、后、左、右、上、下六个方向进行运动，飞行员无法完全感知现场环境，飞行员要将一架重约 30 吨的加速飞行的战斗机降落在邮票大小的甲板上，其难度就可想而知了。因此舰载机着舰指挥员及时发出指令，及时准确地引导飞行员修正航线轨迹、调整下降姿态，成为舰载机安全着舰的关键因素和基本保障。

美、俄、英、法等拥有航母的国家中，舰载机着舰指挥员从成熟的舰载战斗机飞行员中产生。他不仅要有精湛的飞行技术，还必须具备优秀的指挥组织能力，同时对飞机的状态和性能、飞行员的技术特点和性格秉性必须十分了解，才能在第一时间指挥舰载机安全着舰。因此，培养一名合格、成熟的舰载机着舰指挥员十分不容易。

作为中国目前唯一的舰载机着舰指挥员，邹建国被网上热爱他的军迷们称作"手眼通天"的人，意思是他能眼观六路，耳听八方，及时发现飞机偏差，并提醒飞行员修正着舰航线。

回到空警－2000 在机场跑道上"六级跳"那天。当天，为了庆祝这次绝无仅有的死里逃生，试飞单位专门举行了一场特别的宴会，一是庆祝、感谢，二是帮助机组成员们放松一下情绪。在饭桌上，机组成员们与保障试飞的机务人员有说有笑，开怀畅饮，有两个小伙子还挥着筷子高歌一曲。

他们快乐得好像什么事都没有发生，不像是刚从鬼门关走回来的。

那天晚上刘学岩先在家门口的院子里徘徊了两大圈，连续吼了好几嗓子才进门，进了门就直奔卫生间，反复仔细地刷牙。妻子李春英是护士出身，平时严格限制他喝酒。

第二天没有飞行任务，刘学岩打开电视，用一种最舒服的姿势躺在沙发上，眼睛盯着屏幕，半醒半睡地看着，李春英就坐在他身边一言不发地陪着。时间一分一分过去了，夜有些深了，刘学岩感觉到了这沉默的异常。

晚上，刘学岩在梦中突然大喊："拉起来，速度不能再小了！"身子一下子从床上弹了起来，又倒下，继续睡。李春英被他吓了一大跳，醒了，再也睡不着，她坐起来，久久地望着他。

寂静的夜里，李春英慢慢地对熟睡的丈夫说："只要你在天上平平安安的，顺顺利利地回家，我就踏实了。"

无独有偶，这个晚上，空警-2000的试飞总师朱增科也做了几乎同样的梦，也在梦中被惊醒，大喊了一声："轮胎爆了，危险！"

这个40多岁、身高一米八七的大个子，戴着一副深度眼镜，说话办事向来井井有条。在这个型号的试飞中，他和许多参试人员一样，头发明显比一年前白了不少。

三、机场上的"福尔摩斯"

　　一进机场，不管是在机上还是机下，他的五官全部
　　像雷达一样张开，每一个细胞都高度敏感。

试飞部队长张新文有个外号，叫作"福尔摩斯"。

2013年7月15日晚，夜凉如水，我在空军某院校的小教室里见到了张新文。

飞机严重晚点，又经过近3个小时的长途驱车，走向小教室时，

我担心采访对象们等急了。负责联系的小李说，没有关系，他们在打扑克牌。

试飞员们的打牌法你肯定没见过。小李说，说是打牌，其实是猜牌，他们每人摸一手牌，留下五张，然后按规定顺序出牌。出牌的时候，报牌号且只报一次，不准亮牌，牌下了桌就不准收回，谁最先打完，谁就是赢家，本局结束。

这太有意思了，相当于打盲牌。普通人常常需要将打出的牌反复翻看，以此来分析对方手中的牌。试飞员们的这种打牌法，完全是靠记忆力和自己的推断。

见我进来，他们立刻起身，要收牌，我赶紧说："把这一把打完，让我也见识见识。"

"这把已经完了，"三人中的高个子说，"我还有两手牌。"

另一个中等个子的说："你那么肯定？万一我有大王呢？"

高个子笑了，说："这把大王根本没上场。大王到现在还没出，那就是出不来了。"

中等个子翻开了桌上扣着的底牌，果然，一张大王在里面。

真够神的。

我指着高个子："你就是张新文？"

他笑起来："看不出来，作家的眼力不错嘛。介绍一下，这两位是在我们这里上课的教员。你怎么猜出来的？"

我说："他们脸上没有阳光的味道，你有。"

面端体健、温雅亲和的张新文，比福尔摩斯英俊多了。但我知道，"福尔摩斯"这个外号不是形容外表，而是说他细致缜密且记忆力极好，善于发现飞行中的问题。

张新文用简单的几句话概括了试飞员的工作。他说，试飞就是发现问题，解决问题。任务不同，风险程度也不同。不管哪一种风险程度的科目，试飞员要做好的是作风严谨，准备充分，快速应对。

作风严谨就是严格按照规定的流程和程序完成动作。

准备充分是指全面分析科目在执行过程中可能会出现的种种问题及处置方法。

快速应对是指优秀的试飞员能够在第一时间正确判断是什么问题，问题出现在哪一部分。这要求试飞员必须对飞机各部分的性能都十分熟悉。前两条是最后一条的必要条件。

那天，张新文驾驶飞机在高度 7000 多米的位置，突然间他感到耳膜产生了剧烈刺痛，同时眼睛发胀，腹部也有些疼痛。他马上意识到：飞机失密了！

大气压是随着高度变化而变化的。坐车快速上山下山和坐过飞机的人都会有这样的体会：当高度差快速增加时，会有耳鸣耳痛的感觉。普通人坐民航班机，当飞机开始下降高度准备降落时，这种感觉会比较明显。尽管民航班机机舱加压了，但在高度变化太快时人还是会有生理反应。

高空失密，指战斗机在快速改变飞行高度时，如果座舱没有密封加压，气压在短时间内快速减少的现象。战斗机在高速飞行时，高空失密会导致飞行员体内的压力和体外的不平衡，出现耳膜出血等很多症状，甚至快速导致昏迷。

此时，张新文驾驶飞机在 7000 多米的高空，空气密度不到正常值的一半，如果失密，几十秒之内人就会因为大脑缺氧而休克，必须迅速将高度下降到 4000 米以下的安全区。他立即指示机组成员戴起氧气面罩供氧，随后向塔台报告飞机所在高度，并迅速辨认周围环境，下降飞机高度。他们忍受着失密和失重给身体带来的极度不适，以每秒 40 米的速度火速下降，终于在 70 多秒后，到达安全空域。

飞机落地后，早已等候的航医立即对他们进行身体检查，有两个年轻的机务人员耳膜已经严重充血。如果当时张新文反应慢几秒，一来他自己可能昏迷；二来就算还能执行操作，也不得不以更快的速度下降高度，而人体的承受能力根本适应不了那么大的下降速率，极可能对内部脏器、耳膜造成不可逆的损害。

也就是说，如果当时张新文的判断或者操作慢上几秒，轻则身体终身损害，重则机毁人亡。

张新文不仅在牌桌上能"感应"到牌，工作中的他，也常常被人用钦佩的语气称赞，他福尔摩斯一样的感觉太到位了。

一次，技术员将科研单位提供的某型飞机的飞行任务单交到张新文手里，转身就要走，张新文喊住了他："等一下，这表要动一下。"

技术员很诧异，任务单有好几页纸，三两秒的工夫，张大队长就看完了？

张新文指着第一页上那张表，说："不用看完，我一看这些科目就知道排得还不够科学。这上面排了 8 个架次，我觉得不需要这么多。这样，请相关人员来一起开个会吧。"

会上，张新文说任务安排不太合理，应该在不减少科目的前提下，充分利用可飞天气，合理统筹调整，把同类科目进行合并。

"我们把飞机飞到 8000 米，如果只是试验一个小科目，下来再准备另外一个架次，这样既耽误时间，又浪费经费。我们看看怎么一起来调整下这个任务单。如果一次飞行按 3 个小时算的话，一般飞机到位后，我们争取用 2 个小时去完成一般科目，剩下 1 个小时开展第二个不需要重新落地起飞的科目。这样我们争取飞3个架次就把全部科目试飞完。"

与会者大喜，一致同意。

最后，张新文他们只用了2个架次，就完成了任务单上所有科目的试飞任务。

公司老总给我算了一笔账："如果1个架次按2到3个小时算，每小时的油量费、地面保障费、航务管理费加上其他人员费用，1个架次需要十几万元，少飞了6个架次，总共节省约100万元的经费。"

天哪，一个小会，半个小时的时间，节省约100万元！

"不仅如此，减少起降也就最大限度降低了飞行时的附加危险，最为关键的是为接下来的科研试飞项目赢得了金钱无法衡量的宝贵时间。"老总说，"试飞员们太行了！"

张新文还遇到过一起顺桨事件。

2011年的一天，张新文带领机组试飞某型飞机时，一台发动机无征兆顺桨。这个故障之前没有遇到过，厂家和技术员认为是偶发。但张新文凭借多年试飞经验，感到这次特情不是偶发现象，如果不加以解决，必将成为隐患，影响部队的飞行安全。他与厂方负责人郑重交涉："要是对这次顺桨查不出个一二三来，对不起，同批次的飞机一概停飞！"

对一次偶发的事故如此大动干戈，外行人可能极不理解，但张新文如此肯定，厂方负责人不敢懈怠。为查清原因，明确责任，公司派质检人员专程赶到生产发动机的工厂，全程跟踪查找问题。经过对发动机的层层分解排查，最终发现导致发动机停车的原因，竟然是发动机内部的一个小垫片（胶圈）外形尺寸超出了规定的公差范围。非常令人惊异的是，这个误差仅仅有 0.04 厘米。但正是这个小垫片的这点小误差，导致发动机轴在连续运转过程中渐渐产生偏轴，偏轴到一定程度后产生的侧力导致发动机抱死，最终发生无征兆顺桨事故。检查结果通报后，张新文穷追不舍："垫片生产超差的原因又是什么？"

又查。原因很简单：切割刀具磨损，未及时发现。

"为什么没有及时发现？这架刀具上一共生产了多少不合格的垫片？有多少发动机装上了这种垫片？如果一架飞机的四台发动机全部装了这种垫片，如果是十几架、几十架飞机呢……"张新文一席话让在场的人后背直冒冷汗！

经过详细调查，厂方及时处理好了全部可能有问题的飞机。张新文的一个"神感觉"，避免了重大安全隐患。为此，厂方进行了深刻反思，进一步严格规范各项制度，挽回了巨额损失。

"这个试飞员的感觉太神了！"熟悉张新文的人都这样说。

在一次正常试飞过程中，对飞机状态十分敏感的张新文感到飞机有低频，上下抖动，并听到啪啪声不断，也就是所谓的"卡拉昆仑之音"，而当时同机的其他机组人员却无人感知。降落以后，张新文找到机务人员说，把顶部的圆盘检查一下，看是否固定好了。

机务人员一查，发现固定圆盘的 14 颗螺钉中，7 颗是松的，徒手都可以卸下来。

另一次，一架飞机落地时在跑道上滑行跑偏，张新文看见后，当时就对在场的厂方负责人说："把胎压检查一下。"

负责人看了他一眼，立刻亲自跑去告诉机务人员。检查发现，两侧后轮胎压果然不对，不过压差仅为 0.02。

这个数字让机务人员佩服极了。有人问张新文："你是怎么判断出来问题在胎压上的？"

张新文解释说，导致飞机跑偏的原因众多，他用的是快速排除法：机场跑道质量没问题（这里的跑道他很熟悉），飞机落地时没有侧风（他当时在现场，对这一点也清楚），发动机运转正常（他对发动机的声音太熟悉了，飞行员之前也并未报故障），飞机两边对称，那么可能导致跑偏的原因要么是前轮没在中立位置（但这个可能性不大，并且检查不便），要么是后轮胎压不一致，于是他要求厂方先检查胎压。

像这种小事，发生在张新文身上的还有好多。

空警 -200 试飞初期，张新文敏锐地发现飞机有飘的现象，他建议厂方在飞机尾翼的尾端加两个短板，增加之后果然很快解决了这个问题。

还有一次，一架飞机刚启动就发现前轴轮松，常规应对措施是紧一下轴承，但张新文建议再检查一下中立机构。机务人员很相信他的话，跑去把飞机前置起来，再把中立机构拆开一看，果然，一个钢珠破损。

事后机务人员问起，张新文淡淡地说："听声辨位。"

出现类似的硬件问题时，一般都会有异样的声音，虽然极轻微，而且可能一闪即过，但任何一丝细微的异样声音都逃不过张新文警觉的耳朵。一进机场，不管是在机上还是机下，他的五官全部像雷达一样张开，每一个细胞都高度敏感。

武侠小说中的剑客，始终追求人剑合一的最高境界。在飞行界，人机合一也是飞行员们梦寐以求的。我想，福尔摩斯一样的张新文就达到了这种境界吧！

四、你的目标决定你奔跑的速度

所有的等待、积累和准备都不会白费，你的目标决定你奔跑的速度。

1991年12月27日，在冰天雪地的斯德哥尔摩，一架麦道-81型飞机在起飞之后不久，两台发动机因吸入了从机翼上脱落下来的冰块而停车，飞机紧急迫降，在机场外着陆，机体断为三截，所幸没有人员死亡。

1982年1月13日，美国佛罗里达航空公司的一架B737飞机就没有那么幸运了。之前，该飞机因大风雪天气被困于华盛顿国家机场，数次推迟起飞，在最后一次喷洒防冻液后，又在风雪中等待了49分钟。得到起飞指令后，没有检查机身外表的冰雪是否已彻底清除就仓促起飞，结果因机翼上严重积冰，达不到足够的上升速率而下掉，共计78人死亡。

1986年12月15日，西安管理局An-24-3413号机执行兰州—西安—成都往返航班任务。9时03分，飞机从中川机场起飞，有轻度积冰。9时29分，机组要求返航。飞机保持2600米高度飞回中川机场，结冰相当严重。后来飞机在降落过程中撞树，之后触地，机上旅客死亡6人。

1994年10月31日，当地时间约下午4点，西蒙斯航空公司4184航班从印第安纳波利斯到芝加哥。飞机在有利于积冰的气象条件下等待了30分钟，起飞后突然翻滚并从大约3048米（10000英尺）的高度坠下，猛冲入一片豆子地里，机上68人死亡。

飞机在空中结冰是飞行的大敌，因为飞机结冰而发生的事故屡见不鲜。飞机部件的几何外形是严格按照空气动力学的原理设计的，如果表面积聚了冰层，其空气动力学外形就会被破坏，从而导致飞机的飞行性能和气动性能下降，影响仪表和通信，甚至影响飞机的稳定性，使操纵困难，造成失速的危险，严重时会造成飞机失事。

"空中结冰这个科目的试飞，安全上并没有绝对把握。"

试飞总师李勤红站在邓友明面前，神情忧郁而犹豫。他征求邓友明的意见："你们能不能飞？"

邓友明是从事运输机科研试飞的双学士学位试飞员。

新舟 60 是我国第一种具有独立自主知识产权的支线客机，也是我国第一次打破西方在民航机领域的垄断，向国内外民航输送的第一型运输机。时任全国人大常委会委员长的吴邦国、当时的几位副总理，都曾在北京南苑机场乘坐过新舟 60，并向中国民航进行了推荐；国家领导人出国访问时，也曾向第三世界国家推荐这一机种。当国家领导人为中国自己的民机呐喊助威时，有一个新的困难摆在了中国航空人的面前：出售国内外的民机必须通过国际公认的民机适航要求，否则会被视作不合格。空军试飞员不仅担负军用飞机的试飞任务，民用航空器的试飞也在他们的工作范围内。新舟 60 民机适航认证科目的重担落在了邓友明的肩上。

适航要求中，空中结冰是不可逾越的科目。飞机空中结冰试飞是一类风险科目，目的在于找出飞机在结冰时如何保持安全的飞行方法，在我国运输机历史上，之前从来没有人试飞过这类科目，只有地面上的理论。所以，当任务提出来时，试飞总师的心里是矛盾加犹豫的。

邓友明不是激情型的人，他仿佛永远不慌不忙，按老试飞员们的话说，他的心理素质强大。面对总师盼望的眼神，邓友明只是淡然地说："我可以飞。"

许多年之后，当新机解密，面对众多同行和媒体的夸赞时，邓友明还是淡然。在被问到"你当初心里想的是什么"这样老套的问题时，他说："我其他的什么也没想，只是想接受任务后怎么准备，从哪些方面入手。"

记者们当然不满足于此，他们努力启发他、暗示他，希望他说出些豪言壮语。邓友明说："我的老师卢军生前说过，试飞就是试飞飞机的极限，就是扩展飞机的性能和战力，不只需要知识、技术，许多时候更需要勇敢、坚毅和献身。"

记者们大喜，立刻记下。

邓友明对我说，其实这句话，他是想反过来说：试飞不能光靠勇敢和献身精神，更需要知识和技术。

元旦这一天，中午会餐，邓友明已经在桌旁坐下了，家属们带着孩子们也到了，大师傅正端着一大锅清炖羊肉上桌。突然，邓友明看到总师和部队长出现在了门口，他下意识地站起来——他知道，任务下来了。

果然，通知说让他们立即带机转场西北，那边的气象条件适合。他们已经待命几天了，如果错过这一天，可能还要再等一年。

没啥可说的，他和机组从热气腾腾、香气扑鼻的桌前站起来，大步向外走。大师傅在他们身后喊："等你们啥时回来了，我再做一桌一模一样的！"

到了预定空域，爬高3000多米以后，他们看到云虽然低，但没有雪花。没有雪花就很难结冰。他们转了一会儿，觉得效果不大。今天的科目是测试飞机机翼和尾翼翼尖的结冰，任务书要求这两种翼尖的结冰厚度要达到 25 毫米以上。

　　进入天山山麓的空域，邓友明发现这里的云很密很厚，在 3000 多米的高空飞行，就如同在飞夜航，云层中间的能见度很差，只有几十米。再向南飞行几千米就是天山山峰了，稍微马虎点转眼之间就可能撞上天山。但值得高兴的是，在云层中可以看到飘扬的雪花，这正是试飞结冰的好气象条件。

　　在北国的天空中飞行，从座舱内向外看，蓝天白云，雪峰冰谷，蔚为壮观。但邓友明没有时间抒情，窗外是零下 38 摄氏度，万一发生问题，即使迫降，在茫茫的野外，半个小时后机舱内外温度一样，他非常清楚这意味着什么。

　　正常人很难想象零下 38 摄氏度是什么概念。举一个简单的例子：飞行员的皮质飞行提包、飞行图囊，平时看上去是软硬适中有型的，到了这个温度时，十几分钟就会变挺，变得干巴脆，只消轻轻一折，就断了。牛皮尚且如此，血肉之躯呢？

　　这是中国人第一次试飞运输机结冰这一科目，国外资料上有国外一些试飞机构在试飞这一科目时出现多次机毁人亡事故的报告。

　　这样低的温度下，飞机的各部分会出现什么情况，谁也无法预计。对于他们来说，成功与悲壮都在这一试。

　　任务必须完成，这压力对邓友明来说是前所未有的。云层既厚又密，飞机越来越难操纵。随着机翼前缘结的冰越来越厚，机头下沉，飞机开始飘摆不定，失速出现了，继而飞机就像铁砣一样掉向地面。飞机旋转着向莽莽群山扎去，邓友明感到天旋地转，似乎进入了一个巨大的旋涡。他用力前推驾驶盘，同时增速，连续两次按程序操纵飞机，才艰难地抬起机头，飞机在强力的拉动中重新开始爬高。事后科研人员现场测量的结果显示，机翼前缘结冰厚度达 35 毫米，机翼翼根已结成冰坨，远远超过了设计要求。

2005 年 4 月 23 日，首批交付非洲某国的 2 架新舟 60 在阎良举行了盛大的交付仪式，同时还进行了斐济购买 1 架新舟 60 的签约仪式和厄立特里亚、刚果等国的 10 架购机意向仪式。国产新舟 60 支线客机终于成功地走出国门，迈向了世界。

2008 年 10 月 9 日，由中航工业西安飞机工业（集团）有限责任公司自主设计和研制的国产另一种涡桨支线客机新舟 600 在阎良机场首飞成功。

担任这次首飞和保障任务的是由试飞部队副团长、特级试飞员邓友明，试飞部队二大队副大队长、一级试飞员袁志鹏，试飞部队团长、国际试飞员张景亭三人组成的首席试飞员小组。这次试飞标志着新舟 600 从此正式进入了适航验证试飞阶段。

在 2008 年 11 月于珠海举办的第七届中国国际航空航天博览会上，邓友明和袁志鹏两名试飞员驾驶新舟 600 进行了精彩的飞行表演。作为唯一在国内通过适航验证的民用涡桨支线客机，新舟 600 树立了中国民用飞机的品牌形象。新舟系列飞机成为我国民用飞机产业发展的重要力量。

所有新舟系列的首席试飞都是邓友明。

其实，不仅是所有的新舟系列，邓友明作为试飞部队资深的运输机试飞员，试飞过国产运输机的所有机型，先后取得了波音 737-800 型飞机飞行执照、新舟 60 机长和飞行教员执照，承担并出色完成了数十项重大科研试飞任务，填补了我国军用、民用运输机的颤振、失速、最小操纵速度等多项空白。

当年与李中华、徐一林、李存宝、张景亭等一起进入第一届试飞员学员培训班的邓友明，因为工作需要，由试飞歼击机改为试飞运输机。20 世纪 90 年代初，中国的航空工业处于起步初期，歼击机系列工程率先发力，而国产运输机的发展则相对滞后，飞行任务极其不饱和，数年里他仅靠基本工资维持全家人的生活。但他从来就没有动过离开或者转业转行的念头。有人劝他说，与其在军队坐"冷板凳"，不如转业去民航，专业对口，必受重用，但邓友明总是摇头。劝的人多了，他就对劝他的朋友开玩笑说："不行不行，我老婆不同意，怕我去了民航被漂亮空姐包围，革命意志瓦解了——咱这样的好男人谁不爱啊！"

邓友明坚信，祖国天空辽阔，一定会有运输机发展的远大前景。

邓友明说："我能够在运输机试飞中走到今天，有人说是因为我机遇好。我们这个行业有一句话：所有的等待、积累和准备都不会白费，你的目标决定你奔跑的速度。"

五、千金不求，万死不辞

生命的价值体现在每一个瞬间。

人类没有翅膀，需要借助智慧的力量飞行。

试飞员跨入座舱的那一刻，开启的是一个从梦想到现实的征程。仅仅有大无畏的精神和赤子情怀是不够的，没有与时俱进的学习，不仅没有我们英雄的试飞群体，更没有我们当前居于世界先进水平的战斗机群。

不惧死亡是试飞员面临的第一道关卡，对于常人来说是无法逾越的障碍，对试飞员来讲仅仅是"及格线"。真正的艰难不仅在于和死神的对决，还在于对新技术、新装备的了解和掌握。正如李中华所说："开最新型的飞机，做最惊险的动作，出最有分量的结论，这是试飞员的责任。"

如果说，第一代试飞员是勇气型的，第二代试飞员是技术型的，那么，现在的第三代试飞员则是专家型的。他们不仅是新型战机的试飞者，还是设计研制的主要参与者。时代在变，技术在变，试飞员也要随之改变。一个优秀的试飞员，不仅是科学的冒险家，还是航空理论的探索者、飞机设计的参与者和飞行的先行者。所以新时代的试飞员有个更准确的称呼，叫"飞行的工程师"。

试飞是一个庞大的飞行试验点阵，试验点数以万计。一架新机试飞，涉及飞行的几十个专业领域，需要有信息学、工程学、电子学等十几门学科知识的支撑，这些都是试飞员必须掌握的知识。"试飞员跟最先进的飞机打交道，光有胆子不够，关键是靠脑子。"试飞员李吉宽说，"套用IT(信息技术)界的话说，就是你大脑的'内存'要大，'CPU'(中央处理器)要快。"

"学习跟不上趟，上了天，掉的可不只是脑袋。"这是试飞员们常说的一句话。

高素质试飞员不应当是头脑简单的飞行工具，他应当比飞机更聪明，不仅要用身体飞，更要用脑子飞。

对于试飞员们来说，生命的价值体现在每一个瞬间。

一架墨绿色的战机从试飞院机场腾空而起，直刺长空。座舱内，空军特级试飞员李存宝精神高度集中，不敢有丝毫松懈。当到达万米高度时，飞机突然发出两声异响，随即飞机的无线通信失效，平显消失，所有设备指示灯全部熄灭，只有总告警灯发出可怕的红光。

此时，李存宝与地面完全失去了联系，他根据经验判断，很可能是发动机意外停车。失去动力的飞机高度急剧下降，李存宝迅速稳定住情绪，6秒钟后，他手动打开了EPU（应急动力系统）。再过20多秒，飞机就将接地了，李存宝仍牢牢地握着驾驶杆。就在这时，嘭的一声，飞机发动机重新喷出耀眼的火焰，飞机空中启动成功，再次跃上蓝天。李存宝在耳机里又听到了现场指挥员、他的老伙伴汤连刚那熟悉的声音，他感到这声音是那么的近、那么的亲切。

这是新机的首次空中停车。李存宝不但保住了飞机，更令人惊讶的是，在那样危急的时刻，他还准确记住并且在事后完整地叙述了在发生意外停车的几秒钟里，飞机和座舱的一切情况和数据，这些为进一步改进和完善飞机提供了重要依据。

2003年10月21日，空军某试验基地，一架国产新型战机歼-8F呼啸着直射蓝天……十几分钟后，战机到达预定空域，指挥中心的大屏幕上清晰地显示着战机的飞行状态。屏幕前的指挥员，总装备部和空军机关的领导同志，有关科研院所的飞机专家、导弹专家和各类科技人员等，都在期待着一个重要时刻的到来。

今天试飞员陈加亮要进行的是某型导弹的发射试验。

这时，无线电传来了陈加亮的声音："报告1号，导弹准备完毕，是否允许发射，请指示！"

"可以发射。"指挥员发出了命令。

"明白。"

只见万米高空中，机翼下突然喷出了一条耀眼的火龙。出乎意料的是，这条火龙并没有像事先预想的那样直奔攻击目标而去，而是仍然悬挂在机翼上。

指挥中心里每一个人的心顿时悬了起来。还没等人们作出反应，飞机突然侧偏，飞出了监控的视线。空中的陈加亮准确作出判断："报告1号，导弹未离梁，飞机侧偏。"

已经点上火的导弹未发射出去，还挂在导弹架上，导弹点火受力导致飞机侧偏——这一惊人的故障在地面的静止状态下显然是无法模拟更无法预知的，人们不敢想象那将造成什么后果。

大家的心都提到了嗓子眼。

"按应急预案处置。"指挥员果断地下达命令。

"明白。"空中的陈加亮超乎寻常地冷静。

飞机已在导弹巨大推力的作用下产生严重侧偏，就像是一匹突然脱缰的烈马，难以驾驭。此刻，陈加亮清醒地意识到自己正面临着一场生与死的严峻考验。谁都清楚点火后的导弹仍挂在飞机上意味着什么，而他只有十几秒的选择时间。按特情处置预案规定他完全可以弃机跳伞，但这样一来，凝聚着几代科研人员心血的新型战机和新型导弹，在顷刻间就会化为乌有，必将影响新装备研制的整个进程。

"一定要不惜代价保住新型战机和科研成果！"几秒钟内，陈加亮便以自己的生命为抵押作出决断。他迅速蹬舵、压杆，保持正常的飞行状态，同时迅速将导弹处置好。几个动作迅速准确、一气呵成，"脱缰的烈马"终于被降伏了。陈加亮立即向指挥中心报告："报告1号，飞机状态已经稳定，请求返航。"

"可以返航，注意飞机状态。"

在返航途中，陈加亮隐约感到飞机有些异常，他凭经验判断可能是水平尾翼出现损伤。这是飞行员最忌讳的特情，尤其是在着陆时，当飞行速度减小时，尾翼因为损伤无法控制平衡，飞机会突然下沉，处置不当便会机毁人亡，飞行史上曾多次发生过这类事故。

飞临机场了，陈加亮小心地做了一个标准航线正常着陆。在临近着陆时，飞机果然急剧下坠，他旋即推油门增速，同时带杆，控制飞机平稳接地。当飞机稳稳地降落在跑道上以后，现场的人都惊呆了——飞机左侧的水平尾翼已被导弹的尾焰烧掉了近一半。

新型战机保住了，科研数据保住了，凝结了几代科研人员心血的科研成果保住了！

2013年4月8日，以万里晴空为舞台，试飞部队长顾博，在祖国的蓝天上又上演了一场扣人心弦的刀尖上的舞蹈。

这天，试飞院组织混合场次科研试飞，某型机计划执行3个架次科研试飞科目。第一架次之后，前舱试飞员顾博、后舱试飞员张晓松执行第二架次试飞科目。

15时09分00秒，战鹰出击。飞机冲天而起，很快上升至12500米高空，机组按照任务单要求，开始做试飞动作，一切操作都按照程序正常进行，一切都那么平静。

15时34分06秒，飞行25分钟之后，飞机在减速过程中，顾博、张晓松突然听到嘭的一声沉闷且巨大的声响。还没等他们反应过来，左右发动机相继喘振，紧接着，双发排气温度急剧升高，5秒内蹿升200摄氏度，发动机达到了超温临界点。

机组立刻将特情报告给塔台主指挥员。今天的指挥员是李吉宽，副指挥员是张景亭，地面监控指挥员是丁三喜。作为业内人，大家心里都明白：双发同时喘振，急剧超温后，如果不及时处置或者处置不当，发动机将会瞬间全部烧毁，飞机必然坠毁。唯一的办法就是立即收停双发油门。

但是，万米的高度本就在发动机启动包线之外（设计要求发动机在 8000 米以下启动成功率高），何况发动机刚刚发生喘振故障，发生故障之后的情况完全不可预测。还有一个非常不利的因素——飞机离机场还有 180 千米，这就意味着飞机空中停留时间较长，风险巨大。

在以往的试飞中，飞机双侧发动机同时喘振超温、出现故障的概率几乎为零，数十年来未曾出现过。双发关闭后，飞机失去动力，平显、左右多功能显示器等全部无显示或者画面不正常，应急部分信息指示不正确，无法确认高度、航向、位置等信息，飞机操纵变得更加复杂艰险。作为一名多年奋战在高风险试飞一线的资深试飞员，顾博怎能不知此时的处境？按照《飞行手册》的规定，他们早就可以选择跳伞。

此型飞机是国防和军队长期研制的重点型号，机上的机载科研设备经历了漫漫研制长路，如果坠机，那一切都要从头再来。"必须保住发动机，就是死，也要试一试！"生死抉择面前，英雄的举动出奇地一致，顾博和张晓松几乎同时执行了关掉发动机操作。

15 时 34 分 15 秒，两台发动机停车，飞机正常供电中断！

生死存亡时刻，顾博和张晓松选择驾机返场，因为这关乎国家重点型号飞机的发展，关乎国防现代化建设的大局，这些早已铸成一种强烈的责任感和使命感，成为他们生命的一部分。

失去姿态信息，顾博、张晓松只能根据外景目视保持飞机状态，进入下降高度增速通道。所幸天公作美，当天天气晴朗，能见度好。每一秒钟，他们二人的大脑都飞快地作出各种判断。凭着对该型发动机的熟悉，顾博明白，只有使飞机保持较大的俯冲角和飞行表速，通过俯冲增速将飞机势能转化为动能，用高速气流冲击发动机前端的风扇叶片，保证发动机较大的风车转速，才能保证正常的液压压力。

指挥员丁三喜是一名经验丰富的试飞员和指挥员，他不断提醒顾博操纵飞机"俯冲增速，保持状态"。事后调查证明：这是决定发动机重启成功的关键之举。

于是，史上最震撼的场面在万米高空上演了：只见飞机机头下沉，机尾上翘，飞机保持一定角度高速俯冲，像一支离弦的箭一般直刺大地，整个场面堪比好莱坞空中惊险大片……

在多次启动发动机失败，接近跳伞边界的情况下，顾博、张晓松仍然保持沉着冷静，继续开车动作。他们分工明确，密切协作，顾博保持飞机状态，张晓松判断飞机位置，并相互鼓励。在飞机俯冲进入启动包线后，终于将右发成功启动，飞机恢复部分指示，此时飞机速度已接近每小时700千米。

15时39分00秒，在相对地面2000多米高空时，左发也启动成功。此时的机场早已启动应急预案，抢险救援系统全速运转起来了。各类值班员、应急抢险人员各就各位，消防车、救护车、抢险车、指挥车等各类抢险车辆紧急启动，机场上其他飞机也快速有序疏散。塔台上，大家不约而同地望着远处的天空，焦急地等待着……

飞机双发启动成功后，二次雷达供电恢复正常，塔台收到飞机高度显示，指挥员李吉宽据此不断通报飞机位置，果断下达了一系列正确指令。

在距离机场14千米时，两条跑道像银色的细带出现在顾博眼前，机组立即建立起落航线。由于情况紧急，飞机进行应急反向落地，地面保障人员迅速将升起的拦阻网放下，开启盲降雷达。

16时04分00秒，在指挥员的指挥引导下，飞机反向安全着陆。

从险情发生到安全着陆，机组经历了将近30分钟1800秒的生死考验！

这次特情处置，他们创造了一个史无前例的蓝天奇迹，挽救了飞机，挽救了型号，挽救了机载科研设备。随后，他们联合设计厂家，从技术层面深入分析了此次特情出现的原因，细致分析每一组数字，搞清楚问题的根源，完善了设计。

当被问起为何能在如此极限条件下成功处置特情时，顾博说："正是因为我熟悉飞机和发动机之间的小脾气和小秘密，才能够平衡两者之间的关系，最终成功启动双发。"

"紧张会让人或成为一头狮子，或成为一只兔子。"这是顾博最喜欢的一句话。自从 2006 年 12 月调入试飞部队后，顾博的人生从此掀开了新的一页，经过系统专业的培训，攻读了硕士研究生，入选某重点型号飞机的试飞部队，出国培训。作为一名 80 后试飞员，他深知光有过硬的战斗精神和作风不够，还要建立完善的知识结构，具备过硬的试飞技术，力求成长为一名知识型、学者型、专家型试飞员。试飞是科学，不是逞强。英雄是凡人，不是传说，更不是神。

那一晚，几杯啤酒下肚，顾博和张晓松敞开心扉："启动了 6 次，左右发动机各启动 3 次，只要有一次启动不了，就要和死神握手了。"

"我们连跳伞的地方都选好了。我们是专业的试飞员，既不放弃，也不做无谓的牺牲，如果挽救不了飞机，也不会造成更大的损失。我们敢做事，但不蛮做事。"

2010 年 8 月，年轻的试飞员丛刚执行送一架新型科研飞机赴阎良定型的任务。这架飞机，就是后来名噪全世界的中国第一架新型舰载机：歼 -15。

当天，按照预定计划，飞机将直接从沈阳飞赴阎良。然而，当飞到中途的时候，丛刚突然发现油不够了。

"当时看到油量表迅速下降，心里就没有了底！"

懂飞行的人都知道，空中最怕的就是油不够，出了这个问题，只有迫降！

当时飞机正接近 D 机场，耳机里传来了指挥员的声音：

"迅速迫降备降机场！"

几分钟后，飞机平稳降落 D 机场，地面人员赶紧进行机务维护。

几天后，维护一新的歼 –15 重返蓝天，直飞目的地。

"当天的天气不错，我的心情也特别好！"谈及当时的感觉，丛刚记忆犹新。

但是，没有想到的是，在距阎良还有 180 千米的时候，机舱告警灯又一次亮起。丛刚没有紧张，他一边向地面报告情况，一边仔细查看各个仪表。他发现表数从 2100 很快就下降到 0，紧接着，操作系统、电传等告警灯同时亮了起来。

飞机液压的主要作用，是对操纵系统进行控制。歼 –15 飞机有两套液压系统：第一系统主控起落架、应急刹车、左侧斜板和左侧进气道调节；第二系统主控刹车、减速板、拐弯、右侧系统等。尽管两套系统主管的设备不一样，但共性都是给操作系统供压。丛刚判断出是第二系统液压液漏光，立即向地面报告了情况。

对于这架将要定型的科研飞机歼 –15 的重要性，丛刚心里太清楚了。此时飞机已有一个系统出现故障，如果另一个系统再发生问题，飞机将失去控制，像一个铁疙瘩一样从万米高空坠向地面。

"当时地面比我还紧张，总设计师告诉我，旁边还有机场，在那直接落了！"

丛刚知道，歼 –15 飞机影响着我军航母建设的发展，事关重大，上下关注，如果在中途机场降落，影响的涉及面太广，甚至会动摇很多人继续奋斗的信心。而此时阎良机场上，包括飞机总设计师在内的军队、中航集团人员都在翘首以盼，迎接歼-15这一"霸海鲸鲨"的到来。

从刚又操控了一下飞机，发现基本能控制。他决定还是要将飞机飞到阎良。

因为第二系统液压液漏光，飞机落地就受到限制了，减速板放不下来，刹车刹不了。本来歼-15就没有减速伞，是用挂钩的。好在应急刹车是管用的。但它不像主刹车可以自行控制，应急刹车全部靠人为控制。

"这得逐渐增加载荷，如果一下到底的话，就会把轮胎刹爆了。必须慢慢拉，直到停。"这已不是一个技巧活，它考验的是一名飞行员的操控力。空难史上，用应急刹车刹爆的案例不在少数。

目击的指挥员后来对我说，那一天，那架庞然大物从空中呼啸而过缓缓地落地，似乎少了些威风而多了些稳重。它稳稳地向前滑行，比正常落地时"温顺"许多，直到最后停到跑道中间。

"兄弟，谢谢你！你是功臣啊！"歼-15总设计师孙聪跑上来紧紧地抱住了从刚。

往常，当挂钟指向晚上7点时，白丽丽坐在餐桌旁翻手机，厨房里，丈夫李吉宽活泼地在水池边一边洗碗一边哼着歌。老实说他唱得真不怎么样，也听不明白是唱什么，就那么哼着，自娱自乐。在家里，这是他唯一能帮上她忙的地方。这是他们一天中最轻松的时刻，他时常中断他的哼唱回答她的一些话语，社会新闻、单位见闻什么的。

今天，当挂钟指向老时间时，这个家里静得只听得到指针走动的声音。自从战友兼好友余锦旺在执行任务时牺牲，他们晚饭后的这段轻松时光消失了。他回避看她，她的目光却从他进门开始就再也不离开他。李吉宽整整守了两天灵，一进门倒头就睡。醒来时看到她红肿的眼睛，他什么也没有说。他知道，她需要的不是安慰。

连续几天，他早出晚归地忙碌，作为好友要安慰亲属，作为部队领导要处理一些善后事宜，还要调查事故原因。他偶尔回家，两人也很少说话，但他能感觉到她久久粘在他身上的目光。他知道她在想什么。

亲密战友余锦旺的音容笑貌，白发苍苍的老妈妈忍着晚年丧子的悲痛大义凛然地说"我儿子这样牺牲，很光荣"的情景，以及余锦旺的妻子痛不欲生的样子交替出现在他们的眼前、耳边，挥之不去。很长一段时间，他们的生活里没有了轻松的气氛。

两个月过去了，今天，他们面对面坐下来。他们都明白，需要好好谈一谈。

一个月前，李吉宽的老岳父突然来了。女婿不在家的时候，做父亲的他对女儿说："跟吉宽商量一下，转业吧，别干了，这个风险太大了。咱们已经为部队作了不少贡献，现在离开对得起自己的。"父亲没有多留，也拒绝她送，一个人步子沉沉地走了。她目送着父亲的身影，突然发现，父亲已经很老了。

几年前，兄弟试飞部队的一位战友发生试飞事故牺牲了，在送殡的那天，由于承受不了剧烈的刺激，烈士的父亲轰然倒下，就倒在儿子的灵柩旁边。

但作为妻子，她知道他的追求。

李吉宽紧锁着眉头，深深地吸了一口烟，双眼凝视着前方，像是在看，又像是什么也没有看，时间仿佛静止了。数秒之后，他才缓缓地将烟雾吐出，眼睛微微眯起，嘴唇轻动。李吉宽只说了一句话："飞，还是要飞的，工作总得有人干，只要干这个事，这样或那样的伤亡，总会有。"

她把手伸过去，隔着餐桌，握住了丈夫的手。

"我知道。"她轻轻地说，"我明白。你放心忙你的，家里有我。"

经过长达三年的努力，新型发动机鉴定会终于召开。这是我国第一台自主制造的涡扇发动机。这意味着中国人掌握了发动机技术的研发和制造，不仅满足了部队对飞机的需求，更使我国在国际政治舞台上有了发言权和主动权，丁三喜也因此荣获了国家科学技术进步奖个人特等奖。

会议结束，人们却遍寻不到试飞小组中重要的功臣丁三喜。

原来，丁三喜又去看好兄弟余锦旺了。以前他们天天在一起，两人最投机，不仅在业务上时时切磋，就连哄老婆的方式都互相交流。出事那天，他们在同场飞行，余锦旺第一个架次，丁三喜是后面的架次。丁三喜永远记得他刚升空就看到前方某个位置腾起一股黑烟，他还以为哪里的村民在烧秸秆——那正是秋收的黄金季节。

他怎么能想到，他亲爱的战友、好兄弟随着那黑烟——走了。

余锦旺的墓碑在烈士陵园后排右数第二个位置，平时爱说爱笑的丁三喜到了这里笑不起来了，但话还是要说。他一点点地叨叨着试飞中的各种情况：单发停车了，空中出现异常响声了，发动机转速不跟随了……今天，他要告诉自己的战友，我们的发动机飞出来了。

兄弟，放心，部队的主力三代机很快就能都装上咱们自己的发动机。舰载机、大型运输机都将装备。以前没有发动机，光看别人脸色。现在好了，刚开完鉴定会，外国人就主动来找我们谈了，价格也降了。

兄弟，你没飞完的，我继续飞。

每个人都有离开人世的时候，只不过离开的意义不一样。

刘刚牺牲后，付国祥代表家属去看的现场。飞机坠毁砸出十几米的大坑，四下散落着飞机爆炸的残骸。

山风悲呼，草木动容。一位挚爱试飞事业的蓝天骄子，用生命书写着无限忠诚。

"刚子，我们会完成你未了的任务，你将永远和我们翱翔在祖国的蓝天中！"付国祥和战友们擦干眼泪，全身心地投入事故技术分析。他们明白，刚子走了，祖国的试飞事业还得继续，他们必须接过战友的接力棒。

调阅同类特情数据，组织工厂进行技术研究，精心做好飞行准备，付国祥和战友们暗自加劲。

这是一个复飞的日子。付国祥、王惠林、林学本默默来到机场，他们要完成牺牲的战友未了的调整试飞任务，用实际行动告慰蓝天英魂。

伴随着发动机的轰鸣，付国祥率先驾驶战鹰飞向万米高空。16000米、17000米，飞机还在爬升……

"18000米，飞机各系统正常，发动机正常！"当付国祥通过无线电报告塔台时，全场一片沸腾。当12架歼-8圆满完成调整试飞后，付国祥和战友打开机舱盖，向蔚蓝的天空投去最深情的凝望……

李存宝进行高温试飞，是在一个三伏天，揭去飞机上的蒙布，把飞机停放在火辣辣的太阳底下晒 4 个小时。然后，穿上光是橡胶皮就有 4 层的特种飞行服，再戴上 7 斤重的密封头盔，关闭飞机的空调系统去试飞，座舱内最高温度达到 65 摄氏度。下飞机后，他迫不及待地喊："快帮我脱衣服！"当地勤人员为他卸下头盔时，哗的一声，汗水瀑布一般洒了一地。一位工人师傅目瞪口呆："啊！出这么多汗，我还是第一次看到！"

老一辈试飞员李少飞驾驶高空高速歼击机试飞，空中两台发动机突然停车。飞行员听惯了发动机的轰鸣，一旦这种声音消失了，就好像一个不会游泳的人掉进了几十米深的水池，让人毛骨悚然。这时候，试飞员就要尝试空中开车。第一次开车，失败；第二次开车，失败；再尝试第三次……那次，他连续 7 次空中开车，才重新启动发动机！这非常不容易，心理稍有波动，很容易弃机跳伞，于是他获得一个美称："空中开车大王"。

运输机试飞的危险一点不比歼击机试飞的少。运输机试飞部队的李玉民、吕振修、姚月福、徐鹏德、邓友明、梁文，一次试飞时是由两辆消防车护送，在跑道上滑跑——为了验证发动机的性能，飞机加的是 50 摄氏度的"热燃油"，他们驾驶着装满滚滚热油的飞机起飞。为了攻克运输机空中结冰难关，他们驾驶着戴"盔甲"的飞机起飞——将特制塑料贴在飞机的不同部位，厚约 8 厘米，整个飞机的气动外形都发生了显著变化，稍有闪失就很危险。

飞轰炸机，老英雄张师的曾驾机执行我国第一次空投原子弹试飞任务，飞机返回地面后人们发现，机翼都被光辐射烧成了黑色……

彭向东和傅云龙回忆了这样一个细节。歼 -10 首飞时，他们负责通过飞机上加装的遥测设备拿到试飞的数据。雷强找到他们：

"咱们虽然是充满信心地去飞,但我最后还是要说一句:哥们儿我如果真的不行了,走了,你们一定要把遥测数据拿到,这也算是我最后为大家作的一点贡献。"

这样的话语,与其说悲壮,不如说是内心的一种坦然,是融入一种事业后对自身使命的认知。因为飞行这一领域集科技之大成,是推动一个国家创新的引擎。尖端的航空器体现国家的综合国力,是一个国家能力的重要标志,空中力量关乎国运。中华民族复兴的伟大梦想借助科技之翼腾飞,强军梦离不开航空梦。离开了航空,强军无从谈起。离开了试飞员,试飞无从谈起。试飞员是飞行员,也是工程师,他们架起空军与航空工业的桥梁,架起大地与天空的桥梁,架起梦想与现实的桥梁。这样的角色让他们清楚地认识到自己的使命所在和责任所系。

试飞员梁万俊说:"如果说我们只是受雇于某个公司,单纯为追求薪水的话,等钱赚够之后,很可能就不干了,毕竟风险太大。但我们从事的是国家的事业、民族的事业,我们想的是能为空军装备的发展、为航空工业的发展再贡献点力量。"

2016年1月20日,中国航空工业集团公司新闻中心公布了《中航工业"十二五"成就大盘点》,摘要如下:

"十二五"期间,中航工业按照党中央、国务院、中央军委关于推进航空工业改革发展的重大部署,肩负"航空报国、强军富民"的神圣使命,深刻把握世界航空工业发展的科学规律和成功道路,全面实施"两融、三新、五化、万亿"的发展战略,以航空为本,全力打造覆盖航空全产业链、全价值链的,相关多元化的,具有国际竞争力的跨国公司,全力推动航空工业由战略先导产业向战略支柱产业转变，中航工业迈入跨越式发展的新里程。

2015年纪念世界反法西斯战争暨中国人民抗日战争胜利七十周年阅兵式上，全部由中航工业研制的20余型近200架飞机组成10个梯队飞越天安门广场，创造了新中国历次阅兵的规模和机型数量历史之最，举国赞叹，世界震惊。

作为我国航空武器装备的主承制商，"十二五"规划期间，中航工业始终把"保军"作为神圣天职，紧跟我军战略转型的需求，加强技术攻关，强化组织领导，创新管理方式，广大干部职工长期加班加点、日夜鏖战攻关，实现了我国航空武器装备的井喷式发展，以"鲲鹏"大型运输机、"鹘鹰"战斗机、歼-15舰载机、歼-10系列发展型、歼-11系列发展型、直-10、直-19、轰-6发展型、新型预警机、"翼龙"系列无人机、"玉龙"发动机、"闪电"-10新型导弹等为代表的一批具有世界先进水平的重大装备项目横空出世，震撼世界，振奋人心；"鲲鹏"大型运输机、"鹘鹰"先进战斗机等150余项先进航空产品亮相2014年珠海航展，吸引了世人目光。

以大型运输机"鲲鹏"为代表的系列运输机，标志着我国成为世界上为数不多的几个能够自主研制大型运输机的国家之一。以"鹘鹰"隐形战机为代表，标志着我国成为第三个能自主研制隐身战机的国家，推动了我国战机从第三代向第四代、从非隐身向隐身的巨大跨越。以歼-15飞机在航母上完美起降及完成系列任务为标志，中航工业陆续提供和研制的航空装备正在推动中国进入"以空强海"的新时代。以直-10、直-19武装直升机成功研制和批量装备为代表，标志着我国直升机研制达到世界先进水平。以歼-10、歼-11飞机大批量装备部队和系列发展为代表，推动中国军机由以二代装备为主向以三代装备为主跨越。以空警-200、空警-2000、新型预警机等特种飞机为代表，加速了我国航空装备由机械化向信息化的转变。以"翼龙"等多型先进无人机批量生产为代表，表明我国飞机已经从有人时代进入无人时代。以"太行"发动机批量装备部队为代表，表明我国航空工业已具备自主研发第三代大推力航空发动机的能力。以"玉龙"发动机为代表，标志着我国已具备了完全立足国内制造具有国际先进水平的第三代先进涡轴发动机的能力。以"闪电"-10导弹为代表，我国空空、空地导弹实现了从第三代向第四代的跨越，并实现了批量交付。

"十二五"期间，一批具有世界先进水平的航空武器装备发展呈井喷之势，使航空武器装备实现了从跟踪发展到自主创新、从"望其项背"到"同台竞技"的历史性跨越，加快了国防力量由单纯防御型向攻防兼备型转变，助力我国国防力量开始逐步实现以空固土、以空强海的华丽转身，使我国跻身世界少数几个能系列化、网络化、多谱系自主研制具有国际先进水平航空武器装备的国家之列，为国防和军队现代化建设作出了重大贡献。

中航工业旗下所有军用、民用飞机，包括各种飞行器、飞行器发动机，首飞、新机定型、鉴定试飞与新机出厂试飞，全部由空军试飞员试飞完成。

"空军是战略性军种，在国家安全和军事战略全局中具有举足轻重的地位和作用……加快建设一支空天一体、攻防兼备的强大人民空军。"

中共中央总书记、国家主席、中央军委主席习近平对空军提出了这样的要求。

中国空军试飞员注定要承担更加重大的责任。

"图发财我们不会选择试飞，图当官我们不会干试飞事业，但为了新型战机早日装备部队，我们千金不求，万死不辞！"

这是中国空军试飞员群体共同的声明。他们用青春和生命践行了自己的誓言。

六、记住这些英雄的名字

> 如果牺牲是必要的或不可避免的，生命将因此而闪光。就是化作碎片也闪耀在祖国的天空，照亮战友们前行的路。

中国空军试飞员队伍走过了艰辛的征程，他们为中国的航空事业争取了无限灿烂的前景，也为这光辉的事业奉献了青春和热血。六十余年来，共有29人血洒蓝天，让我们记住这些英雄的名字。

他们是：

1. 张茂亭烈士，1970年12月7日，在执行任务中牺牲。

2. 刘春荣烈士，1970年12月7日，在执行任务中牺牲。

3. 康铎烈士，1971年8月18日，在执行科研试飞任务时牺牲。

4. 杨会录烈士，1982年12月16日，在执行某型直升机新机出厂试飞任务时牺牲。

5. 周立占烈士，1982年12月16日，在执行某型直升机新机出厂试飞任务时牺牲。

6. 张留玲烈士，1985年10月12日，在执行任务中牺牲。

7. 吴清永烈士，1988年10月19日，在执行某型飞机科研试飞任务时牺牲。

8. 郭建业烈士，1990年3月24日，在执行任务中牺牲。

9. 黄延国烈士，1991年8月11日，驾驶某型直升机执行任务时，因飞机故障失事受伤，经抢救无效，于1991年8月19日牺牲。

10. 刘刚烈士，1993年8月28日，在执行某型飞机大M数试飞时，因发动机故障，飞机失事牺牲。

11. 卢军烈士，1994年4月4日，在执行任务中牺牲。

12. 刘永忠烈士，1994年6月17日，在执行试飞任务时牺牲。

13. 杨晓彬烈士，1996年8月12日，在执行科研试飞任务时牺牲。

14. 唐纯文烈士，1996年8月12日，在执行科研试飞任务时牺牲。

15. 郑金良烈士，1998年7月27日，在执行试飞任务时因飞机失速坠地牺牲。

16. 胡光怀烈士，1998年7月27日，在执行试飞任务时因飞机失速坠地牺牲。

17. 沈晓毅烈士，2001年4月12日，在执行任务中牺牲。

18. 林启进烈士，2002年8月9日，在执行某型武装直升机新机出厂试飞任务时牺牲。

19. 郑露烈士，2002年8月9日，在执行某型武装直升机新机出厂试飞任务时牺牲。

20. 申长生烈士，2006年6月3日，在执行某型飞机科研试飞任务时牺牲。

21. 雷志强烈士，2006年6月3日，在执行某型飞机科研试飞任务时牺牲。

22. 刘普强烈士，2006年6月3日，在执行某型飞机科研试飞任务时牺牲。

23.包德军烈士，2008年9月8日，在执行科研试飞任务时牺牲。

24.万传瑞烈士，2010年9月18日，在执行科研试飞任务时牺牲。

25.余锦旺烈士，2011年10月14日，在执行科研试飞任务时牺牲。

26.郭彦波烈士，2012年11月13日，在执行某型飞机出厂试飞任务时牺牲。

27.张国荣烈士，2012年11月13日，在执行某型飞机出厂试飞任务时牺牲。

28.卢志永烈士，2014年12月22日，在执行科研试飞任务时牺牲。

29.温智平烈士，2014年12月22日，在执行科研试飞任务时牺牲。

此外，还有一些牺牲的英烈，如邸宝善、张洪录等，虽然他们是在执行试飞任务中牺牲，但因为他们隶属于空军飞行员部队，未进入试飞员序列，所以未在此列出。

灵魂铸成军魂，生命融入使命。中国空军试飞员队伍是一个功勋卓著的英雄群体，他们不仅在试飞场上为国铸剑试剑，而且在精神高地筑起一座时代丰碑。如果牺牲是必要的或不可避免的，生命将因此而闪光。就是化作碎片也闪耀在祖国的天空，照亮战友们前行的路。

蓝天上永远留下了他们的英名！

尾声 | 他们的名字叫"中国空军试飞员"

　　航迹承载梦想，蓝天见证辉煌。中国空军试飞员群体是"强军报国、铸梦蓝天"的时代先锋，他们自主创新、勇于开拓，英勇无畏、敢于亮剑，以自己的大智大勇，赋予强国强军梦丰富而深刻的内涵。他们以信念和忠诚打造铮铮铁骨，以热血与希望铸就蓝天军魂，成为国家、民族的精英和脊梁，托举起亿万中国人航空强国的梦想！

太阳就在这一刻突然跳出了地平线，那么红，那么亮，灿烂的光芒如同神力，照亮了关中平原大地，给这个饱含泪水与伤心的现场镶上了金红色的边。

2015 年 1 月 30 日这天，我来到飞机失事现场。同我一起来的，还有渭南人宋树清。宋树清还是骑着他的两轮轻摩托，并且带上了他 10 岁的儿子。

我们天刚亮就出发了。我冒着冷风站在宋树清家门前时，天边的朝霞是一种淡淡的玫瑰红。

出发前，儿子睡眼惺忪地问："大，我们去看谁？"

宋树清说："好人。"

"恩人。"宋树清又说。

腊月的田间，麦苗蛰伏着，但经过了霜洗，茎秆是韧的，春天的风一吹，就会噌噌地拔节。远远望去，正中好大一块地光秃着，有凹陷，露着黑色的地皮。这是一个多月前，两位试飞员牺牲的地方。

现场已经处理过了，飞机残骸已经被拉走了，但那块裸露的黑色地皮，像一个巨大的伤口，又像一只孤独而忧伤的眼睛，直直地面对天空。

我看着宋树清把带来的供品摆在地头上，一共四样：苹果、锅盔、核桃、大枣。苹果是真正的洛川果。锅盔是他今天起大早烙的。核桃和大枣都是精心挑选的，个头又大又匀称。

他按着儿子的头说："娃崽，跪下，磕头。"

儿子不明白："还没到年哩，在这儿给谁磕？"

宋树清劈手打了儿子一巴掌："让你磕你就磕。"

宋树清比画着说："俺看着飞机擦着俺脑壳边上这屋顶过去。这附近有高铁站、公路，还有俺们这个村子。"

"飞机在村上头这块转了半个圈，都贴着屋顶了，驾驶员都没有跳伞，肯定是想避开，找个没人的地方。要不是他们舍命，咱全村难说能活下来几个。"宋树清说。

"可怜那两个摔坏的人，村上人都叫不上名字。政府也不会告诉俺们他们是谁。俺们只知道，他们是基地上搞机密任务的。摔成那样，模样也看不到，这一想起来心里头真的是……"宋树清说，眼泪汪汪的。

我发现农民商人宋树清小心翼翼地避开了"死"这个字眼。

"你能不能悄悄告诉俺，他们是谁？逢年过清明的，俺好给人家烧炷香。你告诉俺，俺指定不告诉别人。"宋树清恳切地望着我说。

太阳就在这一刻突然跳出了地平线，那么红，那么亮，灿烂的光芒如同神力，照亮了关中平原大地，给这个饱含泪水与伤心的现场镶上了金红色的边。

"你可以告诉任何人——"我说，"牺牲的两位是我们中国空军试飞员。他们是一批在和平时期离死亡最近的人。"

我再一次想起泰戈尔的那句话：

"天空中没有翅膀的痕迹，但我已经飞过！"

后　记

我在当天傍晚就来到失事点。

现场还在处理，四周拉着警戒线，烟尘尚在，透过无数沉痛奔跑的腿脚，我看到一大片触目惊心的焦土，中间还有个黑色的大坑，像一只孤独忧伤的巨眼，注视着天空。那一天的夕阳极好，巨大的金红色的光芒，红得像要滴血，脚下的大片黑色带着烧焦的味道。一些声音穿过，呜咽如泣，残骸、碎片四散，有些深深地陷入焦土中，与泥土、石块和熔化的金属碎片凝固在一起。那一刻我还是不能相信，那位四个月前被我称为"三级跳"的试飞员已经不在了——彼时他三步两步跃上十数级台阶，站在我面前，灿烂地笑着说："作家姐姐，你也采采我呗！"我翻翻采访提纲说："没有你啊！"

因为保密性的要求，在很长一段时间内，我的采访提纲都需要提前审查，通常人员名单及内容都由所在单位提供。但那天我们还是聊了聊工作之外的事情，我们好像一对老朋友一样交谈，他给我讲说他的成长故事以及他在家乡的父母亲，给我看他放在钱包里的年轻妻子美丽的照片——是真正的纸版照片，不是手机里的图像。那是晚饭后的黄昏，我们一起走在营院的小路上，经过他们的训练场，有一个小沙坑。他突然说："我以前想当运动员的，在学校的时候三级跳是全校第一，不过这个沙坑太小了。"好像是为了证明这句话，他立刻跑到沙坑尽头，简单助跑，起跳，双足轮流在地上轻轻一点，整个人跃起，真的一下就跳到了沙坑的外头。那一天的夕阳极好，有巨大的金红色的光芒，他整个人从头到脚红润明亮。因为按规定他的名字不能公开，所以从那天起我给他起了个漂亮生动的外号叫"三级跳"。他欣欣然接受了。

如今，他灿烂的笑容连同他年轻矫健的身姿再也不会出现在我面前。他就消失在这片焦土中。数月后，当我再一次来到那块田间时，焦土犹在，大坑的中间却奇异地长出一大丛碧草，碧绿碧绿，高至膝下，风吹过，轻摇慢舞，仿佛随时会起跳弹跃，我在那丛浸透了战友血肉的碧草旁跪下，伏下身来，以头触地，放声痛哭。

那天回来后，我把他的名字和关于他的故事补充记录在我的采访本上。像这样的采访本，我有四大本。

《叩问天门：中国空军试飞员实录》写作时间不到三年，但是我跟踪我的主人公们，前后长达十六年。

飞机成为现代战争的重要甚至决定性武器以及常见的运输工具，人们司空见惯，但是，在相当长的时间内，很少有人知道，这些代表大国品格的利器是如何诞生的。

任何一种航空器从设计到成熟都离不开试飞。

试飞员队伍是一个特殊的群体，他们工作性质特殊，任务艰巨却行踪神秘，出生入死却鲜为人知。相当长的一段时间里，我的采访记录工作被限制进行或者无疾而终。而他们中的许多人，从投身这个职业直到退休离开，一直默默无闻，还有一些人，已经永远地离我们而去。

航空的功能，不仅仅是实现了飞翔的梦想，更使人类这个之前总是紧临地面垂首行走的种群抬起头来，将思想的目光连欲望的追逐一同放射到了无边无际的天空，由此无限延展了人类文化文明与科技文明的外延，在带来技术的印象与参照、经济的交流与融合的同时，也蕴含着政治的抗衡与角力和国防军事的相持与较量。一种先进飞机的现身代表的不再仅仅只是一种不可或缺的重要的交通运输工具的进步，更代表一个国家的国力和其在世界上的地位。对于风云频仍的地球人来说，和平从来就不是一句轻飘飘的口号，它需要无数阵列的大国利器作为丰富内涵和强大背景。

中国空军试飞员承担了我国航空武器装备 90% 以上的试飞任务。从某种程度上说，试飞员的高度，界定着一个国家国防工业乃至国家航空工业的高度，中国空军试飞员的高度，是中国军人的高度，也是中国居于世界的高度。

蓝天探险的试飞是世界公认的极富冒险性的职业，一种新型战机的飞天之路，就是一条试飞"血路"。因着这种特别又特殊的职业的特点和要求，试飞员被称为"和平时期离死亡最近的人"。

不知道从何时起，在机场，或者在基地的某处，我与他们相遇，再匆匆交错，每一次分手道别时，我一定会说"保重"。

他们会笑笑说"谢啦"。

然后我会站在原地，目送他们离开。他们的步子很大，永远健步而行，并且，从不会回头再二度挥手。只留给我潇洒而生动的背影。

在长达十数年的时光里，我常常翻阅我的采访本，每当这个时候，就会有一些年轻或者不再年轻的身影在我面前渐次出现，有的频频再现，更多的是一晃而过，他们行动敏捷、身姿矫健，他们目视天空、目视前方的眼神，意味深长。与其说我是记录试飞队伍的历史，不如说是在感受一代又一代试飞人的心跳。作为军人写作者，长期以来我一直坚守的信条是：做有意义的写作。不可否认，时下物化与繁荣的时代，人们需要些轻松的无稽减压调剂，也需要些物化的华美粉饰养眼，甚而允许偶尔无伤大雅的思想流放，但更需要精神营养，需要高尚引导，需要品德浸润。

我把一天一天的写作，视作一步一步的努力，共度他们丰富充沛的情感世界，同仰他们勇敢无畏的信仰图腾，接近他们牺牲与奉献的精神高地，他们毁身纾难，舍生取义，笑赴沙场，是对责任使命的看重，更是对精神信仰的坚守。我相信只要初心尚在，这个时代仍然需要胸怀精神勇于担当的大义者。

于是，我以我的文字，连缀起那些金子般闪光的碎片，尽量真实地保留和还原一些关于这群小众人物的历史片断，有关这些年轻生命的感性内容，那些具体的细微的战斗与生活的细节，我的这些平凡却非凡的同龄或者忘年的战友们，他们也许并不是主义的高歌人，却是道义与大义的真正践行者。

他们会在我的文字中重生，并且永生。

感谢每一位将目光停留在我文字的上的读者。

张子影